Meljean Brook

Passionnée par les contes de fées, les comics et la littérature romanesque, elle a trouvé sa voie en écrivant des romans à mi-chemin entre le paranormal et l'urban-fantasy. Depuis un premier roman paru en 2005, elle est l'auteur de deux séries : *The Guardians* et *Iron seas*, qui ont reçu un chaleureux accueil outre-Atlantique. Ces univers futuristes où se mêlent suspense et sensations fortes nous invitent à un voyage des plus saisissants.

Le duc de Fer

MELJEAN

BROOK

Le duc de Fer

Traduit de l'anglais (États-Unis)
par Agnès Girard

J'AI LU

POUR elle

Vous souhaitez être informé en avant-première de nos programmes, nos coups de cœur ou encore de l'actualité de notre site *J'ai lu pour elle* ?

Abonnez-vous à notre *Newsletter* en vous connectant sur **www.jailu.com**

Retrouvez-nous également sur Facebook pour avoir des informations exclusives.

Titre original
THE IRON DUKE

Éditeur original
The Berkley Publishing Group, published by the Penguin Group Inc., New York

1

Mina n'avait pas prévu que le sucre briserait l'ambiance du bal de la marquise de Hartington. Elle pensait que la danse s'en chargerait. Mais la bonne humeur de leur hôtesse avait fait oublier que parmi les invités, moins d'une quarantaine connaissaient les pas du quadrille. Cependant, tandis que l'atmosphère se réchauffait, que les rires se faisaient plus bruyants et les commérages plus vigoureux, la table des rafraîchissements menait tranquillement le premier bal annuel de la Victoire au désastre.

En conséquence de quoi, Mina passait une meilleure soirée qu'elle ne l'avait prévu.

Non pas que l'événement fût en deçà de ce que tout le monde avait imaginé ; la restauration de Devonshire House avait coûté une fortune à Hartington. Dans la salle de bal, d'impressionnants lustres jetaient sur chacun une lumière avantageuse. De discrets becs de gaz éclairaient les immenses toiles qui décoraient la pièce. Des musiciens jouaient dans la galerie, et le son de leurs violons était plus doux que celui des instruments mécaniques dont Mina avait l'habitude – et beaucoup plus doux que les quintes de toux d'une quarantaine d'invités, tous des expats.

Deux cents ans plus tôt, quand une grande partie de l'Europe avait fui les machines de guerre de la Horde, quelques Anglais avaient également choisi l'exil. Mais traverser l'océan coûtait cher, et si ceux qui avaient quitté l'Angleterre pour le Nouveau Monde n'étaient pas tous nobles, la plupart étaient très riches. Puis, lorsque le duc de Fer avait libéré l'Angleterre du joug de la Horde, un grand nombre d'entre eux avaient regagné Londres, brandissant leurs titres et leur or. Aujourd'hui, neuf ans après la victoire sur la Horde, les expats avaient décidé d'organiser un grand bal pour célébrer la liberté retrouvée du royaume, même si aucun d'eux n'avait versé de sang pour elle.

À première vue, Mina ne constatait que peu de différences entre les invités. Les expats avaient un accent moins prononcé, les bras et les gorges de leurs épouses étaient un peu moins dénudés, mais ce soir, les tenues de tous étaient à la pointe de la mode.

Mina était assise dans la salle de bal en compagnie de son amie Felicity. Un satin bleu pâle recouvrait l'impressionnant abdomen de celle-ci. Avec un ventre pareil, comment faisait-elle pour ne pas se jeter sur la nourriture et consommer tout ce qu'elle trouvait sur son passage ?

— Si Richmond met autant de temps, c'est qu'il n'a rien trouvé qui soit sans sucre. Il va faire un esclandre, j'espère.

Sous une montagne d'anglaises blondes savamment ramenées et fixées sur le sommet du crâne, qui avait fait éclater Mina de rire quand elle l'avait vue au début de la soirée, Felicity cherchait du regard son mari dans la foule. Elle soupira et se tourna vers son amie.

— Oh, Mina. Tu te moques. Mais je doute qu'il fasse un esclandre.

— Il le devrait.

— Tu penses que c'est une insulte, de proposer de la citronnade ? D'empiler les gâteaux comme des tours ?

Felicity caressa son ventre et lança un regard langoureux en direction desdites tours. Selon Mina, ces gâteaux auraient dû être démolis, déjà, puisqu'ils faisaient référence à la Tour de la Horde. Mais ils tenaient toujours bon.

— Je suis sûre qu'ils ne se sont pas rendu compte à quel point c'est important pour nous, ajouta Felicity.

— Ou alors ils s'en sont rendu compte, mais pensent qu'il faut nous montrer, comme à des enfants, que l'on peut manger du sucre importé sans devenir des esclaves.

Deux cents ans plus tôt, la Horde avait caché des nanoagents, sorte de virus endormis, dans le thé et le sucre qu'elle vendait bon marché. La Horde ne possédait pas de flotte, et si le reste de l'Europe avait fui devant elle, la Grande-Bretagne, elle, avait été protégée par la mer et sa puissante marine de guerre. Pendant des années, elle avait donc acheté du sucre et du thé tout en se croyant à l'abri.

Jusqu'à ce que la Horde active les nanoagents.

Aujourd'hui, plus personne en Angleterre ne faisait confiance au sucre s'il n'était pas obtenu à partir de betteraves cultivées sur le sol britannique. De toute façon, en deux cents ans de taxes et d'impôts divers, la Horde avait laissé le pays exsangue : plus personne n'avait les moyens de se payer des produits de luxe. Nouvellement introduite en Angleterre, la betterave à sucre était une denrée précieuse.

— Tu les juges trop durement, Mina. Ce bal en lui-même est un geste généreux. Et il a dû coûter très cher.

Felicity lança autour d'elle un regard presque désespéré, comme si des dépenses aussi somptuaires la chagrinaient.

— De toute évidence, Harrington a les moyens. Regarde toutes ces chandelles, dit Mina.

— Ta mère aussi utilise des chandelles.

Ce n'était pas la même chose. Le gaz ne coûtait rien ou presque. Les chandelles, en particulier celles en cire filée de bonne qualité, rivalisaient avec le sucre au rang des produits de luxe. Sa mère en utilisait pour les réunions de la Ligue, mais uniquement parce que leur faible lumière dissimulait la vétusté de son intérieur. Les tapis étaient usés jusqu'à la corde. Le sofa datait d'avant l'invasion de la Horde. Mais ici, à Devonshire House, nul n'était besoin de chandelles pour cacher quoi que ce soit.

— Ma mère fait aussi en sorte que tous ses invités soient à leur aise.

Physiquement, tout au moins. Sans doute la mère de Mina n'aurait-elle pu éviter le malaise qu'elles provoquaient toutes les deux chez ceux qu'elles croisaient.

— La générosité ne devrait pas retourner le couteau dans la plaie, Felicity. La générosité aurait dû prévoir des desserts faits avec du sucre de betterave ou du miel.

— Peut-être, répondit Felicity, de toute évidence peu encline à voir les expats sous cet angle peu flatteur, mais convenant qu'ils auraient pu mieux faire. À la mienne, il y aurait de la mousse, ajouta-t-elle avec un nouveau regard en direction de la table des desserts.

— Comment ça, « à la tienne » ?

— À ma table, si je donnais un bal. Ne ris pas, Mina. Ça arrivera peut-être un jour.

La bourse de son amie était bien pleine, mais Mina ne voyait pas Felicity en défaire les cordons pour financer ce qui pourrait ressembler, même de loin, à un bal. Pourtant, l'expression songeuse et triste de son amie désarçonna Mina, qui ravala son éclat de rire et se contenta d'un hochement de tête.

Prenant cela pour une incitation à poursuivre, Felicity se lança.

— J'ai entendu dire qu'aux Antilles, ils ont une mousse au chocolat si légère qu'elle flotte comme un aéronef dans les airs, et des éclairs à la crème, aussi. En Lusitanie, ils font du *massa sovada* si…

— *Massa* quoi ?

— De la brioche portugaise. *La gazette de l'allumeur de réverbères* a une nouvelle rubrique sur les desserts du Nouveau Monde. Juste après leur série d'aventures. Tu as forcément regardé les recettes après avoir lu la dernière histoire d'Archimède Fox, non ?

Mina rougit. Sa famille se débrouillait – tout juste – pour payer deux bonnes et une cuisinière. Sans personnel, Mina ou ses parents seraient morts de faim dans une maison en ruine.

— Donc, dit-elle pour masquer sa gêne, tu disposerais ta table comme le continent nord-américain. Des îles de mousse pour les Antilles, et une péninsule de brioche lusitanienne surmontée de… de quoi ?

Que mangeaient-ils, dans les étendues sauvages de Castille ? Mina n'en avait pas la moindre idée, et ne pouvait guère poser la question à un expat. Après avoir perdu presque tous leurs territoires et renoncé au contrôle des routes commerciales en faveur des Espagnols, les expats parlaient des Castillans comme si ceux-ci se nourrissaient de cœurs humains.

— De flan, répondit Felicity en se frottant une nouvelle fois l'estomac. Il y aurait aussi de la glace au citron de Manhattan City, et des pâtisseries hollandaises du Johannesland.

Mina regarda son amie d'un air étonné.

— Je commence à me demander si tu attends vraiment un enfant. En fait, tu as juste grossi à force de lire autant de recettes !

— Si c'était possible, c'est effectivement ce qui m'arriverait. Ne me dis pas qu'elles ne te font pas saliver, toi.

Mina afficha un air faussement dégoûté.

— Je comprends pourquoi les expats ont des dents pourries, maintenant. Et pourquoi je distingue un étranger d'un bogué rien qu'en lui ouvrant la bouche.

Felicity porta soudain une main à ses lèvres, et Mina se félicita que les boguées enceintes ne souffrent jamais de nausées matinales : son amie avait toujours eu des problèmes de digestion.

— Mina, tu m'avais promis ! On ne devait pas parler de cadavres, ce soir.

— Je n'ai pas prononcé ce mot. Les dents pourrissent dans les bouches des vivants aussi.

Felicity retint un petit rire et regarda autour d'elles. Personne ne les avait entendues.

— Tu cherches toujours le pire chez les gens, Mina.

— Je ne ferais pas mon boulot comme il faut, si je ne le cherchais pas.

Le pire, c'était ce qui conduisait les gens jusqu'au meurtre.

— Tu aimes chercher le pire chez les expats. Mais on ne peut pas leur reprocher le départ de leurs ancêtres, qui nous ont abandonnés. Tout comme on ne peut pas nous reprocher d'avoir acheté le sucre et le thé de la Horde. Moi, il me semble que la faute se répartit également entre les deux rives de l'océan... et que l'on devrait cesser de l'évoquer.

Non, les expats n'avaient pas abandonné l'Angleterre, et si cela avait été le seul reproche que Mina puisse leur faire, elle aurait aisément mis son mouchoir dessus. Mais elle ne pouvait pas expliquer son ressentiment ; Felicity pensait trop de bien d'eux, était trop fascinée par le Nouveau Monde.

Les expats appartenaient au Nouveau Monde, même s'ils se présentaient comme des Anglais et étaient traités ainsi par tout le monde excepté les natifs des îles Britanniques.

Maudits soient-ils ! Ils ne faisaient sans doute même pas la différence entre Angleterre et Grande-Bretagne.

Mais quelle que soit leur façon de se présenter, de toute façon, les expats n'avaient rien à voir avec la famille de Mina ou de Felicity, et encore moins avec les pauvres bougres des classes ouvrières, que la Horde avait modifiés et réduits à l'esclavage. Les expats n'étaient pas nés sous la domination de l'envahisseur. Et Mina n'aimait pas le fait que, de retour sur la terre de leurs ancêtres, ils se comportent comme s'ils savaient mieux que les bogués comment se débrouiller dans la vie. Ce bal, même s'il était censé célébrer la victoire sur la Horde, reflétait la société telle que les expats la souhaitaient. Ils avaient fait la pluie et le beau temps à Manhattan City, et entendaient bien reprendre le flambeau à Londres, même si leurs pairs, pour l'essentiel, n'avaient plus les moyens de donner des bals comme celui-ci. Cette soirée, certes, était pour eux une agréable diversion, mais les bogués avaient le reste du temps des préoccupations plus terre à terre. Trouver de quoi se nourrir, ou du travail pour avoir les moyens de le faire, entre autres.

Les expats, eux, n'avaient pas ce souci. Ils étaient rentrés la tête pleine de grandes idées et de bonnes intentions, qu'ils entendaient bien imposer au reste de l'Angleterre.

Venir en aide à leurs anciens compatriotes ne figurait hélas pas parmi ces intentions. Loin de là. Dans Manhattan City, un endroit bien situé était impossible à trouver, il n'y avait plus de place sur la longiligne île du Prince George. Alors les aristocrates étaient rentrés au pays pour reprendre possession de leurs terres et de leurs sièges au Parlement, les marchands pour acheter ce que les aristocrates ne possédaient pas déjà, et tous considéraient d'un regard méprisant les pauvres bogués élevés sous la férule de la Horde.

Quand le regard n'était pas méprisant, il était horrifié. Mina chercha sa mère du regard. Même dans la foule, elle était facile à repérer – petite femme aux cheveux blancs, vêtue de satin cramoisi. Des lunettes à verres fumés mangeaient l'essentiel de son visage étroit. De larges bracelets de cuivre en forme de kraken ornaient ses bras gantés. Elle était occupée à montrer le fonctionnement de la mécanique qui en permettait l'ouverture à trois autres dames – trois expats. Quand sa mère fit tourner la tête arrondie du kraken, les tentacules enroulés autour de son poignet s'ouvrirent. Les dames applaudirent, visiblement ravies, et Mina devina qu'elles demandaient à sa mère où elle avait acheté de tels bracelets. Les objets mécaniques de ce genre étaient recherchés tant pour leur nouveauté que pour leur beauté, et étaient très chers. Mais sa mère ne leur répondit sans doute pas qu'elle les avait conçus et fabriqués elle-même, dans le petit atelier glacial installé au grenier.

De toute façon, ces dames ne s'intéressaient vraiment qu'à une seule chose. Tout en parlant, elles cherchaient à scruter les yeux de la mère de Mina. L'une d'entre elles se pencha en avant, feignant de vouloir observer le bracelet, et trouva un autre angle pour regarder derrière les lunettes. Elle en resta bouche bée.

Peu de gens parvenaient à dissimuler leur surprise quand ils découvraient les globes brillants cachés par les verres fumés. Certains ne pouvaient s'empêcher de les fixer, comme si les prothèses étaient aveugles, alors qu'elles étaient plus performantes qu'un télescope et un microscope réunis. Dans le regard de la femme se mêlèrent fascination et révulsion. Sans doute une greffe de ce type ne l'aurait-elle pas surprise chez un mineur de fond. Mais sur la comtesse de Rockingham...

Pour autant, il était probable qu'elle n'ait jamais croisé de mineur de fond. Et si elle avait connu l'histoire de ces yeux-là, la curieuse aurait bien vite cherché Mina du regard.

Felicity avait dû remarquer ce qui retenait l'attention de son amie.

— Quel est l'objectif de ta mère, ce soir ? demanda-t-elle. Un mari pour toi, ou de nouvelles recrues pour la Ligue féminine pour la réforme ?

Elle sous-estimait les capacités de la mère de Mina.

— Les deux.

Aussi efficace fût-elle, il était probable que sa mère trouverait plus facilement de nouvelles recrues. Dégoter un mari à Mina était à peu près aussi facile que faire écrire lisiblement son nom au roi Edward. Mina allait bientôt avoir trente ans, et n'avait pas une seule fois attiré l'attention d'un homme digne de ce nom. Des expats en quête d'interdit, des Anglais cherchant à se venger de l'occupation mongole s'étaient intéressés à elle, oui. Parce que Mina ressemblait à ceux dont ils voulaient se venger.

Une longue quinte de toux rauque, tout près d'elle, lui fit tourner la tête. Un expat rubicond abaissa le mouchoir qu'il tenait devant sa bouche. Son regard croisa celui de Mina, et le quitta précipitamment.

Elle haussa un sourcil interrogateur à l'intention de Felicity, qui regarda l'homme s'éloigner.

— Je suppose que cela n'a pas d'importance, finalement. Ils retourneront bientôt tous sur leurs terres, ou regagneront le Nouveau Monde.

Oui, bientôt, ils partiraient. Leur réussite en Amérique les avait rendus trop sûrs d'eux. D'une contrée sauvage ils avaient fait un nouveau territoire, domestiqué pour répondre à leurs besoins. Aujourd'hui, ils pensaient pouvoir revenir et changer Londres, mais c'était Londres qui les changeait. La seule façon de rester en vie dans cette ville, c'était de se laisser contaminer par les petites machines que leurs ancêtres avaient fui deux siècles plus tôt. Sans les nanoagents, l'intérieur de leurs poumons s'encrasserait plus vite qu'une cheminée.

Certains expats finissaient par craquer, et se faisaient faire une injection de sang contaminé. Mais, même une fois porteurs des virus, ils n'arrivaient pas à ressembler aux bogués nés en Angleterre. Ils continuaient à penser comme des expats, à parler comme des expats. Les nanoagents n'y changeaient rien.

Juste à côté de Mina, quelqu'un toussota. Elle pivota. Une servante rousse en uniforme noir fit une discrète révérence. Mina avait remarqué que les servantes venues du Nouveau Monde baissaient en général le regard devant elle, mais celle-ci ne put s'empêcher de la fixer, à la fois fascinée et inquiète. Sans doute la servante n'avait-elle jamais vu de Mongol, ni, comme c'était le cas pour Mina, de métis.

Mina haussa les sourcils. La servante rougit, et baissa la tête.

— Un monsieur désire vous voir, madame.

— Oh, mais ce n'est pas une dame, dit Felicity d'un ton désinvolte. C'est un inspecteur de police.

Le sérieux avec lequel elle avait insisté sur le terme sembla plonger la servante dans la confusion. Elle rougit un peu plus, se dandina, mal à l'aise. Peut-être craignait-elle que le mot « inspecteur » soit une insulte chez les bogués ?

— Comment ça, un monsieur ? demanda Mina.

— Le sergent Newberry, madame. Il est venu avec un message pour vous.

Mina fronça les sourcils et se leva.

— Mina ! Tu n'as pas fait ça ! s'indigna alors Felicity, exaspérée.

— Je n'ai pas fait quoi ?

— Envoyé un câblogramme à ton assistant pour pouvoir t'éclipser.

Voilà ce qu'elle aurait dû faire ! C'était si simple ; toutes les grandes maisons restaurées par les expats étaient équipées de lignes télégraphiques.

— Comment peux-tu penser cela ? Tu n'as donc aucune confiance en moi ?

Elle baissa la voix et ajouta :

— Mais, au prochain bal, c'est ce que je ferai, maintenant que tu m'as donné l'idée. Tu veux bien dire à mes parents que je suis partie ?

— Partie ? Mais ce n'est qu'un message !

Newberry ne serait pas venu en personne s'il n'y avait eu qu'un message.

— Non.

— Ah. Bien, soupira Felicity. Ne fais pas attendre cette pauvre créature, alors.

La servante ouvrit des yeux comme des soucoupes, puis tourna les talons pour conduire Mina jusqu'à son visiteur. Cette dernière imaginait ce qu'elle devait penser, mais Newberry n'était pas la « pauvre créature » en question.

L'expression désignait celui ou celle qui venait d'être assassiné.

Newberry avait été introduit dans un bureau de l'aile est, sans doute pour que les invités ne paniquent pas devant sa stature ou son paletot de sergent de police. Il se tenait au milieu de la pièce, son chapeau melon entre ses larges mains.

Un grand nombre de petits automates garnissait les étagères du bureau. En d'autres circonstances, Mina n'aurait pas pu s'empêcher d'en remonter quelques-uns pour voir de quels exploits ils étaient capables. Elle reconnut ici et là quelques-unes des créations les plus « normales » de sa mère, qui avaient été vendues par le Forgeron – un chien remuant la queue et faisant un saut périlleux arrière, un rossignol qui chantait – et en éprouva un peu plus de sympathie pour ses hôtes. Ils n'avaient pas prévu de desserts sans sucre, mais tout compte fait ils n'étaient pas si crétins.

Les yeux de Newberry s'arrondirent brièvement en la voyant. Elle ne portait jamais de jupe en sa présence, et encore moins de robe de soirée en satin jaune découvrant ses épaules et quelques centimètres de peau entre le bord des manches ballon et le haut des gants blancs.

Mais il avait dû se douter qu'elle ne serait pas en tenue de travail, et avait apparemment fait un détour par chez elle. Sur son avant-bras gauche se trouvaient son manteau, ses armes et son gilet de protection. Lui-même n'avait pas pris le temps de se raser, et une barbe naissante complétait la moustache rousse qui retombait sur la commissure de ses lèvres avant de remonter jusqu'à ses favoris. Du coup, il semblait plus vieux que ses vingt-deux ans, et offrait une impression de gros chien protecteur qui correspondait assez bien à la réalité. Newberry ressemblait à un chien-loup ; attachant et fidèle, jusqu'à ce qu'un danger menace. Là, il n'était plus que crocs.

Tous les expats revenus en Angleterre n'étaient pas nobles ou riches. Newberry, lui, était rentré pour que sa jeune femme, qui avait les poumons malades, puisse être contaminée par les virus et recouvrer la santé.

— Au rapport, Newberry.

Elle prit le gilet noir sans manches qu'il lui tendait. Le vêtement ajusté était en métal tissé, et la protégeait de la gorge à la taille. D'ordinaire, elle le portait sous ses vêtements, mais là, elle n'avait pas le choix. Elle le passa sur sa robe, et en ferma les boucles une à une.

— Nous sommes attendus à l'île aux Chiens, inspectrice. La commissaire Hale a expressément demandé que ce soit vous qui vous occupiez de cette affaire.

— Ah bon ?

Peut-être ce meurtre avait-il un rapport avec un autre, sur lequel elle avait enquêté.

— C'est qui, cette fois ?

— Le duc d'Anglesey, inspectrice.

Quoi ? Quittant des yeux la boucle qu'elle était en train de fermer, elle regarda Newberry.

— Le duc de Fer a été assassiné ?

Elle ne l'avait jamais rencontré, ne l'avait jamais vu en personne, et pourtant son cœur se mit à battre. Rhys Trahaearn, ancien capitaine pirate récemment anobli et, depuis qu'il avait anéanti la Tour de la Horde, héros le plus cher au cœur de tous les Anglais.

— Non, inspectrice, il ne s'agit pas de monsieur le duc. Il a juste signalé le meurtre.

Les journaux parlaient du duc comme d'un personnage plein de superbe, au passé romanesque, mais Mina le soupçonnait de n'être qu'un opportuniste qui s'était trouvé au bon endroit au bon moment.

— Il a tué quelqu'un, alors ?

— Je l'ignore, inspectrice. On m'a juste dit qu'un corps avait été retrouvé près de chez lui.

Mina fit la moue. Étant donné la taille de son parc, cela pouvait tout et rien dire à la fois.

Le gilet enfin fermé, le laçage de sa robe, dans le dos, appuyait contre sa colonne vertébrale. C'était très inconfortable. Elle passa son ceinturon autour de sa taille. Une de ses armes était chargée de balles, l'autre de fléchettes d'opium. Ces dernières étaient plus efficaces sur les bogués déchaînés. Elle hésita quand Newberry lui passa le fourreau de son poignard. D'ordinaire, Mina portait un pantalon, et attachait l'arme à sa cuisse. Là, si elle procédait de cette manière sous sa robe, jamais elle ne parviendrait à tirer le poignard. Mais traverser l'est de Londres en pleine nuit sans se munir de toutes les armes possibles était une folie. Restait le mollet.

Elle posa un genou à terre et remonta ses jupons. Newberry se retourna brusquement, les joues en feu assurément. C'était un bon gars, ce Newberry. Toujours à respecter les convenances. Parfois, Mina le plaignait. Il avait été assigné à son service à sa descente d'aéronef en arrivant de Manhattan City.

À d'autres moments, elle se disait que cela lui faisait du bien. En deux siècles d'émigration, les expats étaient devenus très prudes. Sans doute parce que Cromwell et ses Séparatistes s'étaient installés là-bas trente ans avant que les autres ne quittent l'Angleterre.

Mina attacha solidement le fourreau à son mollet et fit la grimace en voyant ses pantoufles de bal. Newberry n'avait pas pensé à prendre ses boots. Son chapeau non plus, mais cela n'était pas plus mal. Elle se voyait difficilement le faire tenir sur la pièce montée qui lui tenait lieu de coiffure. Elle prit son lourd manteau et se dirigea vers la porte, ravalant un grognement d'exaspération.

Inspectrice fagotée à l'envers en haut, grande dame en bas. Pourvu que Felicity ne la voie pas... Mina en entendrait parler jusqu'à la fin de ses jours.

La voiture à deux places de Newberry les attendait au pied de l'escalier principal, hoquetant et crachant de la vapeur par le capot, ce qui lui valait les regards affligés des employés de la maison. Ceux-ci étaient habitués à des véhicules plus grands, plus rutilants, avec des attributs de cuivre et des sièges recouverts de velours.

Comme il ne pleuvait pas, la capote avait été repliée. Le seau à charbon était posé sur le banc côté passager, comme si Newberry avait alimenté le moteur tout en conduisant.

Newberry rougit et marmonna une excuse, s'emparant du seau pour le poser sur le plancher. Mina batailla pour faire rentrer ses jupons dans le minuscule habitacle tandis qu'il s'installait au volant. Elle finit par les remonter sur ses genoux, provoquant un nouvel incendie sur les joues de l'agent.

Newberry ferma le robinet de vapeur. Le sifflement se tut et la voiture s'ébranla lentement. Mina soupira. La courtoisie exigeait que l'on n'assourdisse pas les occupants d'une propriété privée avec des rugissements de moteur. Toujours poli, Newberry avait de toute évidence l'intention d'attendre qu'ils aient passé la grille pour lancer son engin à fond.

— Nous sommes pressés, agent Newberry, lui rappela-t-elle.

— Bien, madame.

Il tira sur le levier de commande. La voiture fit un bond en avant, crachant un énorme nuage de fumée noire qui obscurcit tout derrière eux. Dommage, pensa Mina. Elle aurait bien aimé voir la tête des employés.

Large et bien pavée, Piccadilly Street était peu fréquentée. Le chemin se fit plus chaotique quand ils passèrent Haymarket. Les pâtés de maisons se succédaient, les rues rétrécissaient. Toutes les fenêtres étaient fermées, pour lutter contre le bruit. L'obscurité cachait le gris foncé de la suie qui recouvrait tous les bâtiments de Londres, et masquait la fumée qui plongeait la ville dans une épaisse brume pendant la journée – une brume encore épaissie par l'incendie qui avait ravagé les taudis de Southwark la semaine précédente. Même si l'essentiel du sinistre avait été circonscrit, le feu couvait encore à certains endroits.

Entre les grincements de la voiture et le bruit du moteur, on ne s'entendait guère, et la conversation devint quasiment impossible lorsque Newberry s'engagea dans Viktwar Road, la voie marchande que la Horde avait construite entre la Tour et les docks. Au départ, elle avait porté le nom du darga de Londres, mais neuf ans plus tôt, les révolutionnaires avaient détruit tous les panneaux portant le nom du gouverneur. Quelqu'un avait griffonné *Viktwar* à la place, et la route avait conservé ce nom. Ces dernières années, de nouveaux panneaux avaient remplacé les anciens, et la transcription phonétique était restée.

La circulation était dense à présent. Newberry ralentit pour laisser passer un triporteur araignée. Les pieds du conducteur actionnèrent rapidement les pistons hydrauliques qui débloquèrent les pattes segmentées du véhicule, lui permettant d'enjamber l'embouteillage à la manière d'un crabe. Ses passagers étaient cramponnés à leur siège, et s'accrochèrent un peu plus lorsqu'il prit brusquement à gauche, évitant de justesse une collision avec deux femmes sur un buggy à pédales. À droite de Newberry, un énorme véhicule, chargé de moutons qui bêlaient de panique, força le passage sur la voie centrale.

— Ce camion nous a doublés ! protesta Mina.

— Pas étonnant ! Il a une calandre plus large qu'un postérieur de reine castillane !

Plus Newberry parlait fort, plus il oubliait ses manières. Mina aimait bien se déplacer en voiture avec lui.

Elle avait froid. Même avec son manteau de laine, la fraîcheur humide du soir pénétrait ses vêtements. Sa robe de satin était comme les chandelles dans le salon de sa mère : un cache-misère. En dessous, les sous-vêtements de Mina étaient usés jusqu'à la corde et raccommodés de toutes parts.

Un peu plus loin, la circulation ralentit encore, et bientôt, ils furent au pas. En bordure du quartier de Whitechapel, des enfants vendaient vêtements et colifichets le long des trottoirs. Dans cette partie de la ville, encerclée d'épais murs de brique, un grand nombre d'entre eux vivaient encore à la Crèche, avec leur propre hiérarchie, fabriquaient eux-mêmes la marchandise qu'ils vendaient, et se débrouillaient mieux que bien des familles en dehors de cette zone. Mina regarda deux adolescents équipés chacun d'un morceau de tuyau s'arrêter pour bavarder avec des plus jeunes, qui vendaient divers objets. Les enfants faisaient eux-mêmes la police sur leur territoire, et les prédateurs ne faisaient jamais long feu près de la Crèche. Avec l'expérience, Mina avait appris à reconnaître les marques de matraque laissées sur un corps d'adulte quand les enfants rendaient leur propre justice.

— L'avez-vous déjà rencontré ?

Mina regarda Newberry. Il cherchait souvent à se faire une impression du personnage avant d'arriver sur les lieux d'un crime, mais là, elle n'avait rien à lui dire.

— Non.

Elle avait pourtant mangé des nouilles aux pieds de Trahaearn. Près du poste de police de Whitehall, juste au coin d'Anglesey Square, avait été érigée une statue du duc. D'environ six mètres de hauteur, elle ne permettait pas de se faire une idée très précise de ses traits. Mais pour avoir vu dans les journaux des caricatures du duc, Mina savait qu'il avait une mâchoire carrée, le nez busqué, et d'épais sourcils qui assombrissaient son regard perçant. Il s'en dégageait un mélange de puissance et de beauté, mais elle soupçonnait les artistes de chercher à embellir l'image du Sauveur de l'Angleterre.

Les journaux racontaient que ses parents étaient des propriétaires terriens gallois, et qu'il avait été enlevé alors qu'il n'était qu'un bébé. Mais en réalité, personne ne savait rien de sa famille. Il était très possible que son père ait eu des marteaux-pilons en guise de jambes, et sa mère des perceuses à la place des bras, qu'il soit né dans une mine de charbon neuf mois après une Frénésie, puis ait été calé dans un seau pendant que sa mère retournait travailler.

Mais, vingt ans plus tôt, son nom avait été enregistré pour la première fois dans le livre de bord du capitaine Baxter, qui commandait *L'Indomptable*. Trahaearn, âgé de seize ans, avait été arrêté à bord d'un bateau négrier en route pour le Nouveau Monde et, avec le reste de l'équipage, avait été incorporé dans la Marine. Deux ans plus tard, il était passé de *L'Indomptable* à un autre bateau anglais, *L'Unité*, une frégate de cinquième catégorie qui patrouillait dans les mers du Sud. Avant qu'ils n'arrivent en Australie, Trahaearn avait organisé une mutinerie, pris le contrôle du bateau et rebaptisé la frégate *Terreur de Marco*. Avec le *Terreur*, il avait embarqué pour huit années de piraterie – pas une seule route commerciale, pas une seule nation, pas un seul marchand n'avait été à l'abri de Trahaearn et de son équipage. Même à Londres, où la Horde étouffait toute nouvelle suggérant une faiblesse dans son système de défense, la rumeur des actes de piraterie commis par Trahaearn avait fini par filtrer. À plusieurs reprises, les journaux avaient annoncé sa capture. Par deux fois, on l'avait déclaré mort.

Peut-être était-ce pour cela que la Horde n'avait pas envisagé une seconde que le *Terreur de Marco* remonterait un jour la Tamise pour aller faire sauter leur tour.

— Est-il augmenté ?

Mina faillit sourire. Même en criant, Newberry ne pliait pas au point d'utiliser le terme « bogué ». « Augmenté » était devenu le terme poli pour définir des êtres vivant avec des millions de machines microscopiques dans le corps. « Bogué » avait d'abord été une insulte à leur encontre – et l'était encore à Manhattan City. Mais seuls les expats semblaient y attacher de l'importance.

Dans son entourage, Mina ne connaissait pas un seul bogué qui s'offusquât qu'on l'appellât ainsi.

Bien sûr, si Newberry l'appelait, elle, par le nom que la Horde avait utilisé – *zum bi*, les sans-âme –, elle lui mettrait sans hésiter son poing dans la figure, et ferait sauter quelques-unes de ses dents augmentées.

— Oui, confirma-t-elle.

— Comment a-t-il fait ?

Comme Mina fronçait les sourcils, certaine d'avoir raté une partie de la question, Newberry précisa :

— Pour la Tour !

Ce n'était pas la première fois qu'on lui posait cette question. La Horde avait installé un signal radio de courte portée autour de sa tour, empêchant ainsi les bogués d'en approcher. Trahaearn avait effectivement été contaminé, mais n'avait pas été paralysé lorsqu'il avait pénétré dans la zone d'émission de ce signal. Le père de Mina avançait comme explication le fait que la fréquence avait dû changer entre l'époque où il vivait au pays de Galles et son retour à Londres. Elle avait entendu d'autres bogués avancer cette théorie, mais les expats préféraient penser qu'il n'avait jamais été infecté par les nanoagents, et ce quand bien même Trahaearn avait confirmé être porteur des virus depuis son enfance.

La théorie de son père lui semblant aussi bonne qu'une autre, Mina hurla à son tour :

— Les fréquences !

Newberry sembla dubitatif, mais hocha la tête.

Fréquences ou pas, peu importait. Grâce au duc de Fer, les nanoagents ne les contrôlaient plus, mais les aidaient. La Horde ne gommait plus leurs émotions – violence, désir, ambition – et ne les plongeait pas dans un état de rut frénétique pour qu'ils se reproduisent, selon le bon vouloir du darga.

Neuf ans plus tard, un grand nombre de ceux qui avaient été élevés sous la Horde peinaient encore à contrôler leurs émotions les plus fortes, à lutter contre les pulsions violentes qui les habitaient. Tous n'y parvenaient pas, et c'était là que Mina intervenait.

Avec un peu de chance, ce meurtre serait comme les autres : le résultat d'une pulsion mal gérée, une piste facile à remonter, et un meurtrier facile à inculper.

Et avec un peu plus de chance encore, le meurtrier ne serait pas le duc de Fer. Il était trop aimé – aimé au point que l'Angleterre tout entière préférait ignorer son passé de violeur, de voleur et d'assassin. Aimé au point que l'on essayait de réécrire cette partie-là de son histoire. Bref, même si tous les indices menaient à Trahaearn, il s'en sortirait indemne.

En revanche, Mina, en tant qu'officier chargé de l'enquête menant à son arrestation, y laisserait des plumes.

2

Quand ils arrivèrent à l'île aux Chiens, le pincement de l'air nocturne était devenu mordant. L'île n'en était pas vraiment une : elle n'était entourée d'eau que sur trois côtés. Il s'agissait en réalité d'un méandre de la Tamise. La Horde avait asséché les marais à cet endroit, pour y construire une partie de son centre de commerce et d'échange. L'ensemble avait été pillé et incendié durant la révolution et, plus tard, la Couronne avait attribué à Trahaearn une portion de l'île avec son titre. Il avait reconstruit les docks, qui servaient aujourd'hui aux bateaux de sa maison de commerce et aux marchands qui lui louaient des emplacements sur les quais. Au centre de l'île, près du dock Marshwall, il avait rasé les restes des bâtiments de la Horde et érigé sa forteresse à la place.

Les hautes grilles en fer forgé qui entouraient son parc lui avaient valu le surnom de duc de Fer. Ces grilles empêchaient le reste de Londres de pénétrer dans son domaine, et protégeaient les richesses qu'il y entreposait. Les pointes qui les hérissaient décourageaient toute tentative d'escalade, et personne n'était jamais invité chez le duc. Du moins, personne qui fît partie du milieu que fréquentaient Mina ou sa mère.

Même si elle n'était pas très sûre de leur position dans la société.

Newberry arrêta la voiture devant le portail. Quand un visage s'encadra dans la fenêtre de la guérite, il hurla :

— Inspectrice Wentworth, en mission de police ! Ouvrez !

Le gardien sortit. C'était un homme âgé, à longue barbe grise, qui boitait lourdement, assurément équipé d'une prothèse de jambe. Un ancien pirate, devina Mina. La Couronne faisait courir le bruit que Trahaearn et ses hommes avaient été des corsaires, agissant sous les ordres du roi, mais seuls quelques enfants encore naïfs croyaient à cette histoire. Les autres savaient qu'elle avait été inventée pour conforter le roi et ses ministres après la révolution. Accorder un titre à Trahaearn avait été l'un des derniers actes sensés du roi. L'équipage avait reçu des droits de navigation, et le *Terreur de Marco* avait été rattaché au service de la Marine royale... à laquelle il était censé avoir toujours appartenu.

Le duc de Fer avait échangé le *Terreur* et les mers contre un titre et une forteresse en plein milieu d'un quartier misérable. Mina se demandait s'il n'avait pas le sentiment de s'être fait un peu rouler.

— Et la bridée ? questionna le gardien en la regardant.

À côté d'elle, Newberry frémit.

— Vous parlez de lady Wilhelmina Wentworth, inspectrice de la police de Sa Majesté.

Oh, Newberry... À Manhattan City, un titre avait encore un sens. En Angleterre, cela voulait juste dire que sous la férule de la Horde, Mina et sa famille avaient été soumises aux mêmes horreurs que les classes inférieures. Quand le gardien la regarda à nouveau, elle sut parfaitement ce qu'il voyait, et ce n'était pas une lady. Il ne voyait pas non plus les épaulettes annonçant son grade, ni le bandeau rouge cousu sur la manche de son manteau, témoignant du fait qu'elle avait fait couler le sang de la Horde pendant la révolution.

Non. Ce qu'il voyait, c'était son visage, sur lequel il calculait son âge, ce qui lui permettait de déduire qu'elle avait été conçue pendant une Frénésie. Et que du fait de leur rang, son père et sa mère avaient été autorisés à la garder plutôt que de la laisser à la Horde pour être élevée dans une crèche.

Le gardien se tourna vers Newberry.

— Vous êtes qui, vous, alors ?

— Je suis le sergent Newberry.

Le vieil homme se gratta la tête et boita jusqu'à sa guérite.

— D'accord. J'envoie un télégramme au capitaine, alors.

Il appelait encore Trahaearn « capitaine » ? Cela en disait-il plus sur l'opinion qu'avait Trahaearn de son nouveau titre, ou sur celle du gardien ?

L'homme ne reparut pas. Newberry et Mina n'avaient pas attendu plus d'une minute lorsque les battants du portail pivotèrent sur des gonds parfaitement huilés.

Le parc était immense, les pelouses vertes s'étendaient à l'infini, disparaissant dans la nuit. Des chiens patrouillaient le long de la clôture, leurs maîtres engoncés dans d'épais paletots pour lutter contre le froid. Si quelqu'un réussissait à pénétrer dans la propriété, il ne trouverait guère d'endroits où se cacher. Tous les buissons et les arbres étaient encore jeunes, plantés après l'arrivée de Trahaearn.

La maison rivalisait avec Chesterfield avant que celle-ci ne soit incendiée pendant la révolution. En pierre grise, avec deux ailes rectangulaires encadrant une large cour. Les encadrements des fenêtres – nombreuses – étaient sobres, et seuls une balustrade le long du toit ainsi qu'un vitrail venaient alléger la façade de pierre, un peu massive. Au centre de la cour coulait une fontaine. Derrière, l'escalier principal formait une large parenthèse arrondie jusqu'à l'entrée.

Au milieu des marches, un drap blanc immaculé recouvrait une forme allongée. Un homme attendait en haut de l'escalier, sa silhouette fine figée dans une raideur extrême qui frappa Mina. Puis cela lui revint. La Marine.

Il s'agissait probablement d'un autre ex-pirate, mais celui-ci avait d'abord été marin, ou même officier.

Une maison de cette taille devait nécessiter une véritable armée d'employés, et Mina et Newberry allaient devoir tous les interroger. Bientôt, elle saurait combien de pirates avaient suivi leur capitaine sur la terre ferme.

Comme ils arrivaient près de la fontaine, elle se tourna vers Newberry.

— Arrêtez-vous là. Installez votre appareil près du corps, prenez tout en photo avant qu'on ne le bouge.

Newberry se gara et descendit. Mina n'attendit pas qu'il ait récupéré son équipement et se dirigea vers la maison. L'homme descendit les marches pour l'accueillir, et elle fut forcée de revoir son jugement. Sa raideur n'était pas l'expression de sa discipline, mais plutôt une façon de masquer une énergie puissante, retenue. Ses cheveux bruns étaient lissés en arrière, son visage était étroit, un peu rougeaud. Contrairement au gardien du portail, il était bien mis.

— Inspectrice Wentworth.

D'une main aux doigts tachés d'encre, il montra le corps, l'invitant à y jeter un œil.

Elle n'était pas pressée, le pauvre bougre n'irait plus nulle part.

— Monsieur… ? demanda-t-elle.

— Saint John, répondit-il avec un accent d'expat. Je suis l'intendant du domaine de monsieur le duc.

— De ce domaine-ci, ou de son domaine gallois ?

Dans lequel, d'après les renseignements dont disposait Mina, il ne se rendait guère.

— Son domaine d'Anglesey, inspectrice.

Newberry passa près d'eux, chargé de son lourd appareil photographique. Saint John le suivit du regard, comme pour lui proposer son aide, mais revint vers Mina lorsque celle-ci lui demanda :

— Quand êtes-vous arrivé du pays de Galles, monsieur Saint John ?

— Hier.
— Avez-vous vu ce qui s'est passé ici ?
Il secoua la tête.
— J'étais dans le bureau quand j'ai entendu Chesley, le valet de pied, dire à la gouvernante que quelqu'un était tombé. Mme Lavery l'a ensuite annoncé à monsieur le duc.
Mina fit la moue.
— Quelqu'un est tombé dans l'escalier ?
— Non, inspectrice. Quelqu'un a chu, répondit-il, ponctuant ses mots d'un brusque mouvement de la main, de haut en bas.
Mina regarda à nouveau le corps, puis leva les yeux vers la balustrade, au bord du toit.
— Vous savez de qui il s'agit ?
— Non.
Cela ne la surprenait pas. S'il gérait le domaine gallois, il ne devait pas bien connaître le personnel londonien.
— Qui l'a recouvert d'un drap ?
— C'est moi, après que monsieur le duc a renvoyé tout le monde à l'intérieur.
Donc, ils étaient tous sortis pour « voir ».
— Quelqu'un l'a-t-il identifié ?
— Non.
Ou si c'était le cas, personne n'avait rien dit.
— Où se trouve le personnel, maintenant ?
— Tout le monde est réuni dans le grand salon.
Où ils se répétaient probablement l'histoire à l'envi, jusqu'à ce que chacun soit convaincu d'en avoir été le témoin. Flûte ! Mina se pinça les lèvres.
Comme s'il comprenait sa frustration, Saint John ajouta :
— Le valet de pied est seul dans le bureau, cependant. Monsieur le duc lui a demandé de ne pas quitter cette pièce. Il n'a parlé à personne depuis que Mme Lavery a prévenu monsieur le duc.
— Même pas au duc ?

La réponse vint de derrière elle, et d'une voix qui aurait aisément porté jusqu'à l'autre bout d'un bateau.

— Si, il m'a parlé, inspectrice.

Elle se retourna, et découvrit un homme aussi imposant que sa voix. Foutus journaux. Ils n'avaient pas été gentils avec lui : ils l'avaient été avec leurs lecteurs, en les protégeant de l'effet que produisait cet homme. Une peur indéfinissable lui noua l'estomac, comme lorsqu'elle s'était trouvée face à un dératiseur aux griffes acérées comme des rasoirs dans une ruelle – avec la certitude instinctive d'être devant un danger qu'elle ne comprenait pas complètement.

Non que le duc eût l'air étrange, ou mutant, comme le sont ces dératiseurs. Il était aussi dur et beau que les caricatures le montraient, le regard aussi perçant et impénétrable que la clôture qui lui avait valu son surnom. Le duc de Fer n'était pas aussi grand que sa statue, mais l'était plus que tout homme pouvait l'être. Il avait les épaules aussi larges que celles de Newberry, mais sans l'embonpoint du sergent.

Ce n'était cependant pas sa taille qui le rendait inquiétant. Pour la première fois, elle comprit ce qui avait poussé son équipage à le suivre dans des eaux infestées de krakens ou jusqu'en territoire de la Horde. Quand il posait son regard froid, indifférent sur eux, comme s'il se fichait de ce qui pouvait leur arriver, ils devaient être trop effrayés pour oser envisager autre chose. Il le posait sur Mina en cet instant et, dans ses yeux, le message était clair.

Il ne voulait pas de sa présence ici.

À cause de sa lignée, ou de son métier ? Mina n'aurait su le dire. Mais peu importait. Elle était là, maintenant.

Elle regarda brièvement l'homme qui se tenait à son côté : grand, brun, il semblait souffrir d'un profond ennui. Sa tête ne lui disait rien. Comme le duc de Fer, il portait une redingote noire très à la mode, une culotte et des bottes. Un gilet rouge fermé par une boucle sur sa chemise blanche, dont le col simple n'était pas sans rappeler celui des tuniques de la Horde. Un expat, peut-être, et dans ce cas, probablement un aristocrate, qui entendait être traité comme tel.

Dommage pour lui.

Son regard revint sur le duc. C'était la première fois qu'elle était présentée à quelqu'un de ce rang, mais elle avait vu la divisionnaire Hale rencontrer une marquise et ne pas faire le moindre geste signifiant qu'elle reconnaissait être en présence d'une personne de rang supérieur. Mina suivit cet exemple et répondit d'un léger hochement de tête avant de demander :

— Si j'ai bien compris, monsieur le duc, vous n'avez pas été témoin de la mort de cet homme ?

— Non, en effet.

— Et votre ami ?

— Rien vu non plus, répliqua l'autre.

Elle avait deviné juste. Son accent était celui d'un expat. Mais elle révisa néanmoins son opinion sur un point. Le décès de l'inconnu ne l'ennuyait pas. Il avait trop l'habitude de la mort pour qu'un nouveau cadavre l'émeuve. Personnellement, elle avait du mal à comprendre cela. Plus elle était confrontée à la mort, plus elle la trouvait injuste.

— Votre nom, monsieur ?

Le sourire de l'homme fut proche de l'éclat de rire.

— Smith.

Un plaisantin. Comme c'était drôle.

Il lui sembla observer une pointe d'irritation dans l'expression du duc. Mais il ne donna pas pour autant le véritable nom de son ami, et elle ne releva pas l'affront. Quelqu'un, parmi le personnel, saurait bien la renseigner.

— M. Saint John m'a dit que personne n'avait encore identifié le corps, et que seul votre valet de pied l'avait vu tomber.

— C'est exact.

— Votre valet vous a-t-il dit autre chose ?

— Juste qu'il n'avait pas crié.

Pas crié ? Donc l'homme était ivre, endormi, ou déjà mort.

— Veuillez m'excuser.

Elle pivota vers l'escalier, où Newberry installait le flash thermique sur son appareil. Elle entendit le duc de Fer et son ami lui emboîter le pas. Tant qu'ils ne touchaient pas le corps, cela ne la dérangeait pas.

Mina regarda ses mains. Elle, en revanche, allait toucher le corps, et Newberry n'avait pas apporté ses gants de laine si pratiques, pour remplacer ses gants de soirée blancs.

Elle tira sur le bout de ses doigts, mais la fermeture, à son poignet, l'empêcha d'ôter son gant. Vainement, elle tenta de faire passer les boutons par les minuscules boucles. Le satin était trop glissant. Elle chercha Newberry du regard, et vit que la poudre noire de l'appareil ferrotype avait déjà taché ses mains. Nom d'une pipe. Elle les arracherait avec les dents, s'il le fallait. Recoudre un bouton l'horripilait, mais ce serait plus facile que…

— Donnez-moi votre main, inspectrice.

Mina sentit son poil se hérisser en entendant cet ordre. Elle regarda Trahaearn, perçut un rire étouffé du côté de son ami.

L'expression du duc ne s'était pas adoucie, mais le ton de sa voix, si.

— Vous en aurez terminé plus vite, si je vous aide. Me permettez-vous ?

Non, pensa-t-elle. Ne me touche pas, ne m'approche pas. Mais le corps gisant à leurs pieds passait avant toute autre considération.

— Oui. Merci.

Elle tendit la main et le regarda retirer ses propres gants. En chevreau. Doublé de noir. Le simple fait d'imaginer cette douceur exquise la réchauffa.

Elle n'aurait pas été surprise que la présence du duc ait le même effet. Avec sa stature, Trahaearn semblait l'envelopper de chaleur rien qu'en se tenant près d'elle. Ses mains étaient longues, ses ongles carrés. Lorsqu'il prit le poignet de Mina, sa peau calleuse griffa le satin. Son visage s'assombrit. Elle n'aurait su dire si c'était de colère ou de gêne.

Mais, aussi rêche sa peau fût-elle, ses doigts étaient très agiles. Il défit le premier bouton d'un geste sûr, puis le suivant.

— Ce n'était pas la soirée que vous aviez imaginée.

— Non.

Elle n'ajouta pas qu'elle préférait cela au bal de la Victoire, mais peut-être le comprit-il à sa voix. À sa grande surprise, un sourire se dessina sur les lèvres du duc. Mais, très vite, son expression se durcit à nouveau, comme si son propre sourire l'avait surpris, lui aussi. Il baissa les yeux, et Mina ne put s'empêcher de remarquer ses sourcils, courts et épais, si noirs qu'on aurait pu les croire rehaussés de khôl. Puis l'éclat de l'or dans ses cheveux sombres attira son attention.

Trois petits anneaux ornaient l'arrondi supérieur de chacune de ses oreilles. Ses lobes avaient été percés, eux aussi, mais aucun bijou n'y était accroché.

Donc, les journaux l'avaient effectivement « arrangé ». Sur un dessin, épais sourcils et boucles d'oreilles auraient donné un côté efféminé au personnage. Mais de près, ce n'était pas le cas. Au contraire. Il dégageait quelque chose de… brut.

Déstabilisée, elle se concentra sur son poignet. Plus que deux boutons, et elle pourrait se mettre au travail.

Il était grand temps.

— Les chiens étaient-ils dans le parc avant qu'on ne découvre le corps ?

— Non. Mes hommes cherchent par où quelqu'un aurait pu entrer.

Mina revit la haute grille de fer forgé. Un enfant pouvait passer entre les barreaux. Pas un homme. Mais quelqu'un l'avait peut-être laissé entrer…

— Avez-vous parlé avec votre gardien ?

— Wills ?

— Si Wills a une prothèse en guise de jambe gauche et garde dans sa barbe une partie de son dîner pour le petit déjeuner, alors nous parlons du même homme.

— C'est bien Wills.

Il la fixa d'un regard impénétrable et ajouta :

— Jamais il ne ferait entrer quelqu'un.

Sans l'aval de son maître, termina Mina intérieurement. Elle vérifierait cela avec le gardien. Il fallait qu'elle l'interroge sur les livraisons, aussi. Quelqu'un s'était peut-être caché dans une camionnette.

À nouveau, il baissa les yeux sur le gant de Mina.

— Voilà, dit-il. Passons à…

Elle retira sa main au moment où Trahaearn saisissait le satin des doigts. Il tira d'un coup sec. Le satin glissa, telle une caresse sur son coude, puis son avant-bras.

Elle s'empourpra.

— Monsieur…

L'expression du duc changea. Il continua à tirer, puis sembla surpris, comme s'il n'avait pas vu que le gant avait découvert son bras. La surprise céda le pas à une émotion brute, puissante, tandis que le long gant révélait lentement sa main. Enfin, le gant tomba, suspendu à ses doigts, et pour Mina, cet instant fut aussi intime que s'il avait ôté son bas.

La manche de sa robe couvrait le haut de son bras, mais elle se sentait exposée. Nue. Avec autant de dignité que possible, elle récupéra son gant.

— Merci. Je vais me débrouiller avec l'autre.

Elle fourra son gant dans sa poche et, de sa main nue, vint aisément à bout des boutons du poignet gauche.

Quand elle releva les yeux, elle réalisa qu'il la fixait d'un regard brûlant, les pommettes en feu.

Elle avait déjà vu le désir dans un regard d'homme. Mais pour la première fois, ni le dégoût, ni la haine ne s'y mêlaient.

— Merci, répéta-t-elle, étonnée par l'assurance de sa propre voix quand tout en elle tremblait.

— Inspectrice, répliqua-t-il en inclinant la tête avant de regarder derrière elle, en direction de l'escalier.

Elle se tourna et, ce faisant, cessa de trembler. D'un pas ferme, elle se dirigea vers le corps, concentrée sur le travail qui l'attendait.

— Dis-moi, capitaine : ton intention était-elle de l'aider, ou de la déshabiller ? demanda l'ami du duc.

Trahaearn ne répondit pas, et Mina ne se retourna pas.

Avec le temps, Mina avait appris à reconnaître les différentes sortes de décès – quand la préméditation ou la passion entraînait la violence, quand la mort était accidentelle ou provoquée. Mais, penchée sur le corps gisant dans l'escalier du manoir de Trahaearn, elle ne parvenait à établir aucun diagnostic.

Nu, l'homme brun était allongé sur le ventre, le bras gauche replié sous lui, les jambes écartées. Aucune blessure, aucune trace n'était visible sur son corps.

Mais sa mort n'était pas récente. La peau avait noirci et était froide. Les tissus n'avaient pas gonflé, mais le choc de la chute avait peut-être permis aux différents gaz de s'échapper, comme un ballon qui éclate. Il n'y avait que très peu de sang, épais, sur les marches.

Mina tourna la tête de l'homme. Il était complètement défiguré. L'identification allait être difficile. Elle lui ouvrit la bouche. Sa mâchoire était brisée, ses dents cassées, et sa langue… Elle glissa deux doigts dans la cavité buccale, intriguée. L'épais muscle, à la base de la langue, était dur, et froid comme de la glace. Cet homme était en train de dégeler. Son corps avait été congelé.

— Vous avez terminé, avec les photos ? demanda-t-elle à Newberry par-dessus son épaule. Il faut que je le retourne.

Le sergent fit oui de la tête. Elle glissa un bras sous les épaules, un autre sous le bassin, et fit rouler le corps. Le torse formait un seul bloc compact. La jambe, elle, se retourna comme un morceau de caoutchouc informe.

Derrière elle, Mina entendit Newberry étouffer un haut-le-cœur. Saint John n'y parvint pas. L'ami du duc de Fer marmonna quelque chose et se détourna.

Mina se força à poursuivre son examen. Les os avaient été pulvérisés lors de l'atterrissage, mais en dehors de ça, elle ne voyait aucune blessure. Peut-être avait-il été frappé au visage. Ensuite, la chute avait effacé tout indice.

Lorsqu'elle souleva le bras gauche, celui-ci resta raide. Étrange. Contrairement aux jambes et au bras droit, les os de ce membre-là n'avaient pas été brisés. Elle gratta légèrement la surface grisâtre de la peau : ses ongles ne laissèrent aucune trace. Il s'agissait sans doute d'une prothèse fabriquée à partir de chair artificielle.

La chair artificielle, ça n'était pas donné.

Il lui faudrait terminer son examen dans les locaux de la police. Elle replaça le drap sur le corps. Au même moment, la porte du manoir s'ouvrit.

Une femme robuste, les cheveux bouclés, apparut sur le perron. Des clés tintaient à sa ceinture.

— Je vous demande pardon, monsieur le duc, mais il y a un télégramme de M. Wills. Un fourgon de police vient d'arriver, pour le corps.

La bonne semblait peu sûre d'elle. Mina se demanda si elle attendait du duc qu'il refuse au fourgon l'entrée de son domaine. D'ailleurs, Trahaearn semblait effectivement contrarié. Il avait plissé les lèvres, comme s'il retenait une réponse lapidaire.

Son regard croisa celui de Mina. Un instant s'écoula, puis il dit :

— Qu'il les laisse entrer.

Derrière lui, son compagnon secoua la tête et remonta vers la porte.

— Bon, moi, je vais boire jusqu'à ce que cette jambe redevienne raide dans mon souvenir.

Mina se redressa avant que le duc ne lui emboîte le pas.

— Avec votre permission, j'aimerais voir le toit.

Saint John s'avança.

— Certainement, inspectrice. Je vais…

— Restez avec le sergent, l'interrompit Trahaearn. Je m'en occupe.

Saint John rougit. Mina regarda Newberry, qui approuva d'un hochement de tête. Elle n'avait pas besoin de lui donner d'instructions. Il savait qu'il devait rester près du corps jusqu'à ce que celui-ci soit chargé dans le fourgon.

Elle suivit le duc à l'intérieur. L'entrée était immense, éclairée par des lampes à gaz, mais lambrissée d'un bois si sombre que l'on se serait cru dans une grotte. Trahaearn se dirigea tout de suite à gauche, vers une petite pièce au fond de laquelle une grille barrait l'accès. Il l'ouvrit, révélant un petit ascenseur, dans lequel il monta.

Dès qu'elle fut à côté de lui dans cet espace restreint, il actionna le levier de commande. L'ascenseur s'ébranla dans un grincement de bois et de métal. Mina se plaqua contre la paroi. Le duc l'observait comme un pêcheur aurait observé un asticot. Seuls quelques centimètres les séparaient, et son imagination, pourtant si utile quand il s'agissait de déterminer le mobile d'un criminel, ne lui était plus d'aucun secours à cet instant.

Tentant de calmer sa nervosité, elle se força à se concentrer.

— Quelqu'un d'autre utilise-t-il cet ascenseur ?

— Non.

— Est-il possible de monter par un escalier ?

— Oui.

Elle demanderait au personnel si quelqu'un avait été vu empruntant l'escalier. De toute façon, elle avait le sentiment que l'homme n'était pas tombé du toit, mais de plus haut.

À son grand soulagement, l'ascenseur s'arrêta. Avant même que Trahaearn n'ouvre la grille, elle vit que le toit avait été conçu pour défendre la maison en cas de besoin. Canons et pièces d'artillerie lourde étaient installés le long de la balustrade. La grande pelouse à découvert était le passage obligé pour qui tentait de traverser le parc. Au-delà de la grille, il y avait les docks, les entrepôts, tous les bâtiments installés au bord du fleuve, et au-delà encore, les lanternes des bateaux et des péniches passant sur la Tamise.

Il n'y avait pas de circulation, pas de résidences privées alentour. La nuit était calme. Étonnamment calme.

Mina se tourna vers le duc, et réalisa qu'il la regardait.

Déstabilisée par ce regard pénétrant, elle leva les yeux vers le ciel. Les aéronefs n'étaient pas autorisés à survoler la ville, à moins d'avoir une permission spéciale. Mais lorsque le ciel était bas, et que les nuages s'ajoutaient à la brume environnante, il était très possible qu'il en passe un sans qu'on le voie. Il suffisait que l'équipage n'allume pas les moteurs.

— Étiez-vous dehors quand l'incident s'est produit ?

— Non. Je dînais.

— Avez-vous le souvenir de bruits inhabituels, pendant votre repas ? Un moteur, peut-être ?

— Non.

— Et après la découverte du corps ?

Elle vit qu'il cherchait à comprendre où elle voulait en venir, avant de répondre :

— Non.

— Avez-vous reçu des menaces ?

Cette question serait de la plus haute importance pour la divisionnaire Hale, et pour tous ceux à qui Mina devait rendre des comptes. La sécurité du duc de Fer était primordiale.

— Oui, répliqua-t-il, accompagnant sa réponse d'un bref sourire.

Évidemment qu'il en recevait.

— Des menaces de la part de quelqu'un qui oserait les mettre à exécution ?

— Non.

Et quand bien même cela aurait été le cas, Mina avait l'intuition qu'on ne l'aurait pas appelée. Le duc faisait la loi sur son domaine. Il aurait réglé le problème et fait disparaître le corps. Du coup, elle ne put s'empêcher de demander :

— Pourquoi avez-vous appelé le quartier général de la police ?

Comme il ne répondait pas, elle comprit.

— Vous ne l'avez pas appelé. Qui l'a fait ?

Le regard du duc se fit plus perçant encore, comme si la sagacité de Mina le surprenait. Mais il garda le silence. Protégeait-il ses hommes ?

— Dites-moi, depuis combien de temps Saint John est-il à votre service ?

Cette fois, il répondit :

— Trois jours.

Donc, le nouvel intendant n'avait pas réfléchi, et avait prévenu la police plutôt que de laisser Trahaearn s'occuper lui-même du cadavre.

— Et si j'ai des questions à lui poser dans trois jours, le trouverai-je toujours à votre service ?

— Cela dépend, inspectrice. Si vous découvrez qu'il connaissait l'homme qui se trouve sous le drap, non.

Venait-il de promettre de tuer Saint John si l'intendant avait un lien avec la victime ? Mina sentit la colère monter en elle.

— Et s'il ne le connaît pas ?

— Alors Saint John sera là.

Mais sans doute moins enclin à se confier, soupçonna Mina. Elle devait donc l'interroger maintenant.

— J'en ai terminé avec le toit. Si vous voulez bien mettre une pièce à ma disposition, pour que je puisse m'entretenir avec votre personnel.

Il laissa courir son regard sur elle avant d'acquiescer d'un hochement de tête. Elle le précéda dans le minuscule ascenseur. Il y avait tellement peu d'espace entre eux qu'elle sentait chacun de ses mouvements. Sa redingote dégageait une légère odeur de tabac et de cèdre. Plaquée contre la paroi, Mina fixa un point au-dessus de l'épaule du duc, et ignora le malaise qui la gagnait.

Trahaearn actionna le levier ; l'ascenseur entama sa descente, en douceur.

— Donc, il a été jeté d'un aéronef.

— Il est encore trop tôt pour en arriver à cette conclusion, répliqua-t-elle. Nous n'avons aucune preuve du passage d'un aéronef, juste quelques indices qui le suggèrent.

— Ses os sont brisés en mille morceaux, et il vous faut voir un aéronef pour savoir ce qui lui est arrivé ?

— Je dois obtenir la preuve du passage d'un aéronef, répéta Mina en réprimant son agacement. Le plus probable, c'est que je la trouverai sur le corps. Mais pour cela, je dois l'examiner de manière plus approfondie. J'ai vu d'autres corps dans le même état qui avaient été battus à coups de marteau pulvérisateur. Si je tire des conclusions trop hâtives, je risque de négliger des informations qui pourraient me diriger vers le meurtrier, ou de faire des suppositions qui me mèneront à la mauvaise personne.

Il scruta son visage, puis, d'un mouvement du menton, lui fit signe de continuer. Comme si elle avait besoin de sa permission ! Ce type avait une sacrée opinion de lui-même. Et malheureusement, tout le monde en Angleterre était d'accord avec lui.

Mais, son arrogance mise à part, Mina avait du mal à cerner sa personnalité.

Elle le regarda dans les yeux.

— J'ai dû quitter un bal donné en partie en votre honneur, quand on m'a appelée.

Il eut un petit sourire.

— Ah oui ?

C'était tout ce qu'il avait à dire ? Cela ne lui indiquait rien du tout. Elle fit une autre tentative.

— Avez-vous choisi de ne pas vous y rendre, monsieur le duc ? Ou n'avez-vous pas reçu d'invitation ?

— J'en ai reçu plusieurs.

Il y avait de l'amusement dans son regard. Mais Mina n'aurait su dire si c'était sa question qu'il trouvait drôle, ou elle.

L'ascenseur s'arrêta au rez-de-chaussée, dans un claquement métallique. Le duc la regarda encore un moment, avant de faire coulisser la grille. Elle sortit dans le petit bureau, réfléchissant à haute voix.

— Vous êtes apprécié, dans cette ville, et pourtant un cadavre tombe sur votre perron. Ce n'est peut-être pas une menace, mais quelqu'un cherche à attirer votre attention, dit-elle en se tournant vers lui.

— Ce quelqu'un aurait pu choisir un autre moyen.

L'amusement avait disparu. Ne restait que la distance. Mina le fixa d'un air de reproche.

— Un homme est mort, monsieur. Cela ne vous fait-il donc rien ?

— Je ne le connais ni d'Ève ni d'Adam. Vous pleurez sur le sort de tous les hommes que vous ne connaissez pas ?

Elle ne pleurait pas sur celui-là, mais l'injustice de sa mort l'émouvait.

— Il est fort probable que sa présence ici a un lien avec vous.

Le regard du duc brillait d'un éclat froid et dangereux. Mina se retint de faire un pas en arrière.

— Alors trouvez qui il est, et ce qu'il fait sur le pas de ma porte… Et je ferai en sorte que le responsable de cette mascarade regrette amèrement d'avoir attiré mon attention.

Elle n'en doutait pas une seconde.

Rhys pouvait imaginer de nombreuses raisons à un meurtre. Mais seule la peur empêchait un assassin de revendiquer son acte. Celui qui avait lâché ce cadavre sur son perron était un fieffé lâche.

Et les lâches, en particulier ceux qui prenaient la poudre d'escampette, il savait quoi en faire. Pensaient-ils réellement qu'il ne partirait pas à leur recherche ?

L'inspectrice avait intérêt à agir vite. Au départ, Rhys n'avait eu aucune intention de la laisser enquêter, et il ne l'aurait pas laissée emporter le corps s'il n'avait pas été certain qu'elle trouverait le coupable. Mais si elle ne l'avait pas examiné, il n'aurait peut-être jamais compris que cet homme était tombé d'un aéronef.

Un aéronef. Bougres d'idiots. Si le lâche n'avait été qu'un individu – ou plusieurs – pénétrant par effraction sur son domaine, il lui aurait réglé son compte en toute discrétion. Mais on était venu le provoquer en aéronef… Il répondrait donc avec autant de panache.

Dès qu'il saurait de qui il s'agissait.

En proie à une intense frustration, Rhys sortit dans le parc, qu'il arpenta un long moment. Une heure s'écoula avant qu'il ne rentre et retrouve Scarsdale dans la bibliothèque. Son ami était déjà ivre. Rhys se servit un brandy, et laissa son regard glisser aux quatre coins de l'immense pièce. Il la détestait. Lors de la construction de son manoir, il avait insisté pour que les pièces soient immenses, pensant que l'espace lui ferait du bien après tant d'années à dormir dans des cabines confinées et à devoir se baisser pour avancer dans les coursives. Au lieu de quoi, cet espace le mettait à cran.

Pas Scarsdale. Affalé sur le canapé, celui-ci avait les yeux clos.

— Cyclope Cushing avait juré de se venger après que tu lui as pris *Le Cerbère*, mais il ne m'a pas paru suffisamment bête pour lâcher un homme au-dessus de ta maison.

Sa diction était hésitante. Rhys était surpris qu'il parvienne encore à énoncer une pensée cohérente.

Mais ne disait-on pas que si l'alcool fort déliait la langue du marin, il ne brouillait jamais sa pensée ? Conscient qu'il ne pouvait en dire autant de lui-même, Rhys reposa son verre sur son bureau, sans le toucher.

Scarsdale fit un effort pour se remettre en position assise, ou presque. Il couvrit son œil gauche de son verre vide, et ouvrit le droit.

— Mais bon... J'ai entendu dire que Cyclope avait attrapé la petite vérole avec une pute hollandaise. Quand la vérole monte des bijoux de famille jusqu'au cerveau, elle peut rendre un homme idiot.

— Même avec la vérole, Cyclope n'aurait pas osé une chose pareille.

Et les ennemis de Rhys, pour la plupart, n'auraient jamais assassiné un homme qu'il ne connaissait pas. Ils auraient cherché à l'atteindre plus personnellement. Jeter un inconnu d'un aéronef comme on vide une poubelle n'avait aucun sens.

— Et la Garde noire, alors ? suggéra Scarsdale. Ils ont peut-être fini par comprendre comment tu avais fait cesser leurs trafics au pays de Galles.

Peut-être. Mais en admettant que la Garde noire ait compris qu'il avait envoyé un submersible harceler les bateaux chargés d'esclaves naviguant le long du littoral gallois, et ce jusqu'à ce que tous les vendeurs d'esclaves ou presque refusent de passer dans cette zone, Rhys ne pensait pas qu'elle chercherait à se venger. Les membres de la Garde noire tenaient avant tout à rester discrets, afin que leurs activités et leurs objectifs passent inaperçus. Or, le menacer, c'était agiter un drapeau rouge devant un taureau.

— Bien sûr, Machen le Fou a coulé quatorze de leurs navires, et ils n'ont jamais essayé de l'éliminer, ni jeté un cadavre sur son bateau... fit Scarsdale avec un geste las de la main, avant de reposer la tête sur l'accoudoir du canapé. Peut-être que cette menace ne t'était pas destinée, finalement. Quelqu'un a dû entendre dire que j'étais ici.

Effectivement, ses hommes d'équipage s'étaient fait des ennemis un peu partout. L'inspectrice était sans doute en train de le découvrir. Et même si on ne le lui disait pas, elle le devinerait. L'inspectrice Wilhelmina Wentworth n'avait besoin de personne pour trouver les pièces manquantes.

Quel imbécile, ce Saint John, de l'avoir fait venir !

Et quel imbécile il faisait, lui aussi. Son arrogance l'avait empêché de les mettre tout de suite dehors, elle et son adjoint. Mais il avait été certain de la façon dont se déroulerait leur visite. L'inspectrice serait un bon chien de chasse, servir serait sa devise. Rhys déciderait de ce à quoi elle pourrait lui servir, dans l'immédiat ou dans l'avenir, puis il l'enverrait sur les traces du lâche qui avait osé pénétrer dans son domaine.

Il n'aurait su dire exactement à quel moment elle lui avait fait perdre le fil. Peut-être quand elle l'avait regardé en face, lui envoyant en plein visage son intelligence et sa détermination. Ou alors quand il avait décelé une étincelle entre eux alors qu'il lui retirait son gant…

En tout cas, il ne s'était pas attendu à ressentir cette bouffée de désir – pour une inspectrice au regard froid… qui portait des gants de dame du monde.

Wentworth. Ce nom ne lui disait rien. Il ne traitait que très peu avec les nobles nés sous la Horde. Ils n'avaient ni argent à investir, ni biens à vendre. Si elle était une fille de noble, sans doute sa mère avait-elle été une putain de la Horde. Pourtant, la plupart d'entre elles avaient quitté le pays après la révolution, et avec elles les bâtards auxquels elles avaient donné naissance. Pourquoi l'inspectrice était-elle restée ?

— Qui est cette fille ? murmura-t-il.

Scarsdale se redressa. Il observa Rhys un instant, et referma les yeux.

— Je connais cette chanson-là. Une belle frégate s'annonce à l'horizon, et aussitôt tu convoites son chargement. Laisse-la voguer, capitaine.

Rhys secoua la tête. Scarsdale se méprenait sur ses intentions. Il ne voulait pas la séduire. Il connaissait peu d'officiers qui ne fussent pas à vendre, et doutait que Wilhelmina Wentworth fût différente sur ce point. Ce qu'il lui fallait, c'était simplement connaître son prix.

Un grattement à la porte l'empêcha de répliquer. Mme Lavery apparut, et annonça l'inspectrice.

Celle-ci entra d'une démarche souple, bien droite, les épaules en arrière. Son regard sombre et froid sembla le jauger en entier, d'un seul coup. Rhys ne retrouva pas l'étincelle de chaleur perçue un peu plus tôt. Que faudrait-il pour qu'elle s'allume une nouvelle fois ?

Dans l'entrée, le géant roux veillait sur elle. Protecteur, mais pas comme un homme avec sa femme.

Cela n'aurait pas dû plaire autant à Rhys. Il n'avait pas l'intention de la posséder, et pourtant, le seul fait de la regarder éveillait le désir au creux de son ventre. Pas le désir sexuel, mais celui, impérieux, de posséder. Peut-être Scarsdale avait-il mieux lu en lui qu'il ne l'avait cru.

Mais quel que soit l'effet de cette femme sur lui, Rhys ne la laisserait pas le distraire de son objectif.

— Vous avez terminé ?

— Oui. Personne ne l'a vu tomber, et personne ne l'a reconnu.

Pour une femme si petite, elle possédait une voix grave. Sans hésitation, ni mollesse.

— Cependant, reprit-elle, quand nous aurons établi son identité, il est possible que nous ayons d'autres questions. Le mobile pourra peut-être être alors établi.

— Vous voudrez bien me tenir au courant du déroulement de votre enquête.

Elle se raidit un peu, puis hocha la tête.

— J'informerai la divisionnaire Hale de votre requête.

Tous deux savaient qu'il ne s'agissait pas d'une requête, et tous deux savaient qu'il serait tenu au courant des investigations.

Elle observa Scarsdale un instant, avant de balayer la pièce du regard, et Rhys réalisa que c'était la première fois qu'elle le quittait des yeux depuis son entrée dans la bibliothèque.

Prudence, ou curiosité ? Les deux lui plaisaient.

Elle arrêta son regard sur la maquette de son bateau, installée à côté du bureau.

— C'est le *Terreur de Marco* ?

Bien des siècles auparavant, à la demande du grand Khan de la Horde d'Or, un pape romain avait envoyé une poignée de savants, de missionnaires et de scientifiques sur la route de la Soie, à destination de Xanadu, la capitale de la Horde. Leurs guides étaient des explorateurs vénitiens, les frères Polo, accompagnés du jeune Marco Polo. Deux décennies étaient passées, et Marco était rentré seul, racontant à qui voulait l'entendre que les missionnaires avaient été exécutés, que les scientifiques avaient été enfermés dans des ateliers pour y inventer des machines de guerre. On l'avait pris pour un fou. Ses crises de panique et ses terreurs nocturnes étaient devenues des plaisanteries légendaires, mais deux siècles plus tard, quand les machines de guerre de la Horde avaient déferlé depuis l'Asie, tout le monde en Europe avait regretté de ne pas l'avoir pris au sérieux. En baptisant son bateau *Terreur de Marco*, Rhys savait que la Horde, les marchands et les vendeurs d'esclaves comprendraient le message.

— Oui, répondit-il simplement.

Scarsdale se redressa et tendit le bras vers la bouteille d'absinthe qui se trouvait sur la petite table, à côté du canapé.

— La terreur des mers du Sud ! Le cauchemar des navigateurs de tout poil ! marmonna-t-il en se servant, avant de s'allonger à nouveau. Et maintenant, te voilà devenu un beau Trou Duc.

Rhys aurait dû l'empêcher de boire tant que l'inspectrice était ici.

Elle s'approcha de la maquette, un léger sourire au coin des lèvres.

— Mon jeune frère est à bord en ce moment, dit-elle.

— Formation au corps diplomatique ?

Encore un de ces morveux choyés qui se servaient du *Terreur* comme d'un navire de croisière entre l'Angleterre et les Antilles.

— Non. Andrew est enseigne de vaisseau.

Ah. Pas si choyé que ça, donc. Même sur un navire diplomatique, ce gamin devait bosser dur, pour apprendre le rôle d'un officier en partant du bas de l'échelle.

— Ce n'est pas un grade facile.

— Non.

C'était une réponse calme, teintée de résignation et d'inquiétude, qui indiqua à Rhys que son frère lui manquait. Mais très vite, elle retrouva son sourire en coin et lui lança un regard de biais.

— Vous l'avez beaucoup inspiré. Il est bien décidé à devenir capitaine un jour, de préférence sur le *Terreur de Marco*.

Avec un peu de chance, le gamin ne prendrait pas le même chemin que Rhys. Mais plutôt que de lui répondre cela, ce dernier indiqua sur la maquette l'endroit, sur le pont inférieur, où les lieutenants de vaisseau installaient leur malle et leur hamac.

— À moins qu'il ne soit de quart, il doit dormir là, en ce moment.

L'inspectrice se pencha pour regarder de plus près, comme si elle cherchait à se faire une idée très précise de la scène, puis elle leva les yeux vers lui.

— Merci.

Sa gratitude ne semblait pas feinte.

— Si j'ai besoin de vous poser certaines questions supplémentaires, lord Scarsdale, vous trouverai-je ici ? demanda l'inspectrice en se tournant vers lui.

Il leva son verre dans sa direction.

— La partie continue ! Elle est de toute évidence assez douée pour déterminer l'identité des gens, donc notre ami en bouillie est en de bonnes mains, capitaine.

Rhys baissa les yeux sur les mains de Mina. Petites, fines, avec de longs doigts qu'elle tordait nerveusement. Ils s'immobilisèrent soudain. Quand il regarda à nouveau son visage, un voile rose avait gagné ses pommettes.

Scarsdale but son verre d'un trait et tendit la main vers la bouteille.

— Oui, oui. Bravo, lady Wilhelmina, fille du comte de Rockingham.

Elle l'observa d'un air désabusé.

— Vous avez un point d'avance, monsieur.

— Parce que tout le monde a entendu parler de votre extraordinaire beauté ? Je suis vexé. Moi qui pensais que la terre entière était au courant de mon physique irrésistible…

Scarsdale était-il en train de flirter avec elle ? Rhys n'aurait su le dire, mais cela ne lui plaisait pas. Il ne connaissait pas beaucoup d'aristocrates nés ici, mais Rockingham, il connaissait. Chaque semaine, quoi qu'il arrive, la comtesse lui envoyait un courrier lui demandant son soutien.

— Votre mère est à la tête de la Ligue féminine pour la réforme ?

L'inspectrice eut un haussement de sourcils étonné.

— Oui.

La Ligue était un groupe de pression dont l'objectif était de retirer les femmes des usines et des mines pour les remettre dans leurs foyers, afin de réparer tous les dégâts provoqués par la Horde dans les familles anglaises. La Ligue pour la réforme voulait que la Couronne récompense les mariages entre classes différentes, ainsi que les femmes qui élevaient leurs enfants à la maison plutôt que de les mettre en crèche. Il avait devant lui la fille de celle qui consacrait tout son temps à éloigner les femmes de toutes les professions, quelles qu'elles soient. Et cette fille était une inspectrice de police.

Il faillit éclater de rire.

— Elle doit détester vous voir ainsi.

Le regard se fit de glace ; le sourire, crispé.

— Plus depuis des années. Bonsoir à vous, monsieur le duc.

Elle quitta la pièce dans un froufrou de satin. Il la suivit du regard, cherchant ce qu'il avait dit pour la vexer de la sorte. Bon sang. Il aurait dû laisser Scarsdale gérer la situation. Se tournant vers lui, il réalisa que son ami le fixait d'un air songeur.

— On joue au méchant, capitaine ?

Rhys serra les dents. Jouer au méchant, c'était terroriser une femme. Jouer au méchant, c'était enlever des hommes sur les côtes galloises et les vendre comme esclaves à l'autre bout du monde. Rhys ne s'était jamais laissé aller à ce genre de jeu.

L'expression de Scarsdale se teinta d'incrédulité.

— Tu ne sais pas qui c'est ? Tu as entendu parler de lady Rockingham, pourtant.

— Oui.

— Alors tu sais qui est la comtesse, mais tu ne sais pas ce qu'elle a fait ? Bon Dieu, Trahaearn. Tout le monde sait ça.

Pas Rhys. Contrairement à Scarsdale, il ne prêtait pas attention aux ragots, que ce soit dans la conversation ou dans les journaux.

— Raconte.

— Il y a trente ans, le darga de la Horde a donné une grande soirée. Tous les nobles étaient tenus d'y assister, bien sûr. Pas un seul ne savait que la Horde avait planifié une grande Frénésie ce soir-là.

Tous les bogués avaient dû être pris de frénésie sexuelle… Ceux de la Horde aussi, dans une moindre mesure.

— Sa mère s'est accouplée avec l'un d'eux ?

— Ou avec plusieurs. Va savoir. La comtesse a déclaré ne pas se souvenir de ce qui s'était passé. Peut-être ne voulait-elle pas se souvenir. Jusqu'à ce qu'ils lui montrent le bébé.

Scarsdale fit la grimace et reprit :

— Lady Rockingham a regardé sa petite fille… et elle s'est arraché les yeux.

3

Mina se faisait trop souvent insulter pour s'en inquiéter outre mesure, et même monsieur le « Trou Duc » lui semblait insignifiant quand un homme gisait le torse ouvert sur sa table d'examen, dans le petit laboratoire du troisième étage du siège de la police, à Whitehall. Elle se fraya un passage dans les viscères. À travers ses verres grossissants, elle distinguait tous les détails des cristaux de glace encore présents.

Chaque hiver à Londres, des centaines de gens trop miséreux ou trop malchanceux pour trouver un abri étaient retrouvés morts de froid dans les rues. Mais l'automne venait de commencer en Angleterre, et les nuits étaient trop douces pour tuer un bogué, à plus forte raison pour le congeler. Alors, à moins que cet homme ne soit parti en expédition dans le Grand Nord, Mina pouvait assez facilement en déduire qu'il n'était pas mort de froid.

Debout en face d'elle de l'autre côté de la table, Newberry retint sa respiration une longue seconde, et Mina comprit qu'il s'interdisait un commentaire, par peur de la déconcentrer. Un jour, espérait-elle, il finirait par comprendre qu'une femme est capable de procéder à un examen et de parler en même temps.

— Qu'y a-t-il ? lança-t-elle sans lever les yeux.

Il se racla la gorge.

— Je vous demande pardon… Je me demandais si vous pouviez arriver à déterminer depuis quand il était congelé.

Ah, très bien. Il avait enfin posé la question. Dès le début, Newberry avait détesté ces examens morbides. Mina avait mis cela sur le compte d'un estomac un peu délicat, jusqu'à ce qu'elle apprenne que pratiquement tous les expats, ici et de l'autre côté de l'océan, considéraient avec mépris la science mortuaire, estimant que ces examens ne respectaient pas le défunt. Dans l'esprit de Mina, ne pas étudier avec la plus grande attention chaque détail pouvant faciliter l'arrestation du meurtrier de cet homme aurait été un manque de respect pour lui.

Au début de leur collaboration, elle l'avait battu froid à cause de cette attitude. Jusqu'à ce qu'elle réalise que la détermination de Newberry à résoudre une affaire était aussi forte que la sienne. Bien sûr, son éducation lui donnait sans doute un certain avantage sur le sergent. Par nécessité, son père était devenu à la fois médecin et chirurgien. Il n'avait pas les moyens de se payer un assistant, et c'était à Mina qu'était revenue cette tâche. Et même si opérer un corps en vie n'avait rien à voir avec ouvrir un cadavre, les méthodes de déduction n'étaient pas si différentes que cela. Son père observait des symptômes pour parvenir à traiter une maladie, et il semblait naturel à Mina d'examiner les indices laissés sur un corps pour déterminer les raisons de la mort.

Elle espérait qu'avec le temps, Newberry finirait par partager son point de vue. D'ailleurs, cette question indiquait peut-être qu'il commençait à saisir l'intérêt de ces examens, même si son dégoût était toujours le même.

— Je ne peux pas dire avec certitude combien de temps il est resté congelé, expliqua-t-elle. Mais l'état de décomposition suggère qu'il n'a pas immédiatement été placé dans la glace.

— Donc il a été congelé après coup ?

— Il semblerait, oui. Ou alors le meurtre n'était pas prémédité, et trouver de la glace a pris du temps.

Le lâcher sur le perron du duc de Fer avait-il été décidé après coup aussi ?

— Dans quel but ?

— L'odeur, peut-être.

Mina glissa une main sous le poumon droit. Le froid lui brûlait les doigts, mais elle tenait fermement son scalpel.

— Si le meurtrier a dû attendre avant de pouvoir s'en débarrasser, il lui a fallu cacher le corps jusqu'à ce que ce soit le bon moment.

— Et en cas d'attente prolongée, quelqu'un aurait pu signaler l'odeur.

— Exactement. Ou alors on a voulu arrêter le processus de décomposition pour être sûr qu'il serait identifié.

Ce qui aurait été possible avant l'impact qui avait défiguré le cadavre. Mina passa à la cavité nasale.

— La seule chose dont nous pouvons être sûrs, c'est que cet homme n'est pas mort à Londres.

Newberry se pencha.

— Comment pouvez-vous en être certaine ?

— Les poumons sont propres, et il n'y a aucune trace de fumée dans les voies respiratoires.

Mina remonta ses lunettes grossissantes sur le haut de sa tête avant de fixer le cadavre. Malgré les nanoagents qui nettoyaient en permanence la suie accumulée dans l'appareil respiratoire, il en restait toujours des résidus. Soit cet homme vivait en dehors de Londres, soit il n'avait pas fréquenté la ville depuis longtemps. Une chose était sûre : il n'avait pas rendu son dernier souffle ici.

Et même si son bras mécanique suggérait qu'il possédait des nanoagents, cela ne voulait pas dire qu'il était anglais. Il pouvait s'agir d'un expat venu en Angleterre pour être contaminé afin de retrouver son bras arraché, ou de n'importe quel ressortissant du Nouveau Monde.

— Il a eu de la chance de tomber sur le perron du duc de Fer, dit-elle.

Newberry leva brusquement la tête.

— De la chance ?

— S'il était tombé ailleurs, il aurait eu droit à la fosse commune.

Comme il n'était pas mort à Londres, la divisionnaire Hale n'aurait pas autorisé une enquête destinée à l'identifier. Un simple entrefilet aurait paru dans les journaux, dans l'espoir que quelqu'un puisse fournir des informations sur lui.

— Si nous supposons que le duc de Fer était visé, en revanche, Hale acceptera de nous payer une visite chez le Forgeron.

La déglutition de Newberry résonna dans le laboratoire.

— Le Forgeron ?

— Oui.

Les forgerons étaient nombreux, et la plupart fabriquaient ou vendaient des machines de toutes sortes : voitures à vapeur, locomotives, mécanismes divers, prothèses… Mais un seul était capable de fabriquer de la chair artificielle. Le Forgeron.

— Même s'il n'arrive pas à identifier à qui appartient ce bras, il pourra examiner les nanoagents du cerveau et revoir les dernières images perçues par notre homme. Donc, nous allons emporter les deux.

— Les deux quoi ?

Mina empoigna une scie à os.

— Le cerveau et le bras.

Newberry pâlit, et sembla fondre de soulagement quand un grattement se fit entendre à la porte du labo. Il se précipita pour aller ouvrir, et Mina ne put s'empêcher de rire.

Il reparut quelques instants plus tard, évitant de regarder le corps.

— C'était la secrétaire de garde. La divisionnaire vous attend dans son bureau.

Au rapport. Mina plaça la lame de la scie contre le front de l'homme, et vit une nouvelle fois son assistant se décomposer.

— Je n'en ai pas pour longtemps. Newberry ?
— Oui ?
— Je vais avoir besoin de glace.
En un éclair, le sergent était à la porte.
— J'y vais tout de suite, inspectrice.

Mina retira son tablier taché de sang et sortit du laboratoire. Elle repassa son gilet de protection par-dessus sa robe, en serra les boucles tout en descendant d'un pas vif l'escalier de bois grinçant qui menait au deuxième étage. Elle émergea dans un hall mal éclairé, fit une pause devant le bureau de Hale pour terminer de fermer son gilet et jeta un coup d'œil sur sa gauche, où un renfoncement lambrissé donnait sur la Tamise… et plus loin, en aval, presque cachée par la fumée, sur la Tour de la Horde.

Son cœur se mit à battre. Neuf ans étaient passés, et malgré cela, apercevoir la silhouette de cette tour lui nouait l'estomac. Juste après, en général, elle éprouvait aussi un plaisir intense à l'idée que cette silhouette était celle d'une bâtisse en ruine. Les explosifs du duc de Fer avaient fait leur œuvre, et ce qui restait de la Tour penchait misérablement vers la Tamise, crachant de temps à autre un moellon sur la rive nord du fleuve. Les expats proposaient régulièrement de la raser et de bâtir à son emplacement un monument à la Victoire. Mais pour Mina, voir ces ruines était en soi une victoire sur la peur et sur la Horde, et elle préférait cela à un monument.

Le conseil de la Régence devait penser la même chose. Jusqu'à présent, rien n'avait été décidé, et les ruines étaient toujours là. Peut-être l'héritier d'Edward ferait-il démolir la Tour quand son âge lui permettrait d'agir en lieu et place du conseil. Comme Andrew, le frère de Mina, le prince n'avait que cinq ans lorsque le signal radio de la Horde avait brusquement été interrompu. Pour quelqu'un de si jeune, l'occupation et la liberté soudaine qui lui avait succédé étaient plus une histoire qu'un souvenir. Quand il monterait sur le trône, peut-être préférerait-il voir une plaque commémorative rappelant cette histoire-là qu'une tour en ruine.

Mina regarda de l'autre côté du fleuve. Au-dessus de Southwark, la brume était légèrement orange, encore colorée par les derniers foyers de l'incendie qui avait ravagé ce quartier miséreux.

Ces pauvres hères. Personne n'aurait aimé voir le retour de la Horde, mais tout le monde n'était pas capable de supporter l'afflux d'émotions que la liberté avait apporté. Plaisir, haine et peur ne se cachaient plus, et la souffrance non plus. Quand cet afflux était devenu insupportable, un grand nombre de bogués avaient cherché l'oubli dans les fumeries, sans réaliser qu'ils passaient d'un maître à un autre en échangeant le joug de la Horde contre une pipe d'opium. Personne ne savait encore combien de fumeurs avaient péri dans l'incendie. Même s'ils avaient compris que la pièce où ils se trouvaient était en feu, sans doute avaient-ils été trop désorientés pour trouver la sortie. Mina espérait que l'opium avait apaisé leur souffrance, et que ceux qui avaient survécu en sortiraient sevrés et armés pour l'existence. On ne pouvait pas échapper à la douleur et aux émotions fortes, mais on pouvait tenter de s'en protéger.

C'était ce que faisait Mina. La majorité des bogués ayant grandi sous la Horde faisaient la même chose.

Dans l'immédiat, il lui fallait cesser de s'apitoyer, et se concentrer sur son affaire. Elle toqua discrètement à la porte de Hale. Quand la divisionnaire lui répondit, elle se redressa, et tenta d'oublier qu'elle portait une robe avec de petites manches jaunes. Depuis son premier jour en poste, la divisionnaire n'avait cessé de lui répéter l'importance pour un inspecteur, et en particulier pour une femme, d'être toujours impeccable. La présentation devait inspirer confiance, et projeter une impression d'autorité. Ce que la tenue de Mina ne pouvait faire ce soir.

Une seule lampe à gaz éclairait la petite pièce, jetant un halo tiède sur les plans de Londres épinglés au mur. Grande femme au visage étroit et aux traits fins et pâles, la divisionnaire Hale assise à son bureau triait une pile de câblogrammes. Ses cheveux grisonnants étaient tirés en chignon, les boucles de sa veste étaient fermées.

Mina ne fut pas surprise de voir Douglas Sheffield affalé dans le fauteuil en face de Hale. Elle avait entendu dire qu'il était rentré tout récemment de Manhattan City. Avec ses vêtements fripés et son gilet boutonné de travers, on aurait dit qu'il s'était levé précipitamment pour escorter Hale. Un divisionnaire de police ne se déplaçait pas seul de nuit à Londres, et l'industriel tenait à protéger ses intérêts. Mina ignorait lesquels étaient les plus importants pour lui, la veuve Hale, ou les aéronefs qui avaient fait la fortune de sa famille à Manhattan City, mais son dévouement envers les deux était indiscutable.

Il se leva à moitié lorsque Mina entra, puis se laissa retomber dans son fauteuil, toussant ses salutations dans son mouchoir.

Hale regarda Mina des pieds à la tête, s'arrêtant brièvement sur les jupons jaunes.

— Je vois que vous avez tout à fait compris l'aspect urgent de notre affaire.

— Oui, madame. Je suis allée directement de Devonshire House à l'île aux Chiens.

Hale indiqua le récepteur de câbles qui occupait toute la surface d'une longue table, contre le mur.

— J'ai déjà eu des nouvelles du contrôleur général et du maire. J'en aurai sans doute un du conseil de la Régence dans la matinée. Donnez-moi quelque chose à leur dire qui les dissuadera de se déplacer en personne ou de me convoquer.

Et ce n'était pas le cadavre qui les intéressait. Sheffield non plus n'en avait rien à faire. Son regard brillait de curiosité. Mina aurait préféré faire son rapport à Hale en privé, mais la divisionnaire avait clairement indiqué, plus de dix-huit mois auparavant, qu'elle pouvait s'exprimer sans crainte devant lui. Sans doute Hale avait-elle eu la chance de rencontrer un homme digne de confiance pour partager son lit, mais les intérêts commerciaux de Sheffield pouvaient ne pas coïncider avec ceux de la police, et cela ne plaisait guère à Mina.

— Le duc de Fer est indemne, dit-elle. Je ne pense pas qu'il soit menacé dans l'immédiat.

— Je laisserai le « dans l'immédiat » de côté quand j'enverrai mes câbles, sinon ils vont me bombarder de questions sur la nature de cette menace, soupira Hale en se carrant dans son fauteuil. Vous avez ramené le corps ? Qui est-ce ?

— Je n'ai pas encore été en mesure de l'identifier.

— Alors dites-moi ce que vous savez.

C'était peu, et cela devint d'autant plus évident au fil de son récit. Elle conclut sur ses soupçons concernant un aéronef, et sur la nécessité de consulter le Forgeron.

À la perspective de cette dépense, Hale fit la grimace, mais elle donna son accord.

— Et… concernant l'implication du duc d'Anglesey, quel est votre sentiment ? demanda-t-elle en observant Mina.

Cette dernière devait peser ses mots. Suggérer que le duc de Fer avait assassiné un homme ne se faisait pas avec désinvolture.

— À l'heure qu'il est, le seul lien que j'aie établi entre le duc et la victime est le lieu où l'on a trouvé le corps. Je n'ai rien vu qui puisse suggérer son implication dans la mort de cet homme.

— Est-il impliqué ? intervint Sheffield dans un éclat de rire incrédule. Bien sûr qu'il l'est. Il n'a peut-être pas tué cet homme, mais vous pouvez être sûres qu'il a trempé dans cette affaire à un moment ou à un autre. Le plus probable, c'est qu'il a envoyé cet homme affronter un de ses ennemis ou faire pression sur un autre marchand, et voilà ce qu'il en a résulté.

Mina s'était dit la même chose. En jetant cet homme depuis un aéronef, l'assassin avait voulu envoyer un message, mais le duc de Fer était peut-être à l'origine du différend.

Pourtant, elle ne voyait pas Trahaearn cacher ce genre de détail. S'il avait su qui était l'homme, il n'aurait pas autorisé Mina à franchir son portail et à interroger son personnel. Non, il aurait déjà été occupé à fomenter sa vengeance.

— Donner un titre de duc à un homme comme lui, soupira Sheffield en retirant son mouchoir, révélant une grimace de dégoût. C'est une insulte pour ceux qui portent le même. Il ignore le sens des mots « honneur » et « devoir ». Seule l'idolâtrie dont il fait l'objet le tient éloigné du gibet. Et une fois encore, ce meurtre lui sera pardonné.

Mina se raidit. Même si elle partageait son opinion sur Trahaearn, ce n'était pas à un expat de décider de la valeur du duc, ni de juger les bogués qui lui vouaient un véritable culte, titre ou pas.

Hale eut un regard sévère en direction de Sheffield.

— S'il n'a fait que s'attirer les foudres de quelqu'un, il n'a pas à être pardonné.

Ce n'était pas la réponse qu'aurait faite Mina, mais elle l'apprécia malgré tout. Hale était une expat, mais la chute de la Horde avait pour elle aussi été synonyme de plus grande liberté. À Manhattan City, elle avait été l'assistante de feu son époux, un inspecteur en chef. À sa mort, la police de Manhattan City avait refusé qu'elle prenne sa place, ou poursuive sa carrière, alors qu'elle était qualifiée pour le faire. Elle avait fait partie des premiers à rentrer en Angleterre après la révolution, et avait rejoint la nouvelle police métropolitaine, alors en sérieux sous-effectif.

Sheffield toussa à nouveau. L'expression de Hale s'adoucit, et elle sembla inquiète, se demandant peut-être s'il finirait par céder et aller voir un forgeron ou un médecin qui pourrait le contaminer avec des nano-agents. Une fois contaminé, Sheffield devrait obtenir une autorisation spéciale pour retourner à Manhattan City, mais il était suffisamment fortuné pour corrompre un fonctionnaire vénal, et suffisamment puissant pour que la peur des virus dans le Nouveau Monde n'affecte ni ses affaires ni son statut social.

Mais sans doute était-ce d'abord à Sheffield de surmonter sa peur des virus.

— Je vais informer le contrôleur général que nous attendons la confirmation de l'identité et du mobile, dit Hale en se tournant vers Mina. Et que nous tablons sur une arrestation imminente.

Mina retint un sourire.

— Bien.

— Monsieur Sheffield, voulez-vous bien remonter la machine, s'il vous plaît ?

Dans la pile qui se trouvait sur son bureau, Hale choisit les cartes perforées correspondant aux lettres qu'il lui fallait, les mit en ordre. Sheffield alla actionner la manivelle du câblographe, accumulant de l'électricité statique dans les piles des pots de Kleistian. Comme si elle se souvenait soudain de sa présence, Hale leva les yeux et, levant la voix pour couvrir le ronronnement de la machine, lança :

— Vous pouvez disposer, inspectrice. Envoyez-moi un câble détaillant chaque progrès que vous ferez à partir de votre visite chez le Forgeron, demain matin.

— Très bien. Bonne nuit, madame. Monsieur Sheffield.

Il la salua d'un mouvement de tête, sans cesser de tourner la manivelle.

— Lady Wentworth.

Inspectrice, faillit le corriger Mina. Mais elle se retint, voyant la divisionnaire se raidir et fusiller Sheffield du regard. Hale détestait que l'on accorde plus d'importance au titre qu'au grade.

4

Quand Mina descendit pour le petit déjeuner, ses parents étaient installés à la table de la salle à manger. Ils portaient plusieurs épaisseurs de vêtements pour supporter le froid qui régnait dans la pièce. Un timide soleil matinal filtrait à travers les fenêtres, répandant une lumière si pâle que tout, autour d'eux, semblait voilé d'humidité.

Même la chevelure blanche de sa mère paraissait nimbée de ce voile. Sans lever les yeux de la gazette posée sur le lutrin automatique devant son père, celle-ci remarqua :

— Tu as oublié de remonter ton réveil, Mina.

Mina avait cru qu'elle n'en aurait pas besoin. Elle n'avait pas dormi de la nuit... pour finalement sombrer dans le sommeil à l'heure où elle devait se lever.

— Oui.

— Tu es en retard, alors ?

— Pas encore.

Newberry et sa voiture ne seraient pas là avant un quart d'heure.

Sur la desserte, Mina choisit un œuf dur et un toast fin. Frugal, certes, mais les toasts de Cook étaient un régal. À sa surprise, il restait une saucisse. Le père de Mina avait contaminé le nouveau-né du boucher avec des nanoagents, et ce dernier avait payé en nature. Si ses frères Henry et Andrew avaient encore vécu ici, il ne serait rien resté. Elle fit glisser la saucisse sur son assiette avant de s'installer en face de sa mère.

Elle se servit de café bon marché du Liberé, et feignit de ne pas remarquer que, sur sa gauche, son père avait levé les yeux et l'observait d'un regard scrutateur. À la recherche de bleus ou de raideur dans ses mouvements, elle le savait. Les premières années après la révolution, elle avait tenté de les dissimuler, se bagarrant avec ses frères pour faire illusion. C'était idiot, sans doute, car il n'avait jamais été dupe. Mais elle ne supportait pas la colère et l'impuissance dans les yeux de son père chaque fois qu'elle rentrait avec une lèvre tuméfiée ou une joue bleuie.

Heureusement, elle n'avait pas eu à maquiller beaucoup de bleus ces temps derniers – pas depuis que Newberry lui avait été adjoint. Avoir un homme de cette corpulence dans ses pas dissuadait n'importe qui de la frapper, haine de la Horde ou pas.

Sans Newberry, ses frères n'auraient peut-être jamais pu se résoudre à quitter le giron familial. D'abord Henry et son esprit pratique, parti à Northampton pour voir s'il pouvait rétablir l'ordre et tirer quelque chose d'un domaine sur lequel personne dans la famille n'avait mis les pieds depuis deux siècles. Andrew avait suivi, s'embarquant pour une carrière maritime. Elle posa les yeux sur la chaise vide de son jeune frère. Le *Terreur de Marco* avait dû atteindre les Caraïbes, maintenant, et les lettres de son frère arriveraient depuis les Antilles françaises d'ici à quelques semaines. Leur dirait-il qu'il détestait ce bateau, ou au contraire qu'il l'aimait ?

Bizarrement, elle n'arrivait pas à deviner. Contrairement à Henry, dont l'inflexible bon sens rivalisait avec celui de leur père, Mina et Andrew tenaient de leurs deux parents, même si ni l'un ni l'autre n'était aussi émotif que leur mère, que la Horde n'avait jamais réussi à rendre insensible. D'une manière générale, les réactions et les opinions d'Andrew reflétaient celles de Mina, mais elle ne pouvait pas prédire s'il apprécierait ou non la vie à bord.

Se cabrerait-il contre le règlement strict du *Terreur*, ou trouverait-il un plaisir intense dans la liberté qu'offraient les mers et la variété des paysages où son voyage le mènerait ?

Quoi qu'il en soit, elle était certaine d'une chose : il serait reconnaissant d'avoir pu faire cette expérience plutôt que de se demander éternellement si cette vie-là lui aurait plu. De la même manière, Mina serait éternellement reconnaissante à Hale de l'avoir aidée à trouver un emploi qui lui allait si bien.

Les morts, quels qu'ils soient, étaient plus supportables que la plupart des vivants.

Son inspection silencieuse terminée, son père retourna à son journal, actionnant le lutrin mécanique. Tourner la page à la main aurait été plus rapide, mais quiconque vivant avec sa mère apprenait vite le plaisir qu'il peut y avoir à regarder fonctionner une machine sophistiquée. Un stylet équipé d'une balle en caoutchouc poussa lentement la page, et Mina aperçut au passage une caricature d'un magistrat de la Horde : tête de rat, deux fentes pour les yeux, d'épais sourcils et une moustache peu fournie retombant sur une lippe flasque.

Elle revint à son assiette. Inutile de lire l'article accompagnant la caricature. Les rares cadres de la Horde qui n'avaient pas fui ou n'avaient pas été tués pendant la révolution croupissaient dans la prison de Newgate depuis neuf ans. Aujourd'hui, ils comparaissaient devant les juges pour répondre des horreurs commises pendant l'occupation. Jusqu'à présent, tous avaient été reconnus coupables et condamnés à la pendaison. Le même sort attendait à coup sûr ce magistrat.

Quand la page eut terminé de tourner, Mina leva à nouveau les yeux. Sa mère lisait en même temps que son père : on distinguait la gazette, petit carré clair à l'envers, dans ses iris argentés. D'aussi loin, Mina n'aurait jamais pu lire. Peu de temps après que le Forgeron lui avait greffé des yeux mécaniques, sa mère avait tenté d'expliquer comment les choses lui apparaissaient. Elle avait évoqué les télescopes, les lunettes grossissantes, et la lumière d'un feu, avant de renoncer, frustrée. Mais au bout du compte, une chose était claire : non seulement la vision de sa mère était renforcée, mais elle était différente. Elle ne voyait pas que les couleurs et les formes, elle voyait aussi les températures. Pendant presque un an, elle avait trébuché, s'était cognée partout, beaucoup plus que lorsqu'elle était aveugle, jusqu'à ce que finalement elle apprenne à interpréter les images que ses nouveaux yeux lui envoyaient.

Mina n'avait jamais demandé combien le Forgeron avait exigé pour ces yeux, mais six ans plus tard, ses parents lui devaient encore de l'argent. Les automates de sa mère se vendaient une fortune dans la boutique du Forgeron, et pourtant elle ne recevait qu'une somme ridicule une fois qu'il avait pris sa part.

Le bras du mystérieux cadavre avait également coûté beaucoup d'argent. Peut-être lui ou sa famille étaient-ils riches, mais s'il était encore endetté, le Forgeron aurait des renseignements sur les activités récentes de son client. Selon la rumeur, quand quelqu'un oubliait une traite, le Forgeron le retrouvait toujours.

Le lutrin mécanique cliqueta à nouveau. Tandis que le stylet tournait lentement la page du journal, le père de Mina leva les yeux.

— Jusqu'à ce qu'elle voie le sang sur ta robe, ta mère était persuadée que tu avais payé le jeune Newberry pour t'aider à fuir le bal de la Victoire.

Mina éclata de rire, et nota le petit sourire de sa mère.

La barbe brune de son père cachait l'essentiel de son sourire, mais les coins de sa moustache tressautèrent tandis qu'il continuait :

— Alors que moi, je pensais que tu avais juste rajouté du sang pour convaincre ta mère. Il n'était pas frais.

Il avait à coup sûr examiné la tache de près pour s'assurer qu'il ne s'agissait pas du sang de Mina.

— Il ne l'était pas. Il avait été congelé depuis pas mal de temps. Est-ce qu'on pourra ravoir la robe ? demanda-t-elle en se tournant vers sa mère.

— Je crains que non. Nous verrons ce que Sally parvient à sauver de tissu.

Il n'y avait pas de reproche dans le ton, qui était juste celui de la constatation. Elle semblait abattue, ce matin.

— Malheureusement, Newberry n'a pas pensé à apporter ma tenue…

Mina baissa les yeux sur son pantalon noir glissé dans de grosses bottes. Elle aurait dû mettre ça, au bal. Autant que les gens la voient comme elle était… De toute façon, cela n'avait pas d'importance. Elle aurait pu parader nue dans Oxford Street, personne n'aurait vu autre chose que les traits caractéristiques de la Horde. Elle regarda son père.

— Avez-vous pu parler avec M. Moutten ?

Les patients de son père étaient souvent plus pauvres que la famille de Mina, et payaient rarement en espèces. Son père acceptait tout – poulets, produits alimentaires divers, réparations –, mais demandait chaque fois que c'était possible des mécanismes cassés, que sa mère utilisait pour fabriquer les automates vendus dans les boutiques du Forgeron. Le salaire de Mina couvrait les frais courants. Une fois réglés les impôts, les gages de la cuisinière et des deux bonnes – la maison aurait eu besoin de bien plus de personnel, même avec la majeure partie des pièces fermées –, il ne restait à la famille que très peu pour vivre.

Mais son père avait entendu dire que le médecin personnel d'un expat était reparti pour le Nouveau Monde. Pour mettre un peu de beurre dans les épinards, il avait eu l'intention de proposer ses services à cet homme.

— Oui. Je suis « un homme diablement généreux pour proposer une telle faveur », dit-il en imitant l'accent des expats.

Une faveur ? Voilà qui ne semblait guère prometteur.

— En échange de quoi ?

— De sa profonde estime ? D'une référence de choix ? Je ne saurais te dire. Mais de toute évidence, me donner de l'argent n'a pas traversé une seconde l'esprit de M. Moutten.

Partaient-ils tous du principe que le métier de son père n'était qu'un hobby ? Qu'ils aillent au diable, ces gros rustauds d'expats !

Ou peut-être pensaient-ils que les services d'un médecin formé par la Horde ne valaient rien.

— Mais c'est sans doute mieux, finalement, continua son père d'un ton égal. Je lui conseillerais de se faire contaminer, et aucun d'eux n'a envie d'entendre ça.

Comment faisait-il pour rester calme, quand Mina luttait pour contenir sa colère ?

Sa mère releva la tête, indiquant la gazette.

— De toute façon, ils ne pourront plus, une fois que le Parti libre sera en place.

Contrairement à toutes les autres nations présentes dans le Nouveau Monde, l'Angleterre n'avait pas interdit la pratique consistant à injecter à un patient du sang contaminé par les nanoagents. N'importe quel médecin ou forgeron pouvait le faire, c'était sans risque. Certains patients développaient une légère fièvre dans les premières heures, mais Mina n'avait jamais entendu parler de décès causé par cette injection – et son père en avait pratiqué des milliers, la plupart sur des enfants.

Mais le Parti libre se préoccupait peu des aspects sanitaires, et davantage des nanoagents, et cela était devenu un sujet de discorde dans la campagne électorale en cours. C'était dommage, mais entre les expats rentrés au pays qui entendaient récupérer leurs sièges, et les marchands qui avaient beaucoup d'influence dans les quartiers pauvres, les bogués du Parti libre se retrouvaient à argumenter contre leurs propres intérêts. Leurs opposants avançaient le danger qu'il pouvait y avoir à laisser les bogués occuper des postes importants ou hériter, prenant ainsi le risque de voir un juge ou un avocat être influencé dans ses décisions par un signal radio. Faire remarquer que la Horde n'avait jamais contrôlé leurs pensées ne servait à rien, parce que la Horde avait fait une marionnette du roi Edward, tirant si fort et si souvent sur ses fils qu'il avait fini par perdre la tête.

La crainte de tout contrôle, voilà quel héritage avait laissé la Horde à la société anglaise, et le Parti libre ne faisait pas grand-chose pour alléger cette peur. La paranoïa était telle que Mina avait même entendu des rumeurs sur l'existence d'une Garde noire – des agents dormants de la Horde qui s'introduisaient chez les bogués pendant la nuit, neutralisaient leurs nanoagents et les laissaient sans défense, quand ils ne les enlevaient pas pour les soumettre à l'esclavage.

Mina ignorait combien son père avait écrit de lettres aux aristocrates et aux marchands les plus influents, mais il passait presque toutes ses soirées à les rédiger. Lorsque la session du Parlement reprendrait, il serait occupé par ses fonctions à la Chambre blanche pendant la journée, et ne pourrait plus prendre que quelques patients.

Alors il faudrait à nouveau se serrer la ceinture.

— Je ferai de mon mieux, ma chérie. Peut-être parviendrons-nous à en convaincre d'autres avant les élections.

Sa mère soupira et hocha la tête.

— Et malgré mes efforts, je ne pense pas voir de nouvelles têtes à la réunion de la Ligue, ce soir. Mina, je t'en prie, dis-nous que tu as eu plus de succès que nous dans ce que tu entreprends.

Non, hélas.

— J'ai fait la connaissance du duc de Fer, et passé plusieurs heures chez lui.

Elle n'avait pas levé les yeux de son assiette, mais sentit l'intensité de leurs regards, tout à coup.

— Il savait qui vous étiez, mère. Il a évoqué la Ligue.

Sa mère manqua s'étrangler, et porta une main à sa poitrine. Elle ouvrit la bouche plusieurs fois avant de parvenir à murmurer :

— Tu ne me racontes pas d'histoires.

Elle voyait tout de suite quand on lui mentait, détectant un changement de la température de la peau, ainsi que le tressautement involontaire des muscles faciaux. Peut-être était-ce là une autre raison à sa mélancolie. Combien de mensonges avait-elle dû écouter la veille, au bal ?

Mais un léger sourire réchauffa bientôt ses traits délicats.

— Tu vois, ma chérie, dit son père. Tu as touché plus de gens que tu ne le penses.

— C'est grâce à la machine à dupliquer les lettres. Jamais je n'aurais eu le temps d'en écrire autant.

Elle eut un petit rire.

— Tiens, si je continue à en envoyer chaque semaine, peut-être rejoindra-t-il la Ligue, dans le seul but de ne plus en recevoir !

Mina sourit.

— Et comment l'as-tu trouvé ? demanda sa mère.

— C'est quelqu'un de très imposant – physiquement, déjà, mais aussi dans sa façon d'être. Il est intimidant. Je comprends mieux maintenant pourquoi tant de capitaines lui ont cédé leur bateau sans qu'il ait à tirer un seul coup de canon. J'aurais fait pareil.

— Non, Mina, dit son père. Toi, tu aurais tiré.

— Est-il aussi beau que les caricatures qui paraissent dans les journaux ? insista sa mère.

Mina soupira.

— Oui. Beau et serviable. Il a sauvé mon gant d'une fin certaine.

— Qu'il en soit remercié, dit sa mère sans la moindre trace de sarcasme.

La propriété du Forgeron se trouvait aussi près que possible de la Tamise, sans pour autant tomber dedans – ce qui arrivait régulièrement aux bâtiments voisins. Situé sur la berge sud de Limehouse, le Passage avait autrefois été une rue. Aujourd'hui, ce n'était plus qu'une voie défoncée entre des bâtiments en ruine, bordée de trottoirs encombrés de gravats.

Mina demanda à Newberry de s'approcher le plus possible de la propriété du Forgeron. Quand les gravats empêchèrent leur progression, il s'arrêta le long d'une brasserie détruite par l'incendie, derrière une diligence à vapeur dont le conducteur semblait suffisamment repoussant pour éloigner les voleurs.

Tandis que Newberry bloquait les roues, Mina descendit et regarda autour d'elle en respirant par la bouche. L'odeur des abattoirs, de l'autre côté du fleuve, et des tanneries, à l'est, alourdissait l'air. De petits groupes d'ouvriers qui n'avaient pas trouvé à s'embaucher dans l'une des fonderies ou aux chantiers navals se tenaient sur le trottoir, espérant obtenir au moins quelques heures de travail pour la journée. Un coursier à pied la frôla. Sans doute était-ce un des enfants de la Crèche. Propre, les joues rouges, il jurait dans ce quartier à peu près autant que Mina. Mais les ouvriers ne le fixèrent pas avec autant de méfiance et de haine qu'ils la fixaient, elle.

Mina les regarda à peine en passant devant eux. Ils ne lui chercheraient pas noise. Le Forgeron était le maître dans ce quartier, la seule autorité. Quiconque s'aventurait dans le Passage avait forcément affaire avec lui, mieux valait donc ne pas s'en mêler.

Elle se retourna vers son adjoint, et vit combien il était tendu. Il portait le coffre de bois contenant de la glace, le bras mécanique et le cerveau.

Newberry observa les bâtiments alentour.

— Lequel est-ce ?

Mina lui indiqua un entrepôt en brique rouge, de deux étages. Pas récent, et plutôt défraîchi, il était néanmoins entretenu, aucune vitre n'était brisée. Au-dessus, de hautes cheminées crachaient de la fumée et de la vapeur.

— Il n'y a aucun panneau au-dessus de l'entrée. Comment font les gens pour trouver ?

Par « les gens », Newberry voulait dire « les expats ». Tous les autres savaient où aller. La forge avait autrefois abrité les ateliers de modification de la Horde, le seul endroit de Londres plus terrifiant que la Tour.

— Quand ils veulent vraiment ce que le Forgeron a à offrir, ils trouvent.

Un géant brun sortit alors de la taverne voisine et barra la route de Mina.

Trahaearn.

Son estomac se noua.

Elle inspira profondément pour retrouver son calme. Ce qu'elle ressentait ne pouvait être de la peur, même s'il était imposant, même si elle avait la certitude que pour calculer sa sortie avec autant de précision, il avait dû surveiller son arrivée.

Comme Mina s'arrêtait, le garçon aux joues rouges qu'elle avait vu quelques instants plus tôt jaillit de derrière la longue redingote de Trahaearn. Une pièce d'or brilla dans sa petite main avant de disparaître dans sa poche. Ce n'était pas un coursier, juste un jeune espion. Et le duc l'avait effectivement attendue. Il la scrutait maintenant de son regard sombre. Elle lui renvoya un haussement de sourcil interrogateur.

Il se rembrunit, comme si elle l'avait agacé. À quoi s'attendait-il ? À une révérence ? Il ne dit rien. Peut-être avait-il oublié que son rang et sa position exigeaient qu'il prenne la parole en premier. Presque amusée, elle haussa son second sourcil.

— Inspectrice Wentworth, dit-il enfin.

Sa voix n'était pas forte, mais elle portait. Les têtes se tournèrent dans leur direction. Un groupe d'ouvriers le fixa, d'un air à la fois inquiet et plein d'espoir, pensant peut-être qu'il était venu proposer du travail. Mais ils ne semblaient pas surpris, et Mina en déduisit que le duc était un habitué du quartier.

Elle inclina la tête.

— Monsieur le duc.

— Vous ne l'avez toujours pas identifié.

Ce n'était pas une question. Elle était certaine qu'il était tenu au courant du déroulement de l'enquête. Une fois que Trahaearn connaîtrait l'identité de la victime, garder de l'avance sur lui serait difficile.

— Non, répliqua-t-elle. Et vous ?

— Non.

— Avez-vous l'intention de me suivre pas à pas comme un toutou jusqu'à ce que j'y parvienne ?

Il eut un bref sourire, et il n'avait pas l'air d'un toutou, songea-t-elle, mais d'un de ces loups qu'elle avait vus dessinés dans un livre de son père.

— Oui, dit-il.

Mina grimaça.

— Vous savez que je ne peux pas vous en empêcher.

— Oui.

Il ne s'en vantait pas. C'était un fait, point.

— Alors je vais vous demander de ne pas intervenir.

Il jeta un coup d'œil par-dessus son épaule, en direction de l'entrepôt du Forgeron.

— Mon intervention vous permettrait de ne pas attendre, et de ne pas vous ruiner.

Connaissait-il le Forgeron, ou partait-il du principe que sa réputation lui valait toujours un traitement de faveur ? Mais peu importait. Ce n'était pas ce qu'elle avait voulu dire. Elle secoua la tête.

— Si je découvre quelque chose qui ne vous plaît pas…

— Vous me demandez de ne pas le tuer. Je ne peux pas vous promettre une chose pareille.

Elle serra les dents. Devait-elle tenter de convaincre un pirate de l'importance du respect de la loi ? Autant se cogner la tête contre les pavés.

Elle le contourna.

— Très bien. Alors nous ferons la course : moi pour l'arrêter, vous pour faire ce que vous appelez « justice ».

— Il ne s'agit pas de justice. La justice ne m'intéresse pas, dit Trahaearn en la rattrapant pour marcher à son côté, laissant Newberry derrière. Mais je protège toujours ce qui m'appartient.

— Et si cette affaire ne vous « appartient » pas ?

— Alors je vous la laisserai.

Même si cette réponse était exactement celle qu'elle attendait, Mina fronça les sourcils. La détermination, dans le ton du duc, la dérangeait. Comme s'il entendait poursuivre cette enquête jusqu'au bout, même si la victime n'avait aucun lien avec lui. Méfiante, elle leva les yeux vers lui, et s'aperçut qu'il la fixait d'un regard intense. Encore une fois.

— Mais je ne suis pas venu seulement dans le but de découvrir son identité, inspectrice. Scarsdale m'a expliqué combien ma dernière remarque à votre encontre, hier soir, était... inconsidérée. Elle vous a heurtée. Je m'en excuse.

Elle le regarda, méfiante.

— Vous êtes désolé ?

Il serra les dents, mais répondit :

— Oui.

L'effort était patent. Mais Mina n'avait pas l'intention de lui faciliter la tâche.

— C'est l'honneur de ma mère que vous avez piétiné, pas le mien. Si vous êtes réellement désolé, c'est à elle que vous présenterez vos excuses. Vous pourrez en profiter pour soutenir sa Ligue pour la réforme.

— Cette ligue ne résoudra guère de problèmes.

— Je vous l'accorde, dit Mina. Mais elle ne fera de mal à personne non plus. Ma mère prône la responsabilité et la stabilité, et ceux qui les trouvent dans le mariage souhaitaient sans doute se marier de toute façon.

— Ce n'est pas votre cas ?

— Ma situation n'a rien à voir avec celle de ces gens, dit-elle en indiquant un groupe d'ouvriers, dont une bonne partie étaient des femmes.

Il était probable que bon nombre d'entre elles vivaient ensemble, et que chez elles, une autre femme gardait leurs enfants. Les mères confiaient rarement leur bébé à la crèche aujourd'hui, et très peu envisageaient le mariage – la Horde avait détruit cette institution dans les milieux ouvriers, en l'interdisant pendant plus de deux siècles. Depuis la révolution, des familles communautaires avaient vu le jour, principalement constituées de femmes, et étaient devenues plus courantes qu'un homme et une femme vivant ensemble.

— Ma mère souhaite réintroduire dans la société une possibilité que la Horde a éliminée, mais contrairement à la Horde, elle n'entend pas l'imposer à quiconque. Votre soutien serait plus efficace qu'un millier de lettres. Vous pourriez aussi assister à une de ses réunions. Elle en organise une ce soir, si cela vous dit.

Arrivés devant l'entrepôt du Forgeron, Mina dépassa la boutique où il vendait des automates. Dans ce quartier, peu avaient les moyens de s'en payer. La boutique que le Forgeron possédait sur le Strand était beaucoup plus grande, et très prisée des expats. Curieuse, Mina ralentit le pas, observa le duc. Il ne s'arrêta pas et continua vers la forge d'un pas ferme.

Très bien. Il était de toute évidence un habitué des lieux. Alors pourquoi l'avait-il attendue ?

— J'aimerais savoir pourquoi vous vous donnez cette peine, demanda-t-elle en le rattrapant.

Il la regarda, interloqué.

— Quelle peine ?

— Celle de vous excuser. Avez-vous présenté vos excuses aux familles des hommes que vous avez tués, des femmes que vous avez violentées ? Aux marchands et aux gouvernements que vous avez volés ? Pourtant, vous voilà désolé pour une simple insulte.

Le duc de Fer pivota brusquement sur lui-même pour lui faire face. Mina fit un pas de côté pour éviter de le heurter, et trébucha sur des gravats. Non mais qu'est-ce qui lui prenait ? Sentant la moutarde lui monter au nez, elle ouvrit la bouche, leva les yeux... et se figea, le regard planté dans celui du duc.

Il ne semblait pas en colère. Son expression restait neutre, son visage insondable. Pourtant, sa fureur vibrait dans l'air.

Sans doute n'aurait-elle pas dû évoquer tous ses crimes...

Elle entendit approcher le pas lourd de Newberry.

— Inspectrice ? demanda-t-il d'un ton inquiet.

Le regard que lui jeta Trahaearn l'immobilisa tout net. Hésitant, le sergent consulta Mina. Elle secoua la tête, lui indiquant de rester où il se trouvait, puis se tourna à nouveau vers le duc.

— Avez-vous un homme, inspectrice ? s'enquit celui-ci d'une voix grave.

— Un homme ? répéta-t-elle, redoutant de comprendre ce qu'il voulait dire.

— Un homme dans votre lit.

Elle avait très bien compris. Fichue arrogance.

— Le seul homme qui m'intéresse est celui dont le bras et le cerveau se trouvent présentement entre les mains de Newberry. Je ne vous ferai pas perdre votre temps en prétendant le contraire, monsieur le duc. Je vous demanderai donc de ne pas me faire perdre le mien.

— Loin de moi cette idée. Alors dites-moi si vous avez un homme.

Comme si cela pouvait avoir de l'importance pour quelqu'un comme lui.

— Et si j'en ai un ?

— Je découvrirai ce qu'il vous offre. Et je vous offrirai encore plus.

Elle aurait dû s'en douter. Tout ceci n'était à ses yeux qu'une transaction de plus. La veille, quand il lui avait retiré son gant, elle avait perçu son désir.

— Je n'ai pas d'homme.

Comme elle le voyait triompher, elle ajouta :

— Mais je ne suis disponible pour personne. Mon temps est tout ce qui m'importe. Pourriez-vous m'offrir plus que la liberté absolue ?

— La fille d'un comte bogué ne peut pas disposer d'une telle liberté.

C'était vrai.

— Vous, vous êtes duc, vous avez donc encore moins de liberté à offrir, quelle que soit la profondeur de vos poches.

Les traits de Trahaearn se durcirent, tel l'acier chauffé à blanc et plongé dans l'eau glacée. Mais alors qu'elle se crispait, se demandant si elle n'était pas allée trop loin, il se détourna.

Mina poussa un discret soupir de soulagement et reprit son chemin. À l'entrée de la forge, elle pénétra dans un mur de chaleur et de bruit. On ne sentait plus les tanneries ni les abattoirs, seulement la fumée, la sueur et le cambouis. Des hommes en tablier et gants de cuir enfournaient pelletée sur pelletée de charbon dans les fournaises installées le long du mur. De la vapeur s'échappait en sifflant d'énormes chaudières, et le claquement du métal frappant le métal retentissait partout.

Mina se dirigea vers l'escalier à l'autre bout de la forge, après l'atelier de réparation. Debout entre deux colonnes de brique rouge, un forgeron fit un signe à la femme qui se tenait devant lui. Elle releva ses jupes usées jusqu'à la trame, révélant des prothèses de jambe squelettiques, et avança. La partie métallique de son talon droit traînait, râpant bruyamment le sol en pierre. Un peu plus loin, un rétameur se concentrait sur des cylindres pneumatiques dépassant des épaules d'un homme, étrange protubérance évoquant des ailes qui auraient été rabotées et roulées. Il s'agissait d'une révision de routine pour un docker. Cela coûtait toujours moins cher que d'attendre jusqu'à ce que quelque chose casse. À côté de lui, une femme forgeron testait les doigts de la nouvelle prothèse d'une femme âgée, sur les joues ridées de laquelle brillaient des larmes. Elle plaquait contre sa poitrine un avant-bras rouillé, équipé de l'appareil à couture et des pinces installés par la Horde. Il était possible de revendre ses anciennes prothèses, mais la plupart du temps, les gens préféraient les remporter chez eux. Malgré tout ce que leur avait fait la Horde, il leur était difficile de laisser derrière eux une partie d'eux-mêmes. Cette femme avait probablement été équipée d'une alène et d'une pince bien avant la naissance de Mina.

La femme forgeron leva la tête. Elle cria quelque chose à la jeune rétameuse qui observait son travail par-dessus son épaule et, d'un mouvement du menton, indiqua Mina.

La fillette courut vers eux, relevant ses lunettes de soudeur sur son front. Elle resta bouche bée en voyant Mina, qui à son tour entrouvrit les lèvres. La gamine avait du sang de la Horde dans les veines. Elle examina Mina de la tête aux pieds.

Mina fit de même. La fillette avait les mains maculées de graisse, mais ses cheveux noirs et ses vêtements étaient propres. Elle venait probablement de la Crèche, n'avait pas plus de dix ans, mais portait déjà le tatouage d'une chaîne autour du poignet. Quand elle deviendrait forgeron, un marteau serait tatoué sous la chaîne, venant compléter le symbole de la guilde.

Enfin, la fillette s'adressa à Trahaearn qui se tenait derrière Mina.

— Le Forgeron a dit de monter dès que vous seriez là, capitaine.

Capitaine ? Même ici ? Sans se retourner, Mina se dirigea vers l'escalier, mais la fillette secoua la tête.

— Le raccourci, dit-elle en montrant le fond de l'usine.

Mina avança à côté d'elle, remarquant que la gamine l'observait du coin de l'œil.

— Ça veut dire quoi, ça ? s'enquit-elle en montrant les épaulettes qui ornaient sa redingote.

— Que je suis inspectrice de police.

— C'est comme ça qu'on vous appelle ?

— On dit juste « inspectrice ».

Ce qui était toujours mieux que tous les autres noms dont on affublait Mina. La fillette les connaissait sans doute elle aussi.

— C'est presque aussi bien que « forgeron », précisa-t-elle.

— Ah bon ?

— Un forgeron peut aller où bon lui semble. Un inspecteur ne va que là où il y a des cadavres.

— Mais il n'y a pas de cadavres, ici.

D'un regard, Mina montra la boîte que portait Newberry.

— C'est pour ça que je suis venue avec le mien.

Ils rejoignirent l'ascenseur, dont la cage s'élevait entre deux énormes ventilateurs montant jusqu'au plafond pour disparaître vers le niveau supérieur de l'usine. La fillette ouvrit la grille.

— Le Forgeron est au troisième niveau, tout droit jusqu'au mur est ! hurla-t-elle pour couvrir le bruit des ventilateurs.

Mina hocha la tête.

— Comment t'appelles-tu, petite ?

La fillette ouvrit de grands yeux inquiets.

— Anne.

— Donc, ce sera Anne Forgeron. Ce nom t'assurera une existence agréable.

Et le tatouage de la guilde des Forgerons la protégerait.

— Mais si ce n'était pas le cas, je travaille au quartier général de la police, à Whitehall. Demande Wentworth.

Anne hocha la tête, un large sourire creusant deux fossettes dans ses joues. Mina monta dans l'ascenseur et se tint sur le côté pour laisser de la place à Trahaearn et Newberry. Le duc monta à son tour et ferma la grille derrière lui, au nez de Newberry qui ne put que les regarder, impuissant.

Trahaearn verrouilla la porte.

— Nous serions trop serrés, sergent Newberry. Je vous le renvoie.

Mina n'en croyait pas ses oreilles. Ils auraient été à l'étroit, certes, mais son adjoint aurait pu monter. Le duc posa alors sur elle le regard froid et détaché qu'elle commençait à détester, et elle comprit.

Elle avait repoussé ses avances dehors, et mis fin à la conversation. Mais le duc n'en avait pas terminé avec elle.

Une boule de colère lui noua la gorge. Elle la ravala et regarda Newberry à travers la grille.

— Nous vous retrouvons au troisième niveau. Anne, tu veux bien montrer l'escalier au sergent Newberry ?

À peine avaient-ils tourné les talons que Trahaearn actionna le levier. Des claquements métalliques accompagnèrent le démarrage de l'ascenseur. Mina fixait le panneau de la porte, ruminant sa fureur.

Quand des pirates s'emparaient d'un bateau, ils donnaient en général le choix à l'équipage entre rester à bord et changer de capitaine, abandonner le navire, ou mourir. Quel choix allait-il lui proposer ? Elle acceptait sa proposition, sinon il ruinait la réputation de sa famille ? Ou se contenterait-il simplement de la violer, ici même ?

Le bruit des ventilateurs lui agressait les oreilles, mais fut bientôt étouffé par le passage au deuxième niveau. Contrairement à la forge, celui-ci était constitué de plusieurs vastes ateliers. Un couloir filait à gauche de l'ascenseur vers les salles où le Forgeron greffait la chair mécanique sur des tissus vivants, et où ceux qui enduraient cette douloureuse opération attendaient que la greffe prenne. La mère de Mina avait attendu dans une de ces pièces, mais avait interdit à Mina et ses frères de l'accompagner. Son mari avait été auprès d'elle à chaque étape, la portant jusqu'à la maison chaque soir et la convainquant chaque matin d'y retourner pour que le Forgeron puisse finir son travail. À la fin de la semaine, il était aussi hagard que son épouse.

À ce souvenir, la colère de Mina se transforma en résolution. Que pouvait faire Trahaearn à sa famille que la Horde ne lui ait déjà fait ? Rien. Il ne représentait un danger que pour Mina et sa carrière. Mais quels que soient les ennuis qu'il lui causerait, de cela aussi, elle se remettrait.

Elle leva les yeux. Ils étaient presque au dernier niveau et le duc n'avait toujours rien dit. La tension retomba un peu. S'était-elle trompée sur ses intentions ?

Claquements métalliques. L'ascenseur s'immobilisa dans un sursaut. Mina vacilla, reprit son équilibre… et comprit qu'il avait parfaitement préparé son coup. Ils étaient arrêtés à mi-chemin entre deux étages. Le plafond de l'ascenseur les cachait des regards d'en haut, et en bas, la porte empêchait de voir à l'intérieur de la cabine.

Qu'il aille au diable !

Si elle l'abattait, Mina n'avait aucune chance de sortir vivante de ce quartier, mais il ne pouvait savoir qu'elle n'était pas assez folle pour commettre un tel geste. Elle repoussa les pans de sa redingote pour révéler ses armes.

Il resta silencieux, scrutant son visage d'un regard sombre. Attendait-il qu'elle proteste, ou essayait-il juste de l'intimider ?

Elle avait peur. Vraiment. Pas de lui, ni de ce qu'il pouvait lui faire physiquement. Son corps modifié pouvait guérir les bleus et les larmes, encore et encore. Mais en la forçant, en lui ôtant sa liberté de choix, il effacerait tout ce qu'il avait donné en détruisant la Tour.

Jamais Mina ne laisserait faire une chose pareille. Ses mains glissèrent jusqu'aux holsters de ses pistolets. Le regard du duc se posa sur les armes, s'y attarda un instant – mais n'était-ce pas plutôt sur ses cuisses ? Elle se retint de refermer sa redingote.

Le sourire qui éclôt lentement sur le visage du duc ne parvint pas à adoucir ses traits de faucon.

— Vous viendrez jusqu'à ma couche, souffla-t-il. Et vous n'aurez pas le sentiment de perdre votre temps.

— Vous êtes en train de me le faire perdre, là. Redémarrez l'ascenseur.

— Un forgeron gagne mieux sa vie qu'un inspecteur, et pourtant, vous ne l'avez pas dit à cette fillette. Vous avez placé la possibilité d'aller partout au-dessus de l'argent. Je peux aussi vous offrir de quoi aller où vous voudrez.

La surprise s'ajouta à la colère et au malaise. Il avait écouté sa conversation avec Anne ? Elle allait devoir faire attention à ne jamais parler d'elle quand il était dans les parages.

— Je suis heureuse d'être où je suis, dit-elle. Mis à part le fait que je préférerais monter.

Son court éclat de rire lui noua l'estomac. En un pas, il fut à quelques centimètres d'elle. Il était tellement grand que la tête de Mina atteignait tout juste son épaule.

Attendait-il de Mina qu'elle lève la tête, et semble se hisser vers son baiser ? Elle ne bougea pas, fixant résolument les petites boucles en cuivre qui fermaient son gilet.

Quand la main du duc se posa sur sa nuque, elle se raidit. Des doigts fermes lui soulevèrent le menton, et il baissa la tête. Mina tourna le visage de côté. Elle sentit son rire contre son cou, la douceur de ses lèvres sur sa gorge. Dans ses cheveux, la main de Trahaearn se fit plus impérieuse, et la maintint immobile tandis qu'il inspirait profondément, comme s'il s'imprégnait de son odeur.

Des frissons montèrent du creux de son ventre. La peur, elle la reconnaissait. La colère, elle l'accueillait avec bonheur. Mais pas la brûlure sous sa peau, identique à ce qu'elle avait ressenti lorsqu'il lui avait retiré son gant.

Il releva la tête, mais ne la lâcha pas. Du pouce, il lui caressa la lèvre.

— Vous m'accepterez. Alors, je vous reconnaîtrai, même quand vous vous approcherez dans le noir.

Quel abruti arrogant et insupportable ! Il ne savait rien d'elle.

Et elle n'avait pas besoin d'arme pour le faire reculer.

Sa main jaillit et se plaqua sur l'entrejambe du duc. Telle une pince, ses doigts se refermèrent sur ses parties génitales. Il se figea. Comme pour tester la marchandise, elle le soupesa. Ferme, lourd, mais tellement fragile.

Elle sourit.

— Comme ça, même dans le noir, je saurai que j'arrache les bons grelots.

Il plissa les yeux, et le désir qu'elle y lut la fit frémir. Elle serra un peu plus.

— Reculez, monsieur le duc. S'il vous plaît.

À son tour, il sourit. Dans sa paume, Mina sentit la chair durcir. Elle retira précipitamment sa main.

Le duc recula. Mais il ne battait pas en retraite. Il semblait trop amusé pour cela. Méfiante, Mina le regarda regagner l'autre côté de la cabine et actionner le levier de l'ascenseur.

— Je vous aurais proposé un emploi.

Mina cligna des yeux.

— Quoi ?

— Ne vous méprenez pas, inspectrice : j'ai toujours l'intention de vous posséder, d'une manière ou d'une autre. Pas forcément dans mon lit, même si c'était là qu'allait ma préférence. Mais si vous vous refusiez à moi, j'envisageais de vous proposer un emploi à mon service, avec un salaire que seul un imbécile pourrait refuser.

Mina adorait son travail, mais n'était pas une imbécile. Elle était capable de supporter cinq ans au service d'un insupportable abruti, le temps de rembourser ce que sa mère devait encore au Forgeron, de permettre à Henry de tirer quelque chose de leur domaine de Northampton, et d'acheter à Andrew un titre de lieutenant.

— Quel travail ?

— J'ai des intérêts sur les six continents. Nous vous aurions trouvé quelque chose à la mesure de vos talents.

Mais cela n'a plus d'importance, inspectrice, dit le duc en haussant les épaules. Seul votre lit conviendra, désormais.

Bon sang de bonsoir. Pourquoi persistait-il à la harceler ainsi ? Elle avait fait une erreur quelque part. Elle n'avait pas imaginé que menacer la virilité d'un homme l'encouragerait à continuer, mais… Mais oui, bien sûr…

Elle avait répliqué. Même en situation d'infériorité, elle avait défié le duc de Fer.

Donc, elle était bien une imbécile. Et elle allait désormais tout faire pour éviter ce personnage, jusqu'à ce qu'il l'oublie.

Trahaearn arrêta l'ascenseur au troisième étage. Sa grande main se referma sur la grille avant qu'elle ne puisse l'ouvrir.

— Je vous préviens, inspectrice, souffla-t-il d'une voix grave. La prochaine fois que je vous vois seule, je vous posséderai. J'aurai votre bouche, au minimum. Et le reste, si vous me l'offrez.

Hors de question.

— Nous vivons tous deux à Londres depuis bien des années, et nos chemins ne se sont jamais croisés. Après ce qui s'est passé aujourd'hui, je ne vois aucune raison de nous rencontrer à nouveau, et encore moins seuls.

— Vous irez partout où il y aura des cadavres, dit-il en lâchant la grille. Et je peux m'arranger pour qu'il y en ait plusieurs.

Mina manqua s'étrangler de rire. Il allait faire comme sa mère, envoyer des lettres jusqu'à ce que les destinataires cèdent ? Qu'il envoie donc des cadavres. Chaque fois, sa résolution n'en serait que renforcée.

Elle ouvrit la grille et sortit de l'ascenseur pour retrouver Newberry au centre d'une grande pièce, rouge comme une tomate, le regard fuyant. Intriguée, Mina regarda autour d'eux, et comprit.

Les appareils présentés dans cette pièce n'étaient pas vendus dans les magasins publics, mais sur commande spéciale. Une chaise basse servait de support à un phallus en caoutchouc relié à un piston actionné par l'utilisateur par le biais d'une pédale. Un appareil similaire se trouvait juste à côté, conçu pour être en position debout. Différentes autres machines nécessitaient visiblement deux personnes pour fonctionner, avec bonnets de succion et pistons divers actionnés par des mécanismes complexes.

Trahaearn s'arrêta à côté de Mina, et balaya tous ces appareils d'un regard redevenu froid et blasé. Un regard que vraiment, *vraiment*, elle détestait de plus en plus.

— Celui-ci pourrait vous servir, monsieur le duc, dit-elle en montrant un automate grandeur nature équipé d'un vagin en caoutchouc et de hanches qui basculaient.

Ignorant le petit cri que Newberry étouffait, elle indiqua un autre appareil.

— Mais si j'étais vous, je n'essayerais pas celui-là. Un homme s'est pendu sur une machine identique, l'an dernier. Sa mère a soupçonné sa femme de l'avoir assassiné, mais il était simplement trop impatient et s'était attaché lui-même avant son retour. Je parle du retour de sa femme, bien sûr. Pas de sa mère.

Impassible, Trahaearn lui tourna le dos.

— Les laboratoires du Forgeron se trouvent là-bas.

Était-il possible qu'un homme qui proposait ouvertement la botte à une femme dans un ascenseur devienne prude dans la minute qui suivait ? Mina fronça les sourcils en lui emboîtant le pas, mais un nouveau bruit étrange venant de son adjoint la fit se retourner.

— Respirez, Newberry. Si vous tombez dans les pommes dans le labo du Forgeron, qui sait ce qui pourrait être greffé sur votre corps à votre réveil ?

Mina ignorait à quelle époque le Forgeron était arrivé en Angleterre. Plusieurs années avant la révolution, la rumeur avait commencé à circuler selon laquelle un homme, à Londres, était capable de manipuler la technologie avancée de la Horde, à partir de laquelle il fabriquait de la chair artificielle, ce qui était strictement interdit en dehors de Xanadu, la capitale de la Horde. Mais peut-être ne s'agissait-il que d'une rumeur, à l'image de celles qui racontaient qu'une rébellion au sein de la Horde finirait par détruire l'empire de l'intérieur.

Il n'y avait eu aucune rébellion parmi ceux de la Horde, et le Forgeron avait très bien pu être à l'origine de la rumeur le concernant. Les cendres de la révolution étaient encore chaudes qu'il se taillait déjà dans le Passage un territoire personnel, qu'il était prêt à défendre bec et ongles.

Mais cela était rarement nécessaire. En guise d'arme, il avait l'immense fortune que lui rapportaient ses ateliers – dont il versait l'essentiel à la Crèche et aux guildes industrielles – et l'indéfectible loyauté que lui valaient ses prothèses et leur entretien, proposés à des prix bien moindres que chez les autres forgerons. Pour les ouvriers qui n'avaient malgré tout pas les moyens, il recourait au troc, une prothèse contre un service. Parmi ceux qui étaient passés par ses ateliers, peu avaient le sentiment de ne plus rien lui devoir, même s'ils avaient payé leur dette jusqu'au dernier sou.

Et pour ceux qui n'éprouvaient pas de loyauté particulière envers lui, restait la peur qu'il inspirait.

Derrière elle, Mina entendit Newberry ralentir quand le Forgeron émergea d'un laboratoire. Elle avait tenté de préparer son adjoint en le lui décrivant physiquement, mais sans doute cela était-il impossible – tout comme pour sa mère, dont les yeux provoquaient toujours un choc, même chez ceux qui avaient été prévenus.

Le Forgeron possédait les mêmes yeux d'argent, mais les modifications, sur lui, ne s'étaient pas arrêtées là. Tout ce que ne couvraient pas ses manches de chemise et son pantalon marron était du gris pâle de la chair mécanique, à laquelle on avait donné une forme humaine. Force était de constater qu'au premier abord, c'était assez déstabilisant. Avec les prothèses en acier, on faisait forcément la différence entre les parties humaines et les autres. Même les prothèses en chair mécanique, sculptées pour ressembler le plus possible aux membres naturels, couleur mise à part, n'avaient plus grand-chose d'impressionnant quand on les découvrait pour la première fois. Mais lorsqu'il s'agissait du visage – de tout le visage –, au-delà de la peau grise et imberbe, on avait forcément une impression bizarre. Mina aurait pourtant été incapable de montrer un trait qui ne fût pas humain ou ne bougeât pas comme il le devait. Ne pas savoir si c'était bien là le vrai visage du Forgeron était peut-être ce qui dérangeait le plus. Avait-il lui-même modelé le front large et les pommettes saillantes d'après ses traits naturels ?

À cet aspect gênant s'ajoutait le fait qu'il était impossible de deviner ses origines, et c'était sans doute ce qui perturbait le plus ceux qui le rencontraient pour la première fois. Il aurait pu être américain pur jus, ou mongol de la Horde, ou venir des îles des mers du Sud. Il pouvait avoir du sang de Liberé dans les veines, descendre des Africains qui avaient fui la Horde sur des navires français, ou des Européens et des rares Russes qui avaient réussi à s'échapper vers le Nouveau Monde plutôt que de fuir vers les pays scandinaves.

Mais si la lignée du Forgeron était impossible à établir, Mina reconnaissait son accent. Elle avait autrefois rencontré un homme venu d'Australie, et l'accent du Forgeron ressemblait à celui de cet homme.

À sa grande surprise, lui et le duc se saluèrent en s'étreignant les avant-bras, comme si tout formalisme était exclu entre eux. Cette impression fut renforcée lorsque le Forgeron lâcha un simple :

— Trahaearn.

Auquel le duc répondit d'un tout aussi simple :

— Forgeron.

Mina avait espéré apprendre le vrai nom de ce dernier, et c'était raté. Mais peut-être n'en avait-il pas. Parmi les enfants élevés dans les crèches de la Horde, beaucoup n'avaient pas de nom de famille. La plupart se choisissaient eux-mêmes un nom – c'était probablement ce qu'avait fait Trahaearn – ou adoptaient leur métier en guise de nom de famille.

— Inspectrice, dit le Forgeron, avant de poser son regard réfléchissant sur Newberry. Vous partagez les mêmes nanoagents.

— Ce sont ceux de mon père, expliqua Mina. Il nous a contaminés tous les deux.

— Oui, je les reconnais. Il m'a assisté pendant l'opération de votre mère. C'est un praticien talentueux.

Mina penserait à répéter cela à son père.

— En effet.

Le Forgeron hocha la tête et s'approcha de Newberry, qu'il délesta de la lourde glacière. Les virus rendaient tout le monde fort. Même Mina aurait pu la porter sans effort. Le Forgeron la glissa sous son bras comme un vulgaire coussin.

Elle le vit se diriger vers un bureau. Tandis qu'il ouvrait la glacière, elle laissa courir son regard sur la pièce. Une armure était posée dans un coin, moins encombrante que les manteaux de fer de la Marine royale, trop petite pour que le Forgeron puisse la porter, et sans doute beaucoup trop lourde pour que quiconque puisse l'endosser et en actionner les membres sans l'aide d'un moteur à vapeur. Sur une étagère se trouvait un étrange objet : une pointe fine, polie, d'environ trente centimètres, montée sur un cube. À première vue, il était d'un seul bloc, mais cela pouvait aussi être un casse-tête, qui se démontait et se remontait quand la bonne combinaison était composée. Juste à côté se trouvait un kraken à moitié monté, avec des tentacules en chair mécanique dont le gris terne trahissait un défaut d'alimentation électrique.

Chez les humains, c'était le système nerveux qui produisait l'électricité et les virus qui s'occupaient de la faire circuler. Sans les impulsions électriques pour l'animer, la chair mécanique restait aussi figée qu'une plaque de métal.

Le Forgeron extirpa le bras de la glacière et fit une moue qui plissa la peau grise et lisse autour de sa bouche.

— Les nanoagents sont morts.

— Lui aussi, confirma Trahaearn.

— Oui, mais il devrait subsister une activité résiduelle.

Il s'approcha d'une bouteille de Leyde, et en connecta les deux électrodes à la partie arrachée de l'épaule, où les fils électriques se mêlaient à la chair. Une étincelle se produisit au point de contact. La moue du Forgeron s'accentua.

— Depuis combien de temps est-il mort ?

— Je l'ignore, répondit Mina. Il a été congelé.

Le Forgeron sortit le cerveau de la glacière, et l'observa un long moment. L'intensité de son regard argenté rappela à Mina celui de sa mère – il « voyait » le cerveau comme peu d'humains le verraient jamais. Les nanoagents étaient si petits que même Mina ne pouvait espérer les distinguer au microscope.

Mais le Forgeron voyait encore plus de choses que sa mère. Il pouvait détecter et interpréter les derniers signaux électriques reçus par les nanoagents depuis la région visuelle du cerveau, et voir ainsi les dernières images perçues par la victime avant sa mort.

— Dans quel état était le corps ? demanda-t-il en se tournant vers elle.

— Congelé, mais en bon état pour l'essentiel. Sa chute depuis un aéronef a causé quelques dégâts. S'il était blessé avant sa mort, l'impact en a détruit les preuves.

Le Forgeron secoua la tête, et reposa le cerveau dans la glacière.

— Les nanoagents sont morts, répéta-t-il.

Mina ne comprenait pas.

— Comme une batterie qui se serait vidée ?

— Non. Même complètement épuisés, ils auraient dû réagir à l'impulsion électrique. Et là, rien.

— Ont-ils été détruits lors de la chute ?

— Ils n'ont pas été physiquement détruits. Tous leurs composants sont en état de marche, mais ils ont cessé de fonctionner. Ils sont inertes.

Mina fronça les sourcils.

— Est-ce que cela peut tuer un homme ?

— Oui. Immédiatement, s'ils sont tous désactivés. Si seulement quelques-uns sont détruits, il peut s'en remettre, mais les nanoagents morts agissent alors comme un poison dans son organisme. Les nanoagents restants peuvent tenter de le guérir, mais il risque d'attraper la fièvre virale, et d'y succomber.

Il se tut et examina une nouvelle fois le bras et le cerveau.

— Tous ceux de cet homme sont morts.

— Qu'est-ce qui peut tuer les nanoagents ? Est-ce qu'un signal peut les éteindre, comme si on déconnectait un câble ? demanda Mina avec un geste en direction de la bouteille de Leyde.

Le Forgeron la regarda, et elle vit son propre malaise dans ses yeux.

— Non. Il n'y a pas de position « Off ». Pas tant que l'hôte est en vie.

Trahaearn s'approcha du bureau.

— Sais-tu ce qui a pu provoquer cela ?

— Non.

Donc, il leur fallait absolument découvrir d'où venait cet homme.

— Tu sais qui c'est ?

— Oui.

Le Forgeron fixa Trahaearn, qui sembla se figer, comme si un message était passé entre eux.

Le visage du duc se durcit.

— Qui est-ce ? demanda Mina.

— Tu peux le lui dire, fit Trahaearn.

T'as intérêt à me le dire, oui, fulmina Mina intérieurement.

— C'est le petit-fils de Baxter.

Baxter ? Mina le regarda, déconcertée. Ce nom lui disait quelque chose, mais quoi ?

Il disait quelque chose au duc aussi. Après un instant d'immobilité absolue, celui-ci tourna les talons et se dirigea vers la porte.

Et flûte. Qui que ce soit, il était parti pour régler son compte à quelqu'un.

Mina se rua à sa suite.

— Newberry ! Récupérez la glacière et rejoignez-nous !

Trahaearn s'éloignait à grands pas, et ne fit pas mine de l'attendre. Mina le rattrapa devant l'escalier.

— Monsieur le duc ? Que signifie ce nom pour vous ?

Sans un regard, il s'engagea dans l'escalier. Mina étouffa un juron et descendit les marches quatre à quatre jusqu'au rez-de-chaussée, suivit le duc dans la rue, tout en essayant désespérément de trouver pourquoi ce nom lui était familier. Baxter, Baxter...

Oh, nom d'une flûte à bec ! Le capitaine qui avait tiré le duc, alors jeune marin, des pattes d'un marchand d'esclaves pour l'enrôler sur son bateau était un Baxter. Il était amiral, aujourd'hui... et son petit-fils, Roger Haynes, était le capitaine du bâtiment le plus célèbre de la Marine royale : le *Terreur de Marco*.

Le cœur de Mina fit un bond dans sa poitrine. Prise de tournis, elle ralentit.

Andrew est sur ce bateau...

Elle rattrapa le duc au moment où il passait devant la taverne.

— Il s'agit de Roger Haynes, c'est ça ? Cet homme était sur le *Terreur de Marco* ?

Le duc ne ralentit même pas. Non mais quel abruti ! Mina l'attrapa par la manche de sa redingote et tira un bon coup.

— Trahaearn ! Était-ce Haynes ?

Le duc pila net, baissa les yeux sur elle, puis la prit par les épaules, la plaqua contre le mur de brique et la maintint ainsi pendant une interminable seconde. Puis, apparemment satisfait, il la lâcha et reprit son chemin.

Mina secoua la tête, incrédule. Mais qu'est-ce qu'il croyait ? Qu'elle allait rester plantée là, comme s'il l'avait clouée au bâtiment ?

Un peu plus loin dans le Passage, le conducteur de la berline à vapeur descendit de son banc et ouvrit la porte de l'habitacle. La voiture de Newberry ne rattraperait jamais un tel véhicule, mais Mina pouvait grimper derrière et s'accrocher pendant un long moment si c'était nécessaire. Elle attendit qu'un ivrogne passe devant elle en titubant pour se lancer.

Elle ignora le « pute bridée » lâché par l'ivrogne, mais son raclement de gorge l'avertit de ce qui allait suivre, et elle tourna la tête juste à temps. Le crachat vola tout près de sa joue et alla s'écraser sur le mur.

Elle serra les poings et fit face à l'homme. Il la fixa d'un regard flou, plein de haine. C'était un docker, dont les prothèses des bras et des épaules étaient renforcées de tubes pneumatiques. Il était fort, mais lent, raison pour laquelle il ne l'avait pas frappée, sans doute.

Quant à Mina, elle aurait adoré lui mettre une raclée, mais n'en avait pas le temps. La voiture de Trahaearn avait démarré, et…

Une ombre lui bloqua soudain la vue, et l'ivrogne alla s'écraser bruyamment sur le mur à côté d'elle. Trahaearn le tenait par les revers de sa veste, ses pieds pendaient lamentablement à quinze centimètres du sol.

L'indifférence qui la rendait folle avait disparu. La fureur avait fait pâlir le duc, et accentuait les angles de son visage.

L'ivrogne cria avant de se taire brusquement, reconnaissant Trahaearn – ou reconnaissant simplement le danger qu'il courait.

— Paie pour ce que tu viens de faire, ordonna calmement le duc.

Mina se sentit mal à l'aise. Malgré sa propre colère, elle ne pouvait pas le laisser faire quoi que ce soit à cet homme. Par ailleurs, ils avaient d'autres problèmes à résoudre.

Cet ivrogne n'avait aucune importance. Andrew, lui, en avait.

— Des excuses suffiront, dit-elle.

L'homme écarquilla les yeux et s'adressa à Trahaearn :

— C'est vot' régulière ?

Le regard du duc remonta lentement le long du corps de Mina, et s'arrêta sur son visage.

— Oui.

Oh non, soupira intérieurement Mina, accablée. Combien de temps cette rumeur allait-elle mettre pour se répandre dans tout Londres ? Mais protester était inutile pour l'instant. Andrew d'abord.

— Toutes mes excuses, monsieur. J'avions point compris.

Trahaearn le toisa.

— C'est à elle que tu dois des excuses.

L'homme pinça les lèvres.

— Plutôt mourir.

Voilà autre chose. Allait-il l'abattre, là, tout de suite ? Mina attrapa Trahaearn par le bras, sentit son biceps d'acier. Elle ne pourrait pas le retenir.

Elle aperçut Newberry qui remontait le Passage, la glacière dans les bras. Mais comment demander au sergent de se battre contre le duc ? Et puis, il fallait agir immédiatement.

— Trahaearn, je vous en prie. Nous avons mieux à faire, non ?

Elle le sentit se tendre. L'avait-il entendue, ou réagissait-il au fait qu'elle le touchait ? Elle espéra surtout qu'il ne se préparait pas à tuer cet homme.

Il serra les dents. Les prothèses de l'ivrogne raclèrent la brique tandis que le duc le reposait à terre.

— Disparais.

Sans attendre de voir si l'homme obéissait, il pivota vers Mina. D'un geste délicat, il lui fit basculer la tête en arrière et examina son visage, comme s'il cherchait des ecchymoses.

— Baxter, lui rappela-t-elle, pensez-vous qu'il sera en ville, à l'Amirauté, ou bien aux chantiers navals de Chatham ?

— À Chatham.

Il retira sa main et se dirigea vers sa voiture.

— Vous y allez maintenant ?

— Oui.

Très bien. Newberry les rejoignait enfin. Elle se tourna vers lui.

— Donnez la boîte au chauffeur de monsieur le duc, et retournez chez le Forgeron. Utilisez son câblographe pour envoyer un message à Hale et l'informer que nous avons identifié le corps comme étant celui de Roger Haynes, capitaine du *Terreur de Marco*. Je vais à Chatham, il faut que je parle à l'amiral Baxter.

Une pointe de déception traversa le regard du sergent, mais son « Bien, madame » fut aussi ferme que d'ordinaire.

Mina pivota vers la voiture. Trahaearn était déjà monté, mais le chauffeur attendait à la portière, qu'il maintenait ouverte, de toute évidence pour elle.

— Je suis navré de ne pas avoir été à vos côtés quand cet individu vous a… commença Newberry.

— Vous avez suivi mes ordres, Newberry. Vous n'avez pas à être navré de quoi que ce soit. Dépêchez-vous, et rattrapez-nous à la gare de Charing Cross. Avec un peu de chance, le train partira en retard et vous pourrez nous accompagner.

Le visage de Newberry s'éclaira.

— Bien, madame. Merci, monsieur, ajouta-t-il en regardant dans la voiture.

Le duc répondit d'un bref hochement de tête. Mina se hissa dans la voiture et s'assit en face de lui… pour le regretter immédiatement. Le regard du duc s'était fixé sur elle.

Il eut un petit sourire. Posa les yeux sur ses lèvres.

— Nous sommes seuls, inspectrice, dit-il doucement.

Elle eut le sentiment que son siège se dérobait sous elle. Sans y prendre garde, elle était tombée dans le piège.

— Votre chauffeur, monsieur.

— Il est dehors. Nous sommes bien seuls à l'intérieur.

Qu'il aille en enfer.

— Si vous approchez, je vous fais une piqûre d'opium. Une dose de cheval.

— Me réveillerez-vous quand nous serons à Chatham ?

— Je vous laisserai dans un caniveau près de la gare.

— Alors j'attendrai que nous soyons montés dans le train. Je réserve toujours un wagon privé, dit-il avec un large sourire.

— Et moi, je suis toujours armée.

Le rire du duc fut profond et grave. Il étendit les jambes, les croisa, comme pour se mettre à l'aise. L'étoffe de ses pantalons se tendit sur ses cuisses. Pas un instant il ne cessa de fixer son visage.

Elle se força à regarder ailleurs, et à rester calme.

Il ne s'agissait que d'un trajet en voiture jusqu'à la gare de Charing Cross, puis en train jusqu'à Chatham. Ce n'était pas grand-chose… Mais ce voyage risquait d'être très long.

5

Que Newberry les ait rattrapés importait peu à Rhys, même si cela signifiait qu'il ne serait pas seul avec l'inspectrice – et n'aurait peut-être pas d'autre occasion de l'être avant longtemps. Quelqu'un s'était emparé du *Terreur de Marco*. La direction que prendrait Rhys ensuite dépendait de ce que Baxter avait à leur dire. Si cette destination n'était pas Londres, Newberry pourrait protéger l'inspectrice pendant le voyage de retour.

Il s'en voulait de ne pas avoir compris plus tôt pourquoi le géant la suivait partout. Jamais plus Rhys ne la laisserait sans protection, et très vite, d'ailleurs, elle aurait plus qu'un simple sergent pour s'occuper d'elle. Quand il aurait répandu la nouvelle et qu'il serait de notoriété publique que Wilhelmina Wentworth était sa femme, ce lien la protégerait mieux que cinquante Newberry réunis. Plus personne n'oserait la toucher.

Excepté lui.

Il s'installa sur la banquette, en face de Mina, au moment où la locomotive émettait un long sifflement. Le train s'ébranla, et quitta lentement la gare. Il détestait voyager de la sorte. Échapper aux grincements, aux claquements métalliques, aux vibrations du plancher était impossible, et voir passer le paysage par la fenêtre le rendait malade.

Alors il se concentra sur l'inspectrice. Rhys aimait son visage, en particulier lorsqu'il revêtait cette expression suggérant qu'elle aurait préféré pointer un pistolet sur sa tempe plutôt que d'être assise en face de lui dans un wagon privé. Il aimait le chignon sévère à la base de sa nuque, et la façon dont cette coiffure lui dégageait le visage. Il aimait la petite ride qui se creusait entre ses sourcils. Il aimait le pincement agacé de ses lèvres, et l'impatience qu'il éprouvait de les voir s'adoucir. Il aimait ses petites mains, et le fait qu'elle n'ait pas hésité à s'en servir, dans l'ascenseur, pour se défendre. Il avait aimé encore plus sentir ses doigts palper son sexe. Il aimait la façon dont son pantalon la moulait quand elle était assise, dessinait le contour des cuisses qu'elle aurait pu refermer autour de ses hanches pour le maintenir en elle.

L'imaginer sur lui, empalée... C'est ce qu'il aurait volontiers fait pendant tout le voyage, si elle n'avait interrompu ses fantasmes en le questionnant sans arrêt, comme si son enquête avait encore de l'importance.

Elle n'en avait plus. Quelqu'un s'était emparé du *Terreur*. Celui qui avait tué Haynes appartenait à Rhys, désormais. Mais il répondit aux questions de Mina malgré tout, parce qu'il aimait la rondeur et l'intensité de sa voix.

Connaissait-il Haynes ? Oui. Pourquoi ne l'avait-il pas reconnu ? Parce que son visage avait été écrasé. Où se trouvait son bateau ? En principe, dans la mer des Caraïbes. Qu'arriverait-il à l'équipage ? Cela dépendait de qui s'était emparé du navire.

À ce stade de leur conversation, Rhys ramena résolument sa pensée vers leurs ébats, et s'imagina la prenant sans relâche, comme une bête. S'appesantir sur le sort du *Terreur*, et sur le fait qu'un bon capitaine avait été jeté comme un détritus sur sa maison, l'aurait mis dans une rage folle qu'il n'aurait pas su contenir. La nouvelle était trop puissante, et récente. Mais son besoin de posséder l'inspectrice était lui aussi puissant et nouveau, alors il s'en servit pour combattre sa fureur.

Ils étaient presque à Chatham quand il se souvint que le frère de Mina était à bord.

Rhys la dévisagea avec attention… et ne vit rien sur ses traits. Aucune angoisse, aucune panique. Mais il se souvint de sa voix lorsqu'elle avait parlé de son frère… Andrew. Il se souvint de la certitude qu'il avait eue alors : son frère lui manquait.

Elle devait être terrifiée. Désespérée. Mais elle le cachait, tout comme lui retenait sa fureur.

Une partie de lui-même s'attacha alors à alléger la peur de l'inspectrice. Il ne s'agissait plus seulement de récupérer le *Terreur*, de faire payer cet affront. La jeune femme avait besoin de savoir ce qui était arrivé à son frère. Rhys pouvait le découvrir pour elle.

Donc, elle avait encore un rôle à jouer dans cette affaire. Et il avait une raison de la garder près de lui.

Dans un hurlement de freins, secoués par de nouveaux à-coups, ils arrivèrent en gare de Chatham. Rhys l'observa tandis qu'elle descendait du wagon, et constata que son premier regard allait dans la même direction que tous ceux qui arrivaient de Londres : vers le haut, où le soleil brillait dans un ciel bleu resplendissant, plutôt que d'évoquer une pièce de monnaie terne dans le ventre d'un requin. Elle entrouvrit les lèvres, son visage s'adoucit. Et Rhys se jura de revoir un jour cette expression.

De préférence quand elle le regarderait, et de préférence quand elle serait sous lui.

Puis elle quitta le ciel des yeux, et il suivit son regard jusqu'aux aéronefs arrimés au-dessus du fleuve. Il y en avait presque cinquante, et la plupart étaient des cuirassés appartenant à la Marine, donc trop lents et trop lourdement armés pour être manœuvrés facilement et, avec leurs moteurs, trop bruyants pour avoir survolé Londres sans être remarqués.

Mais il y en avait d'autres plus discrets, des coursiers du ciel qui transportaient un petit nombre de passagers ou de petits chargements, sur de courtes distances.

Rhys connaissait tous les propriétaires des coursiers du ciel, et savait que tous auraient refusé une mission risquant de leur valoir les foudres du duc de Fer. Tous, sauf un.

Le *Lady Corsaire* flottait lentement au-dessus de la Medway. Yasmeen avait du cran pour amarrer son aéronef à un dock maritime. Et si la récompense était bonne, et en or, versée d'avance, elle était tout à fait capable de larguer un cadavre au-dessus de la maison de Rhys.

Mais ensuite, elle serait descendue par l'échelle, pour boire un verre avec Scarsdale et leur dire à tous les deux qui avait été assez fou pour la payer d'avance.

Donc ce n'était pas Yasmeen. Mais elle savait peut-être quelque chose.

— En reconnaissez-vous un ?

Il regarda l'inspectrice. Elle semblait fascinée par la série d'aéronefs.

— Je les reconnais tous. Mais un seul m'intéresse. Nous irons parler à son capitaine après avoir vu Baxter.

L'inspectrice eut du mal à retenir un sourire.

— J'ai le sentiment que vous avoir sous la main peut être très utile, dans un lieu comme celui-ci, monsieur le duc.

— Avez-vous déjà visité Chatham ?

— Je ne suis jamais allée plus loin que Dartford. Et une seule fois.

Elle rosit lorsque Rhys la fixa d'un air étonné. Newberry en resta bouche bée, puis se tourna vers la sortie.

— Bien, je vous laisse nous guider…

Seigneur. Pas plus loin que Dartford. Ce qui n'était pas inhabituel pour les bogués habitant Londres, Rhys le savait. La plupart d'entre eux ne quittaient jamais la ville. Mais savoir cela donnait un tout autre poids à la conversation qu'elle avait eue avec la fillette, dans la forge. Un forgeron pouvait aller où bon lui semblait… quand l'inspectrice n'était jamais allée nulle part.

Rhys résolut aussitôt de lui renouveler sa proposition. Lorsqu'elle l'accepterait, il l'emmènerait beaucoup plus loin que les chantiers navals d'une petite ville du Kent.

Mais Chatham n'était pas si mal, pour débuter. Au cours des cinq dernières années, depuis que la Marine royale avait commencé à reconstruire ses bases en Angleterre, la ville s'était développée. Entre la gare, toujours animée, et l'endroit où attendaient les voitures, une ville sous tentes avait surgi, moitié marché, moitié carnaval permanent. Au départ, les vendeurs du cru avaient voulu profiter des marins qui passaient, puis leur nombre avait augmenté avec l'arrivée de Londoniens fuyant la ville, ruinés, et qui vendaient diverses choses, y compris des faveurs sexuelles. L'inspectrice pouvait voir pire à Londres, mais pas sous un ciel aussi bleu, et pas sans les pétarades des moteurs et le brouhaha de la circulation. Chaque couleur semblait plus profonde, plus riche. Chaque bruit semblait plus net, plus clair. Même Rhys appréciait cela. Et c'est pour cette raison qu'il leur fit faire un grand tour.

Des forgerons réparaient oiseaux mécaniques et voitures à vapeur juste à côté d'un vendeur de poulets vivants. Une vieille femme drapée dans un châle miteux et juchée sur une souche annonçait la fin du monde et l'arrivée, chevauchant des montures à vapeur, de ceux qui allaient la provoquer. Derrière elle, un mineur dansait sur les marteaux-broyeurs greffés à ses jambes. Son public riait et lui lançait quelques piécettes chaque fois qu'il activait ses systèmes à air comprimé et se mettait à hoqueter, tel un moteur encore froid.

Les aboyeurs de foire vantaient les mérites de leurs attractions, invitant les badauds à entrer dans leur tente pour y découvrir le Singe humain, résultat des expérimentations scientifiques de la Horde, voir un vieil homme ouvrir son torse et exposer son cœur mécanique, examiner les esquisses perdues du grand Léonard de Vinci. Même l'imperturbable Newberry rit en entendant cette dernière proposition – jamais personne en possession d'un dessin authentique du grand Léonard n'aurait exposé ce trésor sous une tente à Chatham, pour quelques pennies !

Le sergent se tourna pour voir la réaction de l'inspectrice, et constata qu'elle s'était arrêtée devant la tente suivante et écoutait, la tête penchée sur le côté. Posé devant la tente se trouvait un panneau, sur lequel était grossièrement dessiné un humain aux mains griffues. Rhys s'approcha à son tour. Le sifflement qu'il entendit derrière la toile rayée le hérissa.

Il ne le connaissait que trop.

Mina se frictionna les bras, comme si elle avait la chair de poule, soudain.

— Quel son étrange.

Et si proche de la réalité.

— Allons voir à l'intérieur.

Visiblement lasse, l'aboyeuse mince et blonde retrouva le sourire quand le duc se tourna vers elle. Mais devint nerveuse lorsque Newberry et l'inspectrice le suivirent. Elle se reprit, bravache, et, adoptant une pose exagérément apeurée, écarquilla les yeux.

— Ils ont faim, murmura-t-elle d'une voix rauque. Ils vous arrachent la chair des os, et sucent votre moelle. Les zombies sans âme chassent même ceux de la Horde, et vous n'en verrez nulle part ailleurs en Angleterre, ni dans le Nouveau Monde… avec un peu de chance.

Rhys ignorait ce qu'était la chance.

— Combien ?

La blonde se redressa.

— Un denier chacun.

Ce n'était pas de la monnaie anglaise, mais la monnaie française était celle qui circulait sur les routes commerciales, ici et dans le Nouveau Monde. L'inspectrice hésita, regarda le sergent, qui secoua la tête. Sans doute n'avaient-ils l'un et l'autre que des pennies. À Londres, avoir autre chose dans les poches, c'était provoquer les pickpockets.

Heureusement, Rhys n'avait pas eu affaire à eux depuis longtemps. Il paya l'aboyeuse, qui leur ouvrit le rideau d'un geste théâtral.

Son murmure les suivit à l'intérieur.

— Si vous tenez à la vie, restez derrière les lampes.

Le toit de toile étant particulièrement bas, le duc et Newberry durent se baisser. Deux lampes à gaz étaient posées à même le sol, à un peu plus d'un mètre de la petite cage qui se trouvait au fond, dont elles éclairaient l'intérieur et la chose recroquevillée sur de la paille. Nu, hirsute, le zombie n'était pas aussi sale que la plupart de ceux qu'avait vus le duc. Peut-être l'aboyeuse lui lançait-elle un seau d'eau chaque semaine.

Le gargouillis sifflant du zombie se mua en grognement sourd. Ses lèvres fissurées découvrirent des dents acérées. De la bave et de la morve séchées formaient une croûte autour de sa bouche.

Le duc entendit Newberry ravaler un juron.

— Regardez ailleurs, sergent, dit l'inspectrice en s'arrêtant à côté du duc avant de murmurer : C'était une femme.

Rhys n'aurait su qualifier sa réaction. Était-elle fascinée ? Dégoûtée ? Sa propre réaction, en revanche, ne le surprit pas : *Tue-le.*

Il allait devoir se servir des armes de l'inspectrice. Quand il se trouvait en Angleterre, Rhys ne portait qu'un poignard dans sa botte, ce qui ne servait à rien devant un zombie, à moins de lui couper la tête. Or il se refusait à prendre le risque d'approcher cette chose.

Le zombie se plaqua dos contre les barreaux de la cage, qui grinça. En grognant il fendit l'air de ses griffes, fixant les visiteurs de ses yeux noirs affamés.

L'inspectrice se tourna vers l'aboyeuse qui attendait à l'entrée.

— Il est illégal de les faire entrer en Angleterre.

— C'est pas moi qui l'ai fait entrer ! C'est un marchand, un gros type violent qui l'a pris sur son bateau en Europe et l'a déchargé ici.

L'argument ne sembla pas émouvoir l'inspectrice. Du coup, l'aboyeuse tenta une approche plus… humaine.

— Moi et mes sœurs, on a sept petits à nourrir, dit-elle en levant les mains. Ce qu'on gagne ici arrive à peine à nous éviter la rue… et l'usine.

L'inspectrice se tourna à nouveau vers la cage, en soupirant. Elle pencha la tête, comme si elle cherchait à mieux distinguer la chose à travers les barreaux.

— Je me demande si la personne qu'il a été est encore là-dedans.

Si c'était le cas, cet être vivait l'enfer sur terre. La plupart des zombies en Europe étaient, à l'origine, des humains restés sur place lors du grand exode vers le Nouveau Monde, à l'arrivée de la Horde. Mais cette dernière ne voulait pas occuper les terres, elle voulait en piller les ressources. Ses machines les avaient récoltées, et la Horde avait contaminé les humains restants pour empêcher ceux qui avaient fui de revenir et de la combattre pour récupérer leurs terres.

Seulement, les nanoagents qui avaient servi à contaminer les zombies n'étaient pas les mêmes que ceux qui contaminaient les bogués, et n'étaient pas contrôlés par une tour. Ils agissaient comme un virus se répandant dans l'organisme à la suite d'une morsure. Les corps qu'ils habitaient ne vivaient plus que pour se nourrir et chasser, sans jamais mourir à moins que leur cerveau ne soit détruit. Ce zombie pouvait avoir deux cent cinquante ans.

— Même pendant les Frénésies, ou quand la Horde nous enfermait et paralysait nos corps… nous étions conscients. Nous savions que nous étions manipulés… Mais je suppose que vous vous en souvenez.

Scarsdale avait suggéré que sa mère ne s'en souvenait pas. Mais Rhys se refusa à le lui rappeler.

— Non, répondit-il simplement.
— Vous n'êtes pas passé par une crèche ?
— Si. Caerwys.
Comme elle regardait, interdite, il ajouta :
— Comté de Clwyd. Jusqu'à ce que l'on me fasse quitter le pays de Galles en secret, à l'âge de huit ans.
Pour le vendre sur un marché du comptoir de l'Ivoire, où il avait vu son premier zombie en cage, à vendre lui aussi. Sur cette côte de l'Afrique de l'Ouest, n'importe quoi se vendait. Un zombie et un jeune garçon se situaient à peu près au même endroit sur l'échelle des marchandises. Tout en bas.
— Oh.
Mina scruta son visage, tentant de mieux le cerner. Parfait. C'était exactement ce qu'il voulait. Qu'elle soit curieuse.
— Donc, je suppose que vous étiez trop jeune pour être touché par une Frénésie.
De toute façon, il n'aurait pas été affecté. Ses virus ne l'avaient jamais contrôlé. Mais il savait ce que c'était de ne pas être libre de ses mouvements, et n'avait jamais aimé cela.
Elle s'approcha de la cage, se plaça entre les deux lampes. Rhys se retint de la tirer en arrière. Le zombie se cognait contre les barreaux, sifflant, grognant, mordant le métal.
Elle se pencha légèrement en avant, comme pour le regarder dans les yeux.
— Certains disent que le virus tue la personne et se sert du corps. Qu'un zombie ne pense pas, ne ressent rien.
— Quand il a de la chance.
— C'est vrai, admit-elle. Et j'ai entendu dire que des scientifiques du Nouveau Monde essayaient de mettre au point un remède.
— Certains, oui. D'autres espèrent mettre au point l'immortalité et la vendre.
Elle le regarda par-dessus son épaule.

— Vous les connaissez ?

— J'ai financé certaines recherches, et des expéditions.

— Ont-ils découvert quelque chose ? Un remède ?

— Pas encore.

— Alors, je suis désolée pour celui-ci.

Elle recula d'un pas, sortit son pistolet et le pointa vers la cage. Un instant plus tôt, Rhys s'était dit qu'elle pleurerait sur le sort du zombie et qu'il repousserait la mise à mort à plus tard pour ne pas l'accabler. Mais là… sa surprise était grande. Quelle femme étonnante. Il aurait aimé la prendre contre lui et l'embrasser. Au lieu de quoi, il s'écarta pour lui laisser la place.

— Non ! Non !

L'aboyeuse se rua en avant et se posta devant elle, bras écartés.

— Poussez-vous, dit l'inspectrice. Il suffit d'une seule erreur – quelqu'un qui s'approche trop, la cage qui s'ouvre – et vos sœurs et vos enfants mourront. Toute l'Angleterre mourra.

La panique teinta le regard de la femme.

— Nous faisons très attention.

— Écartez-vous.

— Ce n'est pas un vrai ! Ce n'est qu'une simple d'esprit qu'on a trouvée dans la rue. Elle se pisse dessus. C'est notre gagne-pain.

— Alors, approchez de la cage.

La femme hésita.

— Approchez de la cage, qu'elle puisse vous mordre. Ou écartez-vous.

Les larmes brillèrent, roulèrent sur ses joues.

— On n'a rien d'autre. Si je ne gagne rien ici, je ne rapporte rien à la maison.

— Je compte jusqu'à trois.

— Je vous en prie…

— Un…

— Vous ne pouvez pas…

— Vers la cage, ou sur le côté, répéta l'inspectrice. Deux.

— S'il vous plaît… nous avons besoin de…

— Trois.

L'aboyeuse se jeta sur le côté dans un cri, tomba à genoux près d'une des lampes. L'inspectrice tira. En pleine poitrine.

Convulsant contre les barreaux, le zombie hurla sa rage en vomissant du sang. Rhys s'avança, posa une main sur celles de l'inspectrice et releva son arme.

— La tête, dit-il. Toujours la tête.

Acquiesçant, elle acheva ce qu'elle avait commencé.

— Et qu'est-ce que je deviens, moi ? hurla la femme en s'arrachant les cheveux. Salope de la Horde ! On avait gagné le droit d'utiliser cette chose, espèce de sale pute bridée ! Cet enfoiré de gros marchand nous a fait faire le trottoir, à mes sœurs et moi ! Et on l'a gagné, ce zombie !

L'inspectrice replaça son arme dans son étui.

— Retrouvez ce marchand et mettez-le dans la cage. Vous gagnerez bien assez d'argent – les gros sont presque aussi rares en Angleterre que les zombies.

Elle se tourna vers Newberry.

— Assurez-vous que le corps soit brûlé. Et retrouvez-nous chez Baxter.

Newberry jeta un œil inquiet en direction de Rhys, qui le rassura d'un regard avant de suivre l'inspectrice hors de la tente. Oh oui, il allait la protéger.

Jamais il ne la laisserait s'éloigner.

Nom d'un ciel étoilé, cette chose ne pouvait pas avoir été humaine…

Mina sortit de la tente et mit une main en visière pour se protéger les yeux du soleil. L'air lui sembla léger et fade. Une longue inspiration la laissa étourdie, nauséeuse.

Sous la tente, les cris de l'aboyeuse montèrent en intensité, lui faisant l'effet d'un clou planté dans la tempe. Elle s'éloigna. Trahaearn la rattraperait bien vite, probablement en un ou deux de ses immenses pas, et il n'était pas question qu'il voie combien cette chose et le sort de cette femme l'avaient émue.

Et puis, assez traîné comme ça. Elle apercevait une station de fiacres, au-delà des étalages et des tentes, et n'importe quel chauffeur digne de ce nom saurait où trouver l'amiral.

La perspective de partager un étroit siège avec le duc ne l'attirant guère, elle dépassa un rickshaw-araignée bon marché et s'arrêta devant une voiture à vapeur dont la capote était abaissée. Un homme encore jeune, à la tignasse blond-roux, était perché sur le banc du chauffeur.

Mina sortit son porte-monnaie.

— Pouvez-vous me conduire jusqu'à la résidence de l'amiral Baxter, monsieur ?

Le regard du chauffeur se posa sur elle, et un sourire narquois se dessina sur ses lèvres. L'espace d'un instant, elle crut qu'il allait refuser. Puis il regarda derrière elle, et sur son visage la crainte se mêla au respect. Il lui fit signe qu'elle pouvait monter.

Certains jours, elle avait du mal à ne pas détester l'Angleterre tout entière. Lâchant un « Merci », elle grimpa dans la voiture, regrettant de ne pas pouvoir donner un coup sur la tête du chauffeur avec sa matraque.

Si seulement Andrew avait été à ses côtés ! Il n'avait pas son pareil pour la faire rire quand elle était dans ce genre d'humeur. Mais seules les étoiles savaient où il se trouvait en ce moment, et à la place, il y avait ce fichu duc de Fer et une voiture en piètre état, qui grinça et craqua de toutes parts lorsque le duc se hissa à l'intérieur. Il s'assit à côté d'elle et se mit à l'observer – à la dévisager –, prenant plus de place que de raison. Même Newberry n'empiétait pas ainsi sur son espace vital, et pourtant il faisait dix bons kilos de plus que le duc.

Eh bien qu'il regarde, si ça lui chantait. Elle, elle allait fixer le crâne roux qu'elle aurait aimé talocher.

La voix du duc s'éleva, grave et très proche, trop proche de son oreille.

— Je vous remercie, inspectrice, de m'avoir évité de tuer le zombie avec mon couteau.

Il avait le soleil dans le dos, et son visage était dans l'ombre, mais elle vit qu'il souriait. Qu'il riait, même, peut-être bien. Comment savoir, avec les pétarades du moteur ?

— Qu'auriez-vous utilisé, sinon ?

— Une machette, si j'avais pensé à en emporter une ce matin. J'ai besoin de pouvoir vous appeler autrement qu'« inspectrice ».

— Non, monsieur. Vous n'avez besoin de rien du tout.

Il secoua la tête, et les petits anneaux d'or dans la partie supérieure de ses oreilles brillèrent parmi ses cheveux noirs. Quel drôle d'endroit pour mettre un bijou. Mais sans doute y avait-il bien d'autres endroits étranges où transpercer son corps, quand on avait décidé de le faire.

Le duc de Fer l'avait sans doute fait. Bandit sauvage.

— Si, si, insista-t-il. Et je connais votre nom : Wilhelmina Elizabeth Wentworth. Mais c'est trop long. Comment vous appellent vos amis ?

— Tête de mule.

Elle détourna le regard tandis que le duc souriait.

— Vous pouvez continuer à m'appeler inspectrice.

— Et vous pouvez m'appeler Rhys.

— Je ne le ferai pas.

— Même quand je serai dans votre lit ?

Mina posa la main sur son pistolet.

— Pardon. Je me suis laissé emporter, dit-il en se penchant vers elle, prenant tant de place qu'elle pouvait à peine respirer. J'aurais dû dire « mon lit », n'est-ce pas ?

Elle l'ignora, regarda droit devant elle. Son envie de matraquer le chauffeur était moins pressante.

Il lui fallait penser à autre chose – comme, par exemple, à leur arrivée chez l'amiral.

— Comment vous entendez-vous avec Baxter ?

— Nous sommes amis depuis des années.

— Non…

Incrédule, elle se tourna vers lui.

— Mais… il vous a enrôlé de force, non ?

— Pas de force. Je me trouvais sur un bateau d'esclaves en route pour les mines de charbon de Lusitania. Même la Marine royale est plus tentante qu'un puits de mine.

— Vous ? Esclave ? Les journaux ont écrit que vous apparteniez à l'équipage de ce bateau. Ils vous citaient.

— Ces torchons m'ont fait dire ce qu'ils voulaient quand ça les arrangeait. Et une histoire de gamin en esclavage, ça ne les intéressait pas. Alors ils ont suggéré que j'étais de l'autre côté.

— Et vous vous en fichez ?

Il haussa les épaules.

— C'est un mensonge utile.

— Un mensonge pour vos ennemis ? Je connais beaucoup de gens qui ne sont pas vos ennemis et qui seraient touchés par l'histoire d'un jeune garçon qui s'est libéré de ses chaînes pour nous sauver.

Le visage du duc se durcit.

— Vous sauver ? Ça, c'est un mensonge, inspectrice. Et vous ne l'entendrez jamais de ma bouche.

Elle se détourna. Quelque chose lui nouait soudain le ventre.

— Pourquoi me dites-vous la vérité maintenant ?

— Parce que vous me l'avez demandé.

— Ah. Et donc, Baxter est votre ami. Quel genre d'homme est-ce ?

— Un homme bien, inspectrice.

Donc, elle allait annoncer à un homme bien que son petit-fils était mort.

— Il y a différentes sortes d'hommes bien. Est-il doux et bon ? Se laisse-t-il aisément guider par ses émotions ? Est-il généreux ? Est-ce un homme de principes ? J'ai besoin de savoir à quoi m'attendre.

Le duc hocha la tête et sembla réfléchir.

— Il ne prend pas ses décisions à la légère. Il les prend vite, mais pas à la légère. Et il n'attend pas de ses hommes plus qu'il n'attendrait de lui-même, ne les juge pas sur d'autres critères que ceux qu'il s'applique à lui-même. Il saura toujours donner une seconde chance. Mais pas une troisième.

Était-ce là l'idée que Trahaearn se faisait d'un homme bien, ou d'un capitaine digne de ce nom ?

Mais peut-être était-ce la même chose, pour lui.

— Donc, il est différent du capitaine contre lequel vous vous êtes mutiné quand vous avez pris le commandement du *Terreur* ?

— Adams était une ordure. Mais je ne l'aurais pas su si je n'avais pas servi sous les ordres de Baxter avant cela.

Mina en doutait. Tous les récits de la mutinerie qu'elle avait lus décrivaient Adams comme un despote brutal et meurtrier. La mutinerie était inévitable. Si cela n'avait pas été Trahaearn, un autre en aurait pris la tête.

Elle eut un léger sourire.

— J'ai donc ma réponse. Baxter est le type d'homme pouvant inspirer un jeune marin au point de lui faire mener une mutinerie sur le vaisseau d'un autre.

Trahaearn sourit à son tour.

— C'est ça. Baxter est responsable de tout. C'est mon avis.

Non, il ne pensait pas cela, bien sûr. Il assumait ses décisions, et les conséquences qui en découlaient.

Après tout, elles lui avaient valu un titre de duc.

— Avez-vous été en contact avec l'amiral, ces derniers temps ?

— Pas récemment, non.

— Donc, la mort de Haynes n'a rien à voir avec Baxter, mais plutôt avec votre bateau.

— C'est très probable.

— Pourquoi ne pas s'en prendre à vous directement, alors ? Pourquoi se servir du *Terreur* ? Vous avez donné ce navire à la Marine. Il ne vous appartient plus.

Elle sentit qu'il se raidissait.

— Ne vous méprenez pas, inspectrice. Il est à moi.

Le ton ne laissait aucun doute. Il aurait défendu ce bateau comme une lionne ses petits. Mina ne s'attendait pas à cela.

— Pourquoi le donner à la Marine, dans ce cas ?

Il ne répondit pas. Elle changea de tactique :

— Qui pourrait avoir compris que vous considérez toujours le *Terreur de Marco* comme votre propre vaisseau ?

Il la regarda longuement avant de hocher la tête.

— Peu de gens. Cela réduit le champ des possibilités.

Bien. Elle inspira profondément. La voiture passa sur une ornière, la projetant contre une masse musculaire chaude et dure comme de l'acier. Elle se redressa aussitôt et reprit sa place, mais fut certaine que le duc en avait profité pour prendre un peu plus ses aises.

Un coup d'œil lui suffit pour confirmer son intuition. Il ne restait que deux centimètres entre eux. Combien de temps fallait-il avant d'arriver chez Baxter ? Elle l'ignorait, malheureusement. Elle avait l'impression d'être dans cette voiture depuis déjà des heures.

Mais si elle avait quelques minutes devant elle, elle avait encore des questions.

— Concernant le champ des possibilités, comme vous dites, comment ceux qui en font partie traiteraient-ils l'équipage ? Ils ont tué le capitaine, mais qu'auront-ils fait des autres hommes ?

— Inspectrice… Vous voulez entendre toutes les éventualités, ou seulement celles qui laissent la vie à votre frère ?

Elle n'avait pas imaginé qu'il se souviendrait.

— Les plus plausibles.

— La plupart de ceux à qui je pense ne couleraient pas le bateau. Or sans équipage, pas de bateau. Ils auront sans doute éliminé les lieutenants mais pas les autres, du moment qu'ils obéissent.

Le terrible poids qui oppressait la jeune femme disparut. Andrew était un garçon intelligent. Il ferait le dos rond et obéirait aux ordres.

— Il y a aussi huit garçons sur le *Terreur*, pas beaucoup plus âgés que les jeunes matelots, qui suivent une formation afin d'intégrer le corps diplomatique. Ils viennent tous de grandes familles de marchands installées à Londres ou à Manhattan City. Pensez-vous qu'ils seront échangés contre une rançon ?

— Qui que ce soit, celui qui s'est emparé du bateau serait idiot de ne pas profiter de l'occasion. N'importe qui ayant des connaissances bien placées vaut de l'argent. Même le fils cadet d'un comte comme votre frère.

À nouveau, Mina se sentit oppressée. En vendant tout ce qu'elle possédait, sa famille parviendrait-elle à réunir assez d'argent pour payer une rançon ?

— Combien demanderait-il, selon vous ?

— Peu importe. Je payerais pour vous.

Mina eut un petit rire sec.

— En échange de quoi ?

Il la fixa en plissant les yeux.

— Votre frère ne le vaudrait-il pas ?

Un homme élevé à la Crèche ne pouvait peut-être pas comprendre l'attachement qu'éprouvait Mina pour sa famille. Aussi lui pardonna-t-elle sa question. Pour une fois.

Mais elle ne parvint pas à retenir l'amertume qui teinta sa voix.

— Si, monsieur le duc, il le vaudrait. Ce qui signifie que je vous serais redevable pendant très longtemps, car Andrew vaut cent mille fois plus que n'importe quel homme se servant de la menace qui pèse sur lui pour m'attirer dans son lit.

— Il faut saisir sa chance quand elle vient, inspectrice, répondit le duc d'un ton amusé.

Mina avait toujours le ventre noué lorsqu'ils arrivèrent à la propriété de l'amiral. De construction récente, en version moins ostentatoire du style néogothique qu'affectionnaient les expats pour leurs maisons comme pour leurs églises, la maison de l'amiral arborait de hauts pignons et d'étroites fenêtres surmontées d'arches en pointe. Mina s'attendait à un intérieur sombre et austère, mais un majordome les conduisit à travers une série de pièces lumineuses, aérées, jusqu'à un bureau donnant sur un petit jardin et, au-delà, sur le fleuve.

À première vue, l'homme qui avait eu tant d'importance pour le duc de Fer n'était guère imposant. Il attendait devant une fenêtre, mains dans le dos, silhouette mince aux cheveux gris et à la redingote sombre, et ne devait pas mesurer beaucoup plus que Mina. Une barbe taillée court adoucissait son visage austère, sans toutefois parvenir à effacer l'impression de solide bon sens que Mina saisit en croisant son regard, ni la nostalgie discrète qui se cachait derrière.

L'amiral était troublé.

— Anglesey. Je viens de recevoir le câble, et vous voici déjà. Vous avez dû apprendre que le navire avait disparu, et que je n'ai pas réussi à assurer sa sécurité, comme je vous l'avais promis.

Reçu le câble ? Mina ravala son écœurement. De toute évidence, le « bulletin d'information » de Hale était arrivé avant eux à Chatham. Un imbécile avait dû le faire suivre à l'amiral.

Trahaearn se rembrunit.

— Et vous saviez parfaitement que je ne viendrais pas vous en faire le reproche.

— Uniquement parce que vous ignorez encore le pire.

Avec un sourire désabusé, l'amiral se dirigea vers son bureau et versa un doigt de liquide ambré dans un petit verre.

— Non seulement je n'ai pas assuré sa sécurité, mais je l'ai envoyé au-devant du danger. Et avec mon petit-fils à bord. Que Dieu le protège, où qu'il soit.

Le duc resta interdit. Il se tourna vers Mina et lut dans son regard le même étonnement que le sien. Le câble n'avait-il donc pas précisé à Baxter comment ils avaient conclu que le *Terreur* avait disparu ?

Regardant à nouveau l'amiral, il demeura silencieux. Peut-être parce qu'il ne trouvait pas les mots pour le lui dire.

Mina pouvait lui faciliter la tâche. Elle fit un pas en avant.

— Monsieur, j'ai le regret de vous informer que Roger Haynes, votre petit-fils, a été retrouvé mort à Londres, hier soir.

— À Londres ?

Bouche bée, il chercha chez Trahaearn la confirmation de cette annonce. Quand le duc hocha la tête, il se laissa tomber dans le fauteuil qui se trouvait derrière son bureau.

Mina devina que peu de choses parvenaient à ébranler cet homme, et que la nouvelle de la mort de Haynes ne le surprenait pas. Le lieu de sa mort, en revanche, l'avait étonné. Elle s'assit en face de lui.

— Monsieur, votre petit-fils était censé faire route pour la mer des Caraïbes. Pourtant, hier soir, son corps a été... déposé dans la propriété de monsieur le duc. Savez-vous pourquoi ?

Baxter regarda Trahaearn, qui s'asseyait à côté de Mina.

— Déposé ?

— Jeté. De très haut.

Le duc ne prenait pas de gants, mais peut-être était-ce préférable. L'amiral semblait encaisser le choc plutôt bien.

— Du *Bontemps* ?

Le *Bontemps*. L'aéronef, tristement célèbre, avait été dirigé par Dame Dents de Scie, une pirate dont la réputation égalait presque celle du duc. Les journaux la disaient morte ou en fuite, elle n'avait pas détroussé de navire depuis presque dix ans. Depuis que le duc de Fer avait détruit la Tour.

— Dame Dents de Scie me déteste, admit le duc. Mais elle n'a pas volé depuis des années. Qu'est-ce qui vous fait penser que c'est elle qui s'est emparée du *Terreur* ?

— Voici ce qui est arrivé de l'Amirauté.

Baxter poussa sur son bureau un câble d'une demi-page. Trahaearn s'en saisit.

— Le nom de Roger ne figure pas sur la liste. C'est comme ça que j'ai su.

Une liste d'otages pour lesquels on demandait une rançon. Le souffle court, Mina se pencha pour pouvoir lire elle aussi. Elle passa les quelques mots d'introduction et son regard dévala la liste de noms, à la recherche d'un seul. Puis il revint au début, espérant l'avoir simplement raté. Mais non.

Pas de Rockingham. Pas de Wentworth. Pas d'Andrew.

La panique étreignit sa poitrine. Elle posa alors les yeux sur l'introduction, et la lut lentement. Quand elle eut terminé, la panique s'était transformée en douleur, qu'elle repoussa au plus profond de son esprit. Elle découvrirait ce qui était arrivé à Andrew. Mais, dans l'immédiat, elle devait se concentrer sur l'assassinat de Haynes.

D'après le message reçu par Baxter, les demandes de rançon avaient été envoyées au bureau de l'Amirauté à Londres depuis une station de télégraphe située à Douvres, pratiquement au moment où Mina montait dans le train pour Chatham. L'argent des rançons devait être réuni, envoyé de l'autre côté de la Manche, à Calais, d'ici à deux jours, et déposé sur la plage.

— Ces demandes de rançon ont été rédigées par un imbécile, dit Trahaearn en rendant la feuille à Baxter.

— Pourquoi ? demanda Mina. Elles me semblent claires.

— Elles le seraient si Dame Dents de Scie n'habitait pas Calais depuis huit ans. Jamais elle n'attirerait ainsi la Marine jusqu'à son perron. Elle n'est pas folle à ce point.

— Le câble mentionnait la présence du *Bontemps* près de Douvres, souligna Mina.

— Avec quelqu'un d'autre à la barre, probablement. Dame Dents de Scie risque de ne pas faire de vieux os à Calais. Nous allons donc tout de suite aller lui demander où se trouve le *Terreur* à l'heure qu'il est, conclut le duc avec un petit sourire à l'intention de Mina.

À Calais ? L'Europe était infestée de zombies. Et ce qui avait autrefois été les côtes françaises ne faisait pas exception.

Le cœur battant, la peur au ventre, Mina hocha pourtant la tête. Baxter la considéra avec curiosité, comme s'il venait de découvrir sa présence dans la pièce et ne savait que penser de sa participation à toute cette histoire. Mais, tout en la fixant, son regard perdit peu à peu de sa précision, et les quelques rides qui striaient son visage se creusèrent de chagrin, d'inquiétude – ou de remords.

Il avait confessé avoir envoyé le *Terreur* au-devant du danger. Mais un amiral ne se confiait pas à une inspectrice, et ne justifierait ni n'expliquerait aucun des ordres qu'il avait donnés à l'un de ses bateaux.

Alors elle posa la question au duc.

— J'aimerais savoir où le *Terreur* était censé se trouver.

Trahaearn se tourna vers Baxter.

— Dites-le-nous.

L'amiral se servit d'abord un autre verre, et en offrit un au duc et à Mina. Devant leur refus, il soupira et s'enfonça un peu plus dans son fauteuil.

— Je l'avais envoyé rejoindre la flotte de la Côte-d'Or.

Trahaearn serra les poings.

— Au comptoir de l'Ivoire ? Pourquoi ?

Baxter le regarda un long moment, puis se tourna vers Mina.

— Inspectrice… Vous êtes la fille de Rockingham, n'est-ce pas ?

— Oui, monsieur. Vous connaissez mon père ?

— De réputation seulement. Ses éditoriaux sont formidables.

Baxter se leva. N'ayant guère d'autre possibilité, Mina fit de même. Le siège de Trahaearn craqua et, quelques secondes plus tard, le duc se tenait à côté d'elle.

— Elle n'a rien mangé depuis ce matin, dit-il.

— Nous allons y remédier, répliqua l'amiral avec un sourire, avant d'escorter Mina jusqu'à la porte. Et je vous promets que nous ne vous laisserons pas seule trop longtemps.

Et voilà, je suis congédiée, songea Mina, dépitée.

Peu après la révolution, alors que Mina avait encore du mal à contrôler ses émotions, sa mère lui avait conseillé de ne pas se mettre en colère contre des choses qui ne pouvaient pas être changées. Mina avait essayé. Mais le problème était de savoir exactement quelles choses ne pouvaient être changées. Deux cents ans plus tôt, par exemple, une Anglaise n'aurait même pas pu imaginer devenir inspectrice de police – en admettant qu'un tel métier existât à l'époque.

Lutter contre des situations apparemment immuables pouvait s'avérer plus productif que ne le pensait sa mère.

Mais, dans la mesure où elle ne voyait pas comment persuader l'amiral de parler devant une simple inspectrice, elle suivit le conseil de sa mère et étouffa sa frustration.

L'abondance de victuailles, sur le plateau que lui prépara le personnel de l'amiral, la mit de meilleure humeur.

Baxter tint sa promesse, et peu de temps s'écoula avant que Trahaearn n'apparaisse à la porte du bureau, à nouveau le détachement incarné.

Avec un soupir, elle poussa au fond de sa poche l'orange qu'elle avait prise pour Newberry – une orange au cours d'un repas de tous les jours, incroyable ! – et rejoignit le duc dans l'entrée.

De plus près, il ne semblait plus si froid.

— On y va ?

Que lui avait dit l'amiral ? Elle brûlait de le savoir, mais tint sa langue et se dirigea vers la porte.

Une servante conduisait un autre homme dans le bureau de l'amiral, un type à l'air doux, avec des cheveux blonds et des yeux bleus. Il portait une sacoche de médecin, ce qui lui valut aussitôt l'affection de Mina, jusqu'à ce qu'en la croisant, il lui adresse un sourire qui disait « Je t'accepte telle que tu es », le genre de sourire qui accompagnait souvent un petit mouvement de la tête et quelques mots de salutation dans la langue de la Horde.

Elle méprisait ce sourire plus encore qu'elle ne méprisait la haine ouvertement affichée. Petit crétin d'expat avec son air supérieur et ses dents jaunes. Elle vivait dans ce pays depuis bien plus longtemps que lui !

La porte se referma derrière eux, et soudain, elle n'eut plus la patience d'attendre.

— Qu'est-ce qu'il vous a…

Sa langue se figea subitement. La panique et la terreur paralysèrent son esprit, lui transpercèrent le cœur. Le sang battit à ses oreilles, mais elle ne pouvait plus bouger, ni crier. Ses muscles ne répondaient plus, et elle serait tombée dans l'escalier si le duc ne s'était pas jeté en avant pour rattraper son corps rigide. Elle l'entendit s'écrier « Inspectrice ! » puis l'enjoindre de lui dire ce qui n'allait pas, mais tout ce dont Mina était capable, c'était de se répéter intérieurement : La Tour est de retour… Par les cieux étoilés, non, non, non, pas la Horde, pas la Tour !

Dans la maison, il y eut un coup de feu.

Trahaearn se retourna brusquement. L'espace d'un instant, il fixa la porte d'entrée, avant de déposer Mina précautionneusement sur le perron. Puis il se rua à l'intérieur. Elle entendit ses bottes claquer à travers le hall, il y eut un cri, mais pas le sien, suivi d'un choc et d'un bruit de verre brisé.

Le corps de Mina fut libéré de l'emprise qui le possédait.

Elle se releva, la gorge serrée. La porte d'entrée était restée ouverte. La bonne était sur le sol et sanglotait. À genoux, le majordome grimaçait. Mina s'élança et courut en direction du bureau, sortant son arme. Quand elle se rua dans la pièce, Baxter était allongé par terre, les yeux ouverts, fixant l'éternité. Du sang coulait de sa tête sur le parquet. À côté de lui se trouvaient la sacoche de médecin, et une boîte métallique sur laquelle était fixée une pointe de trente centimètres environ. Elle comprit aussitôt de quoi il s'agissait, mais ne s'arrêta pas pour l'examiner. La fenêtre donnant sur le jardin avait volé en éclats, comme si quelqu'un s'était jeté à travers. De là, Mina aperçut un pan de la redingote du duc, au moment où ce dernier disparaissait de l'autre côté d'un muret, à la suite de l'assassin.

Il poursuivait un homme armé… et cet idiot de pirate n'avait qu'un poignard !

Elle fit volte-face, manqua heurter le majordome livide dans l'entrée.

— Ne laissez personne entrer dans cette pièce ! ordonna-t-elle avant de sortir.

Un nouveau coup de feu lui indiqua dans quelle direction courir. Ne mourez pas, Trahaearn. Ne mourez pas ! Elle sauta par-dessus le muret, glissa sur l'herbe humide et négocia comme elle put le tournant qui l'amena sur le côté de la maison. Troisième coup de feu.

À dix mètres de là, l'expat s'écroula. La main qui tenait son arme s'écarta brusquement de sa tête. Derrière lui, Trahaearn hurla sa frustration et sa fureur. Il attrapa l'homme par sa veste, le plaqua violemment au sol et leva le poing.

— Non ! Trahaearn ! s'écria Mina en saisissant son poignet à deux mains. Pas le visage, hoqueta-t-elle. Pas tant que nous ne l'aurons pas identifié.

Elle le lâcha et recula de quelques pas pour reprendre son souffle. Quelle folie. L'homme s'était suicidé plutôt que d'être pris.

Le poing de Trahaearn retomba. Il haletait, lui aussi.

— Baxter ? demanda-t-il d'une voix rauque.

— Je suis désolée, dit-elle. C'est fini.

Il secoua la tête, se tourna vers elle. Mina se sentit défaillir. Il avait été touché ! Il saignait abondamment. La balle avait tracé un sillon sur sa tempe, suffisamment profond pour qu'un lambeau de peau et une mèche de cheveux bruns pendent, sanguinolents, par-dessus son oreille.

Elle se ressaisit.

— Comment vous sentez-vous ?

— Ça va, répondit-il en touchant la blessure puis en regardant ses doigts. J'ai le crâne solide.

Elle n'en doutait pas, mais il ne semblait pas pressé de se relever. Un bruit la fit se retourner. Une bonne se tenait au coin de la maison, les yeux comme des soucoupes.

— Vous, là-bas ! lui lança Mina. Apportez des pansements pour le duc d'Anglesey. Dépêchez-vous !

La bonne tourna les talons et repartit en courant. Mina tira un mouchoir de sa poche et se pencha sur le duc. Il avait les yeux clos, les mains serrées sur ses genoux.

— Ne bougez pas, dit-elle.

Elle essuya un peu de sang, et comme il ne s'écartait pas, elle demanda doucement :

— Le connaissez-vous ?

— Non. Il est passé à un mètre de moi dans le hall. À un mètre, s'emporta-t-il en frappant sa cuisse du poing.

— À un mètre de moi aussi.

Elle nettoya encore un peu sa tempe, grimaçant lorsqu'une légère pression écarta les lèvres de la plaie, révélant l'os du crâne, gris.

Elle se figea. Gris. Pas blanc comme de l'os, mais gris foncé.

Gris métal.

Elle déglutit et appuya le mouchoir sur le cuir chevelu, maintenant le lambeau de chair en place. Déjà, il saignait moins, grâce à ses nanoagents. Le temps qu'ils regagnent Londres, la blessure serait complètement refermée.

Elle entendit quelqu'un arriver en courant et, à la lourdeur du pas, comprit qu'il s'agissait de Newberry. Quelques instants plus tard, le sergent apparut dans son champ de vision, soufflant comme une locomotive.

Il pâlit en voyant Trahaearn. Ce n'était pas à cause du sang, Mina le savait. Le duc de Fer avait été blessé par balle alors qu'il se trouvait sous la protection de Mina. Elle aurait de la chance si elle s'en tirait avec un simple avertissement.

— Allez dans la maison, Newberry. Interdisez tout accès au bureau. Si le personnel n'a pas déjà appelé la police locale, envoyez quelqu'un chercher un sergent.

— Bien, madame.

Newberry repartit aussitôt, mais s'arrêta quand Trahaearn lui dit :

— Récupérez le foudroyeur. Il n'est pas question de le laisser à la police locale.

Il avait donc lui aussi reconnu l'appareil. Mina hocha la tête.

— Vous trouverez une sacoche de médecin et un bloc métallique surmonté d'une pointe.

Une petite tour. Elle frissonna.

— Faites attention quand vous le manipulerez, sergent. Et dès que le bureau sera fermé, rejoignez-nous avec.

— Bien, madame.

Il s'éloigna. Le personnel de l'amiral avait commencé à se regrouper sur la pelouse, et les observait de loin.

Armée de pansements, la bonne courut jusqu'à eux. Mina choisit une longue bande de tissu et se tourna vers le duc.

— Tenez le mouchoir ici. Ça ne saigne presque plus, mais je vais vous faire un pansement pour maintenir le lambeau de peau en place jusqu'à ce que la blessure se referme.

Le duc s'exécuta. Mina renvoya la bonne en lui demandant des serviettes, de l'eau chaude et une chemise propre, même si celle-ci avait peu de chances d'en trouver une qui aille.

Elle enroula le pansement autour de la tête du duc. Sur cette chair qui recouvrait un crâne en métal. Au cours des années qu'elle avait passées à assister son père pour des autopsies, elle n'avait jamais vu cela. Des prothèses en métal, oui. De la chair artificielle, oui. Mais jamais de la chair et de la peau humaines recouvrant du métal comme s'il s'agissait d'os.

Il y avait autre chose, aussi. La preuve qu'il était contaminé par des nanoagents était évidente : sa blessure n'aurait jamais guéri si vite, autrement. Mais il n'avait pas été affecté par le foudroyeur.

— J'ai été paralysée, dit-elle doucement. Le majordome aussi. Et la bonne. Nous n'avons pas entendu Baxter crier ou tomber, donc nous pouvons supposer qu'il l'était lui aussi. Mais vous, non. Pourquoi ?

— L'appareil a fonctionné sur une mauvaise fréquence.

Cette explication laissa Mina dubitative, mais elle n'en dit rien.

Le duc la fixa d'un regard appuyé.

— Et vous, inspectrice, comment vous sentez-vous ?

— Ça va.

Elle était encore sous le choc, mais si elle parvenait à ne pas penser à la façon dont l'appareil lui avait retiré tout contrôle sur elle-même, tout irait bien.

— Je suis désolée, pour l'amiral.

— Moi aussi. Mais surtout, j'aimerais savoir pourquoi il est mort.

— Peut-être que quelqu'un à Chatham parviendra à l'identifier, dit-elle en se tournant vers le corps gisant à quelques mètres de là. Mais j'y pense… Pourrait-il s'agir d'un des hommes de Dame Dents de Scie ?

— Non. Il y a quelque chose d'autre.

— Quoi ?

— Je ne le sais pas encore, répliqua le duc en se relevant. Mais nous poserons tout de même la question à Dents de Scie, pour en être sûrs. Combien de temps allez-vous devoir rester ici ?

Elle avait sans doute le temps de procéder à un rapide examen avant l'arrivée de la police locale, puis des autorités navales. Elles la mettraient dehors, et elle n'avait pas l'intention de se battre pour rester. Quand l'identité du meurtrier serait découverte et si ce meurtre avait un lien avec son enquête, elle reviendrait alors sur le devant de la scène, avec toute la puissance de la police londonienne, et le duc de Fer derrière elle si nécessaire.

— Une heure, dit-elle. Nous allons devoir répondre à leurs questions.

— Une heure, pas plus, fit Trahaearn sur un ton qui laissait entendre que si la police locale n'en avait pas fini avec eux en une heure, il partirait de toute façon.

— Oui.

Elle regarda Newberry, qui revenait avec la sacoche, qu'elle lui échangea contre l'orange. Elle sentit le poids de l'appareil à l'intérieur.

— Trouvez le télégraphe de la ville et informez Hale de ce qui se passe, ordonna-t-elle, coupant court aux remerciements du sergent. Dites que l'amiral a été assassiné, et que nous ne savons pas encore si cela a un lien avec notre affaire. Que nous partons à la poursuite de Dame Dents de Scie, qui possède probablement des informations concernant le meurtre du capitaine Haynes.

— Bien, mada...

— Pendant que vous y êtes, intervint Trahaearn, envoyez un coursier sur le *Lady Corsaire*. Dites-leur de nous attendre d'ici une heure, et d'être prêts à appareiller.

Le terrible aéronef mercenaire ? Mina fronça les sourcils.

— Ne pourrait-on pas en prendre un autre ? Puisque c'est du *Terreur* qu'il s'agit, la Marine peut sûrement nous...

— C'est le plus rapide. Et je ne connais pas de meilleur pilote que son capitaine.

Très bien. S'il payait, elle s'en fichait. Elle se tourna à nouveau vers Newberry.

— Retrouvez-nous à l'aéronef dans une heure. Informez Hale du fait que nous allons traverser la Manche à bord du *Lady Corsaire*, mais n'attendez pas sa réponse.

Newberry haussa un sourcil interrogateur.

— Hale va nous ordonner de ne pas monter à bord, précisa Mina. Mais si nous ne recevons pas de réponse, nous n'aurons pas désobéi aux ordres.

— Ah. Bien, madame.

Mina soupira en le regardant s'éloigner. Le pauvre homme.

— Il a l'air plutôt abattu, non ?

Était-ce de l'amusement qu'elle percevait dans la voix du duc ? Elle n'aurait su le dire. Mais elle éprouva le besoin de défendre son adjoint.

— C'est un homme courageux.

— Certes.

Toujours rien de moqueur dans le ton, mais son expérience avait appris à Mina que les scélérats dénués de sens moral, tel le duc, tenaient en profond mépris les hommes bons comme Newberry.

Déconcertée, elle s'éloigna pour aller se pencher sur le cadavre allongé un peu plus loin. Avec un peu de chance, elle saurait bientôt de qui il s'agissait et d'où il venait. En tout cas, elle savait déjà une chose sur cet individu : ce n'était pas un homme courageux.

Non, celui-là, c'était un lâche.

6

Contrairement aux énormes cuirassés en forme de suppositoire que Sheffield fabriquait pour l'aéronautique militaire, le *Lady Corsaire* était formé d'un long ballon blanc au-dessus d'un vaisseau tout en bois, et ressemblait à un phoque : ridicule et maladroit échoué sur le sable, mais agile et facile à manœuvrer dans son élément. Sur les côtés du vaisseau, les vergues, qui auraient dû être tendues en vue du départ, étaient encore repliées contre la coque, voiles carguées. À l'arrière, les hélices tournaient lentement dans la brise, mais Mina n'entendait pas le ronronnement sourd qui accompagnait toujours un moteur au ralenti. Malgré le message du duc, le *Lady Corsaire* n'avait pas été préparé.

Sous le pansement ensanglanté qui enveloppait encore sa tête, Trahaearn ne sembla ni surpris, ni furieux. Il regarda Mina, qui le considérait d'un œil inquiet et attendait une explosion.

— Elle n'a jamais aimé qu'on lui dise ce qu'elle devait faire, commenta-t-il.

Avant que Mina ne puisse demander de qui il parlait, une échelle de corde dégringola devant elle. Surprise, elle recula, et leva les yeux.

Elle ravala un cri. Une femme glissait le long de l'échelle, trop vite, comme si elle ne parvenait ni à agripper la corde, ni à poser les pieds sur les barreaux. Mais alors que Mina s'attendait, horrifiée, à la voir s'écraser sur le sol, la femme donna un coup de pied contre la coque, se retourna, effectua un impeccable double saut périlleux et atterrit accroupie aux pieds de Trahaearn. On aurait cru un acrobate sorti des festivals équestres qu'organisait la Horde, et Mina hésita entre applaudir et tirer son arme. Cette femme était indubitablement le capitaine mercenaire de l'aéronef dont elle portait le nom : Lady Corsaire. Elle se redressa, et Mina constata qu'elle faisait une bonne tête de plus qu'elle, était armée d'un coutelas dans le dos, de pistolets aux côtés et de poignards glissés dans ses cuissardes de cuir. Elle portait un bandeau en soie rouge sang noué sur la nuque et dont les extrémités se mêlaient à une multitude de longues tresses noires. Ses pommettes saillantes s'étrécissaient jusqu'à un menton pointu. Ses yeux verts ne formaient que deux fentes – elle était visiblement furieuse.

— « Sois prête à appareiller » ? rugit-elle d'une voix rauque avec un accent que Mina ne reconnut pas tout de suite.

Lady Corsaire écarta les bras, et son blouson d'aviateur ouvert révéla deux autres coutelas glissés dans une large ceinture, rouge elle aussi.

— Regarde autour de nous, Trahaearn. Il y a des tas de lèche-cul qui ont tous des aéronefs. Alors, va t'en chercher un.

— Je veux le *Lady Corsaire*, répondit le duc, nullement intimidé.

— Et donc je dois t'embarquer, comme ça, hop ? dit-elle avec un sourire narquois, exposant des canines qui semblaient trop pointues. Trop tard, capitaine. J'ai déjà un contrat pour demain, et on m'a versé la moitié du tarif.

— Nous serons de retour ce soir. Il faut juste que nous allions à Calais.

Une étincelle de curiosité s'alluma dans le regard de Lady Corsaire. Elle fixa le pansement du duc, avant de jauger Mina et Newberry.

— Avec un chargement de flics londoniens ? Non merci. Trouve un autre vaisseau, Trahaearn.

Elle agrippa l'échelle de corde.

— Vingt-cinq livres françaises, fit le duc.

Mina en resta bouche bée. L'équivalent, en livres anglaises, aurait couvert toutes les dépenses de sa famille pendant cinq ans.

Lady Corsaire se retourna en souriant.

— Bienvenue à bord, capitaine.

Mina n'avait pas imaginé à quel point il faisait froid sur le pont ouvert d'un aéronef, une fois que ce dernier se mettait en mouvement. Elle frissonna, ferma la boucle de son pardessus, tentant de rester en dehors du chemin des aviateurs qui s'affairaient, courant le long des passerelles pour tirer sur les écoutes et tendre les voiles. Près de la proue, elle finit par trouver une place sur un coffre en bois que personne ne semblait utiliser, suffisamment haut pour pouvoir regarder par-dessus la rambarde. En dessous, la Medway déroulait son ruban scintillant à travers les champs jaunes. Le soleil était éblouissant, mais elle leva les yeux quand même, épatée par le bleu du ciel. Même les nuages étaient une surprise pour elle, barbe légère en travers des cieux, d'une blancheur incroyable. Elle n'avait jamais rien vu d'aussi blanc, pas même un os.

Une vibration remonta le long de ses jambes, s'installa sous ses fesses. Elle regarda en arrière, et vit les hélices se mettre à tourner, sentit la poussée des moteurs tandis que l'appareil prenait de la vitesse. Lady Corsaire, au poste de pilotage, mit ses lunettes. Très vite, face au vent glacé, Mina eut les larmes aux yeux. Elle se recroquevilla sur elle-même, remonta son col, mais elle ne pourrait pas tenir très longtemps dehors, elle le savait. Il lui faudrait rejoindre Newberry sur le gaillard, au niveau inférieur, et se contenter de la vue depuis les hublots.

Une paire de lunettes d'aviateur apparut soudain dans son champ de vision. Elle leva les yeux. Trahaearn se tenait à côté d'elle, avec une seconde paire de lunettes et une écharpe en laine marron. Mina prit les deux, mit les lunettes et noua l'écharpe autour de sa tête, couvrant soigneusement ses oreilles.

La caisse en bois qu'elle avait choisie comme siège était, hélas, suffisamment large pour deux. Quand Trahaearn s'assit, elle sentit sa cuisse contre sa jambe. Il avait retiré son pansement et nettoyé le sang. Ses cheveux bruns étaient lissés derrière ses oreilles, exposant les anneaux d'or.

Lorsqu'il se pencha pour lui parler, la bouche à quelques centimètres de sa joue, son estomac se mit à faire de drôles de pirouettes.

— Baxter a envoyé Haynes sur la Côte-d'Or en tant qu'émissaire.

— Pourquoi ? s'étonna Mina en s'écartant.

Il lui fit signe de se rapprocher.

— Arrêtez de bouger, un peu. Je vais vous dire ce qu'il m'a raconté.

Elle sentait la chaleur de son souffle, et aurait voulu s'écarter à nouveau, mais le supplice prendrait fin plus vite s'il lui confiait les raisons de l'amiral en une seule fois. Elle acquiesça d'un mouvement de tête.

— Il y a six mois, un ami – il n'a pas donné de nom – a demandé à Baxter de le retrouver à Port Fallow. Vous connaissez cette ville ?

De réputation seulement. La célèbre ville fortifiée avait été bâtie sur les ruines d'Amsterdam, et servait de havre à quiconque avait besoin de se faire oublier, donc à un grand nombre de criminels et de pirates.

— Donc, vous n'étiez pas le seul personnage infréquentable de sa connaissance, dit-elle.

Il éclata de rire.

— Non, non, je n'étais pas le seul.

Retrouvant son sérieux, Trahaearn serra les dents, et regarda droit devant. Le vent glacé s'engouffra entre eux.

— Il a dit à Baxter avoir reçu une invitation de Jean-Pierre Colbert pour se rendre à une vente aux enchères sur la Côte-d'Or, reprit-il. Et il ne peut y avoir qu'une seule raison à la tenue d'une vente au comptoir de l'Ivoire : la nouvelle ne devait pas atteindre certaines oreilles.

Comme celles d'un amiral de la Marine royale, devina Mina. Et ce nom français lui disait quelque chose.

— Colbert ?

— Île de Brimstone.

Ce Colbert-là ? Elle secoua la tête, incrédule. Située dans les Antilles, l'île de Brimstone avait un autre nom, officiel, mais après la guerre entre les Français et les Liberés, durant laquelle l'île avait abrité un camp de prisonniers militaires, elle n'avait plus été connue que sous le nom que lui avaient donné les milliers de prisonniers qui y avaient souffert. Colbert, qui commandait le camp, avait embauché des mercenaires pour surveiller les prisonniers. Les mercenaires avaient pris l'argent donné pour la nourriture et les médicaments, sans rien laisser aux prisonniers. Les récits de famine et d'épidémies faits par les survivants dépassaient l'entendement.

— Je croyais que Colbert avait été pendu ?

— Non. Il a été discrètement gracié et envoyé au comptoir de l'Ivoire. Aujourd'hui, il tient une salle des ventes, et quand des objets vraiment rares arrivent entre ses mains, il organise des ventes exclusives comme celle dont je viens de parler. En général, les invitations sont envoyées à ceux qui n'ont pas les moyens de surenchérir après la couronne de France.

— L'invitation précisait-elle quel genre d'objet devait être vendu ?

— Il s'agissait d'une arme. À usage unique, puissante, voilà pour les seuls détails donnés. Personne n'aurait investi autant d'argent sur une arme qui n'avait pas été testée, cependant, aussi Colbert a organisé une démonstration pour les acheteurs intéressés.

Une démonstration pour une arme qui ne sert qu'une seule fois ? Mina fronça les sourcils, mais Trahaearn, comme s'il avait anticipé sa question, secoua la tête.

— Baxter ignorait ce qu'ils avaient prévu de faire pour cette démonstration. Mais son ami avait l'intention d'y assister, et devait faire parvenir une description de l'arme à Haynes, avec la date à laquelle la vente aurait lieu.

— Le *Terreur* faisait route pour la Côte-d'Or afin d'y récupérer ce message ?

— Oui.

— Et rejoindre là-bas la flotte de la Côte-d'Or.

— C'est ça. La flotte doit rentrer en Angleterre d'ici peu, elle aurait escorté le *Terreur* jusqu'à son port d'attache.

— Donc, soit Haynes n'a pas trouvé la flotte, soit Dame Dents de Scie s'est emparée du *Terreur* avant qu'il n'atteigne la Côte-d'Or. Ou alors, Haynes n'a pas voulu attendre la flotte et a essayé de rentrer seul. Quand la démonstration devait-elle avoir lieu ?

— Il y a six jours. Mais s'il avait eu une information exigeant une réponse immédiate, il serait allé voir le commandant de la flotte.

Une réponse immédiate… par exemple si l'arme en question présentait un danger imminent pour l'Angleterre.

— A-t-on des nouvelles de la flotte ?

— Aucune. Mais Baxter n'en attend pas avant une semaine.

Le cœur de Mina se serra. Baxter n'en *attendait* pas. Trahaearn sembla réaliser son lapsus et se tut.

Mina l'observa. Certains hommes étaient ridicules avec ces lunettes d'aviateur. D'autres étaient éblouissants. Avec ses anneaux d'or et sa barbe naissante assombrissant son visage mince, le duc de Fer était tout simplement irrésistible.

Et voilà qu'il la regardait fixement à nouveau. Il y avait eu le train, la voiture, et maintenant l'aéronef. Elle ne parvenait pas à échapper à ce regard.

Elle soupira et se pencha pour lui parler. Il effleura sa joue – délibérément, elle en était certaine. Crispée, elle se redressa, regarda juste au-dessus de son oreille, et fut soudain prise d'une irrépressible envie de le lécher à cet endroit, de sentir les anneaux d'or contre sa langue, de savoir si le vent refroidissait le métal ou si le corps du duc le réchauffait. Envie de s'imprégner de son odeur et de glisser les doigts dans ses cheveux.

Tu perds la raison.

Stupéfaite par ses propres pulsions, Mina se ressaisit. Que voulait-elle lui demander ? Ah, oui.

— J'ai vu quelque chose qui ressemblait beaucoup au foudroyeur dans le bureau du Forgeron, ce matin. Ce n'est quand même pas lui qui les fabrique ?

Mina l'imaginait capable de beaucoup de choses, mais pas de celle-ci.

— Non, répondit Trahaearn. Cet appareil vient de l'un de mes hommes, Mad Machen, qui l'a trouvé sur un bateau d'esclaves près d'Anglesey. Il l'a envoyé à Londres en espérant que le Forgeron saurait identifier sa provenance.

— C'est de toute évidence un appareil inventé par la Horde.

— Oui, mais ces hommes n'appartiennent pas à la Horde. Sur le bateau qui transportait les esclaves, l'homme qui portait l'appareil se disait membre de la Garde noire.

Mina eut un mouvement de recul. La Garde noire ? Elle mettait ce genre de rumeur dans la même catégorie que celles annonçant la présence d'un kraken au large de la côte galloise. Alimentées par la paranoïa, les rumeurs à propos de l'existence de la Garde noire refaisaient surface chaque fois que quelqu'un disparaissait brusquement. Mais Mina avait vu trop de cadavres non identifiés ramassés dans les rues pour accorder la moindre crédibilité aux histoires de bogués paralysés dans leur lit et emportés par la Garde noire.

Paralysés. Oh, triste ciel…

Trahaearn avait dû suivre sur son visage le cheminement de ses pensées. Il hocha la tête.

— Mad Machen a croisé quatorze membres de la Garde noire sur ces bateaux d'esclaves. Ils se suicident toujours plutôt que d'être pris – ou alors il est contraint de les tuer. C'est pourquoi nous ne savons pas ce qu'ils veulent.

— Ni pourquoi ils assassineraient un ami à vous.

— Exactement. Leur façon d'agir était toujours la même, jusque-là. Ils enlèvent leurs esclaves à la faveur de la nuit. Jamais ils n'ont assassiné un homme en plein jour.

— À notre connaissance, en tout cas. Peut-être que l'assassin n'a simplement pas été pris, ou acculé contre le mur d'une propriété.

— Le lâche. Le monde n'a que faire d'hommes incapables d'assumer leurs actes.

Mina ravala un éclat de rire. Venant d'un pirate devenu duc, de telles considérations avaient de quoi surprendre. Mais, parce que le lâche venait d'assassiner un de ses proches, elle évita de faire une remarque.

— Et Dame Dents de Scie ? Pourrait-elle faire partie de la Garde noire ?

Le duc sourit, secoua la tête.

— Elle ne sait pas faire les choses discrètement, et n'a jamais appartenu à une organisation attendant d'elle de se tuer plutôt que d'être capturée.

— Vous la connaissez bien ?

— Depuis le jour où j'ai pris le *Terreur* à Adams jusqu'à l'année qui a suivi la chute de la Tour, pas un seul jour ne s'est écoulé sans que Dame n'essaie de m'éliminer. J'ai passé dix ans à me méfier d'elle, et je crois que je la connais bien.

Une décennie entière passée à poursuivre le duc ? Même la Horde n'avait pas fait autant d'efforts pour l'attraper, et Mina ne pouvait imaginer qu'une seule raison à une telle persévérance : la vengeance.

— Pourquoi vous déteste-t-elle autant ?

— C'était la femme d'Adams.

— A-t-elle assisté à la mutinerie ?

— Non, elle était sur scène à Port-au-Prince.

— C'est une actrice ?

— Oui. Quand elle a appris ce qui s'était passé, elle a acheté le *Bontemps* et s'est lancée à ma poursuite.

— Juste pour vous tuer ? Mais pourquoi s'emparer du *Terreur* aujourd'hui ? Pourquoi ne pas lâcher une bombe incendiaire sur votre maison, plutôt qu'un cadavre ?

— Le bateau comptait beaucoup pour elle. Les lieutenants et les membres d'équipage qui n'ont pas voulu rester avec moi ont été arrêtés pour désertion. Quand ils sont arrivés à Manhattan City pour comparaître devant la cour martiale, la moitié d'entre eux a dit la vérité sur les conditions de travail sous le commandement d'Adams, mais Dame Dents de Scie a cru l'autre moitié. Elle persiste à vouloir laver son nom.

— Donc, pour redorer le blason d'Adams, elle s'est lancée dans la piraterie et est devenue voleuse et tueuse ?

— Pour financer sa quête. Il fallait bien payer l'équipage.

Incroyable.

Après avoir détruit la Tour, il avait cessé d'être continuellement sur les mers, réfléchit-elle. Il avait commencé la construction de sa maison sur l'île aux Chiens.

— En donnant le *Terreur* à la Marine, vous lui avez coupé l'herbe sous le pied, lâcha doucement Mina. Plus rien ne la poussait à vous tuer.

Le duc se tendit. Il ne s'attendait pas à ce qu'elle comprenne si rapidement.

— Et si c'est elle qui a assassiné Haynes ?

— Alors elle le payera, répondit-il avec une détermination de fer.

La jeune femme soupira. Il était évident que payer, dans sa bouche, ne voulait pas dire être jugée. Donc, le moment venu, Mina devrait agir seule… ou arrêter le duc de Fer pour meurtre.

Mais comme elle ne tenait pas à passer le reste du vol à envisager la fin prématurée de sa carrière, elle demanda :

— Et depuis, quelles sont ses occupations ?

— Elle s'est mise en ménage avec Jasper Evans…

— L'inventeur du caparacier ?

Et l'expat qui avait perdu toute sa fortune quinze ans plus tôt, quand Cornelius Morgan lui avait volé sa licence pour fabriquer les fameux caparaciers. Lorsque la Marine avait refusé de se fournir chez Evans – Morgan proposait ses caparaciers moitié moins chers –, il était devenu fou.

— Je croyais qu'il était mort. Qu'il s'était noyé dans un de ses engins en sautant par-dessus le bord du bateau qui l'emmenait loin de Manhattan City.

— C'est ce qu'il a laissé croire.

— Donc il n'est pas fou ?

— Oh, si. Suffisamment pour se cacher à Calais, afin que plus personne ne lui vole son travail. Dame Dents de Scie habite là-bas avec lui, maintenant. Depuis huit ans.

— Comment le savez-vous, s'il se cache ?

— Ils se rendent à Port Fallow régulièrement pour y faire des courses et passer quelques nuits dans les tavernes. Ils boivent trop, tous les deux, et parlent encore plus.

Mina eut un petit rire, secoua la tête.

Derrière eux, une cloche tinta, stridente, audible malgré le bruit des moteurs et du vent. Trahaearn se leva.

— Yasmeen a quelque chose pour nous.

Le prénom de Lady Corsaire était Yasmeen ? Voilà donc d'où venait son accent. Soit elle s'était échappée des territoires que la Horde occupait encore en Orient, soit elle avait grandi dans une des tribus arabes qui s'étaient installées le long de la côte australe du continent sud-américain.

Ils la rejoignirent sur le pont principal, où elle se tenait derrière une épaisse plaque de verre arrondie qui protégeait du vent le poste de commandement. Cigarillo à la main, elle avait remonté ses lunettes sur son front et souffla un épais nuage de fumée.

L'aviatrice avait des goûts de luxe. Mais si elle gagnait vingt-cinq livres françaises en une journée, Mina supposa qu'elle en avait les moyens.

— Le vent est en notre faveur, capitaine. Nous serons à bon port dans moins d'une heure. Dis-moi, il est passé où, l'excité ? Scarsdale ne te dira pas merci d'avoir raté les retrouvailles avec Dame Dents de Scie.

Irritation et inquiétude teintèrent l'expression du duc.

— Il était encore couché.

— Gueule de bois ?

Yasmeen eut un mouvement de tête affligé, avant de dévisager Mina.

— Tu traînes avec de drôles de gens, capitaine. Je ne sais pas ce qui est pire : fréquenter la Horde ou fréquenter un flic londonien.

Mina se raidit.

— Yasmeen… dit le duc d'un ton menaçant.

L'aviatrice sourit, ses yeux verts devinrent rieurs.

— Ce n'est pas un reproche, expliqua-t-elle à Mina. Je suis juste étonnée que Trahaearn ne vous en veuille pas. Il fut un temps où son seul but dans la vie était de détruire la Horde, en même temps que tous les gouvernements et les institutions du Nouveau Monde – forces de police comprises. Et regardez-le aujourd'hui : c'est un duc qui fait des affaires honnêtement et paie ses impôts. Franchement, c'est à vous fendre le cœur. Une bouffée ?

Après une telle tirade, la proposition de Yasmeen était pour le moins inattendue. Mina mit quelques instants avant de hocher la tête, curieuse. Yasmeen tira une longue bouffée avant de glisser le cigarillo entre les lèvres de Mina.

— Les Lusitaniens gagnent des fortunes avec ce truc, dit-elle. Mais toi aussi, à ton époque, non ? demanda-t-elle au duc.

— J'en assurais le transport, oui.

Il regarda Mina tirer à son tour une longue bouffée. Yasmeen éclata d'un rire profond et secoua la tête.

— J'aurais dû vous prévenir… inspectrice, c'est ça ? Toutes petites, les bouffées. Vous allez la sentir passer, celle-là.

Déjà, Mina en ressentait les effets. Tête qui tourne, sentiment de tangage.

— Et vous aurez envie d'y revenir, ajouta Trahaearn, qui ne trouvait visiblement pas cela aussi drôle que Yasmeen, mais souriait malgré tout.

Mina n'était pas certaine de vouloir une autre bouffée. Ce n'était pas désagréable au goût, mais ce n'était pas bon non plus.

— Pourquoi ?

Le duc haussa les épaules.

— Demandez à Yasmeen de s'arrêter définitivement après ce dernier cigarillo. Elle ne pourra pas. Elle tiendra jusqu'à demain, peut-être, mais pas plus.

— Je pourrais, corrigea Yasmeen. Mais je ne veux pas.

Mina regarda le cigarillo qu'elle tenait entre ses doigts, et pensa aux fumeurs d'opium dans leurs fumeries.

— Comment le savez-vous ? demanda-t-elle à Trahaearn.

— Quand j'ai réalisé à quel point j'en avais besoin, j'ai voulu arrêter. Mais je n'y suis parvenu que lorsque je me suis trouvé à court, et à plus de six semaines du premier port.

— Et tu as arrêté de manger, aussi ? s'esclaffa Yasmeen.

Mina éteignit son cigarillo en pinçant délicatement sa partie incandescente, puis le tendit à Yasmeen.

— Merci.

— Vous en faites, des manières, dit l'aviatrice en remettant le mégot dans son étui.

Elle tourna la tête quand une cloche tinta. Un membre d'équipage pointait un doigt en direction de la proue, vers une ligne bleu pâle traversant l'horizon. Le cœur de Mina fit un bond. Elle scruta le paysage. Ce devait être la Manche.

C'était la première fois qu'elle voyait la mer.

— Nous sommes presque à Douvres, annonça Yasmeen. Vous allez au fort d'Evans, tous les deux ?

— Avec le sergent, précisa le duc.

— Le géant roux ? Oh, ça ne va pas faire de différence. Va falloir payer d'avance, capitaine.

Le duc éclata de rire et secoua la tête.

— Pourquoi ? Vous pensez que nous ne reviendrons pas ? s'enquit Mina, intriguée. Dame Dents de Scie espère une rançon. Elle attendra de voir si celle-ci est versée ou non.

— Oh, ça oui, mais réussir à faire sortir Trahaearn de là est une autre paire de manches. De votre côté, il est évident que vous ne pourrez pas me payer, et que votre employeur refusera.

Effectivement.

— Et si les otages sont là ? demanda Mina à Trahaearn. Payerez-vous pour qu'ils soient libérés ?

Trahaearn pinça les lèvres.

— Non.

— Non ? insista Mina.

— Ils ne sont pas en danger. Leurs familles payeront, et Dame Dents de Scie ne prendra pas le risque de leur faire du mal.

— Peut-être, mais si c'est elle qui a tué Haynes, je l'arrêterai. Et si ces garçons ne sont pas dans le fort, comment les trouverons-nous ? En revanche, si nous payons la rançon d'abord et que nous nous assurons de l'endroit où ils se trouvent, amener l'assassin de Haynes devant la justice ne se fera pas au prix de la vie de ces hommes.

Stupéfaite, Yasmeen la regarda, avant de se tourner vers le duc.

— Alors là, c'est pire que ce que je croyais. Tu fréquentes quelqu'un qui a des principes !

— Malheureusement, dit Trahaearn.

Agacée, Mina s'adressa à l'aviatrice.

— À votre avis, qu'allons-nous trouver au fort, capitaine ?

— Des zombies. Les sbires de Dame Dents de Scie se promènent en caparacier, et sont équipés de toutes les folles inventions fabriquées par Evans ces quinze dernières années. Il y a elle, aussi. Dents de Scie n'est pas un surnom usurpé.

Yasmeen agita la main d'un geste théâtral vers Trahaearn :

— Je pense vraiment que tu devrais me payer d'avance.

7

Quand l'aéronef passa au-dessus des falaises de Douvres, survolant une impressionnante étendue d'eau bleu foncé, Mina alla se poster à la proue. Le ciel de traîne avait laissé la place à de petits nuages moutonneux serrés les uns contre les autres. Des dizaines de bateaux sillonnaient la Manche, voiles blanches gonflées par le vent. C'était d'une telle beauté qu'elle en eut le cœur serré. Andrew aurait adoré cela.

Par les cieux étoilés, elle souhaitait si fort qu'il soit en bonne santé !

Au loin, les côtes françaises attendaient, bande de terre plate vert foncé séparant le saphir de l'eau de l'azur du ciel.

L'activité de l'équipage le long de la rambarde attira son attention et, quelques instants plus tard, elle fut forcée d'abandonner son coffre de bois quand un aviateur rougeaud lui annonça qu'elle était assise sur son canon. Contrairement aux bateaux, l'aéronef n'était pas équipé d'artillerie lourde, mais de canons montés sur rail, des armes électriques qui tiraient de plus petits projectiles mais à une cadence plus rapide que les canons traditionnels. Ils étaient plus précis, et plus efficaces, mais les capitaines de vaisseaux marins ne les utilisaient qu'en dernier recours. L'électricité requise exigeait l'utilisation de moteurs à vapeur, dont les vibrations attiraient les créatures marines monstrueuses que la Horde avait modifiées et élevées dans d'inconnus desseins. Heureusement, il n'y avait ni mégalodons ni krakens dans la Manche.

Inquiète, elle regarda l'équipage installer les canons et leurs chargeurs, capables de tirer jusqu'à deux cents fois par minute. Quand Trahaearn vint se poster à côté d'elle, il promena sur chaque canon un regard critique, mais ne trouva apparemment rien à redire. Il baissa alors les yeux sur elle et, avec un sourire, s'approcha de son oreille.

— Même un aéronef rapide ne vaut pas vingt-cinq livres, dit-il. Mais aucune marine au monde ne pourrait se vanter de posséder un vaisseau aussi performant, et un équipage aussi loyal. C'est pour cela que le *Lady Corsaire* vaut chaque denier qu'elle me demande.

Mina était obligée de le croire sur parole. Elle n'avait jamais mis le pied dans un autre aéronef, et encore moins dans un bateau.

— Pensez-vous que nous en aurons besoin ? demanda-t-elle en montrant les canons.

— Nous devrons être prêts à les utiliser si nécessaire.

Drôle de remarque, dans la bouche d'un homme qui n'était armé que d'un poignard… L'appréhension lui noua soudain l'estomac. Mina réalisa que la présence du duc avait empêché la peur de l'ébranler autant qu'elle aurait dû. À lire ses louanges depuis presque dix ans dans tous les journaux, elle avait dû finir par s'imprégner de l'idée que c'était un homme bon, au point qu'elle s'était sentie en sécurité avec lui, convaincue que personne en Angleterre n'oserait toucher au duc de Fer.

Mais là, c'était différent. Ils n'étaient plus en Angleterre…

— Qu'y a-t-il ? Qu'est-ce qui vous chagrine ? demanda le duc.

Comme elle détournait le regard, il lui prit le menton, le leva vers lui.

— Dites-le-moi, inspectrice, ou je…

Une cloche sonna, Yasmeen hurla des ordres. Trahaearn se retourna. Il prit Mina par la main et, malgré ses réticences, l'entraîna jusqu'au poste de pilotage.

Yasmeen lui passa une longue-vue.

— Le papa d'un otage a tiré sur la laisse. Les idiots.

Le duc regarda, puis confia la longue-vue à Mina, l'air sévère.

— Là, dit-il en indiquant la mer à tribord. Vous voyez ? Cinq vaisseaux toutes voiles dehors, dont deux bâtiments de la Marine royale.

Les vaisseaux de guerre les plus gros et les mieux armés de la Marine. La flottille se dirigeait droit sur les côtes françaises – et avait déjà parcouru la moitié du chemin.

— Arriverons-nous au fort avant eux ? questionna-t-elle.

— Oui. Avec le vent qui nous pousse, nous avancerons à la vitesse de soixante nœuds, contre quinze de leur côté.

Déjà, Yasmeen donnait des ordres, qu'un aviateur relayait en les hurlant dans des tubes métalliques courant le long du pont.

— Et puis, nous allons voler jusqu'au fort, ajouta le duc. Eux devront jeter l'ancre au large, puis gagner la côte dans leurs canots. Au bout du compte, nous devrions avoir une heure d'avance sur eux, une fois arrivés au fort.

— Pourquoi les a-t-elle traités d'idiots ?

Trahaearn se pencha derrière elle et, les lèvres presque contre son oreille, se plaça dans son axe. Sa main droite se posa sur son flanc, et elle sentit sa large paume à travers son manteau et son gilet de protection.

— Reprenez la longue-vue, et regardez le premier vaisseau.

La gorge serrée, Mina s'exécuta, et finit par trouver la poupe carrée et les grands-voiles, malgré les vibrations de l'aéronef – et son propre tremblement.

— De la fumée s'élève du pont principal, vous la voyez ?

À peine. S'il ne lui avait pas dit où regarder, cela lui aurait échappé.

— Oui.

— Ce sont les caparaciers. Leurs moteurs sont allumés, ils attendent en formation sur le pont.

Enfer ! Cela ne laissait rien augurer de bon pour les otages. Aussi traumatisant un enlèvement fût-il, très peu d'otages, hommes ou femmes, en sortaient blessés dans leur chair. Parmi les pirates, cette pratique était devenue tellement courante que les classes privilégiées et les riches parcourant les mers s'attendaient presque toujours à être enlevés contre rançon – et traités comme une marchandise normale, échangée lors d'une transaction normale.

Mais quand les familles refusaient de payer et attaquaient les pirates, en général, tout le monde y perdait la vie.

— Ils préparent les caparaciers en guise de menace, ou ont-ils l'intention d'attaquer le fort ?

— Quelle importance ? Dans les deux cas, Dame Dents de Scie comprendra que le paiement d'une rançon ne fait pas partie de leurs projets. Donc, si elle les voit arriver, elle s'éclipsera – et nous n'aurons aucune information sur le *Terreur*, vous n'arrêterez personne, et les otages mourront. Un marchand idiot a fait jouer ses relations, a exigé que son garçon soit libéré, et la Marine se prépare à charger. Deux cents ans sans aucune nation à protéger, avec juste les routes commerciales à surveiller : pas étonnant que la Marine ait fini par s'habituer à obéir aux marchands.

L'amertume du ton surprit Mina. Il avait probablement raison. Pendant l'occupation de la Horde, la Marine était devenue le gros bras des marchands à Manhattan City. Mais pourquoi le dire d'une façon aussi dure ?

— Cela devrait changer, maintenant que la Couronne recommence à financer des opérations navales.

Du moins l'espérait-elle. Les impôts qui laissaient ses finances exsangues devaient bien servir à quelque chose, non ?

— Les intérêts de l'Angleterre passeront avant ceux des marchands, comme autrefois, enchaîna-t-elle. Ce doit déjà être le cas, d'ailleurs. Tous les capitaines ne sont pas les instruments des marchands.

— Non, pas tous. Mais il y en a un de moins, désormais.

Baxter.

— Il y en aura bientôt d'autres comme lui.

— Mais cela ne nous sera d'aucune aide aujourd'hui.

Trahaearn baissa la longue-vue, et serra sa main sur la taille de Mina.

— Vous avez un gilet de protection. Et votre sergent ?

Penser à respirer…

— Aussi.

— Parfait, dit-il avant de s'approcher de son oreille pour murmurer : Je vous protégerai, inspectrice.

Comment ? Il était un danger pour elle.

— Je me chargerai moi-même de ma protection, monsieur, rétorqua-t-elle en s'écartant.

À un mille de la côte, le capitaine coupa les moteurs du *Lady Corsaire* et laissa le vent les pousser jusqu'à destination. Dans le silence soudain, Mina se pencha par-dessus la rambarde, fascinée par l'étroite bande de sable blond, puis par les marais qui lui succédaient, tout autour des décombres de Calais, désormais simple amoncellement de ruines. Au-delà et jusqu'à l'horizon s'étendait une forêt. Mina n'avait jamais vu autant d'arbres, tordus, façonnés par le vent près de la côte, puis plus fournis à mesure que l'on s'en éloignait.

Des zombies pouvaient se cacher derrière ces arbres. Mais un aéronef ?

Elle se tourna vers Trahaearn, qui se tenait à côté d'elle.

— Où est le *Bontemps* ?

Il montra un endroit, à l'ouest des ruines de Calais, en bordure du marais, où la forêt semblait moins dense.

— Le vieux fort est là. Ils entretiennent l'enceinte pour empêcher les zombies d'entrer.

Avec la longue-vue, Mina aperçut de longs ouvrages soutenus par des arches à demi effondrées. Des aqueducs, peut-être. Quand ils furent plus près, elle distingua quelques moutons qui paissaient, et de petites cabanes en bois qui devaient abriter des poules, mais rien d'habitable pour des humains.

— Où vivent-ils ?

— Sous terre, répondit Trahaearn. Evans s'est installé ici parce qu'il voulait creuser un tunnel sous la Manche.

Mina éclata de rire.

— Un quoi ?

Il sourit.

— Un tunnel sous la Manche.

— Il a vraiment essayé ?

— Oui, mais il se remplissait d'eau avant même qu'il n'atteigne la côte. D'après Evans, c'est à cause des marais.

Elle remonta ses lunettes sur son front et s'essuya les yeux.

— Hou… Il est vraiment dérangé.

— Mais très brillant. Il a continué à creuser malgré son échec. Toute cette zone est un labyrinthe de galeries et de salles souterraines, aujourd'hui. Ses générateurs produisent l'électricité pour la lumière, et pour les pompes qui redirigent en permanence l'eau qui suinte vers les moteurs à vapeur.

Mina scruta une nouvelle fois l'endroit, les yeux écarquillés.

— Vous êtes certain qu'il ne s'agit pas là d'un simple rêve d'ivrogne ?

— Il y a trois ans, un des aviateurs de Dame Dents de Scie s'est rendu chez le Forgeron pour une nouvelle jambe. Scarsdale l'a su, et a réussi à le faire parler en lui payant à boire.

— Mais où Evans trouve-t-il de quoi alimenter ses chaudières ? Une telle masse de charbon ne se...

Oh. Ça y est. Elle avait compris.

— La forêt. Mais comment fait-il pour éviter les zombies ?

— Evans a fabriqué une sorte de faucheuse, un char blindé qui scie les arbres et les traîne jusqu'au fort.

Exactement ce que faisait la Horde dans d'autres régions d'Europe, d'après la rumeur. Des machines géantes moissonnaient les récoltes et les entreposaient dans des colonies fortifiées jusqu'à ce qu'elles soient expédiées en Orient.

— Passez-moi la lunette, inspectrice, demanda Trahaearn, soudain intrigué.

Ce qu'il vit ne lui plut visiblement guère.

— Qu'y a-t-il ? s'étonna Mina.

— Je ne sais pas exactement. Personne n'est de garde sur l'enceinte. Or il devrait y avoir au moins deux postes de surveillance : un pour la forêt et un pour la mer.

Mal à l'aise, Mina tenta de distinguer quelque chose, un signe de présence humaine, ou zombie, mais sans succès.

Ils abordaient l'enceinte du fort quand Newberry les rejoignit sur le pont principal, avec deux machettes, une ceinture avec deux holsters, et un tromblon au large canon.

— Tenez, dit-il en tendant le tout au duc. Le capitaine Corsaire dit que c'est pour vous.

Trahaearn hocha la tête, puis retira son pardessus, sa redingote et sa veste. Une chemise de linon blanc couvrait tout juste ses pectoraux et son large torse... que Mina aurait bien aimé voir en entier. Elle se détourna, agrippant le garde-fou. Newberry fit de même, rouge comme une tomate.

— Je ne vois pas l'aéronef, dit-il après s'être éclairci la gorge.

Bouclant la ceinture autour de ses hanches, Trahaearn jeta un coup d'œil vers le fort.

— Il est là, répliqua-t-il avec un mouvement du menton. La cour principale.

Étonnée, Mina regarda le sol avant de réaliser qu'une clôture encerclait une grande partie de la cour en question, empêchant les moutons d'aller paître dans cette zone, de forme rectangulaire. À cet endroit, la terre, bizarrement tachetée, semblait s'enfoncer... comme si une toile peinte avait été tendue par-dessus un grand trou.

Incroyable. Si l'aéronef était garé là-dessous, la salle en question devait être immense...

— Yasmeen nous attendra près du mur sud de l'enceinte, dit Trahaearn en glissant les machettes dans les boucles de cuir prévues à cet effet sur sa ceinture. Nous allons prendre la plate-forme de chargement du *Lady Corsaire* pour descendre, ce sera plus facile qu'avec l'échelle. Les murs devraient empêcher les zombies d'entrer, mais si l'un d'entre eux y parvient, tirez à vue. Visez la tête. Nous irons droit jusqu'au *Bontemps* pour nous mettre à couvert, et de là, nous descendrons rencontrer Dame Dents de Scie.

Il passa une corde enroulée sur son épaule. Mina se tourna vers la mer. Le fort n'était qu'à cinq cents mètres de la plage, et les bateaux de la Marine approchaient.

— Combien de temps ?

— Le vent s'est levé, fit le duc. Ils seront prêts à jeter l'ancre d'ici vingt minutes, mais il leur faudra plus de temps que cela pour ramer jusqu'à la plage et traverser le marais. Disons que de notre côté, tout doit être fait en quarante minutes. Prêts ?

Mina hocha la tête et le suivit sur le pont inférieur, où deux aviateurs les attendaient près du levier de contrôle de la plate-forme. Dans un cliquètement de chaînes, celle-ci vint s'arrêter à hauteur du pont. Trahaearn agrippa le plat-bord et sauta sur la plate-forme, avant de se retourner pour aider Mina tandis que Newberry sautait à son tour.

Quand Mina se retourna, elle vit que le long de la coque, de petits sabords avaient été ouverts. À côté de chacun d'entre eux se tenait un aviateur avec un fusil, qui surveillait le sol.

Trahaearn remarqua sa surprise.

— C'est nécessaire.

Mina tenta de garder l'équilibre alors que la plate-forme s'ébranlait et amorçait sa descente. Trahaearn tenait le tromblon sous le bras, canon pointé vers le bas.

La plate-forme toucha le sol et, aussitôt, elle sentit les vibrations sous ses pieds.

— Ce sont les générateurs ?

— Oui.

— Donc il y a quelqu'un.

Une chaudière ne s'alimentait pas toute seule.

— Allons-y.

Un mouton bêla quand ils traversèrent la cour au pas de course. Le cœur de Mina battait à tout rompre, mais il n'y eut ni cris, ni coups de feu. Trahaearn atteignit la clôture et souleva la jeune femme pour la faire passer par-dessus. À un mètre de l'autre côté, la toile peinte était attachée à un cadre en métal, par un système d'œillets et d'agrafes. Mina en défit rapidement un coin, replia un large triangle de toile, et se pencha à l'intérieur.

Le ballon blanc du *Bontemps* touchait presque la toile, et bloquait quasiment toute la vue. Mina parvint néanmoins à distinguer de grandes caisses empilées sur le sol, dans un coin. Il n'y avait pas de lumière, pas un mouvement.

Trahaearn s'accroupit à côté d'elle, la corde à la main, et Mina vit qu'il en avait attaché une extrémité à un des poteaux de la clôture. Il jeta le reste dans le vide.

— Je descends en premier. Je vous ferai signe quand vous pourrez descendre à votre tour.

Le cœur serré, elle le regarda se placer face à elle et sauter en arrière, ne se servant de la corde que pour ralentir sa descente. À quatre pattes, elle se pencha vers le vide et le vit atterrir juste à côté des caisses. La corde se détendit. Grâce à sa chemise blanche, elle le suivit le long de la paroi, jusqu'à ce qu'il disparaisse, caché par le ballon.

Mina se tourna vers Newberry. Le sergent avait apparemment réussi à se débarrasser de sa nervosité. Armes prêtes, il surveillait calmement la cour. Un bon gars.

Se penchant à nouveau vers le vide, elle vit réapparaître le duc. Quand il lui fit signe de descendre, elle s'empara de la corde.

— Vous me suivez dès que je serai en bas, Newberry.

Il répondit d'un hochement de tête. Mina coinça la corde entre ses bottes et se laissa glisser doucement. Une lumière pâle éclairait l'autre côté de la salle, et lorsque Mina put voir derrière le ballon, elle constata qu'elle provenait d'un couloir percé vers l'est. Trahaearn, lui, se tenait près d'un autre couloir, plongé dans l'obscurité.

— Je n'entends aucun bruit venant de cette direction, dit-il quand elle posa le pied sur le sol.

Ils iraient donc de l'autre côté. Mina examina la salle tandis que Newberry descendait. L'humidité était palpable, les murs de pierre suintaient légèrement, mais il n'y avait pas d'odeur de moisi. On aurait dit que la salle était chauffée.

Newberry termina sa descente. Mina lui montra le couloir éclairé. Le duc prit la tête du cortège.

La salle était parfaitement rectangulaire. Dans les couloirs, en revanche, l'arrondi était de mise, comme si une énorme foreuse avait percé la pierre et que le sol avait été aplani ensuite. Un fil électrique courait le long du plafond, reliant de petites ampoules brillant d'une lumière jaune vacillante qui grésillait un peu. Incroyable. Mina avait déjà vu des lampes électriques, mais celles-ci servaient toujours un objectif décoratif, jamais pratique. Si tant est que brûler quelques arbres par jour pour éclairer un réseau souterrain puisse être considéré comme pratique.

Bientôt, elle remarqua une odeur. Sucrée, forte... celle d'une fumerie d'opium. Quelqu'un s'était arrêté dans le couloir pour fumer.

— Evans est opiomane ? murmura-t-elle.

— Non, répondit Trahaearn. Dame Dents de Scie non plus.

L'odeur se dissipa quand ils débouchèrent dans une autre grande salle, avec un plafond cette fois. C'était soit un atelier, soit le lieu où Evans entreposait ses inventions. L'endroit débordait de machines diverses. Il y avait des caparaciers sur des tas de ferraille. Des autogires étaient posés contre les murs, leur rotor à côté, telles des marguerites d'acier. Un ballon à deux places, dégonflé, était rangé au sommet d'un énorme cylindre qui était peut-être un submersible. Deux autres couloirs éclairés partaient de cette salle. Un juste en face de celui d'où ils venaient, et l'autre sur la droite. Ils traversèrent la salle en contournant les machines. Habituée au grenier méticuleusement rangé de sa mère, Mina trouvait ce capharnaüm à la fois dangereux et insupportable.

Un cri étouffé leur parvint depuis le couloir d'en face. Trahaearn s'arrêta. Mina l'imita, et écouta. La plainte était celle d'un homme, jeune, mais ni en colère, ni apeuré, plutôt ennuyé ou insolent.

— Ça, c'est le cri de quelqu'un qui cherche à empoisonner l'existence de son geôlier, dit Newberry derrière Mina. Mais qui ne croit pas vraiment en ses chances de liberté.

Le cœur battant, Mina opina. Andrew ne figurait pas sur la liste des otages pour lesquels une rançon était demandée... mais peut-être l'avait-on emmené pour autre chose.

Il fallait garder espoir.

Trahaearn ralentit à l'entrée du couloir.

— Surveillez nos arrières, sergent, dit-il en lançant le tromblon à Newberry, avant de tirer une machette de sa ceinture. Faites sauter la tête de quiconque cherchera à entrer dans ce couloir.

Mina se tendit. Une nouvelle odeur l'accueillit dans l'étroit passage, plus familière que celle d'une fumerie d'opium, de plus en plus forte au fur et à mesure de leur progression.

C'était l'odeur de la mort.

— Inspectrice… dit Trahaearn en s'arrêtant au bout du couloir.

Elle le rejoignit, respirant par la bouche tant l'odeur devenait insoutenable, et regarda dans la salle. Oh… triste ciel. Ce qui avait autrefois été une chapelle était devenu une morgue. Quatre bancs de bois avaient été poussés contre les murs et sur le sol, sur trois rangées, étaient allongés des corps enveloppés dans des draps. Quinze, au total.

— Couvrez-moi, dit-elle doucement.

Elle s'accroupit à côté du corps le plus proche. Ses doigts trouvèrent le bord du drap et le tirèrent pour découvrir un visage. Il n'était mort que depuis quelques jours. Elle écarta délicatement le col. Des pustules rondes cerclées de rouge formaient une plaque sous le menton. La langue était gonflée, rouge sombre ; les vaisseaux, dans ses yeux, avaient éclaté, formant une multitude de petites étoiles rouge sang. Inhabituel, mais elle avait déjà vu cela.

— Fièvre virale, dit-elle en replaçant le drap.

— Et les autres ?

La fièvre virale n'était pas contagieuse, et n'apparaissait la plupart du temps que lorsqu'une blessure grave forçait les nanoagents à pousser leurs capacités de régénération et à se reproduire trop rapidement, provoquant une combustion interne.

Elle examina le second corps. Un frisson glacé descendit le long de son épine dorsale.

— Celui-là aussi.
— Comment est-ce possible ?
— Je n'en sais rien. Peut-être ont-ils tous été pris dans une explosion.
Elle retira entièrement le drap, chercha des traces de sang, des ecchymoses, quoi que ce fût qui sortît de l'ordinaire. Mais elle ne trouva rien qui expliquât la fièvre. Et rien non plus sur le corps suivant.
— Je n'ai pas trouvé de traces de blessures sur Haynes non plus, réalisa-t-elle à haute voix.
— Haynes est mort de fièvre virale ?
— Non. Absolument pas. Même sur le corps congelé, la fièvre aurait laissé des traces.
L'air grave, Trahaearn hocha la tête. L'un après l'autre, il vérifia tous les corps. Certains semblaient n'être morts que depuis quelques heures.
— Evans et Dame Dents de Scie ne sont pas ici, dit-il. Quinze hommes et femmes. Ce doit être son équipage au complet.
Et on ne pouvait plus rien faire pour eux. Mina se releva.
— Continuons.
Ils traversèrent une nouvelle salle, qui avait servi de salon et de salle à manger. Au bout de celle-ci, ils découvrirent un petit couloir terminé par une porte en bois percée d'un fenestron à barreaux, derrière lesquels apparut un visage. Et aussitôt après s'élevèrent des cris de joie.
Mina s'approcha de la porte et regarda à travers les barreaux. Fatigués, les prisonniers enfilaient leurs bottes et leurs chemises, se serraient dans les bras, sans cesser de hurler leur joie. Aucun ne semblait blessé. Tous auraient pu avoir l'âge d'Andrew.
Elle essaya d'ouvrir la porte, sans succès.
— Qui a la clé ? demanda-t-elle à ceux qui s'accrochaient aux barreaux.
— Dame Dents de Scie. Autour de son cou.

Charmant. Mina empoigna les barreaux et tira. La porte craqua, mais ne céda pas. Son geste lui valut un rire méprisant de l'autre côté.

— Vous croyez vraiment qu'on n'a pas déjà essayé ?

Petit ingrat. Elle résista à l'envie de lui faire remarquer qu'ils étaient expats, donc sans doute non infectés, ce qui signifiait qu'elle était deux fois plus forte qu'eux.

— Inspectrice...

La main de Trahaearn s'était posée contre sa taille, et la guidait doucement vers le côté.

— ... et vous, écartez-vous, ajouta-t-il à l'intention des prisonniers.

Il planta fermement ses pieds sur le sol, arrondit les épaules, et se lança contre la porte. Le bois céda dans un craquement sinistre, le chambranle se fendit. Trahaearn recula et, d'un coup de botte sous la serrure, acheva son travail. Des acclamations saluèrent l'ouverture de la porte. Huit gamins jaillirent de la cellule et prirent la main du duc pour la lui serrer.

Mina réclama le silence, l'obtint de la moitié d'entre eux. Elle serra les dents, regarda Trahaearn.

— Taisez-vous !

L'ordre, donné d'un ton tranquille, claqua comme un fouet. Le silence fut immédiat. Certains le fixèrent avec de grands yeux. D'autres, qui l'avaient reconnu, avec de la crainte mêlée de respect. Mina s'avança.

— Dame Dents de Scie et Jasper Evans sont-ils encore en vie ?

Hochements de tête affirmatifs. Très bien.

— Le sergent Newberry va vous conduire jusqu'à notre aéronef. Je vous demande de ne pas faire de bruit, et de le suivre sans poser de question. Vous sortirez d'ici par une corde. C'est le sergent qui grimpera en premier, pour pouvoir vous tirer ensuite. N'ayez crainte, il ne vous laissera pas en bas. C'est compris ?

Nouveaux hochements de tête.

Elle les conduisit jusqu'au bout du couloir. Le tromblon toujours en main, Newberry la fixa d'un air de reproche. Non parce qu'il ne voulait pas faire sortir les prisonniers, mais parce qu'il rechignait à la laisser seule. Elle le rassura d'un regard.

— Vous êtes prêt, sergent ?

— Oui, madame.

— Alors rendez-vous à bord du *Lady Corsaire*. Je vous conseille de ne pas vous attarder en route.

Elle les regarda disparaître à l'autre bout de la chapelle, puis examina la salle autour d'elle. La longue table aurait pu accueillir tout l'équipage de Dame Dents de Scie. À l'autre bout de la salle, deux canapés en tissu rayé étaient disposés en angle, face à une table de jeu et des chaises. L'odeur d'opium était légère, mais on en avait brûlé récemment, sans doute pour soulager ceux qui étaient frappés par la fièvre.

Trahaearn s'arrêta sur le seuil d'un couloir adjacent. Elle le rejoignit. L'odeur d'opium et de maladie y était plus prégnante. Comme le couloir menant à la cellule, celui-ci se terminait par une porte. Plusieurs autres s'ouvraient sur les côtés.

— Pour les chambres, c'est par ici, dit-il à mi-voix.

Une des portes s'entrouvrit alors en grinçant. Trahaearn poussa Mina derrière lui. Ils attendirent un instant, arme au poing.

Une femme sortit en titubant, peinant à tenir un pistolet dans sa main tremblante, vêtue en tout et pour tout d'une chemise de nuit. Elle était échevelée, des mèches brunes lui tombaient sur le visage. Des dents de scie – littéralement – comblèrent le sourire qu'elle leur adressa. Dame Dents de Scie.

— Trahaearn. Enfin, murmura-t-elle. Je dois être au paradis.

Elle essaya de lever son arme, mais tituba. S'arc-boutant contre la paroi la plus proche, elle se ressaisit. Une plaque de pustules lui mangeait le cou. Elle éclata d'un rire rauque, et tourna vers Mina des yeux injectés de sang.

— Doux Jésus. Mais pourquoi venir avec une fille ?

Et elle s'effondra.

— Bon sang, lâcha le duc.

Il s'approcha, envoya au loin le pistolet d'un coup de pied, et s'agenouilla.

— Prenez ses pieds, dit-il à Mina.

L'odeur de l'opium enveloppait l'étrange femme, tel un nuage. Elle était brûlante de fièvre. Ils la portèrent jusqu'au canapé.

— Marguerite ?

Mina fit volte-face, arme au poing. Un grand homme maigre lui faisait face, un seau de glace à la main, le visage creusé par la fatigue. Son crâne chauve luisant et les touffes de cheveux noirs au-dessus de ses oreilles donnaient l'impression que sa tête était énorme, posée sur un cou frêle.

— Jasper Evans ? devina-t-elle.

— Oui. Vous êtes venus l'arrêter ?

Il avait le regard bleu lumineux, et vif tel un oiseau. Il observa d'abord Trahaearn, puis le couloir où les otages avaient été retenus, et revint à Mina.

— Il faudrait la maintenir en vie, pour cela, remarqua celle-ci. Donnez la glace. Un aéronef nous attend. Si nous parvenons à maintenir sa température suffisamment basse, elle traversera la Manche, et là-bas nous lui trouverons un médecin, ou le Forgeron.

Dame Dents de Scie ouvrit les yeux.

— Cet enfoiré… il me… tuera, parvint-elle à articuler, au prix d'un véritable effort.

Qui ? Trahaearn ou le Forgeron ? Mina ne posa pas la question. Evans s'accroupit à côté du canapé et caressa le visage de sa compagne, qui lui sourit faiblement.

— Que vous est-il arrivé, à vous et à votre équipage ? demanda Mina.

— La représentation du siècle, murmura Dame Dents de Scie en levant les yeux au ciel. Le dernier épisode.

Evans posa son front contre le sien.

— Une représentation exceptionnelle, Marguerite.

Mina prit un peu de glace, l'enveloppa dans un mouchoir et se pencha pour le placer sur les pustules du cou.

Dame Dents de Scie tourna brusquement la tête. Ses dents claquèrent à un centimètre des doigts de Mina, qui recula et la regarda, stupéfaite. Dame éclata d'un rire de démente, ferma les yeux, et reposa la tête sur un coussin.

Mina donna le mouchoir à Evans.

— Qu'est-il arrivé à votre équipage, alors ? questionna Trahaearn. Qu'est-il arrivé au *Terreur* ?

Sa compagne ne pouvant pas – ou ne voulant pas – répondre, Evans prit la parole, les yeux brillants de larmes. Mina ne voyait aucune méchanceté dans son regard.

— Colbert lui avait dit que si le vaisseau restait au loin, l'explosion ne les toucherait pas.

Le regard de Trahaearn se fit dangereusement froid.

— Une explosion ? Sur mon bateau ?

— Non. Nous étions sur le *Terreur*, et nous regardions l'explosion, dit Evans en s'essuyant les joues, laissant des traînées de cambouis. C'était une démonstration. Pour que les acheteurs voient ce qu'ils allaient acheter. Colbert en avait une petite, qui n'avait besoin que d'un générateur.

— Une petite quoi ?

— Jamais je n'avais vu ça. Jamais je n'avais rêvé à un truc pareil, enchaîna Evans en tremblant. Ils ont descendu Haynes dans un canot, aucun de ceux qui ramaient n'était contaminé. Et ils ont emmené la petite. Ils avaient dit qu'un mille, c'était une bonne distance, alors les hommes ont ramé un mille et demi. Ils ont allumé le générateur, puis ils ont mis la petite machine dans l'eau et…

D'un geste, il mima une explosion.

— Sur le *Terreur*, on l'a tous sentie. Ça a fait comme un coup dans notre poitrine. L'explosion n'était pas si grosse que ça. On aurait dit un coup de canon dans l'eau, rien de plus. Mais tout ce qui se trouvait à proximité est mort. On a vu des requins géants remonter le ventre à l'air, il y en avait un paquet. Les hommes se sont remis à ramer, mais le capitaine, il était mort. Il n'y avait aucune trace, aucune blessure sur lui.

— Donc, vous avez capturé le *Terreur*, puis vous avez envoyé Haynes sur un canot avec une bombe, et ça l'a tué. Et tous ceux qui se trouvaient sur le *Terreur* et ont senti le souffle de cette explosion ont attrapé la fièvre virale. Sauf vous.

Evans le fixa de son regard bleu.

— Je ne suis pas contaminé, capitaine. Les machines, je leur dis quoi faire. Elles ne décident pas pour moi.

Mina s'employait à verser de l'eau glacée sur la chemise de Dame Dents de Scie, tentant de se débarrasser du nœud qui lui serrait la gorge. Andrew était porteur de nanoagents, et il se trouvait sur le *Terreur*. S'il avait attrapé la fièvre, il savait que le remède était le froid. Mais existait-il un endroit froid, sur la côte de l'Afrique occidentale ? Il trouverait bien quelque chose. Elle ferma les yeux. Il fallait espérer.

Trahaearn posa une main sur le bas de son dos, comme pour la rassurer. Elle se reprit, et demanda :

— L'arme tue tous les virus dans un rayon de deux kilomètres ?

— La petite, oui. Celle qu'ils doivent vendre lors des enchères, d'après eux, tuerait tous les zombies et toute la Horde dans un rayon de trois cents kilomètres.

Mina en resta bouche bée. Qui n'aurait pas souhaité posséder une arme pareille ? Avec ça, on pouvait lancer une attaque puissante contre la Horde, et tenter de reprendre l'Europe et l'Afrique.

— Quelqu'un a réussi à rapporter ça des territoires de la Horde ? interrogea Trahaearn.

— Oui, d'après ce que je sais. J'ignore qui, mais le risque en vaut la chandelle. Les enchères commencent à vingt-cinq mille livres.

Vingt-cinq mille livres ? Ébahie, elle regarda Evans. Qui pouvait payer ce prix-là ? Certainement pas un individu isolé. Les Lusitaniens, peut-être. Ou les Français, même si leur guerre contre le Liberé les avait laissés au bord de la faillite. Les tribus arabes, si elles mettaient leurs ressources en commun.

Même le duc semblait surpris, et ne disait rien.

— Pourquoi le *Terreur*, alors ? demanda Mina.

— Colbert devait un service à Marguerite. Quand il a entendu dire que le *Terreur de Marco* faisait route pour la Côte-d'Or, il lui a fait une offre : le bateau contre un de ses hommes d'équipage pour une démonstration.

Haynes.

— Comment savait-il où était le *Terreur* ?

— Je l'ignore.

— Quand vous avez pris le vaisseau, combien d'hommes à part Haynes ont-ils été tués ?

— Trois des nôtres. Tous leurs lieutenants et leurs officiers.

Exécutés, probablement.

— Des jeunes garçons d'une quinzaine d'années ?

Evans secoua vigoureusement la tête.

— Non. Quelques membres d'équipage ont été blessés pendant l'assaut, mais aucun de ceux qu'on a jetés par-dessus bord n'était aussi jeune. Marguerite n'est pas comme ça.

Mina se tourna vers Trahaearn. Celui-ci confirma d'un hochement de tête.

Elle se détendit. Savoir qu'ils n'avaient pas tué les plus jeunes la soulageait. Restait le problème de la fièvre virale...

— Et qui est à la barre du *Terreur*, maintenant ?

Marguerite émergea de sa torpeur. Elle sourit.

— Hunt. C'est Hunt qui est à la barre.

Mina ignorait qui était Hunt, mais visiblement Trahaearn le savait, et prenait très mal cette nouvelle. La fureur qui s'empara de lui le laissa livide, il posa une main sur le manche de sa machette.

Mina s'empressa de poursuivre :

— Qui a jeté Haynes au-dessus de Londres ?

— C'est moi, dit Evans. Je l'ai fait pour elle. Elle était déjà malade et voulait que ce soit fait. On a utilisé presque toute notre glace pour le conserver, lâcha-t-il dans un sanglot.

— Nous allons en trouver, le rassura-t-elle. Nous allons l'emmener et...

Une explosion assourdissante interrompit Mina et la projeta à quatre pattes sur le sol. La douleur vrilla ses coudes. Elle eut le souffle coupé, comme si quelqu'un l'avait frappée en pleine poitrine. Les lumières vacillèrent.

De la fumée se répandit dans la salle, chaude, âcre. Elle sentit la main de Trahaearn et tourna la tête, cherchant son visage.

Il était agenouillé à côté d'elle, et malgré le sifflement dans ses oreilles, elle comprit qu'il hurlait :

— Inspectrice ! Bombe incendiaire !

Lancée par un des vaisseaux de la Marine ? Elle ne comprenait plus. Pourquoi la Marine leur tirait-elle dessus ?

Elle aperçut Evans qui regardait autour de lui, perdu, couvrant Marguerite de son corps. Elle voulut se relever, mais tout mouvement était si difficile... Le duc la hissa, elle se mit debout. Dans ses oreilles, le sifflement diminua, jusqu'à ne plus être qu'un léger bourdonnement.

— ... ça va ? lui demandait le duc.

Étourdie, mais pas blessée. Elle fit oui de la tête. Et son cœur bondit.

— Newberry !

Elle se rua vers le couloir. Le duc la rattrapa dans la chapelle, où régnait une odeur de fumée et de mort. Elle se débattit.

L'attrapant par son pardessus, il lui fit faire volte-face et la plaqua contre le mur.

— Vous ne pouvez pas ! hurla-t-il. Si une bombe incendiaire touche le *Bontemps*, l'enveloppe d'hydrogène explosera ! Et vous ne pouvez rien faire pour qu'il fasse monter ces garçons plus vite !

Non. Mais elle pouvait lui ordonner de les laisser et de s'enfuir.

Trahaearn secoua la tête, comme s'il avait lu dans ses pensées.

— Il ne ferait jamais ça. Parce que cela voudrait dire qu'il vous laisserait ici. Sa seule chance de s'en sortir, c'est d'être déjà à bord du *Lady Corsaire*. Venez. Evans nous dira par où sortir sans approcher du ballon d'hydrogène…

Une nouvelle explosion secoua la salle. Trahaearn s'aplatit sur Mina pour la protéger des gravats qui pleuvaient. Celle-ci n'est pas aussi forte, songea Mina. Mais au même moment, ses oreilles se débouchèrent et l'air se raréfia, comme si quelque chose, à l'autre bout du couloir, l'aspirait.

Le visage de Trahaearn se figea.

— La salope, murmura-t-il.

Dans un élan puissant, il plongea avec elle dans un coin de la salle, lui arrachant son manteau. Il s'accroupit pardessus Mina, au sol, et les recouvrit du manteau.

La boule de feu explosa dans le couloir. Sous le manteau, ils en distinguèrent la lumière orange, et bientôt en sentirent la chaleur brûlante à travers l'épaisse étoffe, qui se consuma en dégageant une odeur rance. Des flammes roulèrent entre leurs jambes, chauffèrent le cuir de leurs bottes. Elle entendit le duc ravaler un gémissement, et comprit que le manteau brûlait sur son dos. Elle ravala son propre cri, malgré la douleur qui vrillait ses pieds pris au piège du cuir brûlant.

La boule de feu passa, et ils émergèrent de leur abri de lainage. L'air chaud leur sauta au visage. Mina cligna des yeux, ajustant sa vision à la faible lumière. Les ampoules électriques avaient explosé, mais le feu avait pris sur les bancs de bois et les draps recouvrant les corps.

— Ça va aller ? demanda le duc en la fixant d'un regard scrutateur.

— Oui. Et vous ?

— Je m'en sortirai. Suivez-moi.

Il l'aida à se lever. Ensemble, ils coururent jusqu'au salon. La boule de feu n'avait pas atteint cette salle, mais elle était plongée dans l'obscurité. Le ronronnement des générateurs avait cessé.

Mina appela ; personne ne répondit. À tâtons, elle atteignit le canapé. Evans et Dame Dents de Scie avaient disparu.

Stupéfaite, elle regarda autour d'elle. Une nouvelle explosion fit trembler la salle et les jeta à terre, les poumons remplis de poussière. De la chapelle s'élevèrent de sinistres craquements. Le bois cédait, les rochers s'éboulaient, le métal se tordait. Tout le réseau souterrain était en train de s'effondrer.

— Bon, dit Trahaearn. Evans n'est pas un bogué. Il porte une femme qui fait deux fois son poids. Il n'a pas pu aller bien loin.

— Il porte une femme qui a besoin de glace, ajouta Mina. Et quand nous sommes arrivés, il en apportait du couloir qui se trouve du côté de la table.

— Donc, nous allons passer par là.

À nouveau, il l'aida à se lever. Moins d'une minute plus tard, ils trouvèrent le couloir en question et s'y engouffrèrent, les mains plaquées sur les parois pour en suivre les méandres. Au bout d'un moment, Trahaearn s'arrêta, tira Mina vers la gauche.

— Il y a un peu de lumière, là, vous voyez ?

Une lumière très pâle, et le bruit familier d'un moteur à vapeur. Ils coururent dans cette direction. La douleur tira des larmes à Mina, mais quand ils débouchèrent sur une nouvelle salle, éclairée d'une seule lampe à gaz, elle avait atteint son paroxysme et Mina ne sentait plus ses pieds.

Elle resta interdite face à la machine qui grinçait et sifflait devant elle. L'énorme véhicule blindé devait être le fauche-arbre. Deux fois plus haut que Mina, et aussi long qu'une locomotive, on aurait dit un scorpion noir géant avec deux énormes pinces et une épine dorsale hérissée à son extrémité de lames déchiqueteuses.

— Evans ! hurla Trahaearn.

L'avant et l'arrière du véhicule étaient percés de fentes. À l'intérieur, Evans les regarda et secoua la tête. La machine se mit en marche dans un bond, et avança sur un chemin de plaques d'acier.

— Nom de Dieu ! rugit Trahaearn en se ruant vers elle.

Une nouvelle explosion, au cœur du réseau souterrain, le fit trébucher. Un morceau de roche se détacha du plafond. Mina lui hurla de faire attention. Le duc se couvrit la tête ; la pierre tomba à moins de deux mètres de l'endroit où il se trouvait, explosant en des milliers d'éclats.

— Nous devons sortir de là, dit Mina.

— On va le suivre. Il va bien sortir quelque part.

Mina saisit la lampe à gaz. La faucheuse était déjà loin devant eux, avançant dans un passage qui semblait avoir été creusé à ses dimensions.

Trahaearn lui prit la lampe et partit au pas de course.

— Le générateur est éteint, mais la chaudière doit encore fonctionner. Si elle explose, ce sera pire que n'importe quelle bombe.

Triste ciel. Mina accéléra. Le passage montait légèrement, et bientôt, elle distingua la lumière du jour. Mais…

— La machine ne peut pas briser le mur d'enceinte chaque fois qu'elle sort ! lança-t-elle. Ce passage nous mène probablement en dehors du fort !

Trahaearn éclata de rire et secoua la tête. Mina réalisa que c'était sa façon de dire : « Et après ? » Il la lâcha, jeta la lampe, et empoigna ses machettes.

Ils ralentirent en arrivant à la sortie. La porte d'acier qui s'était ouverte pour laisser passer la machine débouchait sur la forêt. Les oiseaux piaillaient joyeusement dans les arbres.

Mina vérifia que ses armes étaient à leur place.

— Je vous en prie, dites-moi que les coups de feu et les explosions effrayeront les zombies.

Il la regarda.

— Non, dit-il en secouant la tête. Le bruit les attire.

— Charmant, soupira-t-elle. Nous avons dépassé le mur sud de l'enceinte du fort. Vous croyez que le *Lady Corsaire* nous aura attendus ?

— Non, pas dans le rayon de tir des bombes incendiaires.

— Qui ont cessé, on dirait.

— C'est parce qu'ils ont envoyé les caparaciers. Écoutez.

Derrière les cris des oiseaux et le grondement de l'effondrement des galeries souterraines, elle distingua un rythme régulier, lourd. Son estomac se noua.

— Je vais aller voir de quel côté s'est dirigée Yasmeen, annonça Trahaearn. Ne bougez pas.

Sans faire de bruit, ce qui était étonnant pour un homme d'une telle stature, il franchit la porte et disparut. Quelques instants plus tard, il revint, le visage fermé.

— Elle est de l'autre côté de la forêt. Pas loin. Un sprint de deux cents mètres.

À travers la forêt... Elle hocha la tête, se sentant défaillir.

— Mais quand je dis sprint, inspectrice, enchaîna Trahaearn, c'est sprint. Parce qu'il n'est pas question que je mette une zombie dans mon lit.

Elle le fixa, bouche bée, et il se pencha pour l'embrasser. Mais elle lui enfonça le canon de son pistolet sous le menton. Il s'écarta en souriant.

— Je serai derrière vous. Ne vous arrêtez sous aucun prétexte.

Ne pas s'arrêter. Elle inspira profondément. Une fois, deux fois. D'un geste de la main, elle indiqua la direction à prendre, et il acquiesça d'un hochement du menton. Elle se lança.

Elle aperçut presque immédiatement le ballon, lumineux et blanc à travers le feuillage, et courut droit devant elle, tête baissée pour se protéger des branches les plus basses, s'attendant à tout instant à voir surgir un zombie, réalisant au dernier moment que ce qu'elle avait cru être une main n'était en réalité qu'une branche. Les battements de son cœur, les moteurs de l'aéronef, le bruit de ses pas sur le sol, le duc courant juste derrière elle, tout était assourdissant. Les zombies allaient-ils grogner, siffler, avant d'attaquer ? Les entendrait-elle avant qu'ils ne lui arrachent des lambeaux de chair ? Elle avait les poumons en feu lorsqu'elle traversa une petite clairière, où l'herbe haute semblait vouloir l'empêcher d'avancer. La Horde avait transformé tant de créatures des mers en monstres ; seules les étoiles pouvaient savoir ce qu'elle avait fait aux animaux terrestres. À moins que les zombies ne les aient tous dévorés. Il ne restait plus d'humains, et il fallait bien qu'ils se nourrissent.

Avec un peu de chance, ils se mangeaient entre eux.

À nouveau, ce fut la forêt, puis il y eut une autre clairière et là, à trois mètres au-dessus du sol, se trouvait la plate-forme de chargement de l'aéronef. Quelqu'un lança un ordre dans le vaisseau, et la plate-forme descendit jusqu'au sol. Mina sauta dessus, à bout de souffle.

Les moteurs de l'aéronef se mirent en branle, la plate-forme remonta.

— Attendez ! hurla Mina.

Elle se retourna, chercha Trahaearn et se figea, horrifiée. Deux zombies s'approchaient de lui. Leurs corps maculés de sang, leurs expressions affamées étaient hallucinants d'horreur. Trahaearn croisa le regard de Mina… et lâcha ses machettes.

Malgré sa terreur, elle comprit la raison de ce geste insensé. Il ne pouvait pas sauter et atteindre la plate-forme avec ses armes à la main. Et s'il s'arrêtait pour tuer les zombies, en attendant que la plate-forme redescende, d'autres viendraient. Déjà, elle les voyait accourir à travers les arbres. Si rapides.

Ignorant ses pieds douloureux, elle se leva. Trahaearn ne pouvait pas les arrêter.

C'était donc à elle de le faire.

Rhys vit l'inspectrice sortir son arme et espéra qu'elle visait bien, car sinon il risquait de recevoir une balle. Le pistolet claqua une fois, deux fois. La plate-forme était presque au-dessus de lui.

Il sauta, agrippa la chaîne, se hissa à moitié, les jambes pendant dans le vide. Luttant contre la douleur qui menaçait de lui faire perdre conscience, il balança une jambe par-dessus le bord et se hissa complètement. Un regard en arrière lui permit de constater que les zombies se tordaient de frustration en bas. Roulant sur le dos, il éclata de rire.

— Mais qu'est-ce qui vous a pris ? Vous êtes devenu fou ? s'indigna l'inspectrice.

Peut-être. C'était la première fois qu'il jetait ses armes en présence d'un ennemi. Et il n'avait que très rarement mis son existence entre les mains de quelqu'un d'autre.

— Je me suis demandé quelles étaient les chances que vous ratiez votre cible par rapport à celles que Yasmeen me plante ici. J'ai fait le bon choix… et je suis content que vous n'ayez pas raté votre cible.

Elle esquissa un sourire, et il trouva délicieuse cette légère courbe sur ses lèvres.

— Mais en partant, elle se privait d'une belle somme, remarqua Mina.

— Elle n'a plus besoin de mon argent, maintenant, répondit le duc en se levant. Elle a huit gamins à bord, contre lesquels elle peut exiger une rançon.

Malgré elle, Mina rit. L'estomac de Rhys se noua à nouveau, sous l'emprise d'une émotion profonde mêlée à un besoin de possession. Sans oublier une trace d'admiration, aussi. Cette femme avait du tempérament.

Le chignon noir d'ordinaire posé sur sa nuque avait perdu ses épingles et s'était déroulé jusqu'au bas de son dos. Sans son long manteau de laine, il devinait les pudiques épaisseurs de dentelle cousues à l'arrière du pantalon, comme si ces froufrous avaient pu dissimuler la perfection de son postérieur. Sa veste était courte, boutonnée jusqu'au cou et serrée à la taille, qu'elle avait étroite, et sa poitrine se devinait sous le gilet blindé. Refermer la bouche sur un sein, sentir son téton durcir sous les caresses de sa langue…

À la première occasion, Rhys allait la posséder tout son saoul.

Mais ce serait pour plus tard. La plate-forme monta jusqu'au vaisseau. Rhys aida l'inspectrice à franchir le garde-fou – elle tremblait encore un peu, mais elle n'avait pas poussé un seul hurlement, n'avait pas versé une larme. Il ne voyait que quelques bleus, quelques coupures, mais imaginait quel état de fatigue devait être celui de Mina. Lui-même se sentait à bout de forces.

Yasmeen avait déjà relancé les moteurs et mis cap à l'ouest, passant au large des navires de la Marine. Déjà, la forêt cachait le fort, même si la fumée qui s'élevait au-dessus en marquait l'emplacement.

Sans lui lâcher la main, il entraîna l'inspectrice jusqu'au poste de pilotage. Il ne put ignorer sa façon de regarder autour d'eux, anxieuse.

Il fallait qu'il fasse cesser cette peur.

Sans laisser le temps à Yasmeen de manifester la fureur qu'il y avait dans son regard, il demanda :

— Le sergent a-t-il réussi à monter à bord ?

Mina se figea. Et ferma les yeux de soulagement quand Yasmeen répliqua sèchement :

— Oui, ils sont tous quelque part sur les ponts inférieurs. Et ces harengs de fond de cale m'ont tiré dessus sans sommation !

Rhys se tourna vers la flotte qui croisait au-dessous d'eux. Dix ans plus tôt, ils auraient tiré sur lui sans sommation non plus, mais Yasmeen, même si elle était connue comme mercenaire et avait très mauvaise réputation, n'était pas une pirate. Elle n'avait pas violé les lois anglaises. Le *Lady Corsaire* aurait dû être traité comme un vaisseau civil ou marchand : un drapeau devait être hissé en guise de sommation, et il fallait lui laisser la possibilité de se rendre.

— Pourquoi tirer sur un aéronef ou sur le fort ? s'étonna Mina. Ils étaient forcément au courant de la demande de rançon et de la possible présence des otages ici.

Rhys ne voyait qu'une raison à une telle attitude.

— Sauf s'ils ont eu vent de la tenue des enchères. S'ils avaient suffisamment d'informations pour faire le lien entre le *Terreur* et la vente de l'arme, et entre Dame Dents de Scie et le *Terreur*, ils en ont peut-être déduit la présence, à moins de cinquante kilomètres des côtes anglaises, d'une arme qui élimine tous les bogués dans un rayon de trois cents kilomètres.

— Même si Dame Dents de Scie ne la possédait pas ?

— Ils n'auraient pas pris le risque de le découvrir. Mais maintenant, ils vont regretter de ne pas l'avoir pris.

Contre une telle menace, la vie de huit jeunes hommes aurait été un coût envisageable. Pour calmer les familles, leur mort aurait été dépeinte comme le plus noble des sacrifices, la responsabilité en aurait été attribuée à

Dame Dents de Scie, et personne n'aurait jamais su que l'arme ne se trouvait pas dans le fort.

Mais le sauvetage des otages avait changé la donne. Les marchands, et l'opinion publique, verraient ce sauvetage comme une victoire sur Dame Dents de Scie, mais aussi comme un énorme coup de chance face à une réaction démesurée de la Marine.

Visiblement, l'inspectrice en arrivait aux mêmes conclusions.

— Quelles qu'aient été leurs intentions, le fait qu'ils aient tiré risque de ternir leur image. Ils ont tiré en sachant qu'à l'intérieur du fort se trouvaient peut-être les otages – et vous. Peu de gens en Angleterre verront d'un bon œil qu'ils aient envisagé de sacrifier le duc de Fer, que la menace ait été importante ou pas.

Yasmeen haussa les sourcils.

— Comment pouvaient-ils savoir qu'il était à bord ? demanda-t-elle à Mina.

— Newberry a envoyé un rapport à Hale, depuis Chatham.

— Ils ont peut-être appareillé de Douvres avant de le recevoir.

Yasmeen avait raison. Tout s'était joué en très peu de temps. Mais, avec une telle bavure, la Marine allait peut-être chercher à étouffer l'affaire, et le duc ne tenait pas à en payer le prix. En particulier si l'inspectrice et le *Lady Corsaire* le payaient aussi.

— Contourne largement la flotte, dit-il à Yasmeen. Ensuite, tu piqueras droit vers le nord.

— Pour qu'ils me descendent juste au-dessus de Londres ? On n'est pas sûrs qu'ils aient eu le message et sachent que tu es à bord. Et en plus, ils pensent peut-être que je transporte une arme récupérée dans le fort.

— Arrête-toi au-dessus de la station de télégraphe d'Ashford. Nous allons envoyer des câbles aux parents, au QG de la police et aux journaux pour leur dire que le *Lady Corsaire* revient avec les otages à bord.

— Et avec vous, précisa Mina.

— Si vous voulez. Yasmeen, tu amarreras juste au-dessus de l'embarcadère du palais de Westminster, et nous leur dirons de nous y retrouver.

Une cloche tinta à l'arrière. Yasmeen et le duc se retournèrent. Au même moment, une secousse agita le vaisseau, et un grondement sourd couvrit le bruit des moteurs.

Le duc regarda Mina, qui fixait bouchée bée l'énorme nuage de fumée noire qui s'élevait au-dessus du fort, si haut qu'il devait être visible depuis Douvres.

— La chaudière ? dit-elle d'une petite voix.

— Oui.

Elle esquissa un sourire.

— Merci de nous avoir sauvés, monsieur le duc.

Rhys se sentit fondre. Avec ce sourire, l'inspectrice aurait pu le mener par le bout du nez. Ce n'était pas une sensation agréable pour un homme tel que lui, mais il était prêt à l'accepter. Du moment qu'il avait lui aussi une emprise sur elle.

Il se tourna vers les échelles de corde qui menaient aux ponts inférieurs.

— Allons chercher votre sergent.

Newberry attendait devant la porte de la cabine comme s'il montait la garde tandis que les garçons mangeaient à l'intérieur – ce qui signifiait qu'il ne les tenait pas en très haute estime. S'il avait apprécié leur compagnie, il se serait posté devant la porte, mais à l'intérieur.

En voyant Mina, il pâlit, gêné. Échevelée, sans manteau : à ses yeux, c'était parfaitement indécent.

Elle se planta devant lui. Un léger bleu ombrait sa pommette, et sa lèvre inférieure était enflée. Cela ne pouvait pas venir d'une explosion. Ces coups-là étaient dus à des poings… Était-ce pour cela qu'il se tenait à l'extérieur de la cabine ?

Si c'était le cas, elle jetterait elle-même ces garçons en pâture aux zombies.

— Vous y êtes arrivé, alors ?

— Oui, inspectrice, répondit Newberry, retrouvant aussitôt sa raideur. Les aviateurs devaient nous guetter. Quand j'ai remonté le premier gars, Lady Corsaire a envoyé un homme avec une échelle de corde. Ça nous a permis d'aller plus vite, et nous étions tous à bord avant que la Marine ne commence à tirer.

— Alors pourquoi avez-vous une lèvre enflée, sergent ?

Il regarda droit devant lui, c'est-à-dire loin au-dessus de Mina.

— Une fois les gars à bord, j'ai voulu redescendre pour retourner au fort. Lady Corsaire m'en a… dissuadé.

Après le début des tirs ? Il aurait été réduit en miettes ! Il était difficile de planter son regard dans celui d'un homme qui la dépassait de deux têtes, mais Mina y parvint. Lorsque Newberry, stoïque, baissa le sien pour croiser celui de sa supérieure, elle lâcha d'un ton sec :

— Vous avez tenté de retourner au fort alors que je vous avais ordonné de rester dans l'aéronef, sergent ?

— Oui. Je vous présente mes excuses pour cette insubordination.

Mina plissa les lèvres.

— Je prends note de vos excuses, et j'en tiendrai compte.

— Merci, inspectrice.

Il se tut un instant avant d'ajouter :

— Il a fallu six hommes pour me retenir, inspectrice.

Malgré elle, Mina se sentit fière de lui. Brave homme. Elle se détourna pour cacher sa réaction, et croisa le regard sombre de Trahaearn. Qu'il aille au diable, celui-là. Pourquoi semblait-il toujours chercher à la percer à jour ?

Elle ne lui laisserait pas voir combien cela la déstabilisait. Elle connaissait ses intentions. Il voulait coucher avec elle. Mais si elle tenait un tant soit peu à sa famille, et si elle tenait à son propre équilibre, coucher avec lui ne pourrait être envisageable. Jamais.

— Et comment vont les garçons, sergent ? demanda-t-elle.

— Ils ont faim. Il semblerait qu'Evans les ait négligés au profit de son équipage malade et de Dame Dents de Scie.

— Quelle impression vous ont-ils fait ?

Il sembla hésiter à répondre, regarda le duc.

— Vous pouvez parler librement, Newberry, dit Mina. Je doute que monsieur le duc aille tout raconter à leurs parents.

— Je pense qu'ils étaient encore sur les bancs de l'école assez récemment. Pas seulement à cause de leur âge, mais parce qu'ils ont choisi M. Wright comme chef. Ils obéissent à tous ses ordres. Mais trois d'entre eux me semblent être de bons gars, tout de même.

Donc, les autres étaient de sales gosses. Ce qui expliquait pourquoi Newberry restait dehors. Et à moins qu'ils aient quelque chose d'intéressant à lui apprendre sur Andrew ou le *Terreur*, elle ne passerait pas non plus beaucoup de temps de l'autre côté de cette porte. Tout ce qu'elle voulait, c'était un endroit tranquille où retirer ses bottes pour soulager ses brûlures.

— Merci, sergent. Nous rentrons à Londres. Vous pouvez disposer à votre guise de ces deux heures de voyage.

Elle ouvrit la porte de la cabine et remarqua aussitôt la répartition qu'avait évoquée Newberry. Tous les garçons assis à la table levèrent les yeux vers elle, puis quatre d'entre eux se tournèrent vers le beau brun en bout de table. M. Wright, supposa-t-elle. Les autres trois gamins, eux, regardèrent derrière elle. Trahaearn avait dû entrer à sa suite. Oui, d'ailleurs, elle le sentait tout près, immense, imposant. Elle n'avait même pas besoin de le regarder.

— Messieurs, dit-elle. Je suis l'inspectrice Wentworth, de la police métropolitaine. Je vois qu'on vous a donné de quoi manger. Avez-vous besoin d'autre chose ? Certains d'entre vous ont-ils des blessures qu'il faudrait examiner ?

— On va bien, répondit Wright. Ils sont morts, les autres salauds ?

— La plupart d'entre eux ont succombé à la fièvre virale, répondit Mina. Evans s'est échappé à bord de sa faucheuse. Nous pensons que Dame Dents de Scie était avec lui.

Wright serra les dents. Cette réponse ne le satisfaisait pas, évidemment. À sa place, Mina aurait probablement voulu entendre que ses kidnappeurs avaient été tués lors du bombardement.

Peut-être serait-il rassuré si elle lui expliquait que la fièvre virale garantissait une mort bien pire que toute autre menace.

— C'était la Marine royale qui nous tirait dessus ? questionna un des trois gamins à l'autre bout.

— Nous pensons qu'ils ont été mal informés sur le déroulement de votre enlèvement. Pouvez-vous me dire tout ce que vous vous en rappelez ?

Ils lui racontèrent comment les choses s'étaient passées, mais elle savait déjà presque tout. Les pirates du *Bontemps* avaient abordé le *Terreur de Marco* un peu avant l'aube six jours auparavant. La plupart des garçons dormaient et ne s'étaient rendu compte de rien. Ensuite, les pirates les avaient transbordés sur le *Bontemps*, où ils avaient été enfermés dans une cabine. Ils ignoraient à quel endroit se trouvait le *Terreur* quand il avait été attaqué, tout comme ils ignoraient où il devait se rendre.

Mina retint un soupir, et échangea un regard de frustration avec Trahaearn. Ce n'était pas la faute des gamins, mais elle avait espéré plus.

— Evans a dit qu'il avait senti comme un coup dans la poitrine au moment de l'explosion, reprit-elle. Avez-vous senti la même chose ?

Tous acquiescèrent.

— Certains d'entre vous sont-ils contaminés ?

Cette question sembla en horrifier quelques-uns. Ils secouèrent tous la tête.

— Y avait-il d'autres marins ou des officiers du *Terreur* avec vous ? Peut-être quelqu'un qui est tombé malade pendant le voyage ?

Là encore, la réponse était non. Elle soupira et enchaîna :

— Il y avait un jeune garçon sur le *Terreur*. Andrew Wentworth, le fils du comte de Rockingham. L'un d'entre vous le connaît-il ?

Ils se regardèrent, surpris.

— Non, répondit Wright.

— Quatorze ans, cheveux blonds. De la même taille que vous, dit-elle en s'adressant au garçon assis en face de Wright. Il était enseigne de vaisseau.

Il y eut un silence choqué, puis tous éclatèrent de rire.

Wright secoua la tête.

— Le fils d'un comte, enseigne de vaisseau ? Vous vous fichez de nous.

— Mais oui, ça y est ! s'exclama un autre en tapant sur la table avant de montrer Mina. C'est celle dont je vous ai parlé ! Sa mère, c'est la comtesse aveugle qui s'est crevé les yeux quand…

— Quand elle a vu sa bâtarde de la Horde ! Alors l'enseigne de vaisseau est le fils d'un comte cocu ? railla Wright en tirant sur le coin de ses yeux pour qu'ils paraissent bridés. On n'a vu personne qui ressemble à…

Il se tut brusquement et blêmit. Les autres ne regardaient plus Mina, mais l'homme qui se tenait à côté d'elle.

— Sortez de cette cabine, inspectrice.

L'ordre de Trahaearn la fit frissonner. Autour de la table, les gamins commencèrent à paniquer. Certains se levèrent, mains en l'air pour s'excuser.

— Je n'en ai pas terminé, monsieur le duc, répliqua-t-elle, le cœur battant, les joues en feu. L'un d'entre vous a-t-il vu mon frère ? Vous ? demanda-t-elle à celui qui se trouvait le plus près d'elle, et qui s'empourpra aussitôt.

— Non, non. Ou si je l'ai croisé, je ne m'en souviens pas.

— Quelqu'un d'autre ?

Pétrifiés, les yeux rivés sur le duc, ils ne réagirent pas.

— Quelqu'un d'autre ? aboya Trahaearn.

Cette fois, un chœur de « Non ! » lui répondit, les têtes s'agitèrent à la manière de singes mécaniques jouant du tambour.

— Je vous remercie, messieurs, fit Mina.

Elle tourna les talons et quitta la cabine. Elle aurait aimé filer rapidement, mais le duc la rattrapa dans le couloir et lui barra la route. Elle regarda droit devant elle, par-dessus le bras qui lui fermait le passage. Elle avait mal aux pieds. Elle voulait s'asseoir.

— Je vous remercie d'avoir défendu l'honneur de ma famille, monsieur le duc.

D'un geste léger, il écarta les cheveux qui barraient le visage de Mina. Elle l'entendit soupirer.

— De quoi avez-vous besoin, inspectrice ?

— D'une cabine où je puisse être seule. D'une cuvette, d'eau froide et d'épingles à cheveux.

— Je m'en occupe.

Mais il ne la laissa pas partir pour autant.

— Pourquoi votre frère n'a-t-il pas été transbordé sur le *Bontemps* ? Il devait forcément savoir que s'il donnait son nom à Dame Dents de Scie, elle l'enlèverait pour exiger une rançon.

Oui, il le savait. Et leur père avait ordonné à Andrew d'opter pour cette solution, le cas échéant. Seulement, cela n'aurait jamais dû arriver. Le *Terreur de Marco* était censé être le bateau le plus sûr de la Marine royale, toujours encadré par une flotte, ne s'aventurant jamais dans des eaux dangereuses. Leur père avait écrit un nombre incalculable de lettres pour s'assurer qu'Andrew serait assigné à ce vaisseau. Mais tout cela n'avait servi à rien, et cet imbécile d'Andrew n'avait pas dit qui il était…

— Il savait que nous ne pourrions pas payer la rançon. Et il savait ce que nous aurions fait pour réunir cet argent.

— Et qu'auriez-vous fait ?

— Ce qu'il fallait. Le plus rapide aurait été pour ma mère de rompre son contrat avec le Forgeron et de vendre ses automates directement, plutôt que de passer par ses boutiques. Andrew le savait… et savait que le Forgeron lui reprendrait ses yeux si elle faisait une chose pareille.

Le duc resta silencieux un long moment.

— Vous avez vécu trop longtemps sous la férule de la Horde.

Elle ne put s'empêcher de rire.

— Vous avez un don pour l'euphémisme, monsieur.

Il sourit, retira son bras.

— Je vais vous trouver une cabine et des épingles à cheveux, inspectrice.

Il tourna les talons.

— Qui est Hunt ? lança-t-elle, prise d'une impulsion.

Il s'arrêta, se raidit.

— C'était le premier lieutenant d'Adams avant la mutinerie. Quand j'ai tué Adams, je l'ai poussé à changer de camp, avec les autres officiers, mais j'aurais dû le tuer aussi.

— Pourquoi ?

— Le bateau a besoin d'un équipage, dit-il sans répondre à la question. Hunt gardera ceux qui peuvent lui servir.

Cela était bon signe pour Andrew. Mais pourquoi ne la regardait-il pas ?

— Une enseigne de vaisseau, c'est utile, non ?

— Oui, d'une façon ou d'une autre.

La gorge de Mina se serra.

— Que voulez-vous dire ?

— Qu'au comptoir de l'Ivoire, un garçon de quatorze ans sert toujours à quelque chose.

Il se retourna enfin, la regarda par-dessus son épaule. La haine et la colère que vit Mina dans ses yeux furent bientôt masquées par ce détachement froid qu'elle détestait tant.

— Tout dépend ce qui sera le plus rentable pour Hunt, conclut-il sombrement.

8

Mina avait redouté que le duc ne se fasse plus pressant quand elle aurait une cabine, mais il la laissa tranquille. Assise sur l'étroite couchette, pieds nus, elle tenta de ne pas se laisser submerger par l'inquiétude à propos d'Andrew. Bientôt, à travers le hublot, un gris uniforme remplaça le ciel bleu et les nuages blancs.

Elle regagna le pont supérieur. Sa veste était à peu près présentable, elle s'était lavé le visage pour faire disparaître les traces de fumée, avait astiqué ses bottes pour leur redonner un semblant de brillant, et même un ouragan n'aurait pas réussi à défaire son chignon. Sans son manteau, elle frissonna aussitôt. Mais s'interdit de le montrer. Elle salua le duc et le capitaine d'un mouvement de tête et rejoignit Newberry, qui se tenait avec le groupe des otages près de la plate-forme de chargement, et dont la carrure présentait l'avantage de pouvoir la protéger du vent.

Comme à l'accoutumée, bateaux et péniches sillonnaient la Tamise. De l'aéronef, les quartiers miséreux de Southwark n'étaient plus qu'une ruine fumante. La Tour de la Horde semblait toute petite, décrépie, et le vieux palais de Westminster n'était guère en meilleur état. Les quais qui le longeaient faisaient peine à voir. La Horde avait voulu en faire une nouvelle voie de circulation, le long de la rive nord du fleuve, mais la révolution avait interrompu les travaux et tout était resté tel quel. Ici et là, fondations hérissées de poutrelles et autres tiges métalliques, tas de gravier et de terre se succédaient. Mais tout n'avait pas été perdu. Ce qui aurait dû devenir voie de circulation servait en partie de promenade piétonne, et des arbres avaient été plantés pour rendre l'ensemble un peu plus agréable à l'œil. Quelques zones avaient été transformées en jardins, avec des pelouses et des plates-bandes entretenues. Chaque fois que Mina avait des raisons d'aller à pied dans cette direction, c'était avec plaisir qu'elle faisait le détour pour en profiter.

Déjà tendue à force de s'empêcher de frissonner, elle se tendit un peu plus encore en sentant Trahaearn approcher derrière elle. La chaleur de son souffle près de son oreille la fit tressaillir.

— Nous avons de la chance, il n'y a pas de brouillard, dit-il. Sinon, Yasmeen aurait pu tout aussi bien nous larguer dans le fleuve que dans ce jardin.

En bas, dans le jardin en question, attendait une foule de gens, sans doute les familles des otages. Mais, à moins que parmi eux ne se trouve Hale, Mina ne resterait pas. Elle s'éclipserait aussi vite que la foule le lui permettrait.

— En effet, dit-elle simplement.

Elle sentait ses yeux fixés sur elle, mais ne le regarda pas. Sur la plate-forme de chargement, elle se glissa derrière Newberry pour mettre un peu de distance entre eux.

La plate-forme descendit doucement jusqu'à la pelouse. Les gens s'avancèrent aussitôt, gênant le débarquement. Mina soupira, se tourna vers le duc, qui ne semblait pas pressé de descendre et qui, pour une fois, ne la regardait pas.

Lady Corsaire se laissa glisser le long des chaînes de la plate-forme, et s'arrêta à cinq mètres au-dessus d'eux, presque la tête en bas, tresses pendantes, pour lancer un baiser à quelqu'un dans la foule. Un homme rejoignit Trahaearn au bord de la plate-forme et leva les yeux vers elle en riant, posant une main sur son cœur. Mina reconnut Scarsdale.

— Je t'aime, Yasmeen !

Elle sourit.

— M'épouseras-tu, alors ?

— Descendras-tu du ciel ?

— Pour les types dans ton genre ? Jamais !

Scarsdale éclata de rire, et se tourna enfin vers le duc.

— Hunt a pris en charge le *Terreur*, lui annonça celui-ci.

L'espace d'un instant, l'expression de Scarsdale se teinta de colère, mais il retrouva sa désinvolture lorsqu'il leva les yeux vers Lady Corsaire.

— Alors nous nous revoyons dès demain matin, si je comprends bien ? Il semblerait que nous ayons un bateau à retrouver.

— Si vous avez assez d'or, nous verrons. En attendant, tout le monde descend de ma plate-forme ! lança Yasmeen.

Donc, ils partiraient dès le lendemain à la recherche du *Terreur*. Enfin une bonne nouvelle, qui allait aider Mina à supporter le reste d'une journée qui s'annonçait particulièrement éprouvante.

Elle tourna les talons.

— Vous nous quittez, inspectrice ?

Incapable d'ignorer cette voix, elle s'arrêta et pivota vers Trahaearn.

— Oui, monsieur le duc. Je dois aller faire mon rapport à ma supérieure. Je vous remercie pour votre aide aujourd'hui, et vous souhaite tout le succès possible pour votre prochain voyage.

Le duc s'assombrit. Scarsdale le regarda, puis regarda Mina, et donna un coup de pied dans la chaîne de la plate-forme.

— Descends, capitaine. Yasmeen va te mettre dehors, sinon. Et puis, regarde qui est là. Le vieux tout ébouriffé en manteau moutarde, c'est Munro, qui fait des pieds de nez à ta succursale australienne et fait voyager son coton sur les bateaux de Harbor. Vu que tu viens de sauver son petit-fils, je suggère que nous laissions sa gratitude faire de nous deux des hommes plus riches. On ne peut pas laisser passer une occasion comme celle-ci.

— Je vous laisse à vos affaires, messieurs, conclut Mina.

Avec un léger salut de la tête aux deux hommes, elle descendit de la plate-forme et s'enfonça dans la foule. Si Trahaearn la suivait, il lui serait impossible d'éviter les journalistes... Le cœur battant, elle constata que le seul géant qui lui emboîtait le pas était Newberry.

— Ce vieux briscard n'est pas du genre à rater une occasion, n'est-ce pas ?

La remarque, rendue laborieuse par l'alcool, n'appelait aucune réponse. Scarsdale s'affala sur le siège de la voiture à vapeur. Il n'avait plus embarqué conscient sur un aéronef depuis des années, mais pour partir à la poursuite de Hunt, il se pourrait bien qu'il essaye. Conscient, mais ivre quand même.

Rhys, lui, était pompette rien qu'avec le petit verre de brandy qu'on avait bu en son honneur. Il avait perdu trop de temps avec Munro. Sur le *Terreur*, il avait souvent appareillé et quitté un port en quelques heures. Mais même s'il disposait toujours d'un équipage de qualité, Rhys ne pouvait plus agir ainsi. Il lui fallait la nuit pour préparer son départ, et l'accord qu'il venait de signer avec Munro venait d'ajouter une ligne à la liste des préparatifs.

Par la fenêtre de la voiture, il constata qu'ils n'avaient pas encore dépassé la Maison des Banquets. À ce rythme, rentrer chez lui prendrait au moins deux heures. Très bien. Il allait profiter de ce temps pour s'installer confortablement, fermer les yeux et imaginer comment son inspectrice lui manifesterait sa reconnaissance lorsqu'il lui ramènerait son frère.

Son esprit commençait à dériver quand Scarsdale lâcha :

— L'Amirauté va vouloir ta peau.

Rhys soupira et ouvrit les yeux, regrettant que, même ivre, Scarsdale conserve sa vivacité d'esprit.

— C'est ce qu'ils cherchent depuis toujours.

Et avec raison. Aussi mauvais capitaine Adams fût-il, une mutinerie ne pouvait être tolérée. Le fait qu'ils ne parviennent pas à récupérer le *Terreur* avait été un autre coup dur, de même que chaque chargement sur lequel Rhys avait fait main basse quand il en était le capitaine. Personne ne méprisait plus le pardon et le titre qui lui avaient été accordés que le conseil de l'Amirauté.

— Mais à présent, ils dépendent de ton silence.

Rhys ne put s'empêcher de sourire. Ils avaient appris par Munro qu'avant même l'arrivée du *Lady Corsaire* à Londres, la Marine avait fait courir le bruit que l'attaque contre le fort de Dame Dents de Scie avait été une entreprise commune avec le duc de Fer. Rhys avait mené le sauvetage à bien tandis que les vaisseaux de la Marine bombardaient le fort pour détruire l'arme.

Il n'avait pas contredit cette information. Jamais la Marine ne lui avait été redevable, et il n'avait pas encore décidé de la façon dont elle devrait s'acquitter de sa dette. Pour le moment, il était juste satisfait de savoir que c'était lui qui avait la main.

Scarsdale leva sa bouteille et fit la grimace devant le peu qu'elle contenait encore. Il poussa un grognement.

— Le temps qu'on arrive, je serai à jeun… Hé ! Mais c'est l'adjoint de l'inspectrice, non ?

Rhys suivit son regard. Les becs de gaz éclairaient suffisamment la rue pour qu'il reconnaisse l'immanquable stature de Newberry, assis sur le banc de sa voiture, garée le long du trottoir pas très loin du quartier général de la police. Son moteur était à l'arrêt. Aucune vapeur ne sortait des soupapes.

Attendait-il l'inspectrice ? Il était huit heures passées, elle aurait dû être chez elle depuis longtemps. Intrigué, Rhys toqua contre le plafond de l'habitacle. Descendre en plein milieu de la circulation était à peine moins difficile que traverser en courant une forêt pleine de zombies, mais le duc atteignit la voiture de Newberry en un seul morceau.

Le sergent se raidit en le voyant.

— L'inspectrice est toujours là-dedans ? demanda Rhys en montrant le bâtiment de la police.

— Oui, monsieur le duc.

— Que faites-vous ici ?

— On m'a ordonné de rentrer chez moi, monsieur. Mais j'ai aussi reçu l'ordre de ne pas la laisser seule.

— Pourquoi ne lui a-t-on pas ordonné de rentrer, à elle ?

Elle était couverte de bleus, de brûlures. Les nanoagents feraient leur travail et elle s'en remettrait vite, mais leur expédition au fort n'en avait pas moins été éprouvante. Elle avait besoin de repos.

— Ils hésitent encore entre la dégrader pour insubordination et pour avoir interféré avec des opérations navales, et la relever de ses fonctions.

Rhys se figea. La fureur monta en lui, froide, dure. Lentement, il leva le regard vers celui du sergent.

— Rentrez chez vous, Newberry. Je ferai en sorte qu'elle soit escortée.

Le sergent hocha la tête et, l'espace d'un instant, Rhys distingua de la férocité sous son apparence débonnaire.

— Merci, monsieur.

— Vous avez laissé un homme détenteur d'outils technologiques interdits provenant de la Horde passer devant vous et assassiner un amiral de la Marine royale. Vous avez embarqué à bord du vaisseau d'une corsaire connue de tous. Vous avez quitté les côtes anglaises et votre juridiction sans attendre l'autorisation de vos supérieurs. Vous avez ignoré les signes évidents d'une opération navale en cours. Vous avez fait preuve d'insubordination flagrante, inspectrice, et les explications que vous me fournissez sont loin d'être satisfaisantes. Reconnaissez-vous avoir échoué dans l'arrestation de Jasper Evans et Marguerite Bonnet, les laissant s'échapper à bord d'une machine de guerre ?

L'Angleterre, décida Mina, aurait pu se passer de tous ces ducs à la noix. Et celui-ci n'avait pas plus d'autorité sur elle que Trahaearn. Le duc de Dorchester était le lord amiral d'Angleterre, mais ce n'était pas son supérieur et ce n'était pas à lui de décider si elle devait être relevée de ses fonctions ou simplement recevoir un blâme. Cette décision appartenait à la divisionnaire Hale et au contrôleur général, sir John Broyles, qui avaient tous deux déjà entendu son rapport. Plusieurs fois, maintenant que le lord amiral était arrivé et avait demandé à l'entendre aussi.

— Oui, monsieur le duc. Evans s'est enfui à bord de son engin faucheur d'arbres. Et bien que je ne l'aie pas vue, je pense que Bonnet se trouvait à bord également.

Sous ses cheveux blancs, le regard bleu sombre de Dorchester était aussi dur que l'acier. Tout, chez lui, semblait en acier, acéré comme le fil d'une épée.

— De même que l'arme achetée à une vente aux enchères au comptoir de l'Ivoire, souligna-t-il.

— Il n'avait pas l'arme...

— Avez-vous vu l'intérieur de ce char, inspectrice ?

— Non, monsieur. Une bombe incendiaire lancée par un des vaisseaux a explosé à ce moment-là, endommageant le plafond de la salle où je me trouvais, et je n'ai pas pu m'approcher de la machine.

Elle n'aurait sans doute pas dû évoquer le bombardement. Dorchester faillit s'étrangler, et sa colère sembla décupler.

— Monsieur le duc, intervint le contrôleur général Broyles ; l'inspectrice avait reçu de sa hiérarchie toute la latitude nécessaire pour poursuivre son enquête, mais nous n'encourageons pas nos officiers à prendre des risques inutiles. Même armée, elle n'aurait pas pu arrêter cette machine sans mettre sa vie en danger.

— Reconnaissez tout de même qu'elle a pris un peu plus de latitude que prévu, grogna Dorchester sans lâcher Mina des yeux.

— Non, monsieur. Comme nous le lui avions demandé, elle nous a régulièrement tenus informés de l'état de ses recherches. La police métropolitaine n'a rien à redire sur la façon dont elle a mené son enquête.

— Avez-vous informé vos supérieurs de la présence de la flotte ? demanda Dorchester à Mina.

— Il m'était impossible d'envoyer un câble depuis l'aéronef, monsieur...

— Alors vous auriez dû faire demi-tour et attendre des instructions !

— Elle n'était pas aux commandes de l'aéronef, monsieur. C'est moi qui décidais de sa destination.

Derrière Mina, cette voix familière la pétrifia. À quel moment le duc de Fer était-il entré dans la pièce ? Elle ferma un instant les yeux. Trahaearn essayait sans doute de l'aider, mais il n'aurait pas pu faire pire entrée en matière.

Le regard d'acier quitta son visage et manifesta une certaine surprise, avant de se durcir à nouveau.

— Je vous remercie de votre remarque, Anglesey. Si c'est vous qui étiez aux commandes, cela prouve assez aisément que l'inspectrice avait perdu le contrôle de son enquête.

Elle ne pouvait pas laisser passer cela.

— Non, monsieur. Ce qu'Anglesey a voulu dire, c'est que c'est lui qui a payé pour que nous puissions embarquer sur le *Lady Corsaire*. On m'a demandé de recourir à tous les moyens possibles pour identifier l'assassin de Haynes et l'appréhender. Dès le début, mes objectifs ont coïncidé avec ceux du duc, et j'ai continué à poursuivre Dame Dents de Scie jusqu'à ce que cela me soit physiquement impossible. Pas un instant je n'ai perdu le contrôle de mon enquête.

— Est-ce la vérité, Anglesey ? s'étonna Dorchester. Vous auriez laissé l'inspectrice vous donner des ordres ?

Le salaud. Ce n'était pas du tout ce qu'avait dit Mina, et il le savait. Tout comme il savait qu'un homme aussi fier que le duc de Fer ne laisserait jamais dire que…

— C'est la vérité, acquiesça Trahaearn avec un certain amusement, qui plongea Dorchester dans une colère monstre. Après avoir été le témoin de ses talents d'enquêtrice et de la rapidité avec laquelle elle a identifié Haynes, j'ai eu pleine confiance en l'inspectrice Wentworth qui, de toute évidence, sait ce qu'elle fait. J'étais prêt à faire tout ce qu'elle me demandait.

Mon Dieu. Dans l'oreille de Mina, cette dernière remarque était tellement suggestive… Mais pour elle seulement, peut-être. Elle n'osa néanmoins pas regarder en direction de Hale.

Refusant de se laisser entraîner sur un autre terrain par Trahaearn, Dorchester revint à Mina.

— Donc, vous auriez pu ordonner que l'aéronef fasse demi-tour, inspectrice.

Sur ce point, il était hors de question qu'elle cède.

— Non, monsieur. Je ne le pouvais pas. Au-delà de mon devoir d'enquêter sur l'assassinat de Haynes, il y a mon devoir de protéger les citoyens anglais. Je savais que Dame Dents de Scie retenait probablement huit jeunes garçons en otage dans son fort. Quand nous avons vu la flotte, j'ai pensé que la Marine envisageait de prendre le fort d'assaut pour les libérer. Or d'après les informations dont m'avait fait part le duc d'Anglesey, on pouvait déduire que dans le cas d'un assaut, les otages seraient supprimés par leurs kidnappeurs.

— Vous avez cru que j'avais ordonné à la flotte d'aller chercher les otages ? Mmm. Je vois. Vous n'avez pas pensé qu'en apprenant la destruction des nanoagents de Haynes, l'Amirauté ferait le lien avec une vente d'armes au comptoir de l'Ivoire, ni que, la demande de rançons de Dame Dents de Scie confirmant qu'elle était en possession du *Terreur de Marco*, nous avions des raisons de redouter qu'elle ait aussi rapporté l'arme proposée à cette vente à un jet de pierre des côtes anglaises ? Et vous n'avez pas pensé non plus que si nous avions envoyé la flotte, c'était pour protéger l'Angleterre ?

La colère qui animait le regard de Dorchester semblait sincère, et Mina fut forcée de reconnaître qu'elle s'était trompée. Baxter n'était pas le seul amiral qui plaçait les intérêts de la nation avant ceux des marchands.

— Non, monsieur. Je me suis dit que vos objectifs étaient les mêmes que les miens : protéger les citoyens anglais. Je manquais effectivement d'informations concernant cette arme, informations que possédait l'Amirauté de toute évidence, et j'ai par conséquent mal interprété les objectifs de la flotte. Maintenant que je sais que ceux-ci étaient non pas de libérer les otages mais de détruire l'arme et le fort, je reconnais que j'ai mal saisi la situation. Mais je ne peux pas regretter ma décision de continuer jusqu'au fort et de tenter de sauver la vie de huit citoyens anglais.

— Votre attitude trahit un dangereux manque de retenue et de bon sens, inspectrice. Vous avez risqué la vie d'un pair de la nation ainsi que du sergent qui travaille sous vos ordres, alors que c'était inutile. Contrôleur Broyles, je recommande instamment que des sanctions disciplinaires exemplaires soient prises à l'encontre de l'inspectrice.

Broyles hocha la tête.

— Votre recommandation sera prise en compte. Soyez assuré que le cas de l'inspectrice Wentworth sera étudié de près.

— Très bien.

Après un dernier regard à Mina, Dorchester se tourna vers Trahaearn.

— Et dois-je vous rappeler, Anglesey, que le *Terreur de Marco* est désormais un navire de Sa Majesté ? Votre participation à cette affaire n'est pas désirée.

Mina en resta bouche bée. On ne lui avait pas donné la permission de bouger, aussi ne pouvait-elle se retourner pour voir la réaction de Trahaearn.

Mais ce dernier répondit simplement :

— Je tiendrai compte moi aussi de votre recommandation, Dorchester.

Si l'amiral en chef voulut répliquer, une quinte de toux l'en empêcha. Et continua jusqu'à ce que Mina entende la porte du bureau se refermer derrière lui.

— Connards d'expats qui se croient tout permis, grommela Broyles en secouant la tête.

Hale haussa un sourcil.

— Je vous demande pardon ?

— Ne le prenez pas personnellement, Hale.

Le petit sourire qu'elle lui adressa en retour montra que ce n'était pas le cas, mais fut suffisamment marqué pour qu'il comprenne qu'elle tolérait mal de telles remarques.

Il y eut un léger flottement, puis Broyles se ressaisit et se tourna vers Mina.

— Inspectrice Wentworth, votre cas sera effectivement examiné de très près, et des témoignages seront recueillis auprès de tous ceux qui sont concernés. Mais au vu des rapports initiaux déjà communiqués par la divisionnaire Hale, la police de Chatham, l'Amirauté, le sergent Newberry, du témoignage de plusieurs familles de premier plan, et des commentaires de monsieur le duc, ce bureau n'est pas du tout mécontent de votre travail sur cette affaire.

Mina en eut la gorge serrée.

— Je vous remercie, monsieur.

Broyles se carra dans son fauteuil.

— Et je n'apprécie pas que l'Amirauté tente de sauver sa réputation aux dépens de celle de mon inspectrice. D'après ce que vous me dites, vous auriez réussi à appréhender Evans et Dame Dents de Scie si le fort n'avait pas commencé à vous tomber sur la tête.

— Je dis la même chose, intervint Trahaearn. Elle avait convaincu Evans qu'un médecin pourrait sauver sa compagne. Avec quelques minutes de plus, elle aurait fait en sorte qu'il porte lui-même Dame Dents de Scie jusqu'à l'aéronef.

— Je vous remercie, monsieur le duc. De plus, sans votre présence à la résidence de l'amiral à Chatham, inspectrice, il me semble que ce meurtrier aurait réussi à s'enfuir plutôt que de se suicider. En ce qui me concerne, un assassin non identifié et mort vaut toujours mieux qu'un assassin non identifié qui court toujours les rues.

— Cela, nous le devons au duc, monsieur, dit Mina.

— Faites comme si c'était à vous que nous le devions, inspectrice, parce que c'est là toute la reconnaissance que vous aurez. Vous n'êtes pas encore au courant, mais officiellement, pour le conseil de l'Amirauté, vous étiez aux ordres du duc de Fer, qui a agi en totale collaboration avec la Marine.

Il était clair que cela mettait Broyles hors de lui. Il serra les dents, secoua la tête avant de reprendre :

— Et nous n'avons pas jugé utile de provoquer une guerre des services en insistant pour que la vérité soit dite.

Écœurée, Mina se tourna vers Hale pour en avoir la confirmation. La divisionnaire opina du chef.

Qu'il en soit ainsi, donc. De toute façon, les honneurs publics ne l'attiraient guère. Ce qui lui importait était que ses supérieurs sachent ce qu'il s'était réellement passé.

— Très bien.

Broyles se pencha vers elle par-dessus son bureau.

— Vos collègues sauront qui a ramené ces gamins à leur famille, inspectrice. Ils sauront pourquoi Evans et Dame Dents de Scie ne sont pas dans une cellule de Newgate. Nous n'en parlerons pas, mais nous ne l'oublierons pas non plus.

— Merci, monsieur.

Elle hésita un instant avant de préciser :

— En ce qui concerne l'assassin de Baxter, je dois souligner que « non identifié et mort » n'est pas assez. L'appareil dont il s'est servi suggère qu'il était aux ordres de quelqu'un. Donc, même si c'est lui qui a opéré, ce n'est pas le meurtrier de l'amiral. Si l'affaire est déclarée close, je redoute que cette personne-là, ou ce groupe, ne continue de se promener dans les rues en toute impunité.

— Je partage vos craintes, inspectrice. Mais sans preuve concrète établissant un lien entre le meurtre de Haynes et celui de Baxter, nous n'avons aucun motif pour retirer l'affaire à la police de Chatham. Cependant, comme nous savons qu'un outil de type foudroyeur a été utilisé, nous allons désormais faire plus attention aux rumeurs concernant la Garde noire.

Tout en parlant, Broyles s'était tourné vers le duc et le regardait droit dans les yeux, mais Mina aurait été incapable de dire si Trahaearn saisissait la réprimande tacite qui lui était adressée pour avoir été en possession d'un de ces appareils et ne pas en avoir informé la police.

— Votre frère sert sur le *Terreur de Marco*, n'est-ce pas ? reprit-il à l'intention de Mina. Le plus jeune, pas Henry.

— Andrew, répondit-elle, la gorge serrée. Oui, monsieur.

— Alors je suppose qu'affronter Dorchester était plus facile que la tâche qui vous attend maintenant, soupira Broyles en s'enfonçant un peu plus dans son fauteuil. Rentrez chez vous et annoncez la nouvelle à vos parents, inspectrice.

Lorsque Trahaearn la rattrapa dans l'entrée du bâtiment, Mina cherchait comment le remercier et prendre congé. Il l'arrêta en annonçant :

— J'ai promis à Newberry que je vous raccompagnerais chez vous.

Quitte à être piégée, elle décida d'en profiter pour tenter d'en savoir un peu plus sur les intentions du duc. Envisageait-il encore de récupérer le *Terreur* ?

— La mise en garde du lord amiral vous a-t-elle dissuadé de partir demain ?

Un rire profond fut sa seule réponse – et celle que Mina espérait. De l'autre côté de Whitehall, la lumière brillait encore à de nombreuses fenêtres du bâtiment de l'Amirauté. D'ordinaire, elles étaient toutes éteintes à cette heure tardive.

Mina se dirigea vers la voiture à vapeur qui attendait le long du trottoir.

— Dorchester était furieux contre moi, dit-elle. Mais sa colère visait avant tout mon enquête. Celle qu'il a contre vous est personnelle. Vous avez déjà eu des problèmes avec lui ?

— C'est la première fois que je le rencontre, mais la mutinerie est une raison suffisante. Et puis, j'ai poussé à la désertion d'innombrables officiers de marine, pris possession de marchandises, d'or, et ridiculisé la Marine quand elle escortait des navires marchands.

— Vous en avez tué ?

— Chaque fois qu'un vaisseau de Sa Majesté m'a abordé avec l'intention de couler le *Terreur* ou de pendre mon équipage, j'ai riposté. Il y a eu des morts des deux côtés. Contrairement à Broyles, la peur de l'affrontement n'influence pas mon attitude. Il y en a eu déjà beaucoup entre l'Amirauté et moi. Et si vous souhaitez obtenir un peu de reconnaissance, je peux faire ce qu'il faut.

Et y trouver du plaisir, probablement.

— À vrai dire, je préférerais ne pas devenir le centre de l'attention générale.

Il sourit, hocha la tête, et planta son regard dans celui de Mina.

— Alors j'échange mon silence contre le *Terreur*.

Il envisageait un bras de fer avec l'Amirauté. Et pouvait probablement relever le défi, songea Mina. Sans confirmation de la part du duc, la version de la Marine ne tenait plus la route. C'était pour lui l'occasion rêvée de récupérer son vaisseau.

Et pourtant, il aurait renoncé à cette possibilité si elle avait souhaité un peu de reconnaissance.

Un pincement étrange lui noua le ventre. Ne sachant comment réagir, elle se détourna et monta dans la voiture. À l'intérieur, Scarsdale se pencha pour lui prendre la main et la guider vers la banquette dos à la route, en face de lui.

— Toutes mes excuses, inspectrice, mais si je ne vous laisse pas la meilleure place, c'est que lorsque je suis assis dans l'autre sens, je vomis.

À en juger par la bouteille vide posée près de lui, c'était surtout de l'alcool, et en belle quantité, qui risquait de remonter. Trahaearn s'assit à côté de Mina.

— À Leicester Square, Fitzhop ! lança Scarsdale par la portière, avant d'ajouter à l'intention de Mina : Numéro 8 ?

Elle haussa un sourcil.

— Oui. Vous êtes bien informé, lord Scarsdale.

— Ça m'occupe, maintenant que le capitaine n'a plus besoin de moi.

Son regard passa de Mina au duc, puis revint sur elle.

— Alors, vous venez avec nous à la recherche du *Terreur* ?

Pour retrouver Andrew, voir de ses propres yeux qu'il était en sécurité ? Comme elle en avait envie… Mais elle secoua la tête.

— C'est impossible. Et même si cela ne l'était pas, je ne connais rien sur le comptoir de l'Ivoire, et encore moins sur la localisation d'un navire en haute mer. Je ne vous serais d'aucune utilité.

— Oh, utile, non. Mais ce serait terriblement distrayant.

Peut-être. Mais la famille de Mina avait besoin d'autre chose que de distractions pour vivre. Même si Hale acceptait de lui donner un congé pour lui permettre de chercher son frère, ce serait un congé sans solde.

Si l'argent n'avait pas été un problème, oui, elle serait partie.

— J'imagine, dit-elle doucement.

Scarsdale la dévisagea sans comprendre, puis fixa sa bouteille et, l'air peiné, ferma les paupières. Consciente du regard du duc sur elle, Mina détourna les yeux. La voiture avançait vite, il y avait moins de circulation. Bientôt, ils seraient chez elle, et chaque pâté de maisons dépassé lui nouait un peu plus l'estomac.

Comment le leur dire ? Elle avait annoncé de terribles nouvelles à tant de parents… mais jamais aux siens.

— Je n'y connais rien, en parents, lâcha soudain Trahaearn. Mais si ce doit être pire qu'affronter Dorchester, aimeriez-vous que je vous accompagne ?

Il aurait été difficile de dire qui de Mina ou de Scarsdale fut le plus surpris par cette proposition. Mina vit les yeux écarquillés de ce dernier, et une expression sur son visage qui n'était pas loin de la consternation. Et même si son intention était de refuser, quelque chose l'en empêcha.

La présence du duc ne lui rendrait pas la tâche plus aisée. Rien ne le pouvait. Mais si Trahaearn confirmait qu'il partait à la recherche du *Terreur*, ses parents garderaient l'espoir de revoir Andrew.

— Oui, dit-elle. Merci.

Tendue, elle se tourna à nouveau vers la vitre. La voiture s'était engagée dans Dorset Street. Deux cents ans plus tôt, ce quartier avait été très à la mode. Aujourd'hui, un grand nombre de maisons avaient été transformées en appartements bon marché, ou vidées et abandonnées aux gamins des rues comme celle-ci, et l'éclat furtif d'yeux rougis…

Un dératiseur.

Fumées d'enfer ! Mina se jeta sur la portière.

— Arrêtez-vous ! Chauffeur, stop !

Fitzhop obtempéra mais Mina n'avait pas attendu et, déjà, avait sauté et courait dans la rue. Elle entendit le grincement des freins et le claquement lourd des bottes du duc derrière elle. Sans s'en préoccuper, elle s'engouffra par une fenêtre béante dans la maison abandonnée. Un plancher pourri menaça de s'effondrer lorsqu'elle sauta à l'intérieur. Les cris venaient des entrailles de la maison. Mina hurla, priant pour que le bruit fasse fuir le dératiseur, mais cela ne marchait jamais.

Cinquante ans auparavant, quand la peste avait pratiquement ravagé toute la Horde, celle-ci avait modifié les chats de gouttière pour les transformer en dératiseurs cruels, et énormes. Après l'épidémie, ces chats étaient censés disparaître. Mais cela n'avait pas été le cas, car ils étaient capables de se reproduire. Contrairement à la première génération, leurs dents et leurs griffes d'acier n'avaient pas été implantées : les chats naissaient désormais avec. Sans que l'on sache comment, leurs nanoagents avaient remplacé l'os par de l'acier, et des plaques de blindage protégeaient leurs carcasses agiles et rapides.

Une explosion de bois pourri retentit, comme si un taureau s'était jeté contre un côté de la maison. Mina n'osa pas regarder derrière elle. À travers le mur éventré de la cuisine, elle les avait repérés : deux formes mêlées sur le sol. L'un hurlait en tentant de se protéger le visage et le ventre, l'autre feulait et crachait. Autour d'eux, cinq gamins cherchaient à attaquer le dératiseur avec tout ce qui leur tombait sous la main – tuyaux, planches, poings.

Ses flèches à l'opium ne valaient pas grand-chose face aux flancs blindés de l'animal, et elle n'avait plus de munitions pour son pistolet. Mina empoigna son couteau et se rua dans la cuisine. La douleur lui déchira le bras quand un des gamins, cherchant à frapper le dératiseur, abattit son morceau de tuyau sur elle. Elle tenta d'agripper la bête, de la détacher de sa proie. Mais c'était un gros spécimen, qui lui arrivait au genou et pesait plus qu'elle.

Le métal chaud glissa entre ses mains. Elle ne parvenait pas à trouver la chair avec son couteau. Elle frappa les flancs, les pattes. Mais la bête ne lâcha pas.

Un nouveau craquement, plus sonore encore, la prévint avant même que Trahaearn ne hurle :

— Poussez-vous !

Mina attrapa les deux gamins à côté d'elle et les tira sur le côté. La botte de Trahaearn heurta de plein fouet le dératiseur, qui poussa un glapissement et s'envola à travers la pièce pour aller s'écraser sur le mur… intact. Il se releva, un peu groggy, et cracha en direction du duc de Fer.

— Occupez-vous du gosse, inspectrice, dit Trahaearn en avançant.

Déjà, elle avait pris dans ses bras l'enfant couvert de sang, qui sanglotait doucement, le visage lové contre son cou. Elle l'avait reconnu : c'était Trowel. À douze ans, il avait déjà passé la moitié de sa vie à la tête de ce petit groupe de vendeurs de chandelles à la sauvette. Il avait les avant-bras en lambeaux, et de longues estafilades en travers du dos, qui saignaient tellement que les nanoagents ne pouvaient agir. Elle le serra contre elle et rebroussa chemin en courant.

Scarsdale entrait par la fenêtre, suivi de Fitzhop. Ils s'immobilisèrent en voyant Mina se précipiter vers eux et manquer tomber dans un trou béant. Retrouvant son équilibre, elle déposa l'enfant dans les bras de Scarsdale.

— Chez mon père ! haleta-t-elle. Emmenez-le chez mon père, vite !

Scarsdale fit signe qu'il avait compris. Pour un homme ivre, il se mit à courir à une vitesse remarquable. Mina le suivit du regard, le temps de retrouver son souffle. Dans la maison, les cris d'encouragement des gamins, les jurons et les grognements lui indiquèrent que le dératiseur n'avait pas encore pris le large.

Mais soudain, il y eut un hurlement différent des autres, un coup sourd, puis ce fut le silence. Quand Mina arriva dans la cuisine, elle vit d'abord la stupéfaction sur le visage des gamins. Près du mur, Trahaearn retirait son pied de ce qui restait de la tête de la bête.

Il avait écrasé le crâne d'acier d'un coup de pied. Carrément aplati. À son tour, Mina demeura bouche bée. N'avait-il donc que du fer à la place des os ?

— Com… Combien pesez-vous, exactement ? finit-elle par demander, la gorge sèche.

— Plus qu'assez, répondit-il avec un sourire. Mais ne vous inquiétez pas, je ne vous écraserai pas.

Oh. Non, elle ne pensait pas à ça…

Mina secoua la tête pour reprendre ses esprits, et se tourna vers la plus âgée des enfants. Molly, si sa mémoire était bonne. Les pieds enveloppés dans des chiffons, le reste vêtu de tout ce qu'elle avait pu trouver, Molly semblait plus jeune qu'elle ne l'était en réalité.

— Un ami a emmené Trowel chez mon père. Tu sais où c'est ? Son cabinet médical est à l'arrière de la maison. Passez par la ruelle. Je verrai s'il reste quelque chose à manger pour vous à la cuisine.

Avec la promesse d'un peu de nourriture, peut-être ne voleraient-ils pas les poulets de la famille. Mina les regarda s'éloigner, puis se tourna vers le duc, qui la fixait sombrement.

— Qu'y a-t-il ? demanda-t-elle en reculant d'un pas, instinctivement.

— Ne refaites jamais cela.

Voilà pourquoi elle aurait préféré que ce soit Newberry qui la raccompagne chez elle. Il frisait sans doute l'apoplexie chaque fois qu'elle sautait de la voiture, mais il ne lui tenait jamais tête.

— Que je ne fasse pas quoi ? Sauver la vie d'un enfant ?

— C'est moi qui le ferai.

Il fulminait. La colère accentuait les traits anguleux de son visage.

— Nous verrons, marmonna-t-elle.

Elle regarda ce qui restait du dératiseur, et ajouta :

— J'ai envoyé Scarsdale en avant. Nous avons un bout de chemin à faire à pied.

— Non, dit-il en s'approchant. Pas tout de suite.

Oh, non. Le cœur battant, Mina recula, et se retrouva dos au mur.

— Monsieur le duc, je vous en prie, ne…

Il la prit par les hanches – les mains sur ses pistolets. Quand Mina voulut s'en saisir, ses mains se refermèrent sur celle de Trahaearn.

Flûte. Elle leva les yeux sur lui, inquiète.

Il regardait sa bouche.

— Avez-vous déjà été embrassée, inspectrice ?

— Pourquoi ?

S'il voulait une vierge, elle était prête à déclarer avoir couché avec une armée entière.

— Si c'est votre premier baiser, je procéderai différemment.

— Vous ne procéderez à rien du tout.

— Oh, que si.

Il se pencha. Son genou gauche se plaqua contre la cuisse de Mina, il posa le bras droit à hauteur de son épaule. Elle était prisonnière de son large torse et de ses membres de fer.

Mina serra les dents. La chaleur de Trahaearn lui faisait l'effet d'une brûlure à travers ses vêtements.

Il lui bascula la tête en arrière. Son pouce calleux lui caressa les lèvres.

— Alors comme ça, vous acceptez de goûter un cigarillo, mais vous refusez de me goûter, moi ? Vous n'êtes donc pas curieuse de savoir, inspectrice ? Un baiser, juste un baiser.

Juste un baiser… d'un homme qui la voulait tout entière. Oui, elle avait envie de savoir. Mais c'était trop risqué.

— Non, dit-elle.

Il sourit.

— Menteuse.

Elle tenta de se dégager, sans parvenir à le faire bouger d'un iota. La colère durcit sa voix.

— Vous me prendriez tout. Ma vie deviendrait insupportable. Vous avez bien vu comment les gens réagissent ! La pute bridée, on lui crache dessus. Et avec vous, ce serait pire !

— Plus personne n'oserait vous toucher ! Plus personne !

Mina ferma les yeux. Il ne pouvait pas comprendre. Et comment lui expliquer ? Partout où il allait, les gens ne voyaient que lui. Le duc de Fer. Face à Mina, ils ne voyaient que la Horde.

— Et puis, ajouta-t-il plus doucement tout près de sa bouche, je ne ferai pas que prendre. Je vous donnerai tout ce que vous me demanderez.

— Trahaearn…

Les lèvres du duc recouvrirent les siennes. Cette bouche qui semblait si dure était étonnamment douce. Mina se figea. Et, l'espace d'un instant, s'abandonna aux sensations provoquées par ce baiser, par cette main un peu rude qui enveloppait son menton, par ce poids sur elle, par ce ventre si dur contre le sien.

Mais le bon sens la rappela à l'ordre. Elle ouvrit les yeux.

— Arrêtez. Je vous en prie. Quelqu'un pourrait nous voir.

Il caressa ses cheveux.

— Sachez que vous êtes à moi.

À nouveau, il s'empara de sa bouche, goûta ses lèvres closes, comme s'il cherchait à la convaincre de les entrouvrir. Mina ferma à nouveau les yeux, tenta de ne pas sentir la chaleur, la délicate pression… et le plaisir, inattendu et électrisant.

Qu'il aille au diable ! Elle ne pouvait pas avoir cela. En s'abandonnant, elle se condamnerait, et condamnerait les siens.

La douleur s'empara d'elle. Et la peur, aussi. Des sentiments qu'elle avait appris à repousser. C'est ce qu'elle fit. Pour ceux-là, et pour le reste.

Comme s'il percevait son état d'esprit, Trahaearn quitta sa bouche.

— Pourquoi...

— Laissez-moi, dit-elle d'une voix rauque.

Il la regarda longuement, avant de s'écarter. Mina tourna les talons et lança en s'éloignant :

— Bien, cela vous aura suffi, j'espère ?

La réponse qui la suivit dans la rue était celle qu'elle redoutait.

— Non.

Si elle n'avait été qu'en colère, Rhys ne l'aurait pas laissée s'enfuir. Mais elle avait peur. Pour l'heure, elle ne le croyait pas capable de la protéger. Peut-être même pensait-elle qu'il ne le voulait pas. Il allait devoir la faire changer d'avis.

À certains moments, elle avait semblé l'apprécier, avait souri, ri, même, fugacement. Et il avait perçu sa réaction, pendant leur baiser, juste avant que la peur ne prenne le pas sur le désir.

Seigneur, cette fille le fascinait. Il l'admirait. Mais cette admiration n'était pas réciproque. Il ignorait ce qu'elle voyait en lui, mais une chose était sûre : cela ne suffisait pas pour surmonter sa peur. La seule chose qui l'intéressait, et la seule chose qu'il avait à lui offrir, c'était le *Terreur*, et la possibilité de retrouver son frère.

En dehors de cela, elle n'avait que faire de lui. Et quand bien même son orgueil était mis à mal, Rhys ne pouvait lui en vouloir. Autrefois, il avait été mû par un élan, avait eu un but, mais depuis neuf ans cet élan s'était affaibli, pour ne pas dire éteint. Difficile, dans ces conditions, d'attirer une femme qui ne se laissait pas acheter.

Aujourd'hui, cependant, deux objectifs pouvaient lui offrir un nouvel élan : retrouver le *Terreur*, et annihiler la peur de l'inspectrice Wentworth.

Il savait comment s'y prendre pour le premier. Il espéra que la raccompagner chez elle lui donnerait des idées pour le second.

Leicester Square avait de toute évidence connu des jours meilleurs, mais ses habitants semblaient veiller à ne pas laisser le quartier se délabrer. Certains avaient essayé de nettoyer les traces laissées par la fumée et de repeindre leurs façades. Presque toutes les vitres étaient intactes. Quelques branches couvertes de fleurs roses dépassaient de la clôture qui entourait le jardin, au centre de la place.

Le numéro 8 était une maison de quatre étages. Les volets des deux derniers étaient tous fermés. L'entrée était constituée d'une simple porte à double battant, mais une trace presque effacée, sur la pierre jaune, semblait indiquer qu'autrefois, un fronton et des colonnes avaient donné à l'ensemble un air un peu plus cossu.

Une voiture à vapeur démarra comme ils arrivaient. Scarsdale était devant le perron.

— Je crains que plusieurs de ces dames ne soient parties, dit-il en montrant la voiture. Apparemment, le comble de l'indécence pour un expat est de débarquer sans prévenir par la porte principale avec dans les bras un gamin des rues couvert de sang.

— Oh, flûte !

L'inspectrice se tapa le front et regarda Rhys d'un air affligé.

— J'avais oublié la réunion de la Ligue. Peut-être que vous ne devriez...

— Et aussi, j'ai tué votre maître d'hôtel...

Le sinistre aveu de Scarsdale l'interrompit. Comme Rhys et Mina se tournaient vers lui, il reprit :

— C'est de sa faute, je vous assure ! Il n'est pas venu ouvrir assez vite, et il a pris la porte en plein nez quand je l'ai ouverte d'un coup de pied. Il est tombé et sa tête a explosé.

— Charmant. Tout simplement charmant, soupira Mina. Quand je pense au nombre d'heures que mère a passées sur lui.

Il y eut un silence, puis Scarsdale osa un timide :

— C'est un automate ?

— Une œuvre d'art, plutôt, répondit Mina en montant les marches.

Scarsdale regarda son gilet couvert de sang et s'adressa à Rhys :

— Je t'attends ici.

Rhys rejoignit l'inspectrice dans l'entrée, où une servante blonde était agenouillée, occupée à ramasser roues crantées et autres pièces métalliques, l'ensemble évoquant vaguement un crâne. Elle resta bouche bée en le voyant approcher.

L'inspectrice sourit, de ce petit sourire qui lui courbait juste un peu les lèvres.

— Sally, laisse-moi te présenter le duc d'Anglesey. C'est à cause de lui que tu as passé la journée à nettoyer du sang sur mes jupons.

— Ce n'était rien du tout, mademoiselle.

Rien du tout ? Quand Rhys montait sur un bateau, il voyait immédiatement, à l'état de propreté et à l'entretien du navire, si l'équipage manquait de bras. Une maison, c'était pareil. Et de toute évidence, cette maison manquait cruellement de personnel. Ajouter le nettoyage d'une robe tachée de sang aux travaux quotidiens de cette femme n'était pas « rien du tout ».

Rhys regarda la veste de l'inspectrice, imbibée de sang elle aussi.

— J'ai peur que vous n'ayez encore du travail ce soir, Sally. C'est ma faute, aussi. Je n'ai pas réussi à atteindre le gamin avant l'inspectrice.

La servante émit un petit gémissement.

— Je m'y mettrai sans délai, monsieur le duc. Mais je ne vois pas en quoi c'est votre faute. Mademoiselle est très rapide.

— C'est tout à fait vrai.

L'inspectrice continua dans le hall. Elle s'arrêta devant une porte, prit une profonde inspiration, comme si elle se préparait au pire.

Les voix baissèrent quand elle entra, et les conversations se turent complètement lorsqu'il la suivit.

Elles étaient sept dames dans le salon, qui le fixèrent avec une vive curiosité. L'une d'elles, cheveux blancs, lunettes aux verres teintés, se leva pour venir à leur rencontre. Enfin, à la rencontre de l'inspectrice, réalisa Rhys. Elle l'examina d'un air inquiet, s'assura que le sang qui maculait sa veste n'était pas le sien.

— Doux Jésus, Mina ! Tu vas bien ?

Mina. Ce prénom lui allait bien, songea-t-il. Et il l'appellerait ainsi, désormais. Mais pas ici.

Elle ne répondit pas tout de suite. Hésitante, elle regarda les autres femmes présentes avant de dire simplement :

— Je vais bien, mère. Ce sont juste mes vêtements qui sont tachés.

Cette femme aux cheveux blancs était donc sa mère. Lady Rockingham. Mais Mina ne parlerait pas de son frère, comprit Rhys. Pas en présence de ces dames. Qui, avec un peu de chance, ne s'attarderaient pas.

La comtesse se tourna vers une jeune femme enceinte, assise au bord d'un fauteuil bleu.

— Felicity, ma chérie, vous voulez bien l'accompagner jusqu'à sa chambre ?

Mina s'apprêta à protester, mais un regard de sa mère l'arrêta.

— Bien, mère.

Felicity se leva et s'approcha, contournant les meubles pour ne pas risquer de se cogner, mais sans quitter Rhys des yeux un seul instant. Quand elle fut aux côtés de

Mina et sa mère, elle fit un geste en direction de Rhys. Comme Mina ne semblait pas comprendre, Felicity se pencha pour lui chuchoter quelque chose à l'oreille.

Aussitôt, Mina rougit, visiblement gênée. Puis elle prit la main de sa mère, et l'approcha de Rhys.

— Monsieur le duc, permettez-moi de vous présenter ma mère, la comtesse de Rockingham.

Il détestait l'étiquette. Et Mina aussi, apparemment, puisqu'elle avait oublié de faire les présentations. Rhys aurait pu lui dire qu'il ne se souvenait jamais de la réponse qu'il convenait de faire, de toute façon. Scarsdale, lui, se répandait toujours en effusions et en formules que lui n'avait jamais jugé bon de retenir. Mais en l'occurrence, son « Mes hommages, madame » ponctué d'un petit salut sembla suffire. Un sourire illumina le visage de la comtesse.

— Votre présence nous ravit, monsieur le duc. Puis-je vous présenter à mes amies ?

Diantre. Et Felicity qui entraînait Mina hors du salon. Il aurait préféré monter lui aussi et la regarder se changer. Mais force lui était de constater qu'il était bel et bien piégé.

La tête légèrement penchée, il se dirigea avec la comtesse vers le premier sofa, et manqua renverser une table qui passa en travers de son chemin. Seigneur, il y en avait partout. Couvertes de gâteaux divers et de tasses de café, et mues par les mécanismes les plus silencieux qu'il ait jamais vus, elles suivaient un itinéraire qui les menait auprès de chaque sofa et chaque fauteuil, à portée de main de celles qui souhaitaient boire ou manger.

C'était extraordinaire, et complètement insensé. Ladies ou pas, ces dames pouvaient quand même lever leurs fesses pour aller chercher à manger sur une table !

— Je vous prie d'excuser mes serveuses, monsieur, dit la comtesse avec un petit sourire. Mais elles nous amusent, et rendent nos réunions moins sinistres et mornes qu'elles ne le seraient autrement.

Ah, oui. La réforme du mariage. À l'aide ! Ces dames semblaient amicales et assez intelligentes, mais très vite il se sentit encerclé, scruté par leurs regards interrogateurs. Fichu Scarsdale.

Puis Mina reparut, et il oublia tout le reste. Elle portait une robe bleu pâle, ses cheveux ramenés contre sa nuque exposaient son cou et la naissance de sa gorge.

Il n'y avait plus de gilet de protection. Seules quelques épaisseurs de coton et trois mètres séparaient sa bouche de ses seins. Sans croiser son regard, elle s'installa sur un sofa déjà bien occupé, et prit un gâteau aux noix sur une serveuse qui passait. Son amie enceinte se laissa tomber sur le fauteuil le plus robuste, alors que Rhys se tenait debout devant la cheminée avec la comtesse, qui le regardait d'un drôle d'air.

Qu'avait-elle vu sur son visage quand sa fille était entrée ? Dieu seul le savait. Le Forgeron pouvait voir qu'un homme mentait. Peut-être la comtesse voyait-elle les mêmes choses, derrière ses verres teintés.

Il était totalement incapable d'imaginer ce qu'une mère pouvait penser de sa réaction. Ce type de relation familiale lui était étranger. Mais lire la détermination sur les lèvres de la comtesse était facile. Mina avait la même bouche.

Et bientôt, la question qu'il redoutait arriva. La comtesse lui sourit et demanda :

— Êtes-vous en faveur de la réforme du mariage, monsieur ?

Il opta pour l'honnêteté.

— Je ne m'y connais guère en mariage ou en questions familiales, aussi ai-je peu réfléchi à la possibilité d'une réforme.

Cela n'allait pas suffire, il le savait. Il enchaîna donc :

— Mais en discutant avec l'inspectrice Wentworth ce matin, j'ai découvert que mon opinion était très proche de la sienne.

Tous les regards se tournèrent vers Mina, qui le fixa avec consternation.

— Ma fille a pourtant la réputation de ne pas facilement faire part de ses opinions, lâcha la comtesse d'un air pincé.

Mina soupira.

— Vous avez de l'expérience dans le domaine du mariage, mère. Pas moi. Et il est très probable que je n'en aurai jamais. Quels que soient les éléments de la réforme, ils n'auront que peu d'effet sur moi. Je préfère donc laisser ce sujet entre les mains de celles qui seront concernées au premier chef.

Amusé, Rhys secoua la tête.

— Vous connaissez bien les femmes concernées par cette loi. Et pourtant, vous n'avez pas d'opinion sur le sujet ?

Elle se figea. Au bout de quelques instants, Felicity lui vint en aide.

— Mina est à l'origine de quelques-uns des articles les plus importants de cette loi, monsieur le duc.

Il se tourna vers elle.

— Vraiment ? Dans quelle mesure ?

— Les lois anglaises écrites avant l'occupation ne protègent pas les femmes. Même sous la Horde, elles étaient mieux protégées. Pourtant, on a remis ces vieilles lois en vigueur, comme si deux cents ans ne s'étaient pas écoulés. Et Mina rentre le soir de son travail avec d'horribles histoires de femmes qui ont été violentées et trompées par leur mari, le plus choquant étant que, selon la législation, elles ne peuvent rien faire. Nous espérons intégrer cette idée de protection dans la nouvelle loi.

L'admiration de Rhys pour Mina n'en fut que renforcée. Il avait cru la prendre en défaut, et elle en sortait grandie.

Mais ce matin, elle n'avait pas semblé satisfaite des avancées en la matière.

— Et ces mesures de protection ne vous paraissent pas suffisantes, inspectrice ? demanda-t-il, curieux.

À nouveau, Mina soupira, et regarda sa mère.

— Non, répondit-elle doucement.

— Nous direz-vous ce que vous changeriez, alors ?

Il y eut un silence, puis sa mère insista :

— Mina ?

Elle lança un regard furieux à Rhys.

— J'ajouterais une clause pour qu'il soit plus facile à une femme de divorcer de son époux.

— Mina ! s'exclama la comtesse.

Autour d'elle, toutes les dames eurent la même réaction, et regardèrent la jeune femme avec horreur.

Nom d'un chien. Il aurait dû se taire. Il avait voulu se venger de l'avoir mis mal à l'aise. À cause de lui, à présent, elle se retrouvait dans une situation gênante.

Pour lui, prendre la parole dans ce salon n'était qu'un désagrément passager. Mina, elle, pourrait en être durablement affectée.

Même son amie sembla étonnée.

— Tu défendrais le divorce dans une loi censée promouvoir le mariage ?

— Je défendrais le choix. Mère insiste sur un privilège dont la plupart des gens ne jouissent pas.

Sa mère porta une main à sa poitrine.

— Mina, dit-elle d'une voix aiguë. Aurais-tu donc si mal interprété l'esprit de notre loi ? Le mariage ne doit pas être réservé aux classes privilégiées. C'est justement ce que j'essaie de changer.

Mina secoua la tête.

— Non, mère, ce n'est pas cela. Le privilège dont je parle, c'est l'amour total et inconditionnel que père et vous avez l'un pour l'autre. L'intérêt de l'autre tient toujours le devant de vos pensées, et ensemble vous savez lutter pour surmonter n'importe quelle difficulté. Mais tout le monde ne connaît pas cela. Il y a des mariages de convenance, ou des mariages où l'amour ne dure pas. Et quand une femme mariée réalise que ses intérêts ne comptent plus, quand les besoins d'un époux supplantent les siens, c'est un peu comme lorsque la Horde anéantit toute pensée et tout sentiment, sauf que ses pensées et ses sentiments sont foulés au pied par un mari, simplement parce qu'il a plus de pouvoir. Dans ce cas, une femme doit pouvoir revendiquer sa liberté... et l'obtenir ne devrait pas être aussi difficile et ruineux.

L'expression de la comtesse s'adoucit.

— Peut-être, admit-elle. Mais cette clause saperait complètement la réforme attendue.

— Raison pour laquelle je n'en avais jamais parlé jusque-là, conclut Mina en se levant brusquement, sans regarder Rhys. Pardonnez-moi, mesdames, je suis convaincue que votre réforme changera les choses, et que pour celles qui souhaitent se marier la nouvelle loi améliorera leur sort. Je vous demande de bien vouloir m'excuser, mais je dois prendre congé.

Et, sur une rapide révérence, elle quitta le salon. Pendant le court silence qui suivit, Rhys regarda la porte par laquelle elle était sortie. Puis, à son tour, il traversa la pièce.

— Monsieur le duc.

Il se retourna. Les joues pâles de la comtesse avaient rosi.

— Je ferai savoir que votre projet a mon inconditionnel soutien, lady Rockingham, déclara-t-il.

Au moment de sortir, il ajouta :

— Mais peut-être devriez-vous apporter un peu plus de considération à ce que votre fille vient de suggérer.

Elle baissa la tête.

— Bien sûr, monsieur le duc.

Une fois dans le hall, il demanda à Sally où se trouvait l'inspectrice, et la servante le guida jusqu'à l'arrière de la maison. Le cabinet du Dr Rockingham ressemblait à une bibliothèque, en dehors de la table d'examen qui se trouvait le long d'un mur. Mina se tenait juste à côté, tournant le dos à la porte. À peine plus grand que sa fille, le comte nettoyait le sang sur la table, tout en considérant Mina d'un air inquiet.

— … et je suis sûre que ta mère s'en remettra.

Il leva les yeux, fixa Rhys d'un regard pénétrant. Il n'était plus utile de se demander d'où Mina tenait le sien.

— Pardonnez-moi de ne pas être venu vous saluer, monsieur le duc.

Le dos de Mina se raidit.

— Vous aviez d'autres priorités, répliqua Rhys. Comment va le jeune garçon ?

— Quelques points de suture ont refermé ce que les nanoagents n'avaient pas guéri. Mais… il y a autre chose, n'est-ce pas ? ajouta-t-il en se tournant à nouveau vers Mina.

Elle hocha la tête.

— Il faut que je vous dise, père… Le *Terreur de Marco*… a été capturé.

— Capturé ?

— Par des pirates.

Comme son père blêmissait, elle raconta précipitamment le reste.

— Andrew n'a pas été pris en otage, aucune rançon n'a été demandée pour lui. Les pirates ont gardé le bateau et une partie de l'équipage. Un enseigne de vaisseau, c'est utile. Il trouvera sa place à bord.

— Oui, bien sûr, murmura son père.

Mais le choc était visible sur son visage. Il prit la main de Mina, la serra, puis leva les yeux vers le duc, comme pour obtenir confirmation de ce qu'il venait d'entendre.

Rhys fit oui de la tête.

— C'est la vérité.

— Le duc de Fer part demain pour retrouver le vaisseau, expliqua Mina. Il ramènera Andrew.

— Merci, monsieur. Merci mille fois.

Rhys ne voulait pas de ses remerciements. Il n'avait encore rien fait. Mais il s'inclina :

— C'est moi qui devrais vous remercier. Votre fille m'a sauvé la vie, aujourd'hui.

Le comte cligna des yeux, comme s'il ne comprenait pas. Puis il dévisagea Mina en haussant les sourcils.

— Ah ?

— Une histoire de zombies, dit-elle en souriant. Je vous raconterai cela plus tard, à mère et vous.

— Ta mère... tu le lui as dit ?

— Pas encore. Je n'ai pas pu.

— Nous le lui dirons ensemble.

Sans lâcher la main de Mina, il se dirigea vers la porte.

— Allons voir si je peux accélérer le départ de ces dames.

Il n'avait pas besoin de Mina pour cela.

— Puis-je m'entretenir avec l'inspectrice pendant ce temps, monsieur ? demanda Rhys.

Le comte regarda Mina, qui acquiesça. Avec un soupir, il l'embrassa sur le front, lui tapota la main, et laissa la porte grande ouverte derrière lui.

Il fallait que Rhys la prévienne.

— Votre frère n'est peut-être plus sur le bateau.

Le hochement de tête de Mina lui fit comprendre qu'elle redoutait déjà cette éventualité.

— Je sais. Je les préparerai à cela aussi.

— Et que ferez-vous s'il n'y est pas ?

— Si vous retrouvez le *Terreur* et si Andrew n'est pas à bord, mon frère Henry et moi nous rendrons jusqu'au comptoir de l'Ivoire.

Sans argent, et sans personne pour les guider.

— Vous y perdrez la vie.

— Probablement.

Rhys ne pouvait laisser faire une chose pareille. Mina était entourée de gens qui auraient donné leur vie pour la protéger, et elle était prête à faire la même chose pour eux. Il aurait voulu faire partie de ces gens.

— Acceptez mon offre, partagez mon lit, dit-il. Et je vous emmènerai avec moi à la recherche de votre frère. Nous ne rentrerons que lorsque nous saurons où il se trouve, sur le *Terreur* ou ailleurs. Mais il faut que vous veniez avec moi.

Les lèvres entrouvertes, elle leva le visage vers lui. Mais, une fois le choc passé, ce fut de l'amertume et du mépris qu'il lut dans son regard. Il eut le sentiment qu'elle lui plantait un poignard dans le cœur.

— Nous partons à l'aube, alors décidez-vous rapidement, dit-il en se dirigeant vers la porte. J'attendrai votre câble jusqu'à minuit.

Rhys trouva Scarsdale à côté de la voiture, occupé à flirter avec la bonne du voisin. Le bougre avait finalement réussi à se rendre utile.

Il attendit qu'ils soient montés dans la voiture pour lui demander :

— La bonne, tu l'as fait parler ?

— Oui.

— Je t'écoute.

— Ils sont tous dingues, dans cette famille. Pire que dans un roman français d'avant-guerre.

Ce qui ne disait strictement rien à Rhys.

— Précise.

— Pour eux, le devoir de l'aristocratie est de protéger les moins fortunés, et pourtant, on ne trouve pas beaucoup de pairs du royaume moins fortunés que les Wentworth. Ils n'ont pas les moyens d'avoir du personnel, mais ils en emploient autant qu'ils le peuvent, et paient leurs gages, même si cela vide leurs poches. Le personnel se tue au boulot, du coup.

Exactement ce que Rhys avait pensé.

— Une maison pleine de gens à principes, donc.

— C'est ça. Je t'ai dit de la laisser filer, je persiste. Tu les ferais courir à leur perte. Leur réputation ne s'en remettrait pas.

Rhys se renfrogna. D'ordinaire, les conseils de Scarsdale étaient précieux, mais celui-ci ne valait pas tripette.

— Je la protégerai. Personne n'osera la toucher. Et je détruirai quiconque essaiera.

— Non, ça ne marche pas comme ça. Ils ne chercheront pas à l'atteindre à coups de poing, de pistolet ou même de canon. Ce sera plus subtil.

— Ils ne l'atteindront pas. Et elle vient avec nous.

Scarsdale hocha lentement la tête.

— Pas mal, capitaine. L'aéronef serait effectivement le seul endroit possible…

Rhys fit la moue. Ce n'était pas ce qu'il avait voulu dire.

Scarsdale soupira et se laissa tomber contre le dossier de son siège.

— Comment as-tu fait ?

— J'ai trouvé quel était son prix.

— Comment ça, son prix ?

— Son frère.

Scarsdale se pinça la base du nez.

— Seigneur Dieu.

— J'ai manqué d'élégance, c'est ça ?

La question était superflue, Rhys le savait. Il aurait voulu qu'elle vienne de son propre chef, sans avoir à la forcer de cette manière. Maintenant, elle allait le détester parce qu'il lui avait fait du chantage. Sa détermination à lui résister n'en serait que renforcée. Il aurait besoin de beaucoup de temps.

— Tu aurais aussi bien pu lui poser un pistolet sur la tempe.

Oui, il en avait conscience.

— Tu dis que l'aéronef est le seul endroit ?

— Peut-être le *Terreur*, aussi, pour le retour.

Quelques semaines, donc. Suffisamment pour la convaincre de rester avec lui à leur retour en Angleterre.

— Qui pourrait la convaincre de nous accompagner sans qu'elle s'y sente forcée, et sans qu'elle y perde sa réputation ?

Scarsdale plissa les yeux.

— J'ai une idée. Mais ça va te coûter cher.

Cela n'avait aucune importance.

— Bien. Je paierai.

La comtesse de Rockingham ne pouvait plus verser de larmes. Mais elle pouvait encore pleurer, et quand elle était bouleversée, elle pleurait en silence. Lorsque Mina et son père lui apprirent la nouvelle dans le grand salon, elle pleura doucement dans ses mains, pendant un long moment.

— Mais vous dites qu'il est encore à bord ? demanda-t-elle enfin en levant le visage.

— Oui, fit le comte.

— C'est sûr et certain ?

Mina ne pouvait pas lui mentir. Et quand bien même elle aurait essayé, sa mère lisait sur son visage avant même qu'un mot ne sorte de sa bouche.

Une soudaine détermination tendit les traits de la comtesse.

— Je vais réparer le maître d'hôtel et le vendre. Cela devrait rapporter suffisamment. Henry et toi vous rendrez à… dit-elle en s'adressant à son mari.

— Non, mère, l'interrompit Mina. C'est moi qui irai avec Henry.

— Pour que je vous perde tous ?

Mina ne savait que répondre à cela, mais elle en fut dispensée par quelques coups frappés à la porte. Ils attendirent sans un mot, écoutant Sally répondre à un inconnu. Quelques instants plus tard, la bonne entra dans le salon avec une épaisse enveloppe.

— Un coursier a apporté cela, monsieur. Il attend votre réponse.

Intrigué, le comte prit l'enveloppe, regarda à l'intérieur et ferma les yeux avant de les rouvrir lentement, comme s'il espérait que le contenu disparaisse entre-temps. Il tira une liasse de billets et un petit mot manuscrit.

— C'est de la part du comte de Scarsdale. Pour le maître d'hôtel, dit-il. Avec toutes ses excuses.

Mina se mordit la lèvre. Avec une telle somme, elle n'avait plus aucune raison de rester. Elle pouvait prendre quelques jours de congé pour partir à la recherche d'Andrew...

D'abord surprise, la comtesse sembla soudain effrayée.

— Dois-je écrire à Henry, alors ?

Et peut-être le perdre lui aussi ?

— Non, dit Mina en se levant. J'ai sauvé la vie du duc aujourd'hui. Je pense... Je pense qu'il me laissera l'accompagner si je le lui demande. Et qu'il m'aidera à retrouver Andrew.

Sa mère et son père se regardèrent. Elle vit leur hésitation, leur espoir, leur peur.

— Il me protégera de tous les dangers que je risque de rencontrer, j'en suis sûre.

— Souhaites-tu y aller ? s'enquit son père en scrutant son visage.

— Je veux retrouver Andrew, dit-elle. Plus que tout au monde, je veux qu'il soit en sécurité.

Le comte hocha la tête, regarda son épouse. Elle pleurait à nouveau, en silence. Elle pleurait d'espoir.

— Je vais faire une réponse pour le coursier, déclara Mina.

Ce fut rapide. Elle n'avait que deux mots à écrire. Puis elle monta préparer ses affaires.

9

Le coursier avait dû porter son message bien avant minuit, mais lorsque Mina se leva à l'aube, Trahaearn n'était pas encore passé. Elle attendit dans sa chambre d'entendre quelques coups impérieux frappés à la porte, un aéronef survolant sa maison… mais rien ne vint.

Au bout de deux heures, elle comprit qu'il était revenu sur sa proposition, et redouta de connaître la raison de ce revirement.

Elle laissa sa valise dans sa chambre et descendit prendre le petit déjeuner. Ses parents étaient à table et bavardaient à voix basse. Aucun journal n'était étalé entre eux, contrairement à d'habitude. Mina avisa la cheminée : il y avait des cendres dans l'âtre. Elle fit la moue.

En silence, elle se servit et s'installa. Répondant d'un mouvement de tête au salut de ses parents, elle ne parla que lorsqu'elle fut certaine que sa voix sonnerait autrement que comme un croassement.

— La caricature dans le journal était-elle si méchante ? demanda-t-elle enfin.

Sa mère parvint à sourire.

— Ce grade d'inspectrice, tu l'as mérité.

— Qu'est-ce que c'était ?

— Rien qui ne mérite que tu le voies, répondit son père. Juste un dessin idiot.

Un dessin que tout le monde autour d'eux allait voir. Elle repoussa son assiette, incapable de manger. Même en s'attendant à ce que sa caricature paraisse dans les journaux, après les événements de la veille, elle n'avait pas prévu que cela la blesserait à ce point. Si seulement Andrew avait été là ! Il l'aurait fait rire. Il aurait rendu tout cela plus facile à supporter.

— Mina, reprit son père. Je t'interdis de le regarder. Si quelqu'un te fourre ce torchon sous le nez, tu fermeras les yeux.

Elle secoua la tête.

Son père tapa du poing sur la table, faisant trembler la porcelaine.

— J'ai dit, tu fermeras les yeux !

Il n'élevait jamais la voix, d'ordinaire. Son épouse se cacha le visage dans les mains, et la gorge de Mina se serra. Elle lutta contre les larmes.

— Oui, père, souffla-t-elle d'une voix rauque.

— Et puis, dit sa mère en soupirant, tu ne peux pas sauver huit jeunes garçons et le duc de Fer tous les jours. Donc, cela ne se reproduira pas.

— Et lorsque tu rentreras, plus personne ne se souviendra de ce dessin. Quand pars-tu, Mina ? lui demanda son père.

— Je l'ignore. Peut-être le duc n'a-t-il pas reçu mon message. Il avait dit qu'ils partiraient à l'aube.

Sa mère ne put ravaler un petit cri de déception.

— Et Andrew ?

— Ne panique pas, mon amour, fit le comte en lui prenant la main. Si Andrew est encore à bord du *Terreur*, il reviendra avec le duc de Fer. Sinon, nous aviserons.

Il se tourna vers Mina.

— Iras-tu travailler, aujourd'hui ?

— Bien sûr.

À cet instant, on frappa à la porte, et son cœur bondit. Mais, sans céder à l'espoir, Mina se leva et remit sa chaise en place.

— Newberry, je suppose.

Ce n'était pas le sergent qui se tenait sur le perron. Joues rouges et mèches blondes balayées par le vent, Felicity s'engouffra dans l'entrée, chargée d'un manteau noir.

— Oh, Mina…

Cette dernière l'arrêta.

— Si tu as le journal avec toi, ne me le montre pas. J'ai interdiction de le regarder.

— Je ne l'ai pas pris. J'ai juste pris ceci.

Elle lui tendit le manteau. Mina lui avait fait un résumé des événements, la veille, tandis que Felicity l'aidait à se changer, et cette dernière, en dehors de ses questions à propos du duc de Fer, avait voulu savoir pourquoi elle avait perdu son manteau.

— Il est trop grand, mais c'est la bonne couleur. Sers-t'en jusqu'à ce que tu en aies un autre.

Mina passa le manteau, disparaissant presque dans l'ample vêtement.

— Merci. Dis-moi, ce dessin… est-ce si terrible ?

Felicity la regarda, affligée.

— Euh… comment dire… oui. C'est un portrait, d'une certaine manière… mais pas pire que d'autres qui nous ont fait rire par le passé.

— Ils ne me font jamais rire.

Chaque fois qu'une caricature d'un magistrat de la Horde était publiée dans les gazettes, elle faisait en sorte de l'ignorer.

Felicity haussa les sourcils.

— Une fois, tu as dessiné un expat à qui il manquait cinq dents.

Mina rougit. C'était vrai. Mais elle n'aurait jamais dessiné Hale ou Newberry de la sorte.

— Mais peut-être que ce n'est pas la même chose, reprit Felicity. En fait, si c'est si terrible, c'est parce que je te connais. Pour tes parents aussi, ce doit être horrible.

Donc, ce dessin était aussi dégradant que l'avait imaginé Mina.

— Et l'article n'est pas beaucoup mieux, enchaîna Felicity. Il donne le beau rôle au duc de Fer, et surtout à la Marine royale.

Mina soupira.

— Oui, je sais.

— Tu t'en doutais ?

— Oui.

— Oh.

Felicity porta la main à son front.

— Mince, j'ai oublié de te dire... Newberry t'attend dehors.

Mina sourit.

— Merci.

— Mina, reprit Felicity, soudain très sérieuse. Quoi qu'il arrive, ta famille sera là pour toi. Et moi aussi.

Mina le savait. Et en remerciait le ciel. Elle serra la main de Felicity dans les siennes, caressa délicatement son gros ventre et sortit.

Elle monta dans la voiture.

— Bonjour, inspectrice, dit Newberry.

— Bonjour, sergent. Voyons si nous parvenons à éviter zombies et enfants gâtés, aujourd'hui. D'accord ?

Newberry hocha la tête et enclencha le levier de direction.

— D'accord, inspectrice.

Au quartier général de la police, tous les officiers étaient des gens bien. Quelques-uns haussèrent les sourcils et secouèrent la tête, mais seulement pour exprimer le ridicule d'un tel dessin. La plupart étaient vexés de la façon dont on avait minimisé leur participation aux opérations. Ils prenaient cela comme une attaque contre l'une des leurs.

Jusque-là, Mina ignorait qu'ils la considéraient comme l'une des leurs.

Aussi, quand elle fut convoquée dans le bureau de Hale, monta-t-elle les marches avec le cœur léger. Même l'inquiétude qu'elle lut dans le regard de la divisionnaire n'entama pas son humeur.

— Vous voilà devenue une célébrité, inspectrice.

— Malheureusement, madame.

— Oui, soupira Hale. Je me trouve dans une position bien difficile, et j'ai besoin que vous soyez honnête avec moi. Jusqu'à quel point êtes-vous liée à Anglesey ?

Mina s'y attendait. Et, Dieu merci, elle n'avait pas besoin de mentir.

— L'enquête étant close pour ce qui me concerne, je pense que cela met un terme à nos relations.

Hale hocha la tête, mais ne sembla pas totalement convaincue, et son inquiétude ne s'effaça pas.

— Les sergents et les inspecteurs vous soutiennent tous. Mais si cela devait continuer, quand les gazettes et les tracts deviendront méchants juste parce que vous êtes aussi officier de police, vos collègues risquent d'être moins sympathiques. Ils n'aimeront pas l'idée d'être associés à quelqu'un que l'on caricature comme une dévergondée, même si cela est sans fondement.

— Je comprends.

— Vous êtes mon meilleur élément, mais si vous décidiez d'engager une relation plus... approfondie avec le duc, je me verrais dans l'obligation de me séparer de vous.

— C'est entendu, madame. Merci. Mais comme je vous le disais, cette relation n'a plus lieu d'être.

Elle se tut un instant avant d'ajouter :

— Mais vous parliez de tracts, madame. Il s'agit de tracts politiques ?

— Oui.

— Y en a-t-il eu ?

Hale hésita, puis fit oui de la tête. L'estomac de Mina se noua. Elle avait promis de ne pas regarder les journaux, mais avec un tract politique, on visait forcément son père ou sa mère.

— Puis-je le voir ?

— Inspectrice…

— S'il vous plaît.

À contrecœur, Hale le lui tendit. Mina contempla le dessin.

— Je… L'échelle n'est pas bonne. Si je me tenais debout à côté de la statue de Trahaearn, je n'aurais pas la tête à hauteur de son genou, et encore moins la bouche à hauteur de son…

— En effet.

Elle se sentit nauséeuse.

— Et pour tenir une pancarte de la sorte, je devrais serrer les fesses très, très fort, sinon, *Ligue pour la réforme du mariage* ne se verrait pas. Et puis, je ne suis pas sûre que ce soit possible avec mes jupons remontés jusqu…

— Inspectrice !

Hale était cramoisie.

— Je vous demande pardon. J'ai juste besoin de… d'en…

D'en rire. Mais elle n'y parvenait pas, et les larmes lui piquaient les yeux.

— Oui, je comprends, dit Hale d'une voix plus douce.

Elle tendit la main pour récupérer le tract, mais Mina ne pouvait en détacher les yeux, même lorsque ses larmes coulèrent sur le dessin, qui devint flou. C'était la chose la plus moche qu'elle ait jamais vue, et c'était un dessin d'elle.

— Mina, fit Hale gentiment. Je ne vous ai jamais posé cette question, mais je me la pose depuis longtemps… N'y a-t-il nulle part où vous pourriez aller ? Dans un endroit où vous n'auriez pas besoin d'un géant roux pour empêcher qu'on vous maltraite… ou pire ?

Mina inspira profondément, essuya ses larmes. Pleurer ici, devant Hale, quelle bêtise ! Elle tenta de se ressaisir.

— Même dans le Nouveau Monde, on me regarderait comme une bête curieuse. Les gens ne peuvent pas s'en empêcher, c'est comme pour les yeux de ma mère. La première chose qu'ils voient chez moi, c'est la Horde. Les choses changent quand ils commencent à me connaître, mais en attendant, si ce n'est pas de la haine, il y a toujours de la curiosité malsaine, et ils m'examinent comme on examinerait un insecte sur une plaque de verre, au microscope. Vous savez bien que c'est la vérité. Vous avez fait pareil, au début. Et lorsque l'insecte vous a regardée en retour, vous avez détourné les yeux.

Hale rougit.

— Je ne savais pas que vous vous en étiez rendu compte.

— Si, je m'en suis rendu compte. Votre curiosité ne m'a pas blessée. Elle veut simplement dire qu'il n'existe nul endroit sur terre où je puisse être complètement acceptée. Nulle part où je puisse aller sans attirer les regards. Et quitte à être examinée comme un insecte, j'aime autant que ce soit près de chez moi.

— Je comprends. À votre place, je ne pense pas que je partirais non plus.

On frappa discrètement à la porte, et la secrétaire annonça :

— Le duc d'Anglesey désire vous voir, madame.

Quoi ? Mina fourra le tract dans la poche de son manteau et s'essuya prestement les yeux.

Hale attendit qu'elle ait terminé.

— Tout va bien, inspectrice ?

— Oui, madame.

— Alors vous pouvez disposer.

Haussant la voix, elle demanda à sa secrétaire de faire entrer le duc.

Le cœur battant, Mina se dirigea vers la porte. Celle-ci s'ouvrit brusquement, et Trahaearn entra à grands pas, s'arrêtant juste à temps pour ne pas la percuter.

— Monsieur le duc.

Il ne la regarda pas en face. Son indifférence la glaça.

— Inspectrice.

— Avez-vous reçu mon message, monsieur ? demanda-t-elle.

— Non, répliqua-t-il en s'écartant de son chemin.

Trop abasourdie pour répondre, Mina quitta le bureau de Hale et ferma la porte derrière elle. En relevant les yeux, elle croisa le regard de Scarsdale, adossé au mur de l'autre côté du couloir.

— Je pense que vous pouvez attendre ici avec moi, inspectrice. Nous arrivons de chez vous. Votre mère est vraiment une femme charmante.

— Je vous demande pardon ?

— Elle ne m'en veut pas trop pour le maître d'hôtel, alors qu'elle pourrait, vraiment. Mes manières laissent à désirer.

— Mais dites-moi ce qui se passe, à la fin ! s'agaça Mina.

— Ah. Oui. Sur les conseils du duc de Shrewbury et des plus clairvoyants des lords régents, le conseil de la Régence a nommé Trahaearn agent spécial dans l'affaire de l'arme vendue aux enchères, et l'a autorisé à choisir ses conseillers. Étant donné l'intelligence et la ressource dont vous avez fait preuve hier, vous êtes embauchée. Vous n'avez pas le choix, vous devez nous accompagner jusqu'au comptoir de l'Ivoire, où il nous faudra découvrir si c'est bien là que le meurtrier de Baxter a acheté l'appareil qui a servi à vous foudroyer à Chatham. Nous devrons également tenter de localiser l'arme vendue aux enchères. De plus, vous serez chargée d'enquêter sur la Garde noire, afin d'établir s'il s'agit d'une rumeur ou de quelque chose de plus… inquiétant.

Il fronça les sourcils en prononçant ce dernier mot. Mina se détendit.

— Donc, je dois partir avec vous.

— Sur ordre des lords régents, souligna Scarsdale. Le *Lady Corsaire* nous attend dehors. Puis-je vous demander un service ?

Elle sourit.

— Oui, monsieur.

— Auriez-vous un peu d'opium sur vous ?

Après avoir tiré une fléchette d'opium sur Scarsdale, Mina le laissa affalé contre le mur et courut en bas de l'escalier pour annoncer la nouvelle à Newberry. Le souffle court, elle l'entraîna dans un coin tranquille et lui fit signe de se pencher pour être à sa hauteur.

— Je n'ai pas beaucoup de temps, dit-elle à mi-voix. Je pars pour l'Afrique, je vous expliquerai une autre fois. Vous découvrirez l'histoire bien assez vite, de toute manière. Mais j'ai besoin que vous fassiez quelque chose pour moi pendant mon absence.

— Que je fasse quoi, madame ?

— Les câbles, Newberry. Et le foudroyeur. Et les nanoagents de Haynes.

Pauvre homme. Elle allait trop vite. Elle tenta de rembobiner le fil.

— Hier, Dorchester a dit qu'ils avaient suivi l'arme après avoir appris que les nanoagents de Haynes avaient été détruits. Or je viens de réaliser que nous n'avions pas mentionné cela dans nos rapports. N'est-ce pas ? Vous n'en avez pas parlé ?

— Non, madame.

— Et pourquoi tuer Baxter ? Cela n'a aucun sens. Sauf que Baxter savait pourquoi le *Terreur* avait été envoyé au comptoir de l'Ivoire. Je pense que quelqu'un essayait de l'empêcher de nous parler de la vente aux enchères. Ils savaient que Trahaearn se lancerait à la recherche du *Terreur*. Mais personne ne savait que Dame Dents de Scie avait jeté le corps de Haynes sur la maison de Trahaearn, et personne n'avait de raison de croire que Trahaearn savait que le *Terreur* avait été capturé. Par conséquent, quand nous avons identifié Haynes et envoyé notre rapport, ils ont dû essayer de retrouver Baxter avant nous, ce qui signifie que quelqu'un a envoyé un câble de Londres à Chatham pour prévenir le tueur. Et il n'y a qu'une seule station de télégramme à Chatham. Donc soit l'employé, soit le responsable des transmissions sait quelque chose.

Le visage de Newberry s'éclaira.

— Vous voulez que je trouve qui a envoyé ce câble.

— Je ne sais pas si nous aurons la chance de découvrir qui l'a envoyé. Mais d'où il a été envoyé, certainement. Seulement faites attention, sergent. Quelqu'un a informé l'Amirauté de l'état des nanoagents de Haynes avant qu'elle ne décide d'envoyer ses bateaux depuis Douvres. Cette personne est probablement en lien avec la Garde noire.

Le sergent pâlit un peu.

— Le Forgeron ?

— Je ne sais pas. Mais oui, ce pourrait être le Forgeron. C'est pour cela que vous devez faire très attention et ne poser la question qu'à la station de Chatham, pour ne pas éveiller les soupçons à Londres. Trouvez qui a envoyé ce câble. Très discrètement, sans vous faire remarquer. Et gardez l'info pour vous jusqu'à mon retour.

— Bien, madame.

Yasmeen avait donné à Rhys la cabine qui se trouvait juste en face de celle de l'inspectrice, ce qui acheva de le convaincre qu'il avait fait le bon choix en dépensant autant d'argent. Scarsdale sur les épaules, il entra et alla se débarrasser de son fardeau sur la première couchette venue, pour ressortir presque aussitôt. La porte de la cabine de Mina était entrouverte.

C'était une occasion que Rhys ne pouvait laisser passer. Il poussa un peu plus la porte. L'étroit espace était occupé par un lit, une petite armoire et un minuscule bureau qui faisait aussi office de coiffeuse. Debout devant sa valise ouverte et posée sur la couchette, Mina lui lança un regard interrogateur.

— Dans quoi Scarsdale s'est-il encore fourré ?

— Je lui ai tiré une fléchette d'opium. Vous partagez une cabine ? ajouta-t-elle en regardant derrière lui.

— Yasmeen avait déjà passé un contrat, mais l'autre voyageur ne devrait pas nous déranger. Il sera installé dans la cabine de luxe.

Il indiqua l'autre bout de la coursive, la plus grande cabine de l'aéronef après celle du capitaine, qui se trouvait juste au-dessus des leurs.

— Ah oui. Le contrat dont la moitié avait déjà été payée. Vous devez payer plus que lui, pourtant. Et pour le duc d'Anglesey, elle n'a pas proposé de changer l'attribution des cabines ?

— Peu m'importe. Je ne suis pas là pour passer mon temps au lit.

Sauf si c'était avec Mina.

Elle pivota vers sa valise et demanda :

— Alors, de qui fait-on meilleur cas que vous ?

— Archimède Fox.

Elle éclata de rire.

— L'aventurier ?

Un imposteur, probablement. Le peu que Rhys savait de lui semblait peu plausible.

— Vous avez lu ses histoires ?

— Qui ne les a pas lues ? Andrew se faisait quelques piécettes en les lisant aux ouvriers, sur les docks.

Un garçon plein de ressource, ma foi.

Il la regarda sortir ses vêtements de la valise. La porte de la cabine, ouverte, bloquait l'accès à l'armoire. Parfait. Il referma la porte d'un coup de pied et s'avança un peu plus dans la cabine. Elle dut le frôler pour atteindre l'armoire, et fut contrariée de ne pas pouvoir l'ouvrir.

Rhys s'approcha et lui montra comment soulever la porte avant de la faire pivoter.

— De cette manière, elle ne pourra pas s'ouvrir et battre en cas de tempête.

— Merci. Je ne suis pas dans mon élément, soupira-t-elle.

— Non, en effet.

— Je... me rends compte que vous m'avez fait... une faveur. Mais j'ai bien l'intention de remplir ma mission.

— Vous attendiez-vous à devoir faire autre chose ?

Oui, bien sûr. Plié et glissé dans la poche de son gilet se trouvait un message très simple : *J'accepte. W.W.*

Mais si elle savait qu'il avait reçu son mot, elle se sentirait à coup sûr obligée d'accomplir sa part du marché. Or il ne voulait pas d'elle de cette manière.

Elle avait accepté d'être à lui une fois. Cela lui laissait espérer qu'il y en aurait d'autres, mais sans contrainte.

— Non, répondit-elle.

Elle mentait bien. Pas une once de rouge ne teinta ses pommettes.

— Nous devrions mettre en commun tout ce que nous savons de la Garde noire, reprit-elle. Aurons-nous un endroit pour travailler ?

— Le mess des officiers. Sinon, je demanderai à Yasmeen de nous laisser sa cabine.

— L'un ou l'autre devrait suffire.

Il y eut un silence, puis elle s'étonna :

— Un mess des officiers ? Mais nous sommes sur un vaisseau privé, non ?

— Qui ne l'a pas toujours été.

— Oh. Cet aéronef appartenait à la Marine ?

— Pas à la Marine royale d'Angleterre. C'était un vaisseau français. Yasmeen s'en est emparée pendant la guerre du Liberé.

— Je vois.

De retour vers sa valise, Mina fronça les sourcils et en sortit une petite boîte à combinaison.

— Je n'avais pas emporté ça.

— Votre mère nous a apporté votre valise.

Elle fit tourner les molettes à chiffres et, dans un cliquètement, la boîte en acier s'ouvrit, révélant une croix en argent.

— Oh... soupira Mina. Je la reconnais. Ma grand-mère la sortait parfois pour la regarder, et elle disait que sa mère la portait autrefois, malgré l'interdiction de la Horde. Cette croix avait un autre sens, à l'époque.

Elle referma la boîte, secoua la tête.

— Je suppose que ma mère l'a mise dans mes bagages pour que je la vende.

— Vous en obtiendriez un bon prix.

Elle le regarda d'un œil interrogateur.

— Il y a longtemps, j'ai fait du trafic de reliques de ce genre dans les territoires de la Horde, expliqua-t-il. Parfois dans l'empire, même.

— Ils les avaient interdites partout ?

— Pour les impôts, et pour la paix.

— Pardon ?

— Autrefois, quand la Horde annexait une région, tout le monde était laissé libre de pratiquer la religion de son choix, et les religieux n'étaient pas soumis à l'impôt. Mais du coup, les plus riches sont devenus religieux simplement pour pouvoir garder leur argent. Dans d'autres régions, les dargas se chamaillaient sans cesse à propos des différences entre religions. Alors la Horde a tout interdit.

— Comment savez-vous cela ?

— Il existe encore quelques religieux dans les territoires. C'est à eux que je revendais mes reliques.

— Et dans l'empire, comment est-ce ?

— Sûr. Ordonné. Le Khan se vante qu'une vieille femme chargée d'un sac d'or pourrait traverser l'empire à pied sans jamais se faire attaquer. Et pour ce que j'en ai vu, c'est vrai. Vous pourriez y vivre en paix. Je pourrais y vivre en paix.

— Mais ?

Il ne put s'empêcher de sourire.

— Mais si jamais vous prononciez une parole contre les dargas ou le Khan, vous seriez éliminée.

— Charmant.

Elle regarda à nouveau dans sa valise, et poussa un soupir agacé.

— Oh, mère…

Rhys s'avança. Niché dans une chemise de nuit se trouvaient plusieurs petits automates, tous magnifiques. Il y avait des oiseaux qui chantaient, des grenouilles qui sautaient, des bracelets mécaniques en forme de kraken… et un minuscule papillon. Intrigué, il regarda Mina, se demandant si elle savait de quoi il s'agissait. Les pattes en fil métallique du papillon étaient conçues pour se placer sur un clitoris. Lorsque l'on remontait le mécanisme, les ailes se mettaient à battre, jusqu'à ce que les vibrations provoquent un orgasme.

Un petit appareil tout à fait délicat, qui n'avait rien à voir avec les inventions du Forgeron, et dont on se servait pour avoir du plaisir.

Il prit le papillon au creux de sa main.

— C'est votre mère qui l'a fabriqué ?

Mina lui accorda à peine un regard. Elle tenait une épaisse enveloppe, trouvée au fond de la valise.

— Flûte de flûte. Ils auraient pu se servir de cet argent pendant mon absence. Ces automates couvriraient tout ce dont je pourrais avoir besoin.

Rhys reconnut l'argent qu'il avait envoyé pour le maître d'hôtel.

— Nous devons nous arrêter à Chatham. Je câblerai des instructions à mon intendant, et il leur fera envoyer la même somme.

— Merci.

Elle lui tendit l'enveloppe, qu'il glissa dans sa poche, avant de se pencher à nouveau sur les automates.

— Et je vous les achète tous.

— Oh. Ça fera deux livres, dit-elle en balayant la collection du regard.

C'était hors de prix, mais il avait les moyens de se faire rouler.

— Marché conclu. Et vous me montrerez comment on se sert du papillon, plus tard.

Son léger sourire et le rose qui teinta ses joues ravirent Rhys.

— Je ne peux pas m'en servir. C'est ma mère qui l'a fait.

— Et alors ?

— C'est difficile à expliquer à un homme qui a grandi dans une crèche. Mais si vous aviez une fille, aimeriez-vous qu'elle se serve d'un appareil de ce type, que vous auriez fabriqué et que vous lui auriez donné ?

Quelque chose d'inattendu se noua en lui.

— Je ne crois pas.

Mina ferma sa valise avec un hochement de tête.

— Allons travailler, maintenant.

— Dans un moment, répliqua-t-il. Vous m'avez demandé si j'avais reçu votre message, ce matin. Que disait-il ?

Il ignorait ce qui le poussait à poser une telle question. Mina ne le considéra ni avec mépris, ni avec colère.

— Oh. Seulement : « Merci. » Pour le maître d'hôtel. Ce n'était pas… à propos de votre offre.

— Ai-je trop demandé ?

— Rien n'est trop pour Andrew. Mais ce prix promettait d'être très élevé.

Une ombre passa dans son regard.

— Aurais-je dû demander moins ? s'enquit-il en lui soulevant délicatement le menton. J'ai pour habitude de tout prendre, mais je suppose qu'un gentleman doit se servir avec parcimonie. Quel prix aurait été plus facile à payer ?

— Je ne pense pas qu'un gentleman se serve de quoi que ce soit.

— Je n'ai pas dit que je le suis.

Comme elle souriait, il ajouta :

— Un baiser, alors. J'aurais dû vous offrir de vous emmener avec moi pour le prix d'un baiser. L'auriez-vous payé ?

— Oui. Mais je l'avais déjà payé après le dératiseur.

— C'est vrai. Et pour vous laisser ouvrir la porte de cette cabine ?

Elle rit. Et se hissa sur la pointe des pieds. Il se pencha et elle pressa sa bouche contre la sienne, délicatement, fermement.

Un simple baiser. Rien d'autre. Pourtant, Rhys sentit le désir le ravager, répandre sa chaleur en lui. Qu'elle aille au diable. Il avait juste voulu jouer un peu. Et il s'était pris au jeu. Mais pas elle. Pourquoi ? Pourquoi avait-elle encore peur ?

Elle s'écarta brusquement, regarda autour d'elle.

— Ce n'est pas du tout ce que je veux, murmura-t-il. Ce n'est pas assez.

Elle ferma les yeux.

— Savez-vous seulement pourquoi vous voulez cela ?

Non, il l'ignorait. Il ne se l'expliquait pas. La frustration le mettait hors de lui, le poussait vers elle. Il prit le visage de Mina entre ses mains.

— Je veux vous posséder. Et quand je veux quelque chose, je trouve le moyen de l'obtenir.

— Je vois.

Non, elle ne voyait pas. Lui-même ne voyait pas.

— C'est la première fois que je désire autant une femme.

Il l'embrassa. Les lèvres de Mina se raidirent, et restèrent closes, mais il goûta leur douceur. Ses mains se glissèrent autour de sa taille et la soulevèrent pour la presser contre lui. Il la sentit tressaillir, et ses lèvres se détendirent contre les siennes. Elle referma les poings dans ses cheveux, sur sa nuque.

Enfin. Le cœur battant, il immisça la langue entre ses lèvres. Sa chaleur l'aspira. Bientôt, il perçut le contact hésitant de la langue de Mina. Elle frémit contre lui, et s'écarta, le repoussa.

— Je ne veux pas.

— Vous n'y trouvez aucun plaisir ? Mentez-moi, si c'est plus facile.

— Je ne *veux pas* y trouver du plaisir. C'est la même chose, pour moi.

Donc, elle avait envie de lui. C'était déjà quelque chose. Et cela lui suffisait. Pour le moment.

— Posez-moi par terre.

Il obéit. Elle recula jusqu'à sa couchette, mains sur ses armes.

— Juste ici, dit-il. C'est tout ce que je veux.

— Quoi ?

— Vous. Moi. Jusqu'à notre retour à Londres. Votre réputation ne sera pas ruinée, celle de votre famille non plus. Je vous embrasserai à vous couper le souffle. Je vous déshabillerai et je goûterai la moindre parcelle de votre corps. Et puis je vous baiserai jusqu'à ce que nous ne puissions plus ouvrir les yeux, ni l'un ni l'autre.

Elle le fixa, bouche entrouverte. Une longue seconde passa avant qu'elle secoue la tête.

— Pas question.

Il la dévisagea. Ses pommettes étaient cramoisies. Sa respiration encore haletante.

— En êtes-vous certaine, inspectrice ?

— Oui, dit-elle en se détournant. Allons-y, maintenant.

Mina et Trahaearn montèrent jusqu'au pont principal. Elle avait encore le goût de Rhys sur sa langue. Tenter d'ignorer cette sensation ne faisait qu'en exacerber d'autres : sa camisole en coton fin censée éviter le frottement de son gilet de protection sur le bout de ses seins, et qui lui semblait inutile aujourd'hui ; les vibrations des moteurs, qui faisaient écho à celles de son propre corps. Elle aurait dû s'essuyer les lèvres d'un revers de main, mais ne voulait pas qu'il la voie. Il ne la quittait pas d'une semelle, et tout ce qu'elle pouvait faire, c'était attendre que ce goût passe et que le frisson qui électrisait sa peau s'éteigne.

Elle s'arrêta près de la proue pour regarder sur le côté. Même les nuages de pluie étaient différents de la brume polluée de Londres, avec d'autres formes, et de nombreuses nuances de gris. En dessous, le soleil parsemait les champs de taches d'or, et une légère brise faisait onduler l'herbe.

Trahaearn se posta à côté d'elle.

— Nous sommes presque à Chatham. Nous attendrons que Fox monte à bord avant de descendre.

— Pourquoi ? Vous voulez le rencontrer, finalement ?

La présence de l'aventurier avait aiguisé la curiosité de Mina, mais jusque-là, le duc y avait semblé indifférent.

— Non. Ce n'est pas mon vaisseau. Mais je préfère quand même connaître tous ceux qui sont à bord.

Ce n'était pas son vaisseau, mais il restait un capitaine.

— Je vois. Et qu'allez-vous apprendre, en le regardant ? Êtes-vous si bon juge du caractère des gens ?

— Non, répondit le duc, amusé. Je ne comprends qu'un homme est mon ennemi qu'au moment où il se jette sur moi avec un couteau.

— Vraiment ? Moi, je trouve que lorsque quelqu'un vous déteste, cela se voit tout de suite.

— Quand il s'agit de haine, oui. Mais comment savoir s'il a l'intention de vous attaquer ? J'ai croisé des hommes qui auraient préféré rester affamés plutôt que partager ma table, mais qui s'asseyaient quand même avec moi pour conclure un marché et se remplir les poches. Du coup, tant que je ne les connais pas, je traite tous ceux que je rencontre comme s'ils risquaient de me poignarder dans le dos.

Exactement comme Mina. Elle faillit éclater de rire.

— Qu'y a-t-il ? demanda Rhys, intrigué.

— Je n'apprécie pas quelqu'un tant que je ne le connais pas. Et certains, je ne les apprécie toujours pas une fois que je les connais.

— Apprécier, pas apprécier, je n'en ai cure. La seule chose qui compte, c'est de savoir si les gens peuvent m'être utiles.

— S'ils peuvent vous être utiles…

Mais cela ne surprenait pas Mina. Elle avait entendu ce mot déjà tant de fois dans sa bouche.

— Vous me rendez décidément la tâche bien facile, ajouta-t-elle en secouant la tête.

Il se renfrogna et chercha son regard.

— Peut-être pas tout le monde, corrigea-t-il. Scarsdale, par exemple, est un ami.

Qui n'aurait pas apprécié l'expat ? se demanda Mina.

— Et c'est le seul ?

Il la regarda droit dans les yeux.

— Non.

Elle ne pouvait pas ne pas comprendre le sous-entendu. Mais elle n'y croyait pas.

— Ah, mais j'oubliais, vous êtes aussi un pirate et un menteur, et dans votre lit, je peux vous être utile. Je ne vous croirai donc pas si vous me dites que vous m'appréciez, monsieur.

Il sourit.

— C'est exactement pour ce genre de réaction que vous me plaisez.

Malgré elle, elle sourit à son tour. Il lui plaisait aussi… parfois. Quand il ne se comportait pas en abruti total.

Ils furent bientôt au-dessus de la Medway, puis du port de Chatham. Lady Corsaire coupa les moteurs, et avança à la voile jusqu'au lieu de rendez-vous, au-dessus d'une pension de famille.

Elle les rejoignit, son foulard rouge toujours noué dans ses cheveux.

— Où est Scarsdale ?

— Il va dormir, aujourd'hui, répondit Trahaearn.

— Fichtre. Il est le seul ici à pouvoir supporter les dingues du genre de Fox. Il en supporte un tous les jours.

Le duc éclata de rire.

— Il m'a dit que tu lisais les feuilletons dans les magazines.

— Et alors, ça dérange ? répliqua Yasmeen avant d'allumer un cigarillo. C'est lui qui m'a donné à lire la première aventure. Maintenant, je continue, mais c'est uniquement pour savoir quand Fox sera tué.

— S'il est tué cette fois, tu ne recevras pas le solde de ce qu'il te doit.

— Alors je me mettrai peut-être à l'écriture. Vu combien il a accepté de me payer, je me dis que raconter des histoires idiotes doit rapporter. Eh, mademoiselle Washbourne, descendez-moi cette plate-forme plus lentement ! lança-t-elle soudain en se tournant sur le côté.

La plate-forme remonta. Lady Corsaire soupira et écrasa son cigarillo dans le creux de sa paume.

— Bon, il va falloir que je m'occupe de lui. Je devrais être reconnaissante que ce bouffon ait assez d'argent pour venir traîner ses guêtres sur mon coucou.

Mina n'aurait su dire si Archimède était un bouffon, mais c'était à coup sûr un excentrique. Vêtu d'un pantalon vert pomme et d'une veste jaune, il se tenait debout sur la plate-forme, à côté d'une énorme malle, un appareil à planer – équipé d'ailes – sanglé sur le dos. Ses cheveux bruns, en pétard, étaient parsemés de mèches dorées et, trop longs, tombaient devant ses lunettes d'aviateur. Grand, bien bâti, les épaules larges, les hanches étroites, le teint hâlé, on n'avait aucun mal à croire qu'il était aventurier. Mina lui donnait à peu de choses près le même âge qu'elle, mais lorsqu'il releva ses lunettes, il regarda Yasmeen avec un enthousiasme qui lui rappela celui d'un jeune garçon.

À côté d'elle, Trahaearn se figea.

— Capitaine Corsaire ! lança-t-il en se dirigeant vers Yasmeen.

Mina le suivit, non sans remarquer le brusque changement dans l'expression de Fox quand il vit le duc. Dans son regard, la jeunesse et l'enthousiasme cédèrent la place à la méchanceté et à la menace.

— Cet homme n'est pas Archimède Fox, dit calmement Trahaearn. C'est Wolfram Gunther-Baptiste.

Yasmeen le regarda, sourit... et disparut. Mina en resta bouche bée. Jamais elle n'avait vu quelqu'un se mouvoir aussi rapidement. En un clin d'œil, Yasmeen bondit sur la plate-forme, attrapa l'homme par les cheveux et le força à s'agenouiller, la lame de son poignard sur sa gorge. Il levait les bras, comme pour signifier qu'il se rendait.

Trahaearn attrapa Mina par le poignet lorsqu'elle voulut intervenir.

— Non, inspectrice. Pas ici. Pas sur son vaisseau.

Mais ils étaient encore sur le sol anglais. Elle ne pouvait pas rester sans rien faire. Sa main libre sur son pistolet à opium, elle observa la scène, prête à les empêcher de se battre si nécessaire.

— Vous êtes venu pour me tuer ? souffla Yasmeen dans le visage de l'homme.

— Non. Jamais.

— J'ai tué votre père.

— Et je vous en suis infiniment reconnaissant. Il n'avait pas grand-chose d'un père... Au point que j'ai changé de nom, ajouta-t-il avec un grand sourire, montrant des dents blanches.

— Pour vous appeler Fox ?

— Oui.

— Je n'ai pas changé de nom, moi. Vous avez loué mes services pour voyager.

— Je voulais voir quel genre de femme l'avait détruit. Je ne suis pas déçu.

Il se releva péniblement, l'œil noir à nouveau.

— Nous avons un contrat, tous les deux, capitaine. Vous avez accepté mon argent, vous me devez un voyage. Ne prenez pas une décision que vous regretteriez.

— Je ne regrette jamais rien, monsieur Fox, dit Yasmeen en replaçant son poignard dans son fourreau. Mais dès l'instant où vous mettrez le pied sur ce pont, n'envisagez plus une seule seconde de me menacer. Parce que je vous balancerai par-dessus bord sans une hésitation.

— J'ai déjà dû abandonner un vaisseau une fois, et pour moins que ça. N'est-ce pas, capitaine ? lança-t-il à Trahaearn avec son sourire de gamin. Mais j'ai entendu dire qu'on vous avait donné un titre nettement plus prestigieux. Avez-vous fait sauter quelques tours, dernièrement ?

— Non. Et vous, avec Bilson ?

— Bilson est mort, répondit l'homme. Et j'ai dû changer de vie… à plus d'un égard.

À nouveau, il se tourna vers Yasmeen, qui le fixa d'un regard froid, scrutateur.

— Très bien, monsieur Gunther…

— Fox.

— … Baptiste, continua-t-elle comme s'il n'avait rien dit. Pegg va vous montrer votre cabine.

Il la regarda s'éloigner en direction du poste de commandement, avant de se tourner vers Trahaearn et Mina.

— Tiens ? fit-il, surpris. Vous devez être l'inspectrice Wentworth. J'ai lu le récit de votre insubordination, ce matin.

— Où ça ? s'inquiéta le duc.

— Dans les gazettes, dit Mina. Les articles reprenaient tous la version du lord amiral.

Elle ne pouvait s'empêcher d'être soulagée. Si le duc n'avait pas lu les journaux, il n'avait pas vu la caricature.

Fox, de toute évidence, l'avait vue. Il la dévisagea.

— Oui. Il semblerait qu'ils se soient trompés sur toute la ligne ou presque. Peut-être me raconterez-vous la vraie version ce soir, au dîner ?

— J'en doute, dit Trahaearn.

Fox sourit et empoigna sa malle.

— À plus tard, inspectrice.

Un séducteur. Mina le regarda suivre Pegg jusqu'à l'échelle qui menait aux ponts inférieurs.

Elle se tourna vers Trahaearn.

— Vous l'avez abandonné en mer pour moins qu'une menace ? Pour quelle raison, alors ?

— Bilson et lui se sont procuré les explosifs que j'ai ensuite utilisés pour faire sauter la Tour, mais quand ils ont été à bord du *Terreur*, il a exigé de savoir à quoi je les destinais. Je ne le connaissais pas assez pour le lui révéler, et je ne pouvais pas le laisser parler de mon projet à qui que ce soit.

— Je vois. Et donc ?

— Je l'ai balancé par-dessus bord.

Devant le regard de Mina, il précisa :

— Nous n'étions pas loin des côtes.

— De quelles côtes ?

— Celles de Galice, au nord de l'ancienne Espagne.

Où pullulaient les zombies, comme sur les côtes françaises.

Mina secoua la tête.

— J'ai l'impression d'avoir déjà entendu cette histoire, murmura-t-elle.

Jeté d'un bateau de pirates par un capitaine scélérat, et forcé de traverser à pied des forêts dangereuses pour empêcher le pirate de faire sauter la dernière cathédrale médiévale encore debout en Espagne… Mais oui, elle connaissait cette histoire ! C'était celle du premier feuilleton paru dans les journaux, *Archimède Fox et le voleur impie*.

Juste ciel. Dans l'histoire, le capitaine pirate avait finalement été tué, après que Fox l'avait attiré dans une grotte sombre où un porc zombie l'avait déchiqueté.

10

Quand Mina quitta sa cabine pour se rendre au dîner, Scarsdale l'attendait dans la coursive. Il la salua aimablement et lui proposa son bras, qu'elle accepta avec un sourire. Un coup d'œil par la porte ouverte de sa cabine et de celle de Trahaearn ne lui permit pas de voir le duc, mais Mina ne posa aucune question.

— Si je ne vois pas de hublot et que je fais semblant de ne pas entendre les moteurs, j'arrive à me convaincre que nous sommes sur un vrai bateau, dit Scarsdale.

— La prochaine fois, je peux vous mettre un bandeau sur les yeux, si vous voulez.

Il eut un petit rire.

— J'ai déjà essayé.

Mina entra dans la cabine de Yasmeen. Le mot « cabine » n'était pas approprié : l'endroit était digne d'un harem. Des voilages rouges drapaient les murs, une petite fontaine coulait dans un coin et des canaris jaunes piaillaient dans une cage suspendue au plafond. Au centre de la pièce, une table basse ronde en teck était installée sur un épais tapis persan, entourée d'ottomanes et d'énormes coussins recouverts de soie émeraude et saphir.

En chemisier à larges manches et foulard bleu, Lady Corsaire était allongée à côté de la table et fumait. À côté d'elle se trouvait Archimède Fox. L'aventurier avait échangé sa veste jaune contre une autre, bleu roi.

Une fille de cabine prit le manteau de Mina, qui se laissa tomber sur les coussins en face de Yasmeen, avec Scarsdale à sa droite et Fox à sa gauche.

— Gunther-Baptiste ! s'exclama Scarsdale, tout sourire. Ravi de vous voir ici.

— Il s'appelle Archimède Fox, maintenant, corrigea Yasmeen d'un air narquois.

— Fox ? Non !

— Eh si, dit Fox. Mais madame n'est pas ravie, ajouta-t-il avec un coup d'œil en direction de Yasmeen.

Sur un ordre de cette dernière, les filles de cabine installèrent des plateaux sur la table basse.

— Peu d'hommes me ravissent, répliqua-t-elle en souriant à Scarsdale. Que fait Trahaearn ?

— Tu connais le capitaine. Il préférerait manger sa propre main plutôt que de venir bavarder ici avec... Oups, les faits me donnent tort.

Mina se retourna. Trahaearn entrait dans la cabine. Son regard sombre balaya la pièce. Sans un mot, Scarsdale se rapprocha de Yasmeen et le duc s'installa sur les coussins à côté de Mina. Comme il empiétait sur son espace, elle lui adressa un regard peu amène, qu'il soutint avec un petit sourire.

Un verre de bourgogne leur fut servi.

— Soyez certains que je ne consomme aucun vin qui contienne du sucre, prévint Yasmeen.

Soulagée de ne pas avoir à poser la question, Mina but une gorgée, et ferma les yeux de plaisir. Ce goût robuste n'avait rien à voir avec les vins sirupeux que sa famille achetait parfois pour les fêtes de fin d'année. Il répandit en elle une chaleur épicée. Elle but une autre gorgée, plus longue, et dissimula son plaisir quand son verre à peine posé sur la table fut à nouveau rempli.

Scarsdale et Fox discutaient, Yasmeen intervenant de temps à autre. Mina se concentra sur son assiette, savourant tous les plats hors du commun que les filles de cabine posaient devant elle : yaourt et concombre, pâte épaisse et aillée de couleur beige, pains ronds et plats. Mais surtout, elle savoura le riz. Jaune, parfumé, il n'avait rien à voir avec ce que Mina connaissait. Depuis que les bateaux de la Horde ne ravitaillaient plus Londres, le riz était devenu trop cher, et n'était servi que pour des occasions spéciales.

Quand elle se carra à nouveau dans les coussins, son verre à la main, Mina avait le ventre plein, un peu sommeil, et chaud. Elle ne put retenir un soupir de contentement, qui interrompit Fox au milieu d'une phrase. Il se tourna vers elle en riant et l'observa.

— Vous portez un gilet de protection même au dîner, lady Wilhelmina ?

— Inspectrice.

Puisqu'il exigeait qu'on l'appelle Fox, elle pouvait exiger le titre qu'elle préférait. Il opina du chef.

— Bien sûr que je porte mon gilet, reprit-elle. Je suis assise ici en compagnie d'un pirate, d'une mercenaire, d'un aventurier et d'un expat. Si un coup de feu n'est pas tiré ce soir, c'est que vos réputations à tous sont largement usurpées.

Dire cela était idiot, bien sûr. De si près, son gilet n'arrêterait pas une balle. Mais cela les amusa beaucoup. Elle osa un regard en direction de Trahaearn, qui ne riait pas mais la fixait avec une insistance qu'elle trouva très séduisante. Ses anneaux d'or lui faisaient des clins d'œil… et ses jambes musclées semblaient proposer l'endroit parfait où poser sa tête et faire un somme.

Elle cligna des yeux pour effacer cette image de son esprit, et but une gorgée. Elle avait dû trop manger : jamais elle ne s'était sentie aussi fatiguée et bizarre après un repas.

Scarsdale leva son verre dans sa direction, avant de se tourner vers Yasmeen.

— Dis donc, où nous emmènes-tu, exactement ? Nous volons sud, sud-est. Le comptoir est un peu plus à l'ouest, il me semble.

— Vantard, dit Yasmeen.

Il battit des cils à son intention.

— Et beau, aussi.

Beau, oui. Mais Mina ne comprenait pas pourquoi elle le traitait de vantard. La voix de Trahaearn s'éleva tout près de son oreille.

— On peut lui mettre un bandeau et le faire tourner en plein brouillard, il saura se repérer.

— Impressionnant.

— Et très utile, sur un vaisseau.

— À Londres aussi, ajouta Scarsdale. Mais je me demande toujours pourquoi nous faisons un détour.

— Après toutes tes déclarations d'amour, te voilà pressé de quitter mon vaisseau ? se moqua Yasmeen en lui donnant un petit coup du bout du pied dans la cuisse. Nous emmenons M. Fox à Venise, d'abord.

Scarsdale hocha la tête.

— Et là, il aura une nouvelle aventure, que nous pourrons bientôt lire dans les journaux. Ce qui est sans doute mieux que de l'entendre nous la raconter. Car je suis navré de vous le dire, Fox, mais vous êtes bien plus intelligent lorsque vous écrivez que lorsque vous parlez.

— C'est ma sœur qui écrit les aventures de Fox. Je ne suis pas un écrivain. Vous continuez en direction du comptoir de l'Ivoire, de votre côté ? enchaîna Fox en se tournant vers Trahaearn. J'ai lu que Haynes était mort. Vous recherchez le *Terreur* ?

— Oui.

— Je ne connais que la version publiée dans les journaux. La vôtre est-elle différente, capitaine ?

— J'ignore ce qu'ont écrit les journaux, je ne les lis pas.

— Je vais vous dire comment ça s'est passé, moi, intervint Scarsdale.

— Pfff, soupira Yasmeen en soufflant un nuage de fumée. Tu n'étais même pas là.

— Et alors ? Je vais pimenter un peu l'histoire. Mais d'abord, j'ai besoin de boire, dit-il en levant son verre. À Baxter. Un vrai type bien.

Mina l'imita, et nota que Trahaearn, qui n'avait pas touché à son verre de toute la soirée, buvait à la mémoire de son ami.

Il n'avait pas beaucoup parlé non plus. Elle appréciait son silence. Les autres riaient, gesticulaient, mais Trahaearn restait tranquille, fort, et silencieux. S'il n'y avait pas eu de coussins, elle aurait pu s'appuyer contre lui, et être sûre de ne pas être bousculée.

À nouveau, Scarsdale leva son verre.

— Et au *Bontemps*. Un si bel aéronef ne devrait jamais tomber entre les mains d'une folle, ni passer dans le viseur des escadres de la Marine royale.

Yasmeen gloussa dans son verre. Le visage de Trahaearn était plus solennel lorsqu'il reprit le sien.

— Un beau vaisseau, dit-il.

— Et un dernier toast à notre charmante inspectrice, pour la vivacité de son esprit… et son pistolet à opium.

Cette fois, Trahaearn sourit en buvant, et la regarda par-dessus son verre. Mina sourit elle aussi.

— Êtes-vous mariée, inspectrice ? demanda soudain Fox.

Elle éclata de rire.

— Non. Et je ne le serai jamais.

— Ah oui. J'oubliais que nous ne sommes pas dans le Nouveau Monde. Une jeune lady ne voyagerait jamais sans chaperon, à Manhattan City.

Bien sûr. Là-bas, une jeune fille ne valait que le prix de sa vertu. Pas étonnant qu'elles soient toutes prudes. Dès que leurs jupons révélaient la moitié d'une cheville, leur réputation était ruinée.

— Pour nous, cela n'a pas d'importance, dit Mina. Nous sommes tous déjà compromis.

— À cause des Frénésies ?

— Oui, répondit Trahaearn d'une voix rauque qui étonna Mina.

Sur sa tempe, elle vit battre une veine qui indiquait à quel point il se contrôlait. Mais pour quelle raison ?

— Oui, répéta-t-elle.

Derrière elle, les oiseaux chantèrent dans un silence pesant, désagréable. Mina regarda Fox, puis Yasmeen et Scarsdale, avant de comprendre. Ils savaient tous qu'une Frénésie avait eu lieu quelques mois à peine avant la chute de la Tour. À l'époque, elle avait neuf ans, était suffisamment grande pour avoir été touchée.

À nouveau, elle regarda Trahaearn et quelque chose dans sa façon de la fixer alluma un brasier au creux de son ventre. Elle baissa les yeux sur son verre.

— Vous ne vous en souvenez pas, n'est-ce pas ? s'enquit-il doucement.

Pourquoi imaginer une chose pareille ? s'étonna-t-elle.

— Oh, si, je m'en souviens, assura-t-elle.

— Seigneur Dieu... tu l'as cherché, soupira Scarsdale en se pinçant la base du nez. Voilà pourquoi on n'ose jamais aller dans des dîners.

Mais Mina appréciait cette attitude. Trahaearn ne faisait pas la conversation juste pour passer le temps. Et quand il disait quelque chose, cela ne lui plaisait pas toujours, mais elle aimait sa franchise.

— Il m'a dit que votre mère ne se souvenait pas de la Frénésie au cours de laquelle vous avez été conçue, expliqua-t-il en montrant Scarsdale.

— Oui. Ma mère est très douée pour ne pas se souvenir des choses qui l'ennuient.

— Mais vous, vous vous souvenez.

Bien sûr qu'elle se souvenait. La perte de contrôle, le désir insurmontable, et l'horreur de savoir que cela ne vient pas de soi, mais de la Horde.

— Je me souviens, répéta-t-elle avant de soupirer. Ce que j'ai vécu était moins traumatisant que ce que la plupart des bogués ont vécu, je pense. Au moins ne suis-je pas tombée enceinte, et puis j'étais avec quelqu'un que je connaissais.

Le visage de Trahaearn s'assombrit.

— Qui ?

— Inspectrice, si vous ne voulez pas en parler… intervint Scarsdale.

— Mon amie Felicity.

— Oh, fit Scarsdale. Alors je vous en prie. Parlez-nous-en.

Yasmeen lui jeta une olive. La tension autour de la table s'évapora en un instant, tout le monde éclata de rire, et Mina rit avec eux, heureuse de faire comme si cela n'avait pas d'importance.

Jusqu'à ce qu'elle croise le regard de Trahaearn, qui lui disait qu'il n'était pas dupe.

Il hocha la tête puis se tourna vers Fox.

— Avez-vous entendu quelque chose à propos de la Garde noire ?

— Vous ne pouvez pas ! s'alarma Mina. Et s'il en fait partie ?

Le duc haussa les épaules.

— S'il en fait partie, je le tuerai.

Yasmeen secoua la tête et sortit un nouveau cigarillo.

— Pas tant qu'il n'aura pas payé le solde du contrat.

— Vous serez payée, capitaine, dit Fox en se penchant vers elle avec un briquet à silex.

Elle le fixa d'un drôle d'air tandis qu'il allumait son cigarillo puis se carrait à nouveau dans les coussins pour s'en allumer un.

— Je n'appartiens pas à la Garde noire, dit-il à l'intention de Trahaearn. Mais j'ai croisé l'un de ses membres.

— Ah, et c'est dans quelle histoire, ça ? demanda Yasmeen.

— Je n'ai pas autorisé ma sœur à l'écrire. Trop risqué.

Mina approuva.

— Que s'est-il passé ?

— C'était il y a environ trois ans. De temps en temps, je suis embauché comme guide par des chercheurs ou des scientifiques. Celui-ci, un certain Pope, disait qu'il était historien et qu'il avait trouvé un document indiquant de manière détaillée l'endroit où se trouve l'armée mécanique de De Vinci.

— Et vous l'avez cru ? s'esclaffa Scarsdale. Cette légende est aussi ancienne que le dentier de ma mère.

— Non, mais il avait de quoi payer la somme que Bilson et moi demandions, plus un aéronef. Seulement…

— Quel aéronef ? questionna Yasmeen.

— Le *Mary Katherine*.

Elle regarda Scarsdale, qui passa un bras autour de sa taille pour la hisser sur ses genoux. Elle s'installa contre lui avec un sourire.

Comportement étrange… Mina se força à détourner le regard. Fox semblait surpris lui aussi, et fit visiblement un effort pour reprendre le cours de son histoire.

— Seulement, une fois à bord de l'aéronef, il ne nous a fallu que cinq minutes pour nous rendre compte qu'il n'était pas historien. Il était instruit, mais pas spécialisé. Quand je lui ai dit que l'endroit en question était plus à l'est que le mur de Habsbourg, il n'a même pas réagi.

Mina savait que, pendant presque cinquante ans, le mur de Habsbourg avait été le mur de défense le plus important contre l'invasion de la Horde en Europe.

— Qu'aurait-il dû comprendre ?

— De Vinci a dessiné son armée mécanique après la construction du mur. Tout, à l'est de l'Autriche, avait déjà été envahi par la Horde. Même s'il y avait du vrai dans la légende, l'armée n'aurait pas été construite de ce côté-ci du mur. Mais Pope a insisté pour que nous l'emmenions quand même jusqu'à l'endroit dont il avait les coordonnées.

— Et qu'avez-vous trouvé ? demanda Mina.

Il sourit, prit son verre.

— Laissez-moi d'abord vous raconter notre voyage. C'était un vol de deux jours, pendant lesquels Bilson et moi n'avons pas réussi à nous isoler plus de trente minutes. À la fin de la seconde journée, je me serais enfermé dans les toilettes si j'avais pu.

— Votre client était donc si désagréable ?

Le membre de la Garde noire qui avait assassiné Baxter n'avait pas paru déplaisant, à première vue.

— Ce n'étaient pas ses manières, ni son physique... comment vous dire... je n'ai pas le talent de ma sœur pour les descriptions. Simplement, après chaque conversation avec lui, je me sentais... sale. Et je suis du genre à parcourir les marais pendant un mois, couvert de bouse et de sang de zombie, sans que ça me dérange. D'une manière ou d'une autre, il finissait toujours par évoquer les virus. Et en particulier le contrôle qu'exerçait la Horde sur les bogués, la façon dont elle leur faisait faire toutes sortes de choses. Sans jamais franchir ce que ma grand-mère aurait appelé la limite de la bienséance, il parvenait à suggérer des perversions qui étaient... qui étaient...

Mina suivit son regard et faillit lâcher son verre. Scarsdale avait enfoui son visage dans le cou de Yasmeen et remontait du bout de la langue le long de sa gorge. Elle se cambra, émit un ronronnement de plaisir. Fox les fixa un moment, puis regarda son verre avant de le vider d'un trait.

Trahaearn ne sembla pas remarquer la scène.

— Quelles perversions ?

— Des incestes pendant les Frénésies. Des accouplements entre humains et animaux donnant naissance à des monstres. Des expériences... enfin, vous en avez tous entendu parler. Et moi aussi, avant cela. J'avais eu des conversations avec d'autres gens, pour savoir si cela pouvait être vrai, mais jamais ça ne m'avait retourné l'estomac comme lorsque Pope en parlait. Et puis, il était obsédé par les animaux. De la folie.

— J'aime bien les animaux, moi, rigola Scarsdale en émergeant de la gorge de Yasmeen.

Celle-ci lui pinça la cuisse. Il attrapa sa main et lui lécha l'intérieur du poignet.

— Mais toi aussi, je t'aime bien, ma chérie…

— Et quand on est arrivés, poursuivit Fox, on est tombés sur une installation de la Horde. Un laboratoire, avec un chargement qui l'attendait.

— Des résistants trafiquants ? s'enquit Trahaearn.

— Oui, c'est ce que j'ai compris, moi aussi. Alors je lui ai demandé ce qu'il avait l'intention de faire avec le chargement.

Mina était perdue.

— Quel genre de trafiquants ?

— Des résistants à la Horde, expliqua Trahaearn. Ils financent leur rébellion en organisant un trafic de technologie et d'armes de la Horde à destination du Nouveau Monde. J'ai récupéré des dizaines de chargements de la même manière.

— Mais là, ce n'était pas de la technologie, dit Fox. C'était une arme, en quelque sorte… un fléau.

Le cœur de Mina bondit.

— Quoi ?

Même Scarsdale et Yasmeen levèrent les yeux.

— Une maladie modifiée à partir de la souche qui avait tué beaucoup de gens de la Horde, cinquante ans plus tôt. Apparemment, la Horde s'était demandé pourquoi les nanoagents avaient résisté, et avait fait des expériences jusqu'à ce qu'ils trouvent une souche qui touche les bogués. Sans intention de s'en servir. Juste pour savoir. Mais la résistance a mis la main dessus et l'a vendue. Et contrairement à la Horde, Pope avait l'intention de s'en servir.

Mina fit la moue.

— Et il vous a raconté tout cela ?

— Je peux être très persuasif, répondit Fox avec un sourire inquiétant.

— Qu'a-t-il dit d'autre ? demanda Trahaearn.

— Que même si je le tuais, la Garde noire ne disparaîtrait pas. Et qu'elle ne serait jamais vaincue. L'instant d'après, il s'est rué dehors, hurlant pour attirer les zombies. Alors je l'ai abattu.

— C'est mieux que les zombies, commenta Scarsdale.

— Et cette souche, qu'est-elle devenue ?

— Bilson et moi l'avons détruite, et nous sommes rentrés chez nous. Je pense que Pope ne savait pas grand-chose de plus. Mais il y avait quelqu'un, derrière lui, qui avait beaucoup d'argent et des contacts parmi la Horde.

— Et ils voulaient tuer les bogués.

— Oui.

Le regard de Fox dériva une nouvelle fois sur Yasmeen et Scarsdale, puis il se leva brusquement.

— Je vous prie de m'excuser, je me lève tôt demain. Bonsoir, inspectrice. Scarsdale. Capitaine Corsaire.

Et, sur un salut un peu raide, il se retira.

Mina réalisa alors que Yasmeen écartait sa bouche de celle de Scarsdale pour s'allonger sur les coussins, dans une pose alanguie.

— Merci, James.

— Tu dois cesser de te cacher, dit-il en lui caressant les cheveux.

— Alors cesse de te cacher toi aussi.

Il éclata de rire.

— Pas de risque que ça me reprenne. Le capitaine a changé de vie, tu sais.

— Mmm…

— On en boit encore un petit à Baxter ? fit Scarsdale en levant son verre.

Trahaearn les considéra d'un regard contrarié, avant de secouer la tête.

— J'ai déjà trop bu.

Il se leva et, aussi brusquement que Fox, se retira.

Mina le suivit des yeux. Un nouveau petit gloussement de plaisir ramena son regard de l'autre côté de la table. Et elle n'eut plus envie de rester.

S'agrippant à la table, elle parvint à se lever et quitta la pièce.

L'aéronef s'était mis à tanguer, et elle eut toutes les peines du monde à remonter la coursive. Sans savoir si elle cherchait de l'air ou Trahaearn, Mina grimpa l'échelle menant au pont principal et se dirigea vers l'avant du vaisseau. Le vent mordit ses joues en feu. Des lampes à gaz éclairaient son chemin, projetant d'inquiétantes ombres. Près de la proue, elle trébucha sur une corde enroulée au sol, et manqua heurter le bastingage. Une main chaude se referma sur son poignet et l'aida à retrouver l'équilibre.

Depuis le coffre en bois, Trahaearn se leva, et glissa ses doigts entre ceux de Mina. Sa peau dure et calleuse érafla sa paume tandis qu'il unissait leurs mains.

— On dirait que le vin vous fait le même effet qu'à moi, lui souffla-t-il à l'oreille.

Son éclat de rire se termina en claquements de dents – elle avait oublié son manteau. Mais Trahaearn avait le sien. Il l'attira dos contre lui, et referma les pans de son manteau sur elle, l'enserrant dans ses bras. Soudain, elle eut merveilleusement chaud. Lentement, elle se détendit, jusqu'à ce qu'elle découvre le paysage qui s'offrait à eux.

— Dieu du ciel ! Qu'est-ce que c'est ?

Au loin, le clair de lune balayait des sommets blancs et des parois noires déchiquetées. Et juste au-dessus, il y avait… les étoiles. Le cœur serré, elle laissa son regard passer de l'une à l'autre.

— Ce sont les Alpes.

Une chaîne de montagnes. Elle savait qu'il y en avait en Europe, avait remarqué les petits triangles sur les cartes. Mais elle n'avait jamais pensé en voir un jour.

Elle se perdit dans la contemplation des sommets, et Trahaearn se mit à bouger tout doucement derrière elle. Sa bouche effleura ses cheveux, puis son oreille. Elle n'aurait pas dû le laisser faire, mais n'arrivait pas à trouver la volonté de l'en empêcher. Puis ses lèvres se posèrent sur son cou, elle sentit sa langue sur sa peau, et eut envie de se cambrer et de gémir doucement. Comme Yasmeen.

Elle lutta pour reprendre ses esprits.

— Que s'est-il passé, en bas ?

— La Horde a tout envahi.

— Non, je ne parle pas des montagnes. Je parle de Scarsdale et Yasmeen, dans la cabine. Ils étaient… enfin, ils ne faisaient pas…

— Yasmeen aime qu'on la touche, mais elle ne se laisse faire qu'avec peu de gens. Scarsdale est pareil.

— Oh. Et… avec vous, elle se laisse faire ?

— Je l'ignore. Même si elle avait confiance en moi, je ne la toucherais pas. Je n'aime pas toucher les gens. Ni être touché.

Que faisait-il à présent, alors ?

— Mais…

— J'ai fait une exception.

Ah. Elle sentit son souffle s'accélérer. Il ouvrit les lèvres contre son cou et la mordilla, délicatement. Une boule de chaleur se forma au creux de son ventre. Elle resta immobile, les bras ballants.

De quoi parlaient-ils ? Ah, oui.

— Tout a changé, entre eux, quand Fox est parti.

— Oui. Elle voulait qu'il parte.

— Pourquoi ?

— Il l'a ridiculisée. Elle ignorait qui il était jusqu'à ce qu'il monte à bord. Et puis, il l'a mise mal à l'aise. Il l'a regardée pendant tout le repas.

— Comment le savez-vous ? Vous me regardiez.

Il rit dans le creux de son épaule.

— Oui. Pour la même raison. Mais elle voulait se débarrasser de lui, et vous… vous m'avez rejoint.

Elle rit, sentit le sourire du duc dans son cou… et ses mains sur son ventre. Surprise, elle baissa la tête. Il avait défait sa veste jusqu'à sa poitrine, et en écartait lentement les pans.

Elle gémit doucement, et il la plaqua contre lui. Entre ses jambes, elle sentit la chaleur se répandre.

— Mina, dit-il d'une voix grave.

Elle se mit à trembler contre lui.

— Je ne vous ai pas donné la permission de m'appeler par mon nom.

— Une permission est-elle nécessaire ? Non, Mina, dit-il en passant le doigt sur le bandeau rouge cousu sur sa manche. Mentez, si vous devez vous protéger. Mais ne soyez pas hypocrite. Je ne supporte pas les hypocrites.

Elle fronça les sourcils en suivant son regard.

— Vous pensez que ce bandeau est un mensonge ?

Celui-ci témoignait du fait qu'elle avait fait couler le sang de la Horde pendant la révolution.

— J'étais à Londres à cette époque. J'ai vu ce qui arrivait à ceux de la Horde. Si vous aviez combattu, personne ne se serait préoccupé de savoir qui étaient vos parents. Vous auriez été considérée comme l'une des leurs et vous seriez morte.

Oui. Les débordements des bogués qui recouvraient la liberté avaient été incontrôlables. Pendant plusieurs jours, ils n'avaient été que des animaux, des bêtes féroces.

— Vous n'étiez pas dans les rues, n'est-ce pas ? ajouta-t-il.

— Non. Mon père m'avait enfermée dans l'atelier de ma mère, au grenier.

— Que s'est-il passé ?

— J'ai entendu ma mère crier. Puis il y a eu un coup de feu. Alors j'ai pris un poinçon et j'ai fait sauter le verrou.

Le poinçon toujours à la main, elle avait dévalé les escaliers. Dehors, la ville était en feu.

— C'étaient des frères, dit-elle. Ils avaient habité quelques années dans la maison qui faisait le coin de la place. Ils avaient fait une proposition à mes parents, pour moi. Pas pour m'épouser, pour faire de moi leur concubine, et mon père les avait éconduits. Mais ce soir-là, ils avaient un aéronef, et ils partaient, parce que tous ceux de la Horde étaient tués… et je crois qu'ils voulaient me sauver. M'emmener avec eux dans un endroit sûr.

L'étreinte de Trahaearn se resserra autour d'elle. Elle inspira profondément.

— Donc, ils sont venus me chercher. Ils avaient tiré sur Henry, et ma mère… il y avait eu une Frénésie, et elle et mon père… enfin, elle attendait un enfant. Mais elle était tombée, ou l'un des deux l'avait poussée, et il y avait du sang partout. Mon père essayait de l'aider et d'aider Henry en même temps, et Andrew hurlait. Quand je suis arrivée en bas, les deux frères ont voulu m'entraîner hors de la maison. M'éloigner de ma famille. Je n'ai pas réfléchi. J'avais toujours le poinçon dans la main. J'ai frappé. Encore et encore, jusqu'à ce qu'ils me lâchent.

Aujourd'hui, en racontant cela, son poing se serrait. Derrière elle, Trahaearn resta silencieux.

— Et, vous avez raison, je me sers de ce bandeau pour me protéger. Quand les bogués le voient, ils décident parfois de me laisser tranquille. Mais ce n'est pas un mensonge. Le sang de la Horde a été répandu par mon geste. Le seul mensonge, c'est que ce geste est considéré comme héroïque, alors que ce n'est que le souvenir du moment le plus terrifiant de ma vie.

Il posa ses lèvres contre sa tempe.

— Je suis désolé.

Elle frissonna, tenta de se débarrasser de ce souvenir et de revenir au présent, à la réalité.

— Vous m'avez confié que vous ne cherchiez pas à nous sauver tous en faisant sauter la Tour. Mais saviez-vous que nous réagirions comme des animaux ? Comme des zombies ?

— Vous n'aviez rien à voir avec des zombies.

— C'est le sentiment que l'on avait. À la place de la faim, il y avait la violence et la peur, c'est tout. Saviez-vous que cela arriverait ? Était-ce ce que vous vouliez ?

— Non, ce n'était pas ce que je voulais.

— Alors qu'avez-vous…

Il la fit brusquement pivoter face à lui, approcha sa bouche de la sienne.

— Ne faites pas ça, protesta-t-elle.

— Je profite de la situation, souffla-t-il. Avant que vous ne profitiez de moi.

— Profiter de vous ? Comment ?

— En m'interrogeant.

Il prit ses lèvres. Les siennes avaient le goût du vin, des épices. Elle gémit, s'agrippa à ses épaules. Un grognement sourd monta de la gorge de Trahaearn, qui la souleva du sol et la plaqua contre la rambarde. Sa main glissa dans le chignon serré, sur la nuque de Mina. Les épingles se défirent, le vent fouilla ses cheveux.

— Quelle était votre intention ? murmura-t-elle quand il s'éloigna un instant, la laissant respirer.

Avec un sourire, il glissa les mains sous sa veste. Elle sentit ses paumes remonter par-dessous son gilet de protection et sa chemise pour venir se refermer sur ses seins. Du pouce, il lui caressa les tétons.

— Les sucer, longuement. Et puis je te lécherai entre les cuisses jusqu'à ce que tu jouisses dans ma bouche.

Elle se sentit défaillir, serra les jambes, sentit la moiteur au creux de ses cuisses…

— Parlez-moi de la Tour, insista-t-elle en levant les yeux. Quelle était votre intention ?

Le visage du duc se durcit, et elle crut qu'il allait refuser de répondre. Mais il se pencha et lui chuchota à l'oreille :

— Je n'ai pas fait ça pour les bogués. Je n'ai fait ça pour personne. Tout ce que je voulais, c'était frapper la Horde le plus fort possible. Je voulais tout détruire, mais je ne réalisais pas ce que cela signifiait. Je ne l'ai compris qu'après, en voyant ce que j'avais fait. Et je le paie encore aujourd'hui.

— Comment ça, vous le payez encore aujourd'hui ? Pourquoi ?

Il l'embrassa à nouveau, jusqu'à ce qu'elle soit à bout de souffle. Plaquant les mains sous ses fesses, il la souleva contre lui. Elle sentit son membre en érection contre son ventre. Il lui fallut toute la volonté du monde pour ne pas écarter les cuisses.

— Invite-moi dans ta cabine, Mina, souffla-t-il contre sa nuque.

— Non.

— Tu n'as rien à craindre, ici. Sur le vaisseau. Viens avec moi. Y as-tu déjà pensé ?

Oui. Sans arrêt.

— Je n'ai pas besoin d'y penser. Ma réponse sera toujours non.

Parce que c'était la seule réponse sensée.

Il ferma les yeux, la laissa glisser jusqu'au sol.

— Alors, allez vous coucher. Je vous accompagne jusqu'à votre cabine.

Il décrocha une lanterne et précéda Mina sur les échelles, puis la suivit dans la coursive qui menait à leurs cabines. Par le hublot, la lune éclairait à peine l'intérieur de celle de Mina.

— Il faut que je trouve le briquet pour allumer ma lampe, dit-elle.

Mais comme elle se penchait sur le tiroir de sa coiffeuse, Trahaearn referma la porte et posa sa lanterne à côté d'elle. Mina se figea.

— Vous venez m'aider ? demanda-t-elle sans lever les yeux.

— Non, répondit-il en passant un bras autour de sa taille. Je viens essayer de vous convaincre.

Mina savait qu'elle ne résisterait pas longtemps. Elle en avait tellement envie.

Elle se retourna comme il l'attirait contre lui. Il la souleva et dévora ses lèvres d'un autre baiser, affamé, brûlant. Tellement brûlant. Elle se sentit fondre sous cet assaut, agrippa ses épaules, referma les jambes autour de ses hanches.

Un grognement profond monta en lui. Il la fixa d'un regard enflammé par le désir.

— Je ne te baiserai pas, souffla-t-il. Nous avons trop bu tous les deux. Je veux juste te goûter.

Oui. Oh, oui. Lentement, il déposa des baisers de feu le long de son cou. Elle referma les poings dans ses cheveux, et tira violemment pour qu'il reprenne sa bouche. Entre ses cuisses, elle sentit les muscles de ses jambes se tendre tandis qu'il la soulevait pour la plaquer contre la cloison, juste à côté du hublot. L'incendie explosa en elle quand son sexe raidi trouva le creux de ses cuisses. Elle jeta la tête en arrière, se cambra, pour mieux revenir vers sa bouche.

D'un geste, elle fit glisser l'épais manteau de laine sur les épaules de Trahaearn, tandis qu'il ouvrait sa veste, la lui retirait. Il éclata de rire en découvrant son gilet de protection, sous sa chemise. Il la lui retira. Bientôt, les boucles du gilet sautèrent à leur tour, et le lourd vêtement tomba sur le sol dans un bruit sourd. Il défit le lien qui fermait la camisole de tissu léger, et libéra ses petits seins. Mina vit le désir enflammer son visage.

Elle ne voyait aucune peur en lui, tandis que la sienne grandissait, menaçait de la submerger.

— Mina… souffla-t-il d'une voix rauque.

Il fit glisser son membre jusqu'à l'entrée de son sexe. Elle était trempée, se sentait brûlante, engorgée.

— Je pourrais te prendre, me glisser loin en toi.

Oui, elle le voulait en elle. Voulait qu'il la comble.

— Mais pas maintenant. Maintenant, je veux te goûter.

Elle regarda sa langue passer sur les pointes de ses seins. D'ordinaire si douces, elles avaient durci, et pointaient en avant, comme de petits obus. Elle lâcha un faible cri quand il en aspira une entre ses lèvres, joua avec du bout de la langue. Un désir incontrôlable s'empara d'elle, elle fit rouler son bassin. Trahaearn la maintint fermement contre son érection.

Quand il se redressa, il gémit à son tour devant le spectacle de son téton rougi par la succion, et passa aussitôt à l'autre. Mina se perdit une nouvelle fois dans l'extase, les poings serrés dans les cheveux de Trahaearn, incapable de retenir les gémissements qui montaient de sa gorge.

Il revint à sa bouche pour un nouveau baiser, plus rude, plus affamé encore. Elle n'aurait su dire à quel moment il avait réussi à se débarrasser de l'essentiel de ses vêtements. Il ne portait plus qu'une chemise et un caleçon long qui ne cachaient rien de son anatomie. La culotte de Mina était lâche, le lien qui la maintenait sur ses hanches, défait.

— J'ai besoin de plus que ça, Mina. Je veux te goûter. Boire ton nectar. Es-tu mouillée ?

Elle se mit à trembler. *Je vais te lécher entre les cuisses jusqu'à ce que tu jouisses dans ma bouche.* Oui, elle était trempée, et elle avait mal, tant elle avait besoin de jouir.

— Oui, haleta-t-elle. Oui.

Lentement, Trahaearn descendit le long de sa gorge, la lécha entre les seins, sur le ventre. Il mit un genou à terre. Ses lèvres s'attardèrent sur son nombril.

Te lécher entre les cuisses.

Elle n'avait jamais ressenti pareille excitation – sauf une fois. Comment faisait-il ? Elle eut soudain du mal à respirer. La peur l'étreignit, lui comprima la poitrine, et se transforma en terreur. Elle le tira par les cheveux.

— Arrête, Trahaearn. Arrête, je t'en prie.

Je t'en prie.

En proie aux rugissements du désir, Trahaearn entendit à peine les mots de Mina. Il la désirait tant.

L'excitation l'avait littéralement submergé, plus brûlante que le vin. Il ignorait que cela fût possible.

Mais elle seule faisait naître cela en lui. Mina, et aucune autre.

— Je t'en prie, répéta-t-elle.

Et cette fois, il entendit la peur dans sa voix.

Il allait la combler. Et lui montrer qu'il pouvait prendre soin d'elle, qu'elle n'avait aucune raison d'avoir peur. Il fit glisser la culotte de coton un peu plus bas, et une émotion indescriptible s'épanouit en lui. Même dans la faible lumière de la lanterne, il voyait que le tissu de coton avait été maintes fois réparé, rapiécé, recousu. La douleur vrilla son cuir chevelu lorsqu'elle tira sur ses cheveux. Il l'embrassa à travers le coton élimé, tentant d'apaiser sa crainte. Bientôt, il lui offrirait soie et dentelle. La culotte glissa sur ses cuisses fuselées…

— Oh non. Non, non ! Je t'en prie ! gémit-elle en tirant un peu plus violemment. C'est trop fort. C'est comme la Frénésie. J'en ai trop envie.

Il le voyait bien. Les boucles noires de son sexe ne cachaient rien de son excitation. Elle était trempée, le désir gonflait ses plis intimes, les colorant de rose pivoine. Elle tira à nouveau, et il lui maintint les mains. Elle n'avait pas besoin de lui faire comprendre à quel point elle le voulait. Il allait la satisfaire. Il n'attendait que cela. Son odeur musquée, plus entêtante que n'importe quel parfum, menaçait de le rendre fou.

Au-dessus de lui, Mina gémit, prise de panique. Il comprenait cette appréhension. C'était la première fois qu'elle s'exposait ainsi. Qu'elle était vulnérable. Mais il ne lui ferait pas mal.

— N'aie pas peur.

— Je t'en prie, Trahaearn. Arrête. Je ne peux pas éprouver autant de pl…

Mais si, elle pouvait. Il couvrit son sexe de sa bouche, et sentit son goût exploser sur sa langue. Son cri de plaisir, la puissance de sa réaction le fit gémir lui aussi. Ses hanches se mirent à onduler, elle enfonça ses ongles dans les mains de Trahaearn. Malgré sa position, mains immobilisées et cuisses entravées, elle parvint à faire pivoter son corps. Il suivit le mouvement, léchant avidement les replis charnus. Elle hurla quand il aspira le bouton de son clitoris, s'arc-bouta. Les coups de langue se firent plus avides encore. Il voulait la boire jusqu'au bout.

Chaque cri, chaque gémissement étouffé, chaque sanglot était une satisfaction pour lui. Elle chercha à le repousser, comme si le plaisir était trop fort, mais il la maintint fermement et continua, jusqu'à ce qu'elle se raidisse et cède enfin aux convulsions de l'orgasme, son sexe pulsant contre la langue de Trahaearn.

Victorieux, il la lécha tendrement jusqu'à ce qu'elle cesse de frémir. Son membre était douloureux, mais il ne porterait pas Mina jusqu'au lit pour la prendre. De toute façon, il était trop ivre, ivre de vin et de Mina. Prêt à recommencer pour la goûter encore. Elle l'avait tant désiré, elle aussi... peut-être pouvait-elle jouir à nouveau ?

Il leva les yeux, et se figea.

Il n'y avait plus de désir dans son regard. Plus d'extase. Plus que des larmes. Et une indicible douleur.

Oh, Seigneur, non. Il comprit soudain, et ce fut comme un coup de poing dans le ventre. Ses protestations n'étaient pas ce qu'il avait cru.

— Mina, souffla-t-il d'une voix rauque. Je pensais que...

— Lâche-moi.

C'était un ordre, vibrant de fureur. Il la lâcha immédiatement. Elle se jeta sur ses armes. Il aurait pu l'arrêter.

Mais non.

Elle enfonça le canon dans son cou et appuya sur la détente.

Hébétée, Mina regarda Trahaearn tomber, inconscient. Elle se laissa choir à côté de lui, dos au mur. Elle ne parvenait plus à pleurer. Ne voulait plus jamais ressentir une émotion.

Plus facile à dire qu'à faire. La cabine se mit à tourner autour d'elle, elle avait du mal à réfléchir. Il n'avait pas réfléchi, lui non plus. Son étonnement, en la voyant, n'avait pas été feint. Ivres tous les deux. Quelle idiote elle avait été. Elle enfouit sa tête entre ses mains.

Quelques minutes s'écoulèrent, puis elle se releva, remonta sa culotte. Son sexe était encore brûlant, humide, hypersensible. Tremblante, elle passa sa camisole, puis son gilet. Elle dut tirer sa chemise de sous Trahaearn, et faillit tomber en arrière lorsqu'elle se redressa. La tête lui tournait, elle se tint au lit, se demandant si elle allait vomir. Mais rien ne vint.

Elle regarda Trahaearn. Allait-elle pouvoir le traîner jusqu'à sa cabine ? Elle s'accroupit, passa les bras sous ceux du duc et tenta de le soulever. Peine perdue. Elle parvenait à peine à le faire bouger. À nouveau, elle se sentit mal.

Renonçant à le changer de cabine, elle jeta une couverture sur lui. Étendu comme il l'était, on pouvait à peine ouvrir la porte sans lui cogner la tête. Elle se faufila de biais et réussit à sortir.

De l'autre côté de la coursive, la cabine du duc était vide. Scarsdale devait encore être avec Lady Corsaire. Elle reconnut le gilet rouge jeté au pied d'une des couchettes. Trahaearn l'avait déjà porté. Sans hésiter, elle s'allongea sur le lit du duc de Fer.

Soudain submergée par la fatigue, elle ferma les yeux. L'image de la bouche de Trahaearn sur son sexe flotta derrière ses paupières. Elle glissa une main entre ses cuisses, essayant d'y effacer le souvenir de ses lèvres et de sa langue. La terreur qu'elle avait éprouvée semblait loin maintenant, comme un rêve. Ne restait que le manque…

et le regret de ne pas être quelqu'un d'autre, une femme qui puisse laisser parler ses sens.

Des pas et l'éclat d'une lanterne la réveillèrent. La langue pâteuse et la tête douloureuse, Mina cligna des yeux. Scarsdale était debout, en caleçon long, de l'autre côté de la cabine, et lui tournait le dos. Lorsqu'il ôta sa chemise, elle retint son souffle.

D'anciennes cicatrices lui zébraient le dos. Les marques blanches correspondaient exactement à celles qu'aurait laissées un chat à neuf queues. Neuf lanières à nœuds.

Mina se redressa. Scarsdale jeta un regard par-dessus son épaule, puis un autre, et se retourna brusquement, pressant sa chemise contre son torse telle une vierge effarouchée.

— Inspectrice !

Elle dut forcer son cerveau et sa langue à se mettre en marche.

— Oui.

Il remit prestement sa chemise.

— Vous n'êtes pas dans votre cabine ? Que faites-vous là ? Où est le capitaine ?

— Par terre, dans ma cabine. Je n'ai pas réussi à le tirer jusqu'ici.

— Il ne boit jamais autant. J'aurais dû… Oh, Seigneur… a-t-il… ? demanda Scarsdale, troublé.

— Non. Je lui ai tiré dessus.

L'inquiétude remplaça le trouble.

— Avec quoi ?

— De l'opium.

— Donc il est dans les choux, dit-il en soupirant, passant une main dans ses cheveux. Au moins jusqu'à demain matin. À nous deux, nous pourrions essayer de le traîner jusqu'ici, mais le mettre au lit, ça m'étonnerait qu'on y arrive. On le laisse où il est, alors ?

— C'est ce que j'ai fait.

Scarsdale éclata de rire.

— C'est vrai. Et ne m'en voulez pas, mais vous avez une tête à faire peur, et je doute que vous arriviez à tenir debout. Alors tirer quelqu'un comme le capitaine…

Sans doute savait-il mieux que quiconque ce qui était possible et ce qui ne l'était pas après une bonne cuite.

— Je confirme.

Il soupira à nouveau, s'assit sur son lit.

— Ça vous dérange beaucoup, si je dors ici ?

— Pas du tout. Je ferai comme si vous étiez mon frère.

Il sourit, et se laissa tomber en arrière.

— Vous n'auriez pas encore une flèche à l'opium, par hasard ?

— Sur mon bureau.

— Flûte. Tant pis, ça n'en vaut pas la peine.

Elle ne pouvait s'empêcher de le fixer. Comme il tendait le bras vers la lanterne pour l'éteindre, il surprit son regard. Une grimace tordit son visage avant que l'obscurité ne se fasse.

— Vous pouvez me demander ce qui est arrivé à mon dos, dit-il.

Mince.

Elle entendit craquer le bois de sa couchette.

— C'était pendant ma première année à bord du *Terreur*. Le capitaine m'a fait fouetter.

— Trahaearn ? Pourquoi ?

— Je voulais aller aux Antilles. Le capitaine avait des projets du côté du Liberé, et a refusé d'en changer. Alors j'ai donné la mauvaise direction aux barreurs.

— Vous avez dérouté son bateau ! s'exclama-t-elle, stupéfaite.

— Oui, et il s'en est aperçu assez vite. Il m'a demandé pourquoi j'avais fait cela, et je le lui ai dit. Alors il m'a fait fouetter devant l'équipage.

Il avait eu de la chance de n'être que fouetté. Trahaearn avait dit à Mina qu'un bon capitaine savait toujours donner une seconde chance, mais dérouter un bateau était impardonnable. Scarsdale aurait pu être pendu.

— Pourquoi avoir pris un risque pareil ?

— J'avais entendu dire que Hunt était à Antigua. Et quand j'ai enfin pu me relever, j'ai découvert que le capitaine avait gardé mon cap, finalement. Mais Hunt avait déjà quitté le port à notre arrivée.

Mina resta les yeux grands ouverts dans le noir. Trahaearn avait été furieux lorsque Dame Dents de Scie avait déclaré avoir donné le *Terreur* à Hunt. Et Scarsdale avait été prêt à risquer sa vie pour essayer de le retrouver. Qui était cet homme, pour provoquer une telle haine ? Qui était cet homme qui tenait la vie d'Andrew entre ses mains, aujourd'hui ?

— Pourquoi lui en vouliez-vous à ce point ?

Scarsdale ne répondit pas tout de suite. Pendant quelques instants, on n'entendit plus dans la cabine que le ronronnement des moteurs.

— Je pense qu'il vaut mieux attendre que votre estomac soit remis pour le découvrir, lâcha-t-il enfin sombrement.

11

Lorsque Mina ouvrit à nouveau les yeux, Scarsdale dormait encore. Elle se leva et traversa la coursive, se préparant à la présence de Trahaearn dans sa cabine. Mais celle-ci était vide.

Soulagée, elle se lava et s'habilla, puis monta sur le pont principal. Le soleil était haut dans le ciel, et le pont était à l'ombre du ballon. Elle ne vit pas le duc. Fox était seul près de la plate-forme de chargement, équipé de son engin ailé. Mina regarda en bas. Ils survolaient une zone de marais parcourus de canaux. Un peu partout, la végétation recouvrait des ruines. Celles de Venise, probablement.

Une cloche tinta. Mina se retourna. Lady Corsaire lui faisait signe de la rejoindre au poste de pilotage.

— Il est au charbon, lui dit Yasmeen.

— Comment ?

— Vous vous demandez où est le capitaine. Il est au charbon, dans la salle des machines.

Ah.

— Pourquoi ?

— Parce qu'il ne savait pas où aller.

Étrange réponse.

Yasmeen se détourna de Mina pour observer Fox, qui approchait à son tour. Il était vêtu de noir, avec des protections en cuir autour du cou et sur les épaules. La couleur avait été supprimée, au profit d'armes de tous styles.

Mina compta un arc, deux machettes glissées sous les ailes, plusieurs pistolets, des coutelas le long des cuisses et dans les bottes. Quand le vent gonfla sa chemise, elle vit deux lames de cinquante centimètres le long de ses avant-bras, glissées dans des fourreaux à ressorts.

Il salua Mina, avant de s'adresser à Yasmeen.

— Trois semaines, capitaine. Je serai au sommet de cette ruine à midi.

Mina regarda l'endroit qu'il indiquait. C'était le point le plus haut de la zone. Il serait facile à repérer d'en haut… et d'en bas.

— Doux Jésus… Je vous souhaite bonne chance, monsieur, dit-elle.

Il éclata de rire.

— Je vous remercie, inspectrice.

Puis, toujours en souriant, il dit à Yasmeen :

— Ne soyez pas en retard. Ces fichus zombies grimpent à toute vitesse.

Yasmeen le considéra d'un regard las, hésitant peut-être à se sentir insultée qu'on puisse l'imaginer en retard.

— J'y serai, dit-elle avec un hochement de tête. Et moi aussi, je vous souhaite bonne chance.

Fox ne bougea pas. Il regarda Mina, puis à nouveau Yasmeen.

— Capitaine Corsaire, laissez-moi vous expliquer…

— Non ! s'emporta Yasmeen, le regard noir. Je serai ici dans trois semaines, je vous remmènerai en Angleterre, vous me verserez ce que vous me devez, point. L'argent est la seule chose qui passera entre nous, monsieur Fox, parce que je n'ai plus l'intention d'écouter une seule de vos paroles.

Le visage fermé, Fox se dirigea vers le côté de l'aéronef. Étonnée de ce soudain changement de ton entre eux, Mina le regarda attacher un petit sac autour de sa taille, grimper sur le plat-bord, et sauter.

Yasmeen inspira un grand coup et lança :

— Faites tonner le canon, Siegel !

Mina regarda vers l'avant, où le canon avait été installé. Les moteurs toussèrent, et un sinistre hurlement fendit les airs tandis que le générateur électrique chargeait.

— Vous tirez sur Fox ? s'exclama-t-elle, horrifiée.

Yasmeen éclata de rire.

— Mais non ! Ça fait partie de notre contrat. Je fais du bruit…

Une explosion l'interrompit. Sur le pont inférieur, des aviateurs lancèrent des « hip hip hip hourra » en se tapant dans le dos. Une nouvelle explosion suivit, et l'équipage sortit les armes des coffres où elles étaient rangées. À l'avant, le canon tira encore et encore, mais on ne l'entendait plus, entre le gémissement du générateur et les explosions au sol.

— On fait du bruit pour attirer les zombies, expliqua Yasmeen, hurlant entre deux explosions. Fox va planer le plus loin possible pendant qu'ils se rueront par ici. De cette manière, il en trouvera moins sur son chemin à l'atterrissage. Pour l'équipage, ça fait une bonne séance d'entraînement au tir, et c'est toujours ça de zombies en moins.

Ah… Mina rougit, et Yasmeen rit à nouveau. D'un coffre, elle sortit un fusil, qu'elle lui lança.

— Si vous en descendez cinq, je vous donne la cabine d'apparat que je réservais à Trahaearn, dit-elle avec un clin d'œil.

La cabine d'apparat n'était pas aussi grande que celle du capitaine, mais offrait suffisamment d'espace pour un vrai bureau, un lit, une armoire, un meuble de toilette, et des cabinets privés. Il ne fallut que quelques minutes à Mina pour y transférer ses affaires. Elle glissait sa valise sous le lit quand un pas lourd dans la coursive la fit se retourner.

Trahaearn se tenait sur le seuil, son regard allant de la valise à l'armoire ouverte. De la poussière de charbon maculait son visage et sa chemise. Une émotion profonde brûlait dans ses yeux.

— Vous avez emménagé dans ma cabine ?

Le cœur battant, Mina secoua la tête.

— Le capitaine me l'a attribuée.

— Je vois.

Elle s'attendait à ce qu'il s'engouffre dans la cabine, furieux, mais il ne fit pas un pas, ne dit rien. Le silence devint vite insupportable pour Mina.

— Monsieur ?

— J'ai perdu la tête, hier soir, déclara-t-il d'un ton solennel, plantant son regard dans le sien. Je vous fais le serment de ne plus jamais boire une goutte d'alcool. Plus jamais.

L'alcool lui avait fait perdre ses esprits, à elle aussi. Mais ce n'était pas le vin qui avait fait éclore le désir en elle.

Se battre contre ce qu'on ne pouvait pas changer n'apportait rien de bon, et on ne changeait pas le passé.

Elle se ressaisit.

— Plus jamais ? dit-elle un peu sèchement. Je doute que cela soit nécessaire. Quand nous aurons retrouvé le *Terreur* et regagné Londres, nous ne nous…

— Si, c'est nécessaire. Jamais je n'ai voulu vous faire de mal, ni vous faire peur. Je n'étais pas assez lucide pour me rendre compte que c'est ce que je faisais. Je le regrette profondément.

Elle aurait voulu rire, mais n'y parvint pas.

— Juste ça ?

— Je ne regrette pas de vous avoir goûtée. Mais peut-être le devrais-je, dit-il avec un léger sourire.

Mina garda le silence. Il plongea son regard dans le sien une nouvelle fois et, après un interminable silence, s'en alla.

La Méditerranée était plus belle que la Manche. Mina observa longuement le ballet des péniches de la Horde qui traversaient la mer, transportant les récoltes de l'Europe vers les ports de l'Orient, d'où elles seraient expédiées vers le cœur de l'empire. Le soleil se couchait quand ils abordèrent les côtes d'Afrique du Nord, et les péniches laissèrent la place aux aéronefs qui reliaient les grandes cités fortifiées d'Égypte et du Maroc, occupés par la Horde. Chaque fois qu'ils croisaient un vaisseau, le cœur de Mina battait à tout rompre, mais le *Lady Corsaire* poursuivit son voyage sans encombre. Elle s'attarda sur le pont jusqu'à la nuit.

Le duc ne prononça pas un mot de tout le dîner. Mina se concentra sur son assiette, ne sachant s'il la regardait ou pas. Elle prévoyait de s'éclipser le plus vite possible et de regagner sa cabine. Aussi, quand le dîner s'acheva, ce fut avec un certain embarras qu'elle entendit Scarsdale lui demander :

— Alors, inspectrice, vous êtes prête à entendre l'histoire de Hunt ?

Elle leva les yeux. Trahaearn la fixait, effectivement. Mais il tourna vers Scarsdale un regard ennuyé.

— Encore ? grommela Yasmeen. Tu racontes cette histoire chaque fois que tu as trop bu, et là, tu es loin d'avoir ta dose.

— Je te ferai ronronner pendant que je la raconte, alors, dit Scarsdale en l'attirant vers lui. L'inspectrice a vu mes cicatrices, hier soir, quand elle dormait dans ton lit, ajouta-t-il à l'intention de Trahaearn. Je lui ai dit d'où elles venaient, et j'ai promis de lui raconter toute l'histoire.

— Je vois, lâcha le duc en se penchant pour prendre sur la table la boîte de cigarillos de Yasmeen ainsi qu'un briquet à silex.

Mina se tourna vers Scarsdale. Il était allongé sur le côté, et Yasmeen était étendue sur le dos devant lui, fumant tranquillement, la tête sur un coussin. Il avait glissé une main sous sa chemise et lui caressait le ventre.

Elle n'était pas comme ces pudibondes de Manhattan City, mais n'avait pas non plus l'habitude d'un tel comportement, même s'il s'agissait là de simple bien-être physique plutôt que de plaisir sexuel. Elle leva son verre d'eau citronnée glacée, regrettant que ce ne fut pas du vin. La veille, elle s'était sentie détendue. Aujourd'hui, elle se faisait l'effet d'un chien dans un jeu de quilles face à ces gens pour qui baigner dans la luxure et la sensualité était aussi normal que respirer.

Droite comme un I, elle demanda :

— Alors, Hunt ?

— Voyons, par où commencer... fit Scarsdale, le regard vague. Ah, oui. Après la mutinerie, quand le capitaine a laissé Hunt s'échapper du *Terreur*...

— Quand je l'ai abandonné, l'interrompit Trahaearn. Si j'avais su ce qu'il était, je l'aurais abattu. Mais un lâche prêt à obéir à son supérieur, quel que soit l'ordre, il y en a toujours un. Et j'ai cru que Hunt n'était que cela : un lâche. J'ignorais qu'il était aussi mauvais qu'Adams.

— Pire qu'Adams, parce que c'est le genre de type qui vous file entre les doigts et a plein d'amis influents qui lui doivent une faveur et le sortent de prison ou lui évitent le gibet. C'est ce qu'il a fait après son passage en cour martiale.

D'un air absent, Scarsdale glissa une main autour de la taille de Yasmeen, révélant un carré de peau olivâtre. Mina regarda son verre.

— Mais à l'époque, je n'étais pas au courant de la mutinerie. J'aidais le Liberé à lutter contre ces sales Français.

— J'aime bien les Français, moi, dit Yasmeen.

— Tu aimes leur argent.

— Ça, c'est vrai.

Scarsdale rit avant de reprendre :

— J'ai atterri dans une prison militaire française aux Antilles. Hunt y était. Il faisait partie d'un groupe de mercenaires que Colbert avait embauchés pour s'occuper de la prison.

— Sur Brimstone Island ? demanda Mina.

— C'est ça.

Yasmeen roula contre lui, posa la tête sur son épaule et se mit à lui caresser le torse.

— Tout ce que vous avez entendu à propos de cette prison… c'était cent fois pire. L'argent que Colbert versait pour la nourriture, les vêtements, et les médicaments allaient droit dans les poches de Hunt. L'endroit était surpeuplé. On était vingt mille hommes dans une prison destinée à en accueillir quatre fois moins. Des ruisseaux de merde, des cadavres qui s'empilaient et pourrissaient sur place. La moindre égratignure s'infectait et…

— Épargne-nous les détails, intervint Yasmeen. On sort de table, quand même.

Scarsdale hocha la tête et but une longue gorgée. Il resta silencieux un moment, fixant le fond de son verre.

— Hunt se faisait du fric à côté, aussi. Il envoyait des prisonniers de l'autre côté de l'Atlantique, à Santa Luzia, dans les îles du Cap-Vert, au large des côtes d'Afrique occidentale, juste assez loin de la Côte-d'Or pour que personne n'en prenne ombrage.

— C'est-à-dire ? demanda Mina.

— Même en Côte-d'Or, il y a des lois, expliqua Trahaearn. Elles sont comprises et acceptées, même si elles ne sont pas écrites. Lâcher des prisonniers et des zombies ensemble sur une île et proposer une partie de chasse peu ordinaire à de riches marchands, contre espèces sonnantes et trébuchantes, n'est pas toléré par ces lois.

Barbarie pure.

— Quel genre d'homme peut faire une chose pareille ?

— Le genre qui considère qu'il ne tuait pas des hommes, répondit Scarsdale. Alors Hunt leur a donné le Liberé et les quelques bogués qui avaient eu la mauvaise idée d'échouer dans sa prison. Les bogués étaient plus costauds, et duraient plus longtemps que les autres.

— Et c'est pour cela qu'il vous a envoyé là-bas ?

Scarsdale n'était pas un bogué, mais un expat infecté était tout aussi résistant.

— Je n'étais pas encore infecté, à l'époque, dit-il avec un sourire. Il m'a envoyé là-bas pour d'autres raisons.

— Mais… il savait forcément que vous étiez l'héritier du titre d'Halifax. Quand le fils aîné d'un marquis disparaît, cela se remarque.

— C'est possible. La dernière chose que m'a dite mon père, c'est que j'étais un idiot d'aller risquer ma vie pour des sous-hommes… Mais pour en revenir à Hunt, il ne m'a pas envoyé là-bas parce que j'étais infecté. Non, j'avais juste commis l'erreur de me faire surprendre en train d'embrasser un capitaine de la Marine.

Ah bon ? Mina avait toujours cru que les troupes de la Marine étaient seulement composés d'hommes… Oooh…

Interloquée, elle croisa le regard amusé de Trahaearn, qui confirma la conclusion à laquelle elle venait de parvenir.

Mais… ? Non, c'était impossible. Là, sous ses yeux, Scarsdale caressait l'arrondi des seins de Yasmeen… même si ni l'un ni l'autre ne semblait s'en rendre compte. Ils se regardaient, simplement, et leurs sourires trahissaient une longue amitié.

Une amitié. Un arrangement entre eux, parce que Scarsdale avait quelque chose à *cacher*.

Mina en éprouva une pointe de jalousie. Quelle chance il avait de pouvoir le cacher. De pouvoir suivre son chemin comme n'importe qui, sans être détesté au premier regard. Elle aurait donné beaucoup pour pouvoir faire la même chose.

— Je vois, dit-elle doucement. Et donc, on vous a surpris, Hunt a décidé que vous étiez moins qu'un homme et vous a envoyé sur l'île. Le capitaine de la Marine aussi ?

— Oui. Ils nous ont mis dans un labyrinthe, et les hommes qui payaient Hunt ont été équipés de caparaciers et de fusils. Ils nous ont chassés, les zombies nous ont chassés, mais pour corser les choses, Hunt offrait de les rembourser s'ils tuaient tous les prisonniers avant les zombies. Le cerveau de Thomas a explosé juste devant moi…

Sa voix avait tremblé. Yasmeen lui prit la main.

— C'est mieux que si les zombies l'avaient eu.

— C'est mieux. Oui.

Le sinistre écho fut suivi d'une longue gorgée.

— Comment vous êtes-vous échappé ?

Il se tapota la tempe.

— Je ne peux pas me perdre dans un labyrinthe, surtout si je l'ai vu d'en haut, comme quand ils nous ont amenés. Et avec les caparaciers, ils n'étaient pas bien rapides, les chasseurs. J'ai réussi à en éliminer un, j'ai pris son fusil, et je suis sorti en abattant le garde à l'entrée du labyrinthe. Je me suis caché jusqu'à la tombée du jour, j'ai trouvé un bateau, et j'ai navigué jusqu'à la Côte-d'Or. Et comme disait le capitaine, là-bas, les lois sont rares mais doivent être respectées. Dès que j'ai raconté mon histoire, le comptoir de l'Ivoire s'est occupé de l'île.

— Et Hunt a été arrêté ?

— Non, dit Trahaearn en prenant un autre cigarillo. Il n'y a pas de police au comptoir de l'Ivoire. Les caïds locaux ont détruit l'île. Ils l'ont brûlée.

— Et Hunt s'en est sorti une nouvelle fois. Je suis retourné à Brimstone, mais la négligence de Colbert avait été dénoncée, les conditions d'emprisonnement avaient horrifié tout le Nouveau Monde et les Français cherchaient à sauver la face. J'ai rencontré le capitaine peu de temps après, et je me suis enrôlé sur le *Terreur*, persuadé que tôt ou tard je finirais par retrouver Hunt.

— Tu ne t'es pas enrôlé. Tu jouais aux cartes les yeux bandés dans un bar à rhum, et je t'ai emmené parce que je te voulais sur mon bateau.

Scarsdale leva son verre en direction de Trahaearn.

— Et je suis toujours là, capitaine. Votre bien le plus précieux.

L'espace d'un instant, un amusement sincère brilla dans le regard du duc.

— Scarsdale vous avait dit ce que Hunt lui avait fait, mais vous l'avez quand même fait fouetter ? lui lança Mina.

L'amusement disparut dans le regard du duc.

— Oui.

— Je l'aurais tué, moi, fit Yasmeen.

— J'aurais dû monter sur ton vaisseau, alors, dit Scarsdale. La mort était tentante, à l'époque. Naviguer sur un bateau avec un capitaine qui cherchait à détruire le monde m'a semblé être la meilleure façon de poursuivre mon but. On n'a plus revu Hunt jusqu'au jour, juste avant la Tour, où il a lâché un zombie du *Joséphine* sur le poste de pilotage du *Terreur*.

— Avec tout l'équipage à bord ? Vous étiez tous là ?

— Oui, dit Scarsdale en enroulant une des petites tresses de Yasmeen autour de son doigt. Pile sur le capitaine, qui l'a tué. Après ça, faire sauter la Tour semblait être la meilleure façon de tirer sa révérence. Y avait bien que toi pour lancer une opération suicide après avoir été mordu par un zombie, et finir duc, pas vrai ? lança-t-il à Trahaearn.

Mina était abasourdie. Il avait été mordu. Dans pareille situation, un bogué en bonne santé ne mourait pas tout de suite pour devenir un zombie, il fallait quelques jours. Alors pourquoi était-il encore vivant ?

— Pas les oreilles !

Le cri de colère de Yasmeen tira Mina de ses pensées. En face, Lady Corsaire s'était redressée brusquement et ramenait son foulard bleu vers le bas. Mina crut entrevoir une touffe sombre avant que la soie ne recouvre la moitié supérieure de son oreille.

— Pardonne-moi, amour, j'étais distrait, dit Scarsdale en lui envoyant un baiser.

Calmée, elle se mit sur le ventre, et Scarsdale la massa. Ses mouvements lents, circulaires, étaient presque envoûtants, et plus vraiment choquants. Mina était contente pour eux. L'affection qui unissait Yasmeen et Scarsdale était réelle. Pour des êtres ayant quelque chose à cacher, et qui n'avaient sans doute que peu d'espoir d'être un jour acceptés tels qu'ils étaient, au moins n'avaient-ils pas à se cacher l'un de l'autre.

À côté d'elle, la soie des coussins crissa. Trahaearn se pencha vers elle, les yeux mi-clos.

— Est-ce ce que vous voulez ? souffla-t-il en désignant Yasmeen et Scarsdale.

Il l'avait donc observée, avait vu qu'elle les regardait. Voulait-elle qu'il la caresse, non pour l'exciter, mais pour l'apaiser ? Pour lui manifester son affection ? Pas seulement comme un amant. Comme un ami. Comme quelqu'un qui avait besoin d'elle pour les mêmes raisons qu'elle avait besoin de lui. Comme l'homme qu'elle aimerait épouser si un jour elle avait cette chance.

Elle en était persuadée depuis longtemps : cette chance n'était pas pour elle. Mais en voulait-elle seulement ?

— Non, mentit-elle, avant de trouver la force de se retirer.

12

Mina ouvrit les yeux bien après l'aube. Dans une atmosphère étouffante, elle émergea d'un rêve où Trahaearn lui faisait l'amour sur les coussins dans la cabine du capitaine, tandis que Scarsdale et Lady Corsaire regardaient et riaient. Troublée, trempée de sueur, elle alla d'un pas hésitant se passer un peu d'eau sur le visage.

Elle s'habilla avec, en bruit de fond, les sifflements et grincements incessants des moteurs. Malgré la chaleur, elle boucla soigneusement son gilet de protection et sa veste, puis tira plus que d'ordinaire sur ses cheveux, afin qu'aucune mèche ne s'échappe de son chignon.

Dehors, il faisait tout aussi chaud, mais au moins le vent donnait-il une légère sensation de fraîcheur. Elle resta à la proue presque toute la journée, regardant défiler le paysage. Le désert n'était pas que du sable, comme elle l'avait imaginé. Il y avait beaucoup de massifs rocheux, de longues langues de terre aride et brûlée par le soleil. La palette des couleurs oscillait entre jaune, ocre et brun, en dehors des oasis où éclatait le vert brillant d'une végétation luxuriante. Mina cessa de transpirer quand le désert céda la place aux pâturages qui semblaient ne former qu'un seul immense champ. Elle ne vit ni zombie, ni humain, et les quelques arbres qui se dressaient vers le soleil semblaient bien seuls.

Comment un endroit pareil avait-il pu hériter du surnom de Continent noir ? Au fur et à mesure que le jour avançait, tout semblait s'illuminer, même le ciel bleu faisait mal aux yeux.

Regarder autour d'elle sur le vaisseau lui faisait mal aux yeux aussi. Trahaearn se tenait à côté du poste de pilotage, en manches de chemise, cigarillo au bec, et indifférence affichée chaque fois que Mina se retournait. Alors elle cessa de se retourner.

Londres lui semblait très loin, et Andrew, plus loin encore. L'un et l'autre lui manquaient... Plusieurs fois, elle fut tentée d'enfouir son visage entre ses mains et de pleurer. Mais elle tint bon, et le soleil finit par se coucher, lui donnant un prétexte pour regagner sa cabine.

En se passant de l'eau sur le visage, elle constata que sa peau était rouge, sensible. Rien de très inquiétant, les nanoagents s'en occuperaient. Mais ils ne pouvaient rien, en revanche, contre la fatigue qui s'empara d'elle et contre l'absence d'appétit lorsqu'une fille de cabine lui apporta un plateau de fromages et de melon, ainsi qu'une carafe d'eau citronnée glacée.

— Le capitaine Corsaire dit que vous auriez sans doute trop chaud dans sa cabine. Elle a pensé que vous seriez mieux ici.

Mina la remercia. Lentement, elle se déshabilla, passa sa chemise de nuit, ouvrit les hublots et se mit au lit. Toujours ces bruits de moteurs... Elle fixa longuement le ciel orangé. Elle avait chaud, était fatiguée, n'arrivait pas à dormir.

Quand, enfin, le noir gagna les cieux, elle ferma les yeux.

C'est le silence qui la tira du sommeil. Mina s'assit, et écouta. L'aéronef ne bougeait plus. Elle tendit la main vers sa lampe.

— Pas de lumière, fit doucement la voix de Trahaearn.

Une ombre bougea. Il posa la main sur sa bouche.

— On ne parle pas. On murmure.

Comme elle hochait la tête, il recula. Elle se leva, le cœur battant à tout rompre.

— Que se passe-t-il ?

La main de Trahaearn trouva la sienne. Il lui laissa un instant pour s'envelopper dans un châle puis l'entraîna vers la coursive, plongée dans le noir, jusqu'au pont principal, où le bois lessivé était chaud sous ses pieds nus. Les lanternes avaient été éteintes. Les voiles étaient abattues. Yasmeen se tenait au poste de pilotage, en simple chemise, cheveux au vent, un foulard couvrant le sommet de son crâne et le haut de ses oreilles. Au-dessous d'eux, c'était l'obscurité absolue.

— C'est un autre aéronef ? murmura Mina. Des pirates ?

— Pire, répondit Trahaearn en lui tendant la longue-vue avant d'indiquer l'est, où la lune brillait intensément. Des croyants.

Une étrange silhouette se détachait dans le ciel nocturne. On aurait dit une grappe de raisin posée sur une assiette.

— William Bushke l'appelle le Nouvel Éden. C'est une ville faite d'aéronefs attachés les uns aux autres. S'il voit le *Lady Corsaire*, il cherchera à l'intégrer. Et nous avec. Or le Nouvel Éden ne demande jamais de rançon.

— Qu'est-ce que Bushke fait aussi loin à l'ouest ? marmonna Yasmeen sans quitter la cité flottante des yeux.

— Je me le demande, fit Trahaearn.

— Où est-il, d'habitude ? s'enquit Mina.

— Il considère que l'océan Indien est son territoire. Il circule de l'Australie jusqu'aux territoires de la Horde au nord, et s'aventure parfois à l'ouest jusqu'à Madagascar. Et il s'empare de tous les vaisseaux qu'il croise.

— Pour quoi faire ?

— Pour les ajouter à sa ville. Les ponts supérieurs sont transformés en jardins, et les ponts inférieurs en quartiers d'habitation. Il promet un paradis, et tout ce qu'il y a à faire, c'est assister aux messes, travailler la terre et vivre en paix... Mais Bushke ne les laisse jamais partir.

Presque comme la Horde.

— Comment fait-il pour s'emparer d'un vaisseau sans combattre ?

— C'est la seule exception à son concept de paix. Il y a ceux qu'il force à le suivre, mais il a aussi de fervents disciples. Et en cas de besoin, il possède plusieurs aéronefs légers, et une force de frappe. Ils encerclent le vaisseau, comme des loups, et le maintiennent en place jusqu'à ce que la ville arrive. La seule alternative est d'abandonner le vaisseau ou se laisser prendre.

En pareille situation, Mina abandonnerait sans hésiter le vaisseau.

— Si personne ne s'en échappe jamais, comment savez-vous que la ville est telle que vous la décrivez ?

Trahaearn sourit.

— Parce que Bushke m'avait offert une fortune pour sortir en contrebande des reliques d'Italie. Scarsdale et moi sommes arrivés en autogire au moment de la livraison. Et il ne nous a pas laissés repartir.

Elle le regarda, dubitative.

— Mais vous êtes ici, aujourd'hui.

— Il y a quand même une solution : sauter. Entre les messes et le jardinage, nous avons réussi à fabriquer un planeur avec tout ce qu'on avait pu trouver dans la ville.

Yasmeen sortit un cigarillo de sa boîte, puis eut une moue agacée, comme si elle réalisait qu'elle ne pouvait pas l'allumer.

— Et c'est la dernière fois que Scarsdale a réussi à monter plus haut que sa propre taille sans devoir vider une bouteille en préambule.

Mina se mordit la lèvre, compatissante.

— Ah, je vois... Il a été blessé ?

— Non. Le planeur a commencé à partir en lambeaux à mi-parcours, mais on a réussi à atteindre les côtes. Voir des morceaux d'aile se détacher alors qu'on était encore en vol l'a vraiment marqué. Moi, j'étais juste content qu'on soit arrivés jusqu'à la terre. Je coule comme une pierre.

Mina aussi, mais parce qu'elle ne savait pas nager. Elle n'avait pas de fer à la place des os.

— Et pourtant, vous êtes capitaine.

— Tant que le *Terreur* flotte, tout va bien.

Le sourire de Trahaearn lui noua l'estomac et la fit sourire à son tour. Où était passée son indifférence ? Et la fatigue de Mina ? L'une avait-elle quelque chose à voir avec l'autre ? Elle l'ignorait. Mais elle n'avait pas envie de retourner dans sa cabine.

Yasmeen regarda dans la longue-vue.

— Il se dirige vers l'est, pour l'instant. Mais on va attendre l'aube avant de rallumer les moteurs. Notre sillage est trop facile à repérer au clair de lune.

Mina leva les yeux vers l'enveloppe blanche.

— Et le ballon ne l'est pas ?

— Si nous étions au sud par rapport à lui, ou entre lui et la lune, il nous verrait facilement. Mais là, il y a quelques nuages, donc ça devrait aller.

Malgré cela, Yasmeen ne voulait prendre aucun risque. Elle se tourna vers Trahaearn.

— Je suis épuisée. J'ai besoin de sommeil. Vous prenez la barre ?

— Pas de problème.

— J'ai mis trois hommes en vigie. Deux en direction de Nouvel Éden. Ils crieront s'il y a quelque chose. S'ils ferment les yeux une seule seconde, balancez-les par-dessus bord. Les mécanos dorment en bas, près des moteurs. Si Bushke change de cap, prévenez-les en hurlant dans les tuyaux avant de me réveiller. Et puis, essayez de prendre les aéronefs légers de vitesse.

— À vos ordres, capitaine.

Le rire de Yasmeen se transforma en bâillement.

— Allez, à plus tard.

Après son départ, Trahaearn fit un tour du pont supérieur, alla parler aux hommes chargés de la surveillance, et vérifia les coffres contenant les armes. Mina s'installa sur celui qu'elle affectionnait. Pour la première fois, elle n'avait pas besoin de ses lunettes de protection. L'air nocturne était tiède, une légère brise balayait l'aéronef suspendu au-dessus de l'obscurité.

Elle écouta les murmures des hommes de garde, la voix grave de Trahaearn. Bientôt, des pas lourds annoncèrent son approche. Jusque-là, Mina n'avait entendu que les moteurs et le vent, sur ce vaisseau. Maintenant, elle n'entendait plus que ces pas... et les battements de son cœur.

— Yasmeen a dit que vous aviez une insolation, au dîner.

Insolation. C'était la première fois qu'elle entendait ce mot, mais sans doute était-ce ce qu'elle avait eu.

— Oui. Mais ça va, maintenant.

— Je vous ai observée toute la journée, j'aurais dû vous...

— Je vais bien.

C'était étrange de devoir le rassurer.

Il s'assit à côté d'elle. Elle suivit son regard en direction de la ville flottante. Sans longue-vue, on ne voyait qu'une large tache sombre sous la lune.

— Que se passera-t-il s'ils arrivent ? Est-ce que nous devrons utiliser les planeurs de sauvetage ?

Elle en avait vu un peu partout sur le vaisseau, repliés et calés entre les parois.

— Yasmeen ne quittera jamais son vaisseau. Elle préférerait le faire sauter. Et nous sommes juste au-dessus des marais du fleuve Niger. Si nous prenions les planeurs, nous tiendrions peut-être deux minutes au sol. Pas plus.

Elle frissonna.

— Les zombies ?

— Pas autant qu'autour du fleuve Congo, mais un bon paquet quand même.

Il se tut un instant, puis ajouta :

— Si Bushke vient, je vous protégerai. Et je fabriquerai un meilleur planeur pour notre évasion.

— Bon, je reste près de vous, alors.

Elle leva la tête.

— S'ils viennent, pourquoi ne pas simplement tirer sur leurs ballons au canon ?

— Trois mille personnes vivent dans le Nouvel Éden. Il y a des femmes, des enfants.

Qui mourraient tous si la ville s'écrasait.

— Oh. Oui, un planeur, c'est mieux.

— C'est mieux.

Trahaearn se pencha pour tirer quelque chose de sa poche, qu'il posa au creux de sa main.

— Je voudrais vous donner cela.

Avant même de le déplier, Mina comprit de quoi il s'agissait. Son écriture régulière apparut.

J'accepte. W.W.

— Vous avez menti. Vous l'avez reçu, dit-elle, la gorge serrée.

— Vous avez menti. Vous l'avez envoyé.

— Et maintenant ? Je n'ai pas... accompli ce que vous vouliez, donc vous évoquez à nouveau le sujet parce que je veux retrouver mon frère ? Que dois-je faire, monsieur le duc ? Me mettre à genoux ?

Il prit le visage de Mina entre ses mains, la força à le regarder. Une émotion puissante brillait dans ses yeux.

— Non. Je vous ai montré ce billet pour que vous sachiez que je ne voulais pas cela. J'aurais pu l'obtenir. Mais je ne veux pas que vous veniez à moi ainsi. Je ne veux pas que vous soyez contrainte. Je ne voulais pas vous forcer, l'autre soir. Je ne le referai pas.

Le cœur de Mina battait à tout rompre.

— Je sais.

— L'autre soir, vous me désiriez, souffla Trahaearn. Ai-je tué ce désir ?

Non. Elle ferma les yeux, mais il avait dû lire sa réponse sur son visage, et son soulagement fut palpable.

— Était-ce vraiment comme lors de la Frénésie ? demanda-t-il doucement.

— Oui.

Mais il l'avait désirée, elle. Elle songea qu'elle n'avait plus du tout envie de retourner seule dans sa cabine. Qu'elle ne voulait pas rentrer à Londres sans savoir, sans essayer de remédier aux dégâts qu'avaient provoqués la Horde et sa Tour. Et qu'elle ne voulait plus avoir peur. Alors, elle reconnut :

— Mais pas tout le temps. Juste à la fin.

— Mina… vous devez tout me dire.

Elle inspira longuement.

— Vous avez dit que nous pouvions être ensemble ici et sur le *Terreur*. Je veux bien. Je veux essayer, au moins.

— Essaye-moi, murmura Trahaearn en lui caressant la joue. Et j'arrêterai dès que tu auras peur.

— D'accord.

— Parfait.

Il déposa un baiser sur ses lèvres, rapide, un peu brusque. Puis il la souleva et l'installa sur ses genoux, avant de s'adosser à la rambarde.

— C'est toi qui contrôles.

Ici ? Maintenant ?

— Mais…

— J'ai dit aux gardes de ne pas regarder dans cette direction. Embrasse-moi, Mina. Excite-moi sans t'offrir. Fais-moi payer pour t'avoir forcée. Comme cela, nous serons à égalité.

Elle ne put s'empêcher de rire.

— Ce n'est pas ce que j'appelle une punition.

La noirceur du regard de Trahaearn fit cesser son rire.

— Si je dois me retenir, tu auras été vengée.

Mina ignorait si c'était ce qu'elle souhaitait. Mais elle le voulait, lui.

Elle se leva, remonta la chemise de nuit et s'installa à califourchon sur ses genoux. Il trouva ses hanches, y cala ses mains, et bascula la tête contre la rambarde, offrant à Mina sa bouche, ou sa gorge. Elle se pencha. Les lèvres de Trahaearn s'assouplirent sous les siennes, et s'écartèrent lorsqu'elle y introduisit sa langue.

Il gémit avec elle, pétrit ses hanches. Le baiser de Mina se fit plus profond. Deux jours seulement, mais cela lui avait tant manqué. La chaude caresse de sa langue. Son goût. Sa joue râpeuse qui irritait la sienne. Elle glissa les doigts dans ses cheveux, découvrit les petits anneaux.

Il frémit quand elle les fit bouger d'un coup de langue, et eut un petit rire, comme si sa propre réaction le surprenait.

Elle se redressa.

— Pourquoi ces anneaux ?

Il hésita avant de répondre.

— Je n'aimais pas où ils se trouvaient. Alors je les ai mis où je voulais.

Elle plissa les yeux, découvrant deux petites cicatrices sur les lobes de ses oreilles.

— Tu les as arrachés ?

— Oui.

Il y avait six anneaux.

— Où étaient les autres ?

Sans quitter son visage des yeux, il lui prit les mains et les posa sur son torse. Sur ses tétons. Elle fit la grimace.

— Tu les as arrachés de là ?

— Oui.

Il en restait deux.

Lentement, il poussa ses mains vers le bas, jusqu'à ce qu'elle effleure son sexe durci, à travers son pantalon. Il guida son pouce sur son gland. Elle le regarda avec horreur. Il esquissa un sourire.

— À moins que j'aie menti pour avoir tes mains sur ma queue.

Elle faillit ne pas retenir l'éclat de rire qui monta dans sa gorge.

— Non, mais vraiment… chuchota-t-elle. Ici ?

Il fit oui de la tête et replaça les mains de Mina sur ses épaules, avant de poser les siennes sur ses hanches.

— Je voulais garder ces anneaux. Je les avais depuis l'âge de huit ans. Mais je n'aimais pas où ils étaient.

Il racontait cela sans pathos. Et pourtant. Il avait dit qu'un gamin de quatorze ans servait toujours à quelque chose au comptoir de l'Ivoire, et elle avait vu trop d'enfants brisés dans les rues de Londres pour ne pas deviner qu'un gamin de huit ans avait dû servir, lui aussi, à beaucoup de choses. Quelques années plus tard, il avait été vendu et envoyé dans les mines de charbon, aux Amériques. Pourtant, il était si beau.

Du bout des doigts, elle parcourut son visage.

— Tu devais être incontrôlable, pour qu'ils te revendent. Étais-tu déjà en fer, à l'époque ? Et aussi fort qu'aujourd'hui ?

Quels que soient les nanoagents qu'il abritait, on avait fait plus que greffer une prothèse sur de la chair, comme pour la plupart des bogués. Elle n'arrivait même pas à le soulever. Pourtant, il parvenait à se déplacer, courir, sauter, malgré le poids énorme de son squelette.

— J'ai toujours été en fer. Ma puissance musculaire a grandi en même temps que moi.

Mais pas toujours assez vite, pensa Mina. Il n'avait sans doute atteint sa vraie puissance qu'à la fin de sa croissance. À l'adolescence, elle avait dû suffire à convaincre ses maîtres qu'il valait mieux se débarrasser de lui.

— Ils ont décidé que j'étais trop dangereux, expliqua-t-il quand elle lui fit part de ses déductions. Qu'ils ne pouvaient plus se servir de moi. Mais je valais plus vivant que mort, alors ils m'ont vendu.

— Tu les as tués ? Certains de ceux qui se servaient de toi ?

— Parfois même pendant qu'ils se servaient de moi. Du coup, je valais encore plus, dit-il avec un rictus écœuré.

Parce que le danger était excitant. Le frisson de plaisir éprouvé quand on maîtrise quelque chose de puissant, avant de le posséder. Oui. Elle comprenait pourquoi certains étaient prêts à payer si cher. Et elle comprit autre chose, aussi.

— C'est pour cela qu'aujourd'hui, tu ne forces jamais les femmes. Et si Hunt a vendu Andrew, tu ne renonceras pas. Tu le retrouveras, même s'il n'est pas sur le *Terreur*.

— Ainsi que tout autre gamin vendu depuis mon bateau. Mais ne te méprends pas, Mina. Ce n'est pas un combat de principes. Je protège juste ce qui m'appartient. Ils étaient à bord du *Terreur*, ils m'appartiennent. Et en retrouvant Andrew, j'espère obtenir ta reconnaissance.

— Tu l'auras. Mais je ne fais pas cela pour ça. Ce que je fais, en ce moment, je le fais pour moi.

Il plongea son regard dans le sien.

— Pour le moment, tu ne fais pas grand-chose.

Elle sourit, l'embrassa à nouveau. La brise tiède les enveloppa, gonfla la chevelure de Mina. Elle tira sur la chemise de Trahaearn, glissa ses mains en dessous, sentit son ventre se contracter au contact de ses doigts. Il se raidit quand elle effleura son torse, s'attardant sur ses mamelons aux pointes durcies.

— C'est encore douloureux ?

— Non.

Le souvenir des lèvres de Trahaearn sur ses tétons la fit frémir de désir.

— Ta bouche sur les miens, c'était divin.

— Alors laisse-moi y goûter à nouveau.

Fébrile, elle se hissa jusqu'à sa bouche, et ouvrit sa chemise, découvrant un sein. Lentement, délicatement, il en contourna la pointe du bout de la langue, avant de la prendre en bouche. Elle referma les poings dans ses cheveux. Dans un grognement, il glissa vers le bas. Mina remonta sur lui, noua ses jambes autour de sa taille. Et sentit son sexe en érection contre le sien, brûlant.

Elle fit rouler ses hanches, se mordit la lèvre pour ne pas gémir. Elle avait mal, elle le voulait en elle. Elle se mit à onduler, monter, descendre le long de ce membre dressé pour elle. Haletant, les mains plaquées sur les hanches de Mina, il accompagnait chacun de ses mouvements.

Et puis, ce fut trop pour elle. La soif de plaisir, jusque-là délicieuse, monta soudain d'un cran et devint incontrôlable. Paniquée, Mina se dégagea, redescendit et étouffa d'un baiser son gémissement de protestation. Ses lèvres explorèrent son visage, son cou, ses mains parcoururent son torse, descendirent sur son ventre, et effleurèrent le bord de son pantalon. Elle rougit. Son désir à elle avait trempé le tissu tendu sur l'énorme membre.

Il l'avait à peine touchée, mais son désir était violent, impérieux.

Se demandant si lui aussi lâcherait prise, elle ouvrit le premier bouton. Trahaearn lui prit les mains.

— Mina. C'est pour toi.

— C'était trop. Alors… laisse-moi juste… À moins que cela ne te plaise pas ?

Il eut un petit rire.

— Tu plaisantes ?

— Alors lâche-moi.

Il obtempéra, posa les mains le long des cuisses de Mina et se laissa faire. Elle défit sa braguette. Elle y voyait à peine, mais le toucher lui suffit. Brûlant, dur, et si gros qu'elle ne parvenait pas à en faire le tour d'une seule main.

Au contact de ses doigts, Trahaearn tressauta. Il donna un coup de reins en avant, poussant son sexe dans la main de Mina. Ravie de cette réaction, elle referma les deux poings sur son membre, et entama un lent va-et-vient.

— Mina ! Seigneur !

Il renversa la tête contre la rambarde. Dans son cou, la veine jugulaire palpitait. Mue par une irrésistible impulsion, Mina se pencha et referma la bouche sur cette veine, la lécha, la suça. Trahaearn étouffa un cri, s'arcbouta contre elle.

— Aide-moi, haleta-t-elle contre son cou. Aide-moi à te donner du plaisir.

Le souffle court, il lui prit les mains et en lécha avidement les paumes, s'attardant dans le pli séparant l'index du majeur, si sensible. Elle frissonna.

— Je me trompais, Mina, dit-il en ramenant ses mains sur son sexe. Tu ne pouvais pas me punir en me retenant. Ce n'est qu'en t'arrêtant que tu me punirais.

Il avait déjà payé quand elle l'avait endormi. Il avait payé en réalisant ce qu'il avait fait, en le regrettant et en s'excusant. Il ne lui devait plus rien.

Basculant en avant, elle vint frotter son sexe contre celui de Trahaearn.

Il ravala un grognement guttural. Le cœur battant, Mina s'agrippa au plat-bord et se mit à aller et venir sur lui, chaque mouvement, lent et appuyé, pressant un peu plus le gland contre ses lèvres gorgées de désir. La vague s'empara d'elle, puissante. Et avec elle, la panique. Mais elle voulait aller jusqu'au bout. Voir ce que c'était que jouir sans avoir peur.

Il la saisit brusquement par les hanches, la forçant à arrêter. Ses muscles devinrent d'acier, il trembla sous elle, et elle sentit la pulsation finale dans l'énorme membre, le jet contre son ventre. Elle ne bougea pas, regarda l'orgasme tordre son visage en une grimace évoquant la douleur, et sentit son propre plaisir si imminent qu'elle s'imagina au bord d'un précipice dans lequel le moindre mouvement pouvait la précipiter. Elle y plongea.

Quand Trahaearn se détendit, se laissant aller contre la rambarde, Mina fut parcourue d'un long tremblement. Il ouvrit les yeux, et se figea.

— Mina ?

Elle eut du mal à répondre.

— C'est… tout ce que je peux faire, murmura-t-elle.

Il la tint, sans bouger, jusqu'à ce que la vague du plaisir redescende. Leurs souffles retrouvèrent un rythme régulier. Ils restèrent ainsi un long moment, puis elle étouffa un bâillement.

— Au lit, Mina, dit-il doucement.

— Et toi ?

— Je dois rester ici jusqu'à l'aube. Laisse-moi te rejoindre, ensuite. Laisse-moi venir m'allonger près de toi.

— Pour profiter de moi quand je me réveillerai ?

Elle sentit son sourire dans ses cheveux.

— Non. Je commencerai quand tu dormiras encore.

Rhys hésita. Mina occupait le milieu du lit, sa chemise de nuit remontait sur ses jambes, un voile de transpiration luisait sur sa peau. En s'allongeant, il risquait de la réveiller. Et une fois réveillée, la peur risquait de l'empêcher de se rendormir. Même si elle avait accepté de partager sa couche jusqu'à leur retour à Londres, tout ceci était encore très nouveau pour elle.

Pour lui aussi. Mais il était déjà certain que l'aéronef et le *Terreur* ne suffiraient pas. Pourquoi l'avait-elle cru quand il lui avait dit le contraire ? Elle savait qu'il était pirate, et menteur. Mais peut-être pensait-elle réellement qu'il en aurait fini avec elle avant qu'ils ne regagnent Londres. Peut-être était-ce ce qu'elle espérait.

Il attendrait de l'avoir possédée complètement. Ensuite, elle comprendrait.

Les moteurs démarrèrent, brisant le silence qui avait duré toute la nuit. Mina bougea, ouvrit les yeux et sembla surprise de le voir. Lorsqu'elle réalisa qu'il ne portait que son caleçon, il chercha la peur sur son visage. Il n'en vit pas.

Très bien. Le lit craqua quand il s'allongea. Elle roula vers lui en riant. Il la prit par la taille, la plaqua contre lui. Seigneur, comme elle était menue ! Ses épaules étaient deux fois moins larges que les siennes. Il sentait le sommet de sa tête sous son menton, et ses orteils contre ses genoux.

Elle promena le bout des doigts sur son torse, comme si elle hésitait à le toucher, testant sa réaction. Il ne bougea pas et, finalement, elle posa sa main à plat sur lui.

— Je déteste ces moteurs, soupira-t-elle.

Rhys aussi. Il préférait le calme du *Terreur*. Mais peut-être ne le trouverait-elle pas si calme. Il y avait toujours les craquements du bois, les cris des mouettes, le rugissement des vagues, les voix de l'équipage.

— Londres est une ville bruyante.

— Oui, mais il y a différents bruits, pas un seul. Je pensais qu'un seul serait facile à ignorer, mais en fait, il devient vite obsédant. On n'entend plus que ça.

Rhys se souvint qu'il avait pensé la même chose, la première fois qu'il était monté sur un aéronef. Il avait cru que le bruit des moteurs le rendrait fou. Et puis quelques jours avaient passé, et il ne les avait même plus remarqués.

— Tu verras, ça ira mieux bientôt. Et tu t'habitueras à la chaleur, aussi.

Quand Rhys se réveilla, Mina était assise en tailleur contre la tête de lit et le regardait. Sa chemise de nuit était tendue sur ses genoux, et l'empêchait de voir entre ses jambes. Il allait donc devoir se glisser là-dessous. Mais d'abord, il voulait la contempler tout son saoul.

Ses longs cheveux bruns tombaient en cascade sur ses épaules, encadrant son visage rond, d'une grande beauté. Elle n'était pas que jolie. Il y avait tout, dans son visage. La douceur et la dureté, le froid et le chaud. Le rire et la colère, la perspicacité et le désarroi.

Pour l'heure, elle le scrutait de son regard d'inspectrice, patient et incisif, comme si elle se préparait à le tailler en pièces.

Très bien. Mais seulement s'il pouvait tailler cette chemise de nuit en pièces en échange.

Il se tourna sur le côté.

— Retire ta chemise.

Elle ouvrit de grands yeux.

— Pourquoi ?

— Parce que tu as de petits seins et de gros tétons. Et que je les veux.

Elle posa le regard sur hublot, par lequel entrait le soleil.

— Maintenant ? Mais…

D'un mouvement rapide, il roula sur le ventre, posa les coudes de part et d'autre des genoux de Mina et referma les mains sur ses hanches. Il n'avait plus qu'à soulever la chemise et baisser la tête pour enfouir son visage entre ses cuisses. Déjà, il percevait son odeur, chaude, pénétrante, irrésistible musc féminin. Son désir se réveilla. Pour se soulager un peu, il donna un petit coup de reins dans le matelas.

— Tu vas m'interroger. Je répondrai. Mais je compte bien le faire tout en te caressant les seins. Et quand tu auras fini, je t'écarterai les cuisses et je te baiserai avec ma langue.

— Oh.

Elle voulut se détourner. Il l'attrapa par un genou et glissa une main entre ses jambes, remonta lentement. Elle frémit, le regarda par-dessus son épaule.

Les doigts de Rhys trouvèrent la moiteur, la chaleur. Elle n'était pas trempée. Pas encore. Il glissa entre ses plis et trouva son clitoris, tourna délicatement autour.

Elle se mordit la lèvre, baissa la tête.

— Arrête.

Il continua. Le petit bouton durcissait sous ses caresses.

— Parce qu'il fait jour ? Parce que c'est difficile de m'interroger comme ça ? Ou parce que tu as peur ?

Pour la troisième raison, il s'arrêterait. Seulement pour la troisième.

— Parce que je n'arrive pas à réfléchir.

Parfait. Il la tira jusqu'à lui et la fit rouler sur le dos. Sa chemise était remontée sur ses hanches. Il s'allongea entre ses jambes. Elle était très excitée, à présent.

— Demande-moi tout ce que tu veux, dit-il en portant sa main à ses lèvres.

Interdite, elle le regarda se lécher les doigts.

— Je… Il… Scarsdale…

Elle ferma les yeux, inspira, et reprit plus lentement :

— Scarsdale a dit que Hunt avait jeté un zombie depuis un aéronef sur le *Terreur* et qu'il t'avait mordu.

— C'est vrai. Un gros morceau, il m'a arraché.

Il leva l'avant-bras afin qu'elle voie la cicatrice.

Mina se mordit la lèvre.

— Mais… comment… ?

— Comment se fait-il que je sois encore en vie ? Je n'en sais rien.

Elle se renfrogna. Rhys l'embrassa pour tenter d'effacer le pli de contrariété sur son front. Mais elle semblait déterminée à mener son interrogatoire à terme.

Il roula une nouvelle fois sur le côté et se leva.

La fille de cabine était déjà passée. Du café, du raisin et du melon attendaient sur la petite table, ainsi que des bols du mélange de yaourt et de miel que Yasmeen affectionnait particulièrement. Les aviateurs avaient beaucoup de chance. Ils ne faisaient que des voyages courts, et s'arrêtaient souvent. De cette façon, ils pouvaient s'approvisionner régulièrement en produits frais.

Une tasse de café à la main, Rhys se tourna et regarda Mina. Elle le fixait d'un regard affamé, comme si elle aussi aurait aimé le mordre.

Pourtant, il ne comprenait pas l'intérêt que les femmes portaient à son corps. En Afrique, à partir du moment où il avait commencé à avoir du poil, à la puberté, ils l'avaient rasé, et avaient enduit son corps d'huile. Vingt ans plus tard, il était couvert de poils. Sur le torse, les jambes. Et ses joues s'assombrissaient moins de cinq heures après qu'il eut passé le rasoir dessus. Et son corps n'était que rudesse, angulosité. Son sexe, enserré dans son caleçon, était un peu ridicule. Mina, au contraire, était magnifique. Un peu trop mince, peut-être, mais malgré cela tout en courbes délicates, gracieuses, chaque partie de son corps semblant faite pour qu'il puisse y poser les mains, la bouche.

Mais un peu trop mince, quand même. Au dîner, il avait remarqué qu'elle ne se resservait jamais, même si elle ne laissait pas une miette dans son assiette.

Il faisait pareil. Il gardait trop de souvenirs d'assiettes quasiment vides pour gâcher la nourriture qu'on lui offrait.

— Viens ici et mange avec moi, dit-il en tirant une chaise.

Elle se leva. Incapable de refuser un repas, même s'il la traitait comme un matelot. Cela l'émut. Elle s'enveloppa dans son châle bleu et le rejoignit.

— Tu dois bien avoir une idée de ce qui t'a permis de survivre, dit-elle en prenant du café.

— Mes nanoagents sont différents.

Il avait répondu sans réfléchir, et le regretta immédiatement. Il risquait de la faire fuir avant qu'ils n'atteignent le comptoir de l'Ivoire, le soir même. Vive d'esprit comme elle l'était, elle avait sûrement déjà compris.

Il ne vit aucune surprise sur son visage. Elle jeta un grain de raisin dans sa bouche et haussa les sourcils, attendant qu'il poursuive.

— Mais je ne sais pas si c'est pour cela. C'est peut-être parce que j'ai plongé le bras dans un baquet d'eau bouillante juste après avoir été mordu. Ça a pu tuer ceux qui étaient infectés. Ou alors j'ai juste eu beaucoup de chance. Une chose est sûre : je n'ai pas envie que ça m'arrive à nouveau.

— Les animaux ne deviennent pas des zombies.

Un rictus tordit ses lèvres.

— Je ne suis pas un animal.

Même si certains auraient dit qu'il n'était pas complètement humain non plus.

— Je ne voulais pas dire que... C'est juste que les dératiseurs... La Horde a essayé de les contrôler depuis la Tour, eux aussi. De les verrouiller, de geler leurs virus. Ils n'y sont pas arrivés. Avec les premiers, ceux que la Horde avait fabriqués, ça a marché, mais pas avec la deuxième génération.

Donc, elle avait compris.

— Ils ont dû utiliser de mauvaises fréquences, dit-il.

Elle le regarda un long moment.

— Est-ce que tes parents sont nés porteurs de leurs nanoagents ?

— Je l'ignore. Il y a eu une Frénésie neuf mois avant que l'on me dépose à la crèche.

— Donc, ils réagissaient aux ordres de la Tour, murmura-t-elle.

— Oui.

— Et si tu as des enfants ?

— Je ne sais pas. Et j'ignore si j'en aurai un jour.

Voudrait-elle porter l'enfant d'un homme né avec des os de fer et des nanoagents qui étaient devenus différents ? Il se refusait à lui poser la question maintenant. Il attendrait leur retour à Londres. Mais, dans la mesure où il allait partager son lit, il réalisa qu'il devait la prévenir.

— J'utiliserai un préservatif quand je serai en toi.

Il observa sa réaction, mais ne vit pas le soulagement auquel il s'attendait. Il vit de la compréhension.

Elle eut une petite moue un peu triste, et regarda son assiette.

— Je ne sais pas si j'en aurai, moi non plus, dit-elle doucement. J'aimerais bien. Mais mes enfants seraient...

Ce serait difficile, pour eux. Et je ne suis pas sûre de pouvoir le supporter.

Ses raisons étaient donc bien différentes de celles de Trahaearn. Mais elle devait penser à des enfants venant d'un autre homme. Ceux qu'elle pourrait avoir avec lui n'auraient à se soucier d'aucun danger. Pas plus qu'elle n'aurait à craindre d'être attaquée. Mais la rassurer sur ce point, c'était lui demander tout de suite de porter sa descendance.

Pourtant, après ce qu'elle venait de dire, il n'avait plus aucun doute sur le fait qu'ils élèveraient des enfants ensemble, même s'ils n'étaient pas issus de sa semence. Le sang lui importait peu. Ce que Rhys faisait sien était à lui, et Mina voulait être mère : il ferait donc en sorte qu'elle le soit, d'une manière ou d'une autre.

— Il y a toujours les enfants des crèches.

Elle releva brusquement la tête. Son visage s'illumina lentement, elle lui sourit, et finit par éclater de rire.

— Mais oui ! Je ne sais pas pourquoi je n'ai pas… Oui ! Ce serait la solution idéale.

Elle continua de manger, le regard dans le vague. Mais bientôt, elle s'intéressa de nouveau à lui, et retrouva son regard pénétrant.

— Donc, tu ne savais pas que la morsure du zombie ne te tuerait pas.

— Non, je l'ignorais.

— Et tu as pensé que c'était la fin. Alors tu as chargé le *Terreur* d'explosifs, et tu t'es lancé à l'assaut de la Tour.

— Oui.

— Pourquoi ?

Il haussa les épaules.

— Mourir me déplaisait profondément. Pire, j'allais renaître en zombie.

— Alors tu as frappé la Horde, pour te venger ?

— Comme je ne pouvais pas atteindre Hunt, je suis allé à la Tour. Il y avait si peu de gardes, c'était comme si la Horde nous avait invités.

— C'est parce que les signaux radio nous empêchaient d'en approcher.

Mais elle le regardait toujours, l'air dubitatif.

— Et c'est tout ? Ce n'était pas parce que tu voulais détruire tous les gouvernements, toutes les institutions ?

— J'étais en colère.

Elle sembla stupéfaite.

— Mais de quoi ?

— De voir à quel point ils étaient tous inutiles ! Ça ne t'a pas mise en colère, toi ?

Elle ferma les yeux.

— La Horde ne nous laissait pas nous mettre en colère à ce point.

C'était vrai. Mais ce n'était pas ce qu'il avait voulu dire.

— Non. Je parle d'après. Je suis entré dans la Tour avec quelques membres de mon équipage qui n'étaient pas infectés, et j'ai tout fait sauter. Or pendant deux cents ans, Manhattan City a grouillé de gens qui n'avaient pas un seul nanoagent en eux. C'était pareil dans la Marine. Ils auraient dû vous sauver. Tous ces salauds de lâches.

Quelque chose scintilla dans le regard de Mina. De la colère, oui. Mais de la résignation, aussi.

— Primo, ils se sont dit qu'on n'en valait pas la peine. Deuzio, les nanoagents et la Horde les terrifiaient. Tercio, ils pensaient ne pas pouvoir vaincre la Horde. T'attendais-tu à entrer si facilement dans la Tour ? Quand tu étais sur le bateau de Baxter, lui as-tu demandé de remonter la Tamise pour que tu puisses y aller ? Savais-tu qu'une seule tour pouvait avoir de tels pouvoirs ?

Il serra les dents.

— Non.

— Baxter était-il un lâche ? Était-il inutile ?

Elle était intraitable, sa petite inspectrice.

— Ce n'était pas un lâche. Mais inutile ? Il l'était. Avant la chute de la Tour, oui, il l'était. Ils l'étaient tous. Le Khan, incapable d'empêcher ses dargas de se faire de l'argent en douce en vendant des gamins de huit ans. Le parlement lusitanien, qui interdit aux bogués de franchir leurs frontières, mais laisse les compagnies minières importer des esclaves dont les bras ont été remplacés par des masses et des foreuses. Je pourrais continuer ainsi pendant une heure. Dès l'instant où j'ai été enchaîné sur un bateau en route pour le comptoir de l'Ivoire, j'ai commencé à faire la liste des gouvernements et des institutions qui ne servaient à rien ou qui étaient dirigés par des hypocrites, et le jour où j'ai tué Adams et pris le *Terreur*, j'étais résolu à faire payer le monde entier pour tout cela.

Elle le fixait d'un regard impénétrable. Que pensait-elle de ce qu'il venait de dire ? Il ne pouvait pas changer son passé, n'en avait pas honte, n'éprouvait pas le besoin de le justifier. Et il ne nourrissait pas le moindre remords. Mais l'opinion de Mina lui importait.

— Tu étais en colère, dit-elle enfin après un long silence.

— Oui. J'étais jeune. Et puis, ça m'a passé.

— Et la révolution ?

— J'ai détruit beaucoup plus que je n'en avais l'intention, et sans le moindre état d'âme. Ça, ça ne m'était jamais arrivé.

— Nous ne le regrettons pas.

Il eut un petit sourire.

— Je sais. Mais les Anglais sont fous.

— Et c'est un Gallois qui dit cela ?

— D'être né à Caerwys ne fait pas de moi un Gallois.

— Et cela fait quoi de toi ?

— Qu'en penses-tu ?

Elle réfléchit.

— Tu fais penser à un marin : Français, Lusitanien, et un peu docker. Avec un peu d'expat, aussi.

Quelqu'un qui n'avait sa place nulle part, sinon sur un bateau.

— Oui, c'est à peu près cela.

— Et ton titre ? Il te rattache à la fois à l'Angleterre et au pays de Galles.

— Oui, mais ça, c'est différent.

— Tu le dois à la révolution.

— Oui. Et à Baxter, aussi.

— Pas au roi ni à son conseil ?

Elle ne lâchait jamais sa proie. Retenant un rire, Rhys termina son café. D'ordinaire, il n'aimait pas parler durant un repas, mais ce petit déjeuner avec l'inspectrice était très distrayant. Les réactions de Mina le fascinaient. Il s'imaginait aisément commencer chaque journée de la sorte – et la terminer, aussi.

Mais elle attendait sa réponse.

— Ce titre ne voulait rien dire pour moi, il représentait ce que j'avais détesté pendant presque vingt ans. Et je l'aurais refusé, si Baxter ne m'avait pas expliqué ce qu'il signifiait. J'avais des gens à diriger et des biens à administrer, et ils étaient à moi désormais.

— Et tu protèges ce qui t'appartient, murmura-t-elle. Mais cela rapporte-t-il ?

— Cela ne rapporte rien. Quant au fait de devenir duc… Baxter m'a dit que c'était ce que je méritais pour mon arrogance, mon intrépidité et mon anarchisme égoïste.

— Ce sont ses mots ?

Rhys ne put s'empêcher de rire.

— Oui, ce sont exactement ses mots. Mais il n'avait pas tort. Alors j'ai accepté d'endosser les responsabilités d'un duc, et de bâtir ce que je pouvais.

— Et ?

— Et c'est exactement comme si j'étais encore capitaine de bateau.

Elle parut étonnée.

— Comme si tu étais capitaine d'un bateau ?

— Oui. Je n'ai plus d'équipage, mais du personnel, des fermiers, des docks, une flotte marchande…

Elle le regarda, incrédule.

— Et tu n'as de devoirs qu'envers les gens qui sont sur ce bateau ?

Il se renfrogna. Le ton de Mina semblait suggérer qu'il esquivait les responsabilités, et ne s'impliquait pas suffisamment.

— Ça fait pas mal de gens.

— Mais tu n'as pas de devoirs qu'envers tes gens.

— Envers qui, alors ?

— Envers nous tous. Oh, mais je comprends... Tu t'en fiches. Depuis la chute de la Tour, plus personne ne t'intéresse en dehors de ceux que tu appelles les tiens. Très bien. Crois-tu qu'un titre et un siège au Parlement soient juste un devoir pour mon père ? Tout ce qu'il fait, chaque lettre qu'il écrit, vise à nous rendre heureux. Mais cela est possible uniquement si les gens qui nous entourent le sont aussi, qu'ils soient ses employés ou non.

Il n'aurait jamais cru qu'elle soit idéaliste. Et elle sous-estimait nettement l'étendue de son pouvoir.

— Quoi que je fasse, la vie ne peut pas être parfaite pour tout le monde.

— Non. Mais elle peut être meilleure. Il y a une corderie, à Leeds, où le propriétaire a décidé de baisser les salaires. Selon lui, les bogués ont moins d'efforts à faire parce qu'ils sont plus forts que les hommes qui ne sont pas infectés – et parce que la Horde a installé des machines plus efficaces que dans les corderies du Nouveau Monde. Les bogués avaient déjà du mal à s'en sortir jusque-là, mais ils ne trouvent pas de travail ailleurs, alors ils n'ont pas le choix : ils restent et travaillent deux fois plus longtemps pour moitié moins d'argent. Que penses-tu de cela ?

Il pensait que le propriétaire de la corderie était une ordure. Et Mina aurait peut-être aimé savoir que cette histoire provoquait de la colère en lui. Mais il voulait voir jusqu'où elle pouvait pousser son raisonnement.

— J'en pense que les bogués devraient pendre ce type.

Les yeux de Mina lancèrent des éclairs.

— Et se faire tuer, tous ? D'autres propriétaires d'usines, bogués comme expats, réduisent les salaires de la même manière. C'est révoltant. Et je vais te dire pourquoi tu devrais t'en préoccuper : ces marchandises que tu transportes, les bogués n'ont pas les moyens de les acheter, donc tu gagnes moins d'argent. Et les gens qui vivent sur tes terres ? Les bogués n'ont pas les moyens d'acheter ce qu'ils produisent. Pourtant, tes bateaux paient le même prix pour des cordes qui coûtent deux fois moins cher à fabriquer, et tous les bénéfices filent dans les poches d'un salaud qui ne paie pas ses ouvriers. Les bogués, eux, sont épuisés, affamés, et se trompent dans le tressage des cordes, tu perds une voile en pleine mer, ou tu perds un bateau, ainsi qu'une somme importante si ton chargement coule. Et bientôt, toute l'Angleterre sombre parce qu'un propriétaire d'usine refuse de payer à ses ouvriers le salaire qu'ils méritent.

Rhys la fixait. Elle était remarquable. Magnifique. Mais il ne voyait toujours pas clairement où elle voulait en venir.

— Que veux-tu que je fasse ?

— Ton devoir ! Tu dois œuvrer au bien-être des gens. De nous tous. Tu as le poids qu'il faut pour compter à la Chambre blanche. Et pourtant, tu restes chez toi à t'occuper de tes bateaux.

C'était donc cela. Le Parlement.

— Je paie quelqu'un pour compter à ma place, dit-il. Et je serai à la Chambre blanche dès la session qui suivra les élections.

— Qu... Quoi ?

Il la prit dans ses bras en souriant et la serra contre lui.

— C'était ça, mon arrangement avec le conseil de la Régence. Pour pouvoir t'emmener avec moi sans que cela nuise à ta carrière et sans ruiner ta réputation, j'ai accepté de siéger.

Doucement, il la posa sur le lit.

Elle fit la moue quand il s'allongea à côté d'elle.

— Tu n'es pas du Parti libre, j'espère ?

— Non. Je penche plutôt du côté du Lug. Enlève ta chemise, maintenant. Je n'ai pas fini de te déguster.

Elle rougit et se mordit la lèvre, hésitante.

— Je ne te baiserai pas. Pas aujourd'hui. Je n'ai pas de préservatif sur moi, et je ne quitterai plus cette cabine jusqu'à notre arrivée, ce soir.

Il écarta les cheveux qui couvraient l'épaule de Mina, y déposa un baiser.

— Mais je veux te faire jouir, Mina. Je m'arrêterai dès que la peur sera trop forte… et puis je recommencerai. Et je continuerai jusqu'à ce que tu me désires sans penser à la Frénésie. Même si cela doit prendre toute la journée. Même si cela doit prendre plusieurs semaines. Parce que je ne veux pas que tu aies peur quand je serai enfin en toi.

— Je ne veux plus avoir peur. Est-ce que… Est-ce qu'il t'a fallu très longtemps… après le comptoir de l'Ivoire ?

— Non, parce que je ne voulais plus personne. Je n'essayais même plus. Tout ce que j'avais en moi, je l'ai mis dans le *Terreur*.

La bouche de Rhys s'arrêta sur sa gorge. Il leva la tête avec un sourire las et conclut :

— Peut-être cela veut-il dire qu'il m'a fallu effectivement longtemps.

— Et… depuis le *Terreur* ?

Depuis ? Les occasions avaient été nombreuses, mais il n'avait que rarement été tenté. Et n'avait pas eu beaucoup de femmes. Pendant longtemps, il n'avait pas supporté qu'on le touche. Et chaque fois, plus que du plaisir charnel, il avait cherché la preuve que le comptoir de l'Ivoire ne l'avait pas brisé. Lorsque le besoin d'un soulagement physique s'était fait sentir, son imagination et sa main avaient suffi.

Et puis Mina était entrée dans sa vie, et le désir l'avait enflammé dès l'instant où il lui avait retiré son gant. Il n'avait jamais rien connu de tel.

— Je me suis investi totalement dans mon rôle de duc, dit-il enfin. Rester assis toute la journée dans un manoir à compter son argent demande beaucoup d'efforts.

Le rire de Mina, léger, doux, était lavé de toute peur. Bien.

Parce que, à partir de maintenant, Rhys allait s'investir totalement dans son rôle d'amant.

13

Couper les moteurs du *Lady Corsaire* la nuit précédente les avait retardés. Il était presque minuit quand Mina monta sur le pont supérieur pour tenter d'apercevoir le comptoir de l'Ivoire, qu'elle découvrait pour la première fois. Elle avait changé sa veste d'uniforme pour un gilet noir moins voyant, qui couvrait bien sa chemise et son gilet de protection. Trahaearn avait déjà rejoint Yasmeen ; ils discutaient de l'opportunité d'attendre le matin avant d'essayer de trouver Colbert. Cette discussion se révéla superflue, cependant, lorsque le célèbre territoire apparut enfin, halo orange vibrant dans l'obscurité. Il n'y avait pas de doute possible : le comptoir de l'Ivoire brûlait.

Dans la longue-vue, Mina ne vit que flammes et fumée grise.

— Que s'est-il passé ?

Trahaearn fit signe qu'il l'ignorait.

De loin, l'étendue de l'incendie était impossible à déterminer. Le visage fermé de Trahaearn reflétait l'état d'esprit du capitaine et de son équipage. Tous attendaient, le regard fixé sur l'horizon.

À mesure qu'ils approchaient, le halo orange gagnait en détails. Mina était stupéfaite de la taille du comptoir. Elle s'était imaginé une version un peu plus grande des docks de Chatham, pas une ville à part entière s'étendant le long de la côte. Dans la lumière orange, elle parvint à distinguer le comptoir en lui-même, impressionnant agglutinement de tentes et d'étals formant une large bande au centre de la ville. Mais il était bordé par de grandes maisons en pierre et en bois, quelques bidonvilles, et des quartiers malfamés dont Trahaearn lui avait dit qu'ils étaient aussi dangereux que ceux de Londres. Tous n'étaient pas en feu.

— L'incendie est concentré dans le quartier français, annonça Trahaearn.

Où se trouvaient la résidence de Colbert et sa salle des ventes. Il y avait aussi le quartier de la Horde, peuplé de réfugiés qui avaient fui l'empire. Lorsque Trahaearn le lui indiqua, Mina observa les toits en terrasse avec une fascination mêlée de répugnance. Qu'est-ce que cela lui ferait, marchant dans cette ville, de ressembler à tout le monde ?

— Quatre-vingts bateaux au port, continua Trahaearn. Le *Terreur* n'est pas parmi eux. Vingt aéronefs, peut-être vingt-cinq.

— Le *Joséphine* ? demanda Yasmeen.

Elle parlait de celui de Hunt.

— Je ne le vois pas. Soit Hunt s'en est séparé, soit il suit le *Terreur*.

— Je vais survoler le port, pour vérifier.

— Emmène-nous d'abord au quartier français. La salle des ventes est un bâtiment en pierre, et sûr. Les pillages ne vont pas tarder à commencer, si ce n'est déjà fait, et Colbert ira probablement s'y réfugier. C'est là qu'on a une chance de le trouver.

— D'accord. Je vais envoyer des équipes de reconnaissance. Ils tâcheront d'apprendre ce qui s'est passé. Je peux envoyer cinq hommes avec vous, et je reviendrai vous chercher dès que j'aurai jeté un œil sur le port.

— Et Scarsdale ? demanda Mina. Est-ce qu'il va pouvoir descendre sur la plate-forme avec nous ?

Le duc la regarda avec un léger sourire.

— Oui.

Mais pas tout seul. Blanc comme un linge, tremblant de tous ses membres, Scarsdale réussit à gagner le pont supérieur. Un seul regard vers le bas le précipita, mort de peur, vers l'échelle qui redescendait. Trahaearn le suivit et aboya son nom. Scarsdale s'immobilisa, fit face au duc. Le poing de Trahaearn partit plus vite que l'éclair, et Scarsdale s'effondra.

Le duc soupira, se baissa et hissa son ami sur une épaule avant de rejoindre Mina sur la plate-forme.

En dessous, c'était le chaos. Des voitures passaient à toute vitesse. Un homme tentait de tenir deux chevaux qui ne cessaient de ruer. Les bras chargés d'enfants et de vêtements, des gens couraient sur les trottoirs, évitant comme ils le pouvaient brandons et étincelles qui jaillissaient d'un peu partout. Certains remarquèrent la plate-forme qui descendait, et se ruèrent dans cette direction en hurlant et en agitant les mains. Un homme d'équipage bloqua la chaîne, et la plate-forme s'immobilisa à deux mètres cinquante du sol. Mina sauta, puis s'écarta pour laisser la place à Trahaearn. Elle sentit vibrer le sol sous ses pieds quand il atterrit.

Mina aida le duc à porter Scarsdale contre un mur, et lui tapota les joues pour le faire revenir à lui. Dès qu'il cligna des yeux, Trahaearn l'attrapa par le revers de sa veste et le mit debout.

— Prêt ?

Retrouvant rapidement ses esprits, Scarsdale hocha la tête. Trahaearn lui tendit un pistolet, puis attrapa la main de Mina.

Scarsdale en tête et les hommes de Yasmeen en escorte, ils se mirent à courir, doublèrent un long véhicule qui avançait dans une multitude de cliquetis sur des dizaines de jambes métalliques, tel un mille-pattes. Il était chargé d'enfants et gardé par des nonnes armées de cimeterres. Mina eut à peine une seconde pour s'en étonner avant de bifurquer dans une autre rue. Partout, on entendait des bruits de verre brisé, de bois craquant sous les flammes. Des cris, aussi, et des coups de feu. Mais il n'y avait pas que la panique due au feu, réalisa Mina. Devant eux, trois hommes jetèrent une chaise à travers la fenêtre d'une maison avant de s'y introduire. Un tromblon tira non loin. Une femme en robe de chambre qui pleurait sur le siège d'un pousse-pousse abandonné hurla en se bouchant les oreilles. Scarsdale ralentit, indiquant un énorme trou au milieu du mur d'une maison. Mina ouvrit de grands yeux.

Seule une bombe incendiaire pouvait faire un trou pareil. Le quartier français avait été bombardé.

Scarsdale s'engouffra dans une allée étroite, et longea un mur d'enceinte jusqu'à un haut portail de fer forgé. De l'autre côté se trouvait un imposant bâtiment à colonnes de marbre surmonté d'une coupole à pilastre. Derrière le portail, deux hommes armés de fusils s'avancèrent... et les visèrent quand Trahaearn glissa une main dans son manteau.

Leurs sommations se turent brusquement. Le duc avait sorti une bourse.

Pas étonnant qu'il pense que tout le monde est à vendre, songea Mina quelques instants plus tard, portail franchi, courant en direction de la bâtisse. La plupart des gens qu'il croisait l'étaient effectivement, et cette fois, elle ne pouvait que s'en féliciter.

Scarsdale souriait lorsqu'il s'arrêta devant la porte de la salle des ventes.

— Si Colbert payait mieux ses hommes, on aurait un trou dans le buffet, à l'heure qu'il est.

Trahaearn s'était penché vers la serrure et l'examinait.

— Et s'il avait investi dans une barre de sécurité pour cette porte, nous serions en train d'escalader le dôme pour essayer d'entrer. Mais il ne l'a pas fait, dit-il en se redressant avant de donner un petit coup d'épaule dedans, l'ouvrant sans difficulté.

À l'intérieur, il faisait sombre et frais. Deux sofas en damas rose meublaient un petit salon, à gauche de l'entrée – une salle d'attente, peut-être. Sur la droite, un large escalier de marbre blanc montait vers le dôme. Les ventes se tenaient en haut, expliqua Trahaearn. Mais la marchandise était entreposée dans des salles sécurisées au sous-sol et au rez-de-chaussée, et montée jusqu'à la salle des ventes par un ascenseur. Ils écoutèrent. Aucun bruit ne venait d'en haut. Un des hommes de Yasmeen grimpa jusqu'à l'étage en courant, et confirma que ce niveau était désert. Restait donc l'arrière du bâtiment.

À l'autre bout, une porte donnait sur un passage étroit. D'un peu plus loin leur parvinrent alors le sifflement de machines hydrauliques, le cliquètement de chaînes, le grincement du métal soumis à de trop lourdes charges. Trahaearn s'engagea en premier, suivi de Scarsdale et Mina, qui avait sorti son pistolet. Ils traversèrent plusieurs pièces vides, s'arrêtant pour les examiner. Quand Trahaearn s'engagea dans le couloir suivant, un éclat métallique brilla dans l'obscurité, sur sa gauche.

Mina ouvrit la bouche pour le prévenir, mais il avait déjà pivoté et bondi dans le noir. Un rapide affrontement eut lieu, suivi d'un bruit sourd et du tintement d'une lame heurtant le sol. Lorsqu'il reparut, Trahaearn poussait devant lui un homme, qu'il tenait par le cou.

— Il est par là, Colbert ?

L'homme secoua la tête, se débattit.

— Tu en es certain ? demanda Trahaearn d'un ton glacé, crispant le bras sur son cou.

Les yeux exorbités, l'homme indiqua le couloir.

— C'est bien, dit Trahaearn.

Son bras se tendit un peu plus. L'homme lutta, puis s'affaiblit peu à peu, et ses yeux se révulsèrent. Le duc le laissa tomber à terre. Avec soulagement, Mina constata qu'il n'était qu'inconscient. Elle n'avait pas envie de penser que Trahaearn avait tué un homme entravé.

Scarsdale avait remarqué son expression.

— Cet homme est juste un membre d'équipage, lui souffla-t-il tandis qu'ils suivaient Trahaearn. Et on ne tue jamais un membre d'équipage, sauf s'il représente une menace.

Ce qui signifiait aussi que Colbert – qui n'était pas un « membre d'équipage » – serait traité selon d'autres règles.

Moins indulgentes.

La chambre forte s'ouvrit sans difficulté. À l'intérieur, des cages en acier abritaient des zombies, un lion, un petit éléphant et une antilope aux grands yeux tristes. Une bonne dizaine d'hommes actionnaient les leviers d'un monte-charge et installaient les cages dans des caisses en bois. Tout le monde était concentré, et personne ne vit la porte s'ouvrir. Quand Trahaearn et Scarsdale s'avancèrent, arme au poing, avec les hommes de Yasmeen en renfort, personne n'était prêt à se défendre.

— Colbert ! hurla Trahaearn.

Dans la pièce, tout le monde se figea. Même s'il était facile pour Mina de deviner qui venait du Liberé ou était natif de la Côte-d'Or, elle n'aurait su dire qui, parmi les Blancs, était français. Pourtant, identifier Colbert ne fut pas difficile. Même sales et trempés de sueur, ses pantalons bouffants et sa chemise blanche étaient de toute évidence du meilleur faiseur. Sa barbe brune ne cachait pas complètement la délicatesse de ses traits. Il portait à plusieurs doigts d'énormes bagues en or serties de rubis.

Lentement, Colbert posa un tableau enveloppé de tissu contre une des caisses et pivota vers les arrivants.

— Trahaearn. Vous êtes venu chercher le *Terreur* ?

— Oui.

Il s'essuya le front avec un mouchoir, s'adressa à l'homme le plus proche.

— Termine ces caisses. Je veux qu'elles soient prêtes pour l'aéronef dans vingt minutes. C'est à cause des pillards, expliqua-t-il en se tournant à nouveau vers le duc. Mieux vaut attendre dans les airs que cette folie prenne fin.

Il jeta un coup d'œil inquiet sur les armes de Trahaearn et de Scarsdale.

— Les pistolets n'étaient pas nécessaires, monsieur le duc. Le *Terreur* n'est plus ici.

— Je sais. C'est Hunt qui l'a. Où est-il ? demanda le duc sans pour autant remettre son pistolet dans son holster.

— Quelque part plus au sud. Ils ont levé l'ancre il y a deux jours.

— Il a le *Terreur* depuis dix jours et une flotte anglaise croise dans les parages. Pourquoi attendre si longtemps ? C'était risqué.

— Quelques hommes d'équipage sont tombés malades. Il lui a fallu du temps pour les remplacer.

Le cœur de Mina bondit.

— Qu'ont-ils eu ? La fièvre virale ?

— Je ne sais pas.

Le regard de Colbert se posa sur elle, la jaugea.

— A-t-il vendu de jeunes garçons par votre intermédiaire ? questionna Trahaearn.

— Non.

Le soulagement de Mina lui fit tourner la tête. Cela signifiait qu'Andrew était encore sur le bateau. Malade, peut-être. Mais il n'avait pas été vendu. Malheureusement, ce soulagement fut de courte durée.

— Des dizaines d'hommes font la queue au port pour trouver du travail, dit le duc. Pourquoi a-t-il mis tant de temps à trouver des hommes d'équipage ?

— Sa réputation a peut-être fini par le rattraper, commenta Scarsdale à mi-voix.

— Non, fit Colbert avant d'indiquer les cages. Il a acheté des zombies et les a fait monter à bord. Il voulait les envoyer en Australie, pour un nouveau jeu de son cru. Quelque chose de vraiment pourri.

Mina frissonna. Des zombies à bord du bateau sur lequel se trouvait Andrew ! Un seul verrou défectueux, une seule petite erreur, et tout l'équipage pouvait être éliminé – la fièvre virale devenait une bénédiction, à côté.

— Vous lui avez vendu des zombies ?

L'expression de Scarsdale s'était durcie. Le regard de Trahaearn, lui, était plus acéré qu'un rasoir.

Mais Colbert ne sembla pas en prendre ombrage.

— Je fournis la marchandise, moi. Je ne dis pas comment s'en servir. Et ce qu'il a acheté n'a pas grande importance si vous devez poursuivre le *Terreur*. Il aura eu ce qu'il méritait, enfin. Non ?

Colbert détestait Hunt, c'était clair. C'était avec plaisir qu'il envoyait Trahaearn sur ses traces.

— L'arme dont une démonstration a été faite, reprit Trahaearn. A-t-elle été vendue ?

Colbert rit et leva les mains.

— Le bombardement, là, dehors ? Ça, c'est mon client qui n'était pas content.

— Vous avez vendu les bombes incendiaires aux enchères ?

— Non, non. Ça, c'est Bushke. Il voulait les armes de la Horde, pour pouvoir créer un nouveau territoire, vous voyez ? Mais hier, pendant la vente, il a perdu les enchères. Et donc, la colère du Nouvel Éden a plu sur nos têtes.

Trahaearn fronça les sourcils.

— C'est Bushke qui a incendié la ville ?

— Oui. Il m'a accusé d'avoir triché, d'avoir truqué la vente pour que ce soit ma famille qui remporte la mise. Mais même elle n'a pu renchérir.

— Alors, qui a acheté l'arme ?

Colbert rit à nouveau, s'essuya le front.

— Je ne me risquerai pas à vous le révéler. Vous allez menacer de me tuer si je ne vous dis rien, mais si vous me tuez, vous ne saurez rien. Alors, courez chercher votre bateau, monsieur le duc, et laissez-nous tranquilles.

Colbert avait peur de leur dire qui avait acheté l'arme ? Peur des représailles. Qui avait autant de pouvoir ?

D'abord triomphant quand le duc rengaina son arme, le visage de Colbert se tordit de frayeur lorsqu'il vit son expression. En un éclair, Trahaearn fut sur lui, l'attrapa par les cheveux et l'entraîna un peu plus loin dans la pièce.

Colbert se débattit en hurlant, mais le duc tenait bon, et ne s'arrêta que devant la cage d'un zombie. Tous les hommes occupés au chargement se figèrent. Pas un seul ne fit mine de prendre une arme, malgré les cris de Colbert.

Dans la cage, la chose répugnante chercha à attraper Colbert à travers les barreaux.

— Qui a acheté l'arme ?

Colbert hurla de plus belle, balbutia quelque chose d'incompréhensible. Trahaearn l'approcha un peu plus de la cage. La patte du zombie laissa deux longues estafilades sur le cou du Français.

— Qui l'a achetée ?

Cette fois, la réponse fut plus audible. Mina ne comprit pas de qui il parlait, mais la réaction de Scarsdale fut claire.

— Bon sang, cracha-t-il.

D'interminables secondes s'écoulèrent, puis Trahaearn plaça Colbert hors de portée des griffes du zombie, et sortit un revolver, avant de poser une autre question à voix basse. Colbert y répondit en sanglotant. Trahaearn hocha la tête, et tira soudain sur le zombie. Puis sur le zombie de la cage d'à côté et sur le suivant, jusqu'à ce qu'il ne reste plus que les animaux, que les détonations avaient plongés dans la plus intense des paniques.

— Tu le veux ? demanda le duc à Scarsdale.

— Pour lui faire payer Brimstone ? Non, il est trop minable. J'attendrai d'avoir Hunt.

Cette réponse sembla satisfaire Trahaearn. Il s'approcha d'une petite cage vide, et y jeta Colbert d'un coup de pied avant d'en refermer le cadenas. Puis il se tourna vers les employés qui le regardaient, les yeux comme des soucoupes.

— Vous gagnerez plus d'argent en vendant toutes ces choses que vous n'en gagnerez jamais en travaillant pour lui. Et il est trop lâche pour chercher à se venger.

Les hommes se regardèrent. Quand Trahaearn regagna le couloir d'accès, ils ramassaient déjà les objets qui traînaient et déballaient les caisses. À genoux dans sa cage, Colbert se mit à vociférer. Les autres l'ignorèrent.

Mina regarda la porte se fermer sur la chambre forte avec soulagement.

— Le libéreront-ils ?

— Ils libéreront les animaux avant, répondit Trahaearn. Lui viendra en dernier. Mais de toute façon, on le retrouvera.

— Et tout le monde saura que c'est un lâche, ajouta Scarsdale avec satisfaction. Jamais plus il n'arrivera à faire des affaires.

— Ce sera sa punition.

Dehors, le quartier brûlait toujours.

— Qui a acheté l'arme, alors ?

Trahaearn serra les dents.

— La Garde noire.

Sous le choc, Mina resta silencieuse jusqu'au portail. Jasper Evans avait dit que l'arme avait été mise aux enchères à vingt-cinq mille livres. Une telle somme ne pouvait pas venir que du commerce des esclaves. Il devait y avoir d'autres sources. Et la Garde noire devait être bien plus importante et plus puissante qu'elle ne l'avait imaginé.

— Il savait où elle a été emportée ?

— Elle est à bord d'un bateau. L'*Endeavour*, un vieux charbonnier anglais. Les moteurs et les générateurs électriques nécessaires à l'arme étaient trop gros pour un aéronef, et trop gros pour être transférés sur un autre vaisseau. Alors il a vendu l'ensemble.

— Dans quelle direction va-t-il ?

Mais Mina le savait déjà.
— Vers l'Angleterre.

Mina tira une flèche d'opium sur Scarsdale au moment de monter sur la plate-forme. Elle aida Trahaearn à l'installer dans sa cabine, puis ils remontèrent sur le pont pour retrouver Yasmeen.

— La flotte anglaise est-elle au port ? Il faut qu'on les prévienne, pour le bateau.

L'aviatrice regarda Mina, puis Trahaearn.

— La flotte est partie. Mes éclaireurs m'ont dit qu'ils avaient levé l'ancre hier.

Exactement ce que Baxter leur avait dit. Il était prévu que la flotte rentre en Angleterre.

Les moteurs du *Lady Corsaire* vrombirent. Yasmeen haussa un sourcil interrogateur.

— Cap sur où, maintenant, capitaine ?

— Cap au sud. Il n'est pas question que Hunt voie encore un lever de soleil sur le *Terreur*.

Au sud ? Pendant que la Garde noire fonçait plein nord vers l'Angleterre, avec l'arme ?

— Non, dit Mina. On ne peut pas. Il faut mettre le cap au nord.

Yasmeen s'immobilisa, cigarillo en l'air, et regarda Trahaearn. Celui-ci prit Mina par la main et l'entraîna jusqu'à la proue. Devait-elle se réjouir qu'il ne la traîne pas par les cheveux ? Allait-elle être fouettée pour avoir osé le contredire ?

Mais quand il la toucha, ce fut avec délicatesse. Il lui caressa le visage, posa sa grande main sur sa joue.

— Et ton frère ?

— Ne me pose pas cette question.

Elle luttait pour que sa voix ne tremble pas. Andrew était peut-être en vie. Mais si cette arme atteignait l'Angleterre, les morts se compteraient par millions.

— Cet engin tuera tout être vivant sur un rayon de deux cent cinquante kilomètres, enchaîna-t-elle. Le plus facilement du monde. Leur bateau va remonter la Tamise, et Londres sera rayée de la carte. Presque toute l'Angleterre, aussi. Est-ce que cela compte, pour toi ?

Ou seul le *Terreur* comptait-il ? Seuls ses biens ?

— Ça compte.

— C'est vrai ? Tu ne mens pas ?

— Les miens sont à Londres aussi. Penses-tu que leur sort ne m'importe pas ?

La gorge serrée, Mina hocha la tête.

— Très bien, poursuivit-il. Maintenant, écoute-moi. Si Hunt a levé l'ancre il y a deux jours, le *Lady Corsaire* l'aura rattrapé en moins de vingt-quatre heures. Et le *Terreur de Marco* est un bateau puissant. Rapide. Nous allons le retrouver, remonter vers le nord, et doubler l'*Endeavour*.

— Et nous aurons quand même quatre jours de retard.

— Je le rattraperai. Avant qu'il ne voie les côtes européennes. Et puis, il est derrière la flotte anglaise, qui nous épaulera. Dès que nous aurons retrouvé mon bateau, Yasmeen repartira pour localiser l'*Endeavour*, et ira prévenir la flotte. Mais d'abord, nous allons retrouver le *Terreur* et ton frère.

En proie à l'indécision la plus cruelle, Mina se sentait déchirée. Elle voulait le croire quand il disait que les choses se dérouleraient ainsi. Mais c'était un pari fou. Et tant de vies étaient en jeu…

— Fais-moi confiance, Mina. Je connais ces mers. Je connais mon bateau, et je sais de quoi un vieux charbonnier comme l'*Endeavour* est capable. Il est lourd, large à l'arrière, et sa voilure est carrée. À cette époque de l'année, les vents de l'est sont plus favorables aux voiles rectangulaires, et la voilure du *Terreur* est conçue pour la vitesse. Nous le rattraperons. Fais-moi confiance.

Le pouvait-elle ? En avait-elle envie ? Elle le devait. Elle soupira, fébrile.

— D'accord. Va pour le sud.

Il l'embrassa. Comme si Yasmeen avait attendu ce signal, les cloches tintèrent autour d'eux. Les hélices se mirent à tourner, poussant l'aéronef en avant.

— Demain, nous les trouverons, Mina. Alors viens avec moi, maintenant. Viens dans la cabine.

Le sommeil ne venait pas. Allongée contre Trahaearn, Mina écoutait les battements lents de son cœur. Elle ne pensait plus qu'à Andrew, sur un bateau avec des zombies, sous les ordres d'un capitaine cruel. À l'*Endeavour* qui apporterait la mort à tous ceux qu'elle connaissait, qu'elle aimait, et qu'elle avait juré de protéger.

— Et si on rate le *Terreur*, dans l'obscurité ?

— Yasmeen le verra.

Il semblait si certain de ce qu'il disait.

Fais-moi confiance.

Il avait eu raison, quelques jours plus tôt, en disant qu'elle avait vécu sous le joug de la Horde trop longtemps. Elle avait du mal à accorder sa confiance.

Le connaissait-elle assez ?

Mais elle était certaine d'une chose : il protégeait ce qui lui appartenait.

Et elle lui appartenait. Peut-être pas pour toujours. Mais pour l'instant, oui.

La sentant bouger, il ouvrit les yeux et la fixa d'un regard ardent.

Mina glissa une jambe sur lui, plaquant sa cuisse contre son flanc. Il vint à la rencontre de son baiser, la laissa prendre l'initiative, glissant une main dans ses cheveux pour la retenir. Mina sentit la chaleur monter en elle. Elle s'écarta.

Trahaearn la regarda, le visage tendu par le désir. Quand elle fit mine de se lever, il se redressa.

— Mina…

— Où sont les préservatifs ?

Elle se tourna vers le bureau. Les affaires de Trahaearn avaient été apportées dans la cabine, mais elle ignorait où ce genre de choses pouvait se ranger.

Il y eut un silence, puis il lâcha d'une voix grave, rauque :

— Dans l'armoire. Sur l'étagère.

Nerveuse, elle eut du mal à ouvrir la porte, mais trouva ensuite sans difficulté la petite boîte en ébène glissée derrière ses dessous. Le bois noir était marqueté d'ivoire, et les scènes représentées auraient mis le rouge aux joues d'une demoiselle de Manhattan City. Mina la prit, la serra contre elle pour masquer le tremblement de ses mains, et retourna vers le lit. Trahaearn s'était assis contre la tête de lit, et la regardait.

Il la laissait prendre les choses en main. Un peu plus tôt, il avait fait la même chose, en lui demandant de se caresser, de prendre le contrôle de son désir, d'en devenir la source. Mais là, elle allait le contrôler, lui. Allait-il l'accepter ? Combien de femmes l'avaient-elles chevauché, l'avaient-elles utilisé pour leur plaisir ?

Son hésitation n'échappa pas à Trahaearn.

— À quoi penses-tu ?

— Tout à l'heure, quand nous étions... je ne voulais pas paniquer. Alors quand c'est devenu trop fort, j'ai essayé de ne plus rien ressentir.

— Et ça n'a pas marché, dit-il d'un ton amusé. Pas lorsque ma langue était en toi, en tout cas.

Elle rougit. Non, ça n'avait pas marché.

— Alors je me suis dit que j'allais te prendre en moi, parce que j'en ai envie. Quand tu me touches, j'ai mal de désir. Donc, je pensais que je pourrais t'avoir en moi avant de ressentir trop de choses, avant d'avoir mal... avant de paniquer.

— C'est possible, Mina. Mais si tu n'éprouves pas de désir, m'avoir en toi sera moins agréable.

— Oui. Je sais.

Perdue, elle laissa courir ses doigts sur la boîte gravée.

— Je n'ai pas réussi à repousser la Horde, quand c'est arrivé. Alors j'ai essayé de repousser les sensations qu'ils éveillaient en moi. Et c'est ce que je continue à faire, sauf que je lutte contre moi-même, maintenant. Je voudrais que ça s'arrête.

— Alors lutte contre moi.

— Quoi ?

— Tu n'as pas réussi à combattre la Horde, alors tu as combattu ce qu'ils t'ont fait. Maintenant, c'est moi qui te fais ressentir des choses, alors lutte contre moi. Frappe-moi, repousse-moi, mais ne t'interdis pas d'éprouver du plaisir. Laisse parler tes sens.

— Mais je n'ai pas envie de lutter contre toi.

— C'est pourtant ce que tu fais de toute façon. Tu paniques et tu me repousses. Cette fois, c'est toi qui vas tout contrôler dès le départ.

— Ça ne marchera pas. Dès que je te frapperai, tu arrêteras.

— Non. Tu paniques parce que tu n'as pas pu lutter pendant la Frénésie. Peut-être qu'en luttant contre moi, tu arriveras à remettre la panique à sa place. Si tu y arrives, Mina, j'encaisserai tous les coups que tu me donneras. Parce que de mon côté, j'ai besoin de voir que tu n'as plus peur. Même quand tu me frapperas, je saurai que tu me veux en toi. Donc, je n'arrêterai que si tu as vraiment peur.

Il avait raison.

— Mais comment sauras-tu si j'ai vraiment peur ou pas ?

— Parle en langue de la Horde.

Elle se renfrogna, mécontente.

— Je ne parle jamais cette langue.

— Comme ça, je saurai que ta peur est bien réelle.

Réelle. Et incontournable. Mina le regarda, la boîte en ébène posée sur le cœur, tel un bouclier.

— Dès le jour où je t'ai rencontré, j'ai su que tu étais un danger pour moi. J'aurais dû fuir.

Il tendit la main pour l'inciter à le rejoindre sur le lit, et l'enlaça.

— Je t'aurais rattrapée.

Elle éclata de rire, secoua la tête. Déjà, elle sentait le désir monter en elle tandis qu'il prenait ses lèvres. Sa langue la fouilla et elle gémit. Il lui dénuda les épaules, avant de tirer sa chemise jusqu'à ses hanches.

Il prit la boîte en ébène et la jeta sur le lit.

— Allonge-toi et écarte les cuisses.

La surprise la laissa bouche bée. En elle s'éleva une vague d'anticipation qui emporta toute hésitation sur son passage. Elle se laissa tomber sur le matelas, offerte.

Il la contempla d'un regard brûlant.

— Tu ne me repousses pas beaucoup, dis donc.

— Je sais ! s'esclaffa Mina.

Elle se sentait légère, impatiente, et pas une once de panique ne menaçait de la saisir. Elle ignorait pourquoi. Peut-être parce qu'elle avait confiance. Savoir qu'elle pouvait lutter lui en ôtait sans doute le besoin.

— Bien ! Parce que j'ai envie de ça.

Il posa les mains sur les hanches de Mina, baissa la tête entre ses cuisses, et couvrit son sexe de sa bouche. Mina poussa un cri, se raidit, puis s'abandonna. Écouta ses sens. La chaleur de chaque coup de langue. La joue râpeuse de Trahaearn contre l'intérieur de sa cuisse. Ses grognements de plaisir. Sa main se refermant sur son genou pour l'écarter un peu plus. Ses doigts pétrissant sa chair tandis qu'il la savourait. Un petit coup de langue la jeta dans la spirale du plaisir et elle hurla, agrippant les draps.

Quand elle recouvra ses esprits, Trahaearn n'avait pas bougé, mais la regardait avec stupéfaction. Bientôt, l'étonnement céda le pas au désir.

Il remonta sur elle, embrassa son ventre, ses seins, son visage, puis s'allongea et glissa une main entre ses jambes. Son majeur s'introduisit entre les plis trempés. Sans quitter son visage des yeux, il entra en elle. Plus gros, plus large que sa langue... Mina se mordit la lèvre, se colla contre lui, tenta d'apaiser l'inconfort de l'intrusion.

Il ferma les yeux.

— Tu es étroite. Je sens que tu me serres. Je vais te faire mal.

Oui. Mais comment l'éviter ? Et, s'ils s'y prenaient comme il le fallait, elle n'aurait mal qu'une fois.

Elle inspira longuement, tenta de se concentrer sur autre chose que son désir, mais sans le refuser. Il fallait juste le dissocier de la douleur à venir.

— Mina, je sens que... tu es encore vierge.

Elle l'avait fait avec Felicity.

— Non. Mais je suis intacte, et si tu romps mon hymen maintenant, ce sera plus facile pour moi qu'avec ton pénis. Seulement il faudra attendre ensuite, sinon, les nanoagents refermeront l'hymen et je serai à nouveau déchirée quand tu entreras en moi.

Il la contempla un long moment, puis hocha la tête. Mina se prépara, essayant de ne pas trembler lorsqu'il glissa un second doigt en elle. D'un mouvement sec, il les écarta brusquement. La douleur électrisa Mina. Elle se raidit, lutta pour ne pas pleurer. Il lui demanda pardon en l'embrassant sur la tempe. Avant de poser son front contre le sien.

Il resta en elle. Peu à peu, la douleur devint picotement. Mina eut envie de bouger autour de ces doigts, de les enserrer un peu plus, mais se força à attendre. À penser à autre chose.

— Une fois, j'assistais mon père pendant une opération. C'était une femme dont le mari était tellement rapide que son hymen se refermait chaque fois. Alors elle avait essayé de le rompre avec un bougeoir et d'attendre pour qu'il ne se déchire plus. Seulement le bougeoir était en métal, en étain, je crois, et les nanoagents ont réagi comme s'il s'agissait d'une prothèse. Quand elle a saigné, ils se sont mis à greffer le bougeoir sur elle, et elle ne pouvait plus le retirer.

Trahaearn eut du mal à garder son sérieux.

— C'est à ça que tu penses, quand tu es avec moi ?

Elle sourit. Sans attendre sa réponse, il referma sa bouche sur un de ses seins. Elle se cambra. Froissa le drap en serrant les poings. La boîte d'ébène était juste à côté d'elle, et elle distingua une des scènes gravées sur le couvercle. Une femme était agenouillée devant un homme.

Imaginer la même chose avec Trahaearn était facile.

— Tu aimerais que je te fasse ça ?

Lâchant son téton, il passa à l'autre sein.

— Faire quoi ?

— Faire comme sur le couvercle. Je pourrais te sucer.

Il leva la tête, observa la scène.

— Oui. Plus tard.

Satisfaite, elle retourna la boîte, et ne put s'empêcher d'ajouter :

— Sur ce côté, il y a une femme avec deux hommes. Nous pourrions inviter Scarsdale, plus tard, aussi.

— Mauvaise idée. Il faudrait que je l'abatte, et je n'en ai pas envie.

— Oh. Et là, il y a deux femmes... Sur une boîte de préservatifs, c'est bizarre. À quoi leur serviraient ces accessoires ?

Trahaearn riait, et ne répondit pas.

— Je pourrais le proposer à Yasmeen... Mais elle doit mordre, non ?

Avec un grognement, Trahaearn lui prit la boîte des mains et en tira une poignée d'enveloppes carrées en parchemin avant de la jeter sur le côté.

— Cette boîte te donne trop d'idées dans lesquelles je n'ai pas de rôle, dit-il en répandant les enveloppes sur le matelas.

Puis, doucement, il bougea en elle, et le rire de Mina se termina par un petit cri de surprise. Elle n'avait plus mal. Il ne restait que le plaisir. Et le désir.

— Ça va, alors ?

Sans répondre, elle se cambra doucement pour venir à la rencontre de sa main. Il l'embrassa, sa langue fouillant sa bouche, tandis que ses doigts faisaient de même en elle. Lorsqu'elle fut trempée, et haletante, il s'écarta et, à genoux sur le matelas, défit son caleçon.

— Tu veux me le mettre ? demanda-t-il en montrant les enveloppes.

Le cœur battant, Mina en prit une, brisa le sceau de cire qui la fermait. À l'intérieur, l'étui en boyau d'agneau était fin et souple, et glissant car légèrement huilé.

Et le sexe de Trahaearn n'avait rien d'une matraque. Large et raide, certes, mais sa peau lisse et tendre lui sembla d'une grande délicatesse. Il l'aida, lui montra comment l'enfiler, lâchant un gémissement lorsqu'elle le fit rouler le long de son membre. De petites ficelles permettaient de l'attacher à la base du sexe. La main de Mina appuya contre ses testicules quand elle noua les liens, et il eut un soubresaut. Elle leva les yeux vers lui.

— C'est trop serré ?

— Non, répondit-il, un peu crispé. Viens, maintenant.

Les mains sous les fesses de Mina, il la hissa contre lui. Elle referma ses jambes autour de sa taille, enroula ses bras autour de son cou, le visage face au sien. Il l'embrassa délicatement et, doucement, la laissa glisser jusqu'à ce que son gland effleure l'entrée de son intimité.

Elle fut parcourue d'un frisson.

— Maintenant, souffla-t-elle. Maintenant, je t'en prie.

Trahaearn n'eut pas à bouger. Il lui suffisait de la laisser glisser sur lui. Mina gémit, mal à l'aise, et tenta de bouger pour trouver une meilleure position. Mais à chacun de ses mouvements, il entrait un peu plus en elle. Interdite, elle baissa les yeux. Il était en elle. Mais à moitié seulement. Elle le voulait tout entier.

— Aide-moi, murmura-t-elle en embrassant son cou. Aide-moi à te prendre.

— Mina…

Sa voix était rauque, tendue. Il posa ses larges mains sur les hanches de Mina, et appuya. Un cri sauvage sortit de sa gorge, elle enfouit son visage contre lui, ne sentant plus rien que son membre énorme loin en elle. Bouger, c'était mourir.

Et ne pas bouger, c'était mourir aussi.

Un long frisson la parcourut quand il remonta les mains jusqu'à sa taille, qu'il enserra. Puis, dans un grognement, il donna un coup de reins et s'enfonça en elle. Mina renversa la tête en arrière, attrapa ses épaules et se mit à onduler sur lui. Elle regarda l'énorme queue entrer en elle – deux pièces qui n'auraient jamais dû se compléter, et pourtant y réussissaient à merveille.

La vague de l'extase enfla avec une puissance si intense qu'elle craignit de ne pouvoir la supporter. Mais il n'y avait plus de terreur, cette fois. Il n'y avait plus que Trahaearn – Rhys –, sa puissance, ses coups de boutoir. Il la regardait, cherchait des traces de peur, elle le savait. Il retenait son plaisir pour satisfaire le sien. Un frisson monta du tréfonds d'elle-même, et elle poussa un cri, sentant son sexe palpiter autour de lui.

Dans un grognement guttural, il se mit à aller et venir avec frénésie, loin, fort, puis soudain se figea. Elle sentit la pulsation de son membre en elle, et la réponse de son propre sexe. Son plaisir était immense.

Pantelante, elle posa la tête sur l'épaule de Rhys. Tout en restant en elle, celui-ci l'allongea sur le matelas, s'installant au-dessus d'elle. Lentement, il reprit ses va-et-vient.

— Encore, Mina.

Elle pensait ne plus pouvoir. Mais chaque mouvement faisait renaître le désir et doucement, délicatement, la vague se reforma, jusqu'au frisson de l'orgasme.

Rhys se leva, retira le préservatif, puis revint s'allonger à son côté. Mina se sentait ivre, de plaisir, de conquête, de bien-être.

— Tu ne m'as pas repoussé, dit-il en lui caressant les cheveux.

— Je n'ai pas eu besoin.

Elle ignorait pourquoi. La confiance, peut-être. Ou plus que cela. Mais ce « plus que cela » l'effrayait trop pour s'y attarder.

— Tu m'as inspirée, se contenta-t-elle de dire. Tu n'as pas eu besoin de te battre quand tu as renversé la Horde. Alors j'ai décidé de faire exploser ta tour.

Dans ses cheveux, les caresses cessèrent. Rhys sembla à court de réplique. Puis il éclata de rire, et l'attira sur lui. Elle s'allongea sur son large torse.

Et c'est là qu'elle s'endormit.

14

Un discret craquement de parchemin s'immisça dans son sommeil. Mina s'étira, peinant à ouvrir les yeux. La lumière était celle de l'aube. Donc il était encore tôt, et elle se sentait bien, allongée sur le côté, Rhys derrière elle. Elle referma les yeux, cherchant à retrouver le sommeil, mais accueillit avec plaisir la main un peu rude qui lui caressa la taille, les fesses, puis souleva sa jambe pour la poser un peu en arrière, sur une cuisse puissante.

— Ça va, Mina ? Tu n'as pas mal ?

— Mmm… fut tout ce qu'elle parvint à répondre.

Elle était encore à moitié endormie quand il entra en elle.

Poussant un cri, elle ouvrit les yeux… et se retrouva sur le ventre. Rhys était derrière elle, genoux plantés entre ses jambes écartées. D'une main de fer, il la souleva par les hanches, jusqu'à ce qu'elle soit croupe en l'air, à quatre pattes. Il se pencha sur elle.

— Je me suis conduit en gentleman, mais cela n'a qu'un temps, souffla-t-il à son oreille d'une voix rauque.

Il n'avait introduit que son gland en elle, mais cela faisait l'effet d'un petit poing à Mina. Tremblante, elle se prépara.

— J'attends, chuchota-t-il en effleurant le creux de sa nuque, avant de la mordiller. Dès que tu seras mouillée… Bon sang, Mina…

D'un seul coup de reins, il la pénétra jusqu'à la garde. Une onde dévastatrice explosa en elle, et Mina hurla dans les draps. Il la comblait, allait au plus profond d'elle. Ses bras la maintenaient en place, l'empêchant de partir en avant à chaque poussée. Elle s'y agrippa. À chaque coup de boutoir, il venait taper contre son clitoris. Bientôt, elle gémit, se contorsionna, mais il continua ses va-et-vient. Puis il glissa une main vers le sexe de Mina, le caressa, et elle perdit tout contrôle, s'abandonna à la vague électrisante, sentant la chaleur des larmes sur son visage. Il cria son nom avec ferveur, la prit par les hanches et s'enfonça en elle, encore et encore, comme s'il imprimait sa marque dans sa chair.

Mina frémit à nouveau quand il jouit, mais il ne la lâcha pas. Non. Il l'avait possédée. Il avait fait tomber toutes ses défenses. Elle était à lui.

Disparu, le gentleman. Restait le capitaine pirate, le duc de Fer.

Mina ne semblait pas lui en vouloir. Lorsqu'il avait ouvert les yeux, il avait éprouvé un désir irrépressible, le besoin de la posséder. Mais il n'avait pas réussi à la traiter avec douceur. Après avoir agi aussi brutalement, il s'était attendu à une hésitation, une prise de distance… mais non. Pendant le petit déjeuner, elle l'avait interrogé sur ses vues politiques, l'avait fasciné à chaque mot, jusqu'à ce qu'il la désire à nouveau et la prenne de toutes les façons possibles sur la petite table.

Jamais il n'avait ressenti un tel désir. L'instinct de conservation lui soufflait de s'éloigner d'elle, mais il ne supportait pas cette idée. Il ne voulait qu'une chose : l'avoir à ses côtés.

Mais si elle ne regrettait pas d'avoir couché avec lui, elle ne semblait pas avoir besoin de lui non plus. Tout juste paraissait-elle l'apprécier un peu plus qu'au début.

Assis à la proue de l'aéronef, ils scrutaient la mer, s'échangeant la longue-vue. Le vent rendait la conversation difficile, mais peu importait. Quand elle regardait au loin, il aimait contempler la courbe de sa joue jusqu'à son cou. Quelques mèches s'étaient échappées de son chignon et venaient fouetter le visage de Rhys. Pendant la nuit, et au petit matin, cette chevelure avait caressé ses mains alors qu'il la tenait par la taille, s'enfonçait en elle. Ce soir, ce serait sur le *Terreur*. Il n'avait jamais eu de femme dans sa cabine.

Peu après midi, il la vit se raidir, longue-vue dirigée vers le bas. Sans un mot, il prit l'instrument, regarda. Un frisson d'anticipation le traversa. Là. Le *Terreur de Marco*. On ne voyait que les mâts, mais il connaissait leur forme. Il aurait pu attendre sur une jetée les yeux bandés et reconnaître le bruit de son bateau passant au large.

Mina le fixait, attendant sa confirmation. Lorsqu'il hocha la tête, elle fit signe à Yasmeen. Une cloche tinta derrière eux.

Les voiles du *Terreur* étaient abattues. Dans ces eaux calmes et avec aussi peu de vent, il aurait dû hisser toute la voilure pour avancer. Avaient-ils jeté l'ancre ? Rhys n'en voyait pas la raison dans cette zone, à moins d'être relié à un aéronef.

Il scruta le ciel à la recherche du *Joséphine*. Il n'y avait aucune trace du vaisseau rapide en dessous de la fine couche nuageuse, qui n'était pas assez importante pour l'abriter. Rhys se tourna vers Yasmeen, lui fit signe de couper les moteurs. Ils allaient s'approcher doucement, sans faire de bruit.

Il vit Yasmeen observer le *Terreur*, intriguée, puis lui lancer un regard interrogateur. Il ignorait pourquoi le bateau n'avait pas hissé les voiles. Et il ne voulait pas en parler devant Mina, pour ne pas l'inquiéter.

Mais il n'eut pas besoin de dire quoi que ce soit. Quelques instants plus tard, le *Joséphine* apparut, son ballon blanc presque entièrement dégonflé, flottant à côté du

Terreur. Il avait été amarré au bateau, et quelque chose l'avait fait tomber. Des morceaux de bois flottaient tout autour, mais l'essentiel du vaisseau était encore sous le ballon.

— C'est l'aéronef ? s'enquit Mina.

— Oui.

— Mais comment… ?

— Je ne sais pas.

— Le *Terreur* n'avance plus. Ils se sont arrêtés pour abattre l'aéronef ?

Rhys secoua la tête.

— On verrait des membres d'équipage. Et des zombies, aussi. Hunt ne les aura pas enfermés dans la soute. Il voulait sûrement les surveiller en permanence.

Et voir l'effet qu'ils produisaient sur son équipage.

— Si les zombies ont réussi à s'échapper, est-ce que l'équipage avait un endroit où aller ?

— Dans la soute. L'intérieur du bateau est renforcé par des plaques de fer.

— Combien de temps pourraient-ils tenir, sans eau ni nourriture ?

Pas très longtemps. Mais en l'occurrence, cela importait peu.

— Au plus, ils y sont depuis une journée.

Elle hocha la tête, lui tendit la longue-vue.

Nom de Dieu.

— Il y a trois cages sur le pont avant. L'une d'elles est ouverte.

Mina frissonna.

— Est-ce que le zombie aurait pu monter sur l'aéronef ?

— Il n'aurait pas pu trouer l'enveloppe.

Le tissu très serré du ballon était renforcé par du métal. Les ongles d'un zombie n'y auraient même pas laissé une griffure.

Une flamme aurait tout fait sauter, donc c'était un trou. Mais il fallait qu'il soit énorme, pour provoquer autant de dégâts.

Pour Rhys, le *Joséphine* avait dû être détruit alors qu'il était amarré au *Terreur*, et dans la confusion qui régnait à bord, la cage avait été bousculée, son cadenas brisé. Mais il n'en aurait confirmation qu'en descendant sur le bateau.

Il se leva, enfila son harnais. À côté de lui, Mina vérifia ses armes.

— Pas toi, dit-il.

— Mais…

— Non. Prends un fusil et couvre-moi, si tu veux, mais tu ne descends pas. Je ne veux pas prendre ce risque.

Elle eut une moue, sembla hésiter à argumenter, puis comprit sans doute que cela ne servirait à rien.

— D'accord, dit-elle finalement. Je te couvre.

Quand Scarsdale monta de sa cabine, il était livide, mais luttait contre la peur. Pour affronter Hunt, il était prêt à braver l'enfer.

Rhys attendit qu'il se harnache. Scarsdale préférait les épées aux machettes, mais ils doublèrent tous les deux leurs armes avec des pistolets.

— Prêt ?

Au signe de tête de Scarsdale, les aviateurs lâchèrent deux cordes au-dessus du poste de pilotage du *Terreur*. Rhys embrassa Mina et se jeta dans le vide, ralentissant juste au moment de toucher le pont. Scarsdale atterrit d'un bond léger derrière lui.

Il écouta, machettes en main. Entre les sifflements et les grognements des zombies en cage, il n'entendait que la coque craquant dans le roulis délicat des vagues, le clapotis de l'eau contre les flancs du *Terreur*. Dans le vaisseau régnait le silence.

— Ils s'en sont pas mal occupés, dit Scarsdale. C'est propre.

Dans l'ensemble, en effet, le bateau était en bon état. Le pont avait été nettoyé récemment, mais il savait que l'équipage n'était pas nombreux au départ – et l'était peut-être encore moins maintenant. Rhys espéra qu'il resterait suffisamment d'hommes valides pour repartir.

En silence, il alla jusqu'au pont avant. Devant les cages, il tira son revolver et abattit les zombies. Un seul s'était échappé, mais cela ne voulait pas dire qu'il n'y en avait qu'un en liberté. Leur morsure mettait du temps à tuer un bogué, et tout l'équipage n'était peut-être pas porteur de nanoagents. Mais un bogué mort se transformait aussitôt en zombie.

Les coups de feu provoquèrent d'autres bruits. Des sifflements étouffés, des pas, sur les ponts inférieurs.

Il se dirigea vers la trappe.

— Lanterne ?

Scarsdale en avait déjà pris une et l'alluma. Ignorant l'échelle, Rhys sauta. Rien en vue dans la coursive. Il se dirigea vers la cabine du capitaine. Scarsdale le suivit avec la lanterne, mais il n'en eut pas besoin. Le soleil baignait la cabine.

La Marine avait gardé son bureau et sa table. Tout le reste était nouveau, et en désordre. Seigneur. Hunt était un porc. Il y avait des vêtements en tas sur une malle, des papiers déchirés et mouillés éparpillés sur le bureau. Et des cadavres de zombies sur le sol.

Il appela, attendit une réponse. Rien. Faisant demi-tour, il repartit vers la coursive.

Le bois craqua derrière lui. Il pivota, machette levée, et découvrit Hunt, le regard fou, nu, brandissant un pistolet. Le tromblon de Scarsdale tonna, Hunt sembla se replier sur lui-même et s'effondra.

— Planqué dans les cabinets, non mais je rêve ! J'aurais aimé l'abattre sur le trône, tiens, soupira Scarsdale.

S'il ne l'avait pas fait, les nanoagents infectés l'auraient fait à sa place. Hunt avait des griffures au visage, et la chair d'un de ses bras avait été en partie arrachée.

— Il était déjà transformé ?

Les yeux de Hunt s'ouvrirent soudain. Il voulut se redresser. Rhys s'écarta brusquement pour laisser le champ libre à Scarsdale, qui tira à nouveau. Cette fois, Hunt eut le haut du crâne emporté.

Rhys le regarda tomber.

— Si on en croise d'autres, tu tires dans la tête dès le premier coup.

Scarsdale était aux anges.

— Mais comme ça, je l'ai tué deux fois !

Sans doute cette ordure aurait-elle mérité de mourir bien d'autres fois.

Ils vérifièrent le reste du pont, puis descendirent au suivant. Sur les tables, à côté des cuisines, le petit déjeuner était encore intact.

— Ils sont partis très vite. Je n'ai jamais vu un matelot quitter une table précipitamment sans prendre le pain pour le manger en route.

— Et sans avaler le reste de son rhum, ajouta Scarsdale en regardant dans les quarts en étain. Et si tu veux mon avis, après tous ces coups de feu, ton inspectrice doit être morte d'inquiétude.

Son inspectrice.

— Allons-y, alors.

Une fois les ponts visités, Scarsdale et Rhys descendirent vers la soute. L'équipage s'était barricadé à l'intérieur, et Rhys dut taper à la porte en haussant la voix et en leur ordonnant d'ouvrir. Des visages effarés, des regards incrédules apparurent. L'équipage oscillait entre peur et soulagement. Un rapide coup d'œil à l'intérieur confirma que la plupart des hommes avaient survécu.

Puis les premiers hourras montèrent, et cent vingt hommes se mirent à taper des pieds. Dans des eaux plus froides, cela aurait risqué d'attirer un mégalodon ou un kraken, mais Rhys les laissa faire. Il examina l'équipage, et compta huit gamins qui auraient pu être le frère de Mina.

— Andrew Wentworth ! aboya-t-il. Est-il parmi vous ?

Le silence se fit. Un jeune garçon dégingandé, aux cheveux blonds presque blancs, se figea, ébahi.

— Oui, capitaine.

— Vous me suivrez jusqu'au poste de pilotage, monsieur Wentworth.

— Bien, monsieur.

Rhys se tourna vers le reste de l'assistance.

— Je veux tous les hommes en état de naviguer sur le pont, et le *Terreur* nettoyé et prêt à appareiller dans une heure. Les zombies qui étaient membres d'équipage seront préparés pour un service funéraire. Les autres, Hunt compris, je les veux par-dessus bord immédiatement. Et je veux les officiers au rapport dans une demi-heure.

Il fallait qu'il sache ce qui s'était passé sur ce bateau, et à bord du *Joséphine*.

Les hommes sortirent de la soute les uns derrière les autres. Certains appartenaient à la Marine royale, d'autres étaient nouveaux. Rhys en reconnut quelques-uns qui avaient fait partie de son dernier équipage.

Il en arrêta un. Le chef mécanicien avait été de la mutinerie à ses côtés. Il avait passé presque vingt ans sur le *Terreur,* sa peau parcheminée et sa prothèse de bras en acier étaient là pour le prouver.

— Toujours à bord, Smiegel. Comment va son moteur ?

Le vieil homme redressa les épaules.

— C'est toujours le meilleur qu'ait jamais tourné, capitaine.

— Tu t'es bien occupé du bateau.

— Pour sûr. Et il s'est bien occupé de nous en retour. On savait que vous viendriez nous chercher. Tous les gars le savaient, même ceux de la Marine, dit le vieux, le regard brillant d'émotion.

Rhys ne put s'empêcher de sourire. C'était toujours son bateau, même aux yeux d'un équipage de Sa Majesté. Et dès leur retour à Londres, le *Terreur* redeviendrait légalement sa propriété. Il n'était pas question que la Marine royale le garde.

Voyant que Smiegel avait autre chose à dire, il lui fit signe qu'il l'écoutait.

— Si vous êtes montés à bord, c'est que... enfin... Le kraken, il est parti ?

— Kraken ? répéta Scarsdale en pâlissant.

Rhys se sentit blêmir, lui aussi. Une angoisse sourde monta en lui.

— Pas dans ces eaux.

Non, pas dans ces eaux. Rhys n'avait jamais vu cela. Et la mer était calme autour du *Terreur*. Mais quelque chose avait abattu le *Joséphine*... et pouvait être encore caché dessous. Seigneur.

Il tourna les talons et se rua vers l'échelle.

Trop de temps s'était écoulé depuis les derniers coups de feu. Au moins plusieurs minutes.

Fusil en main, Mina surveillait le pont du *Terreur*, impatiente de voir remonter Rhys. Tout semblait calme, jusqu'à ce qu'un grondement sourd monte de la mer, comme si des centaines de chevaux trottaient sur un pont de bois.

Intriguée, Mina se tourna vers les aviateurs, et vit qu'eux aussi s'interrogeaient. Le visage fermé, Yasmeen quitta le poste de pilotage.

Mina se pencha par-dessus le bastingage. Sous le ballon dégonflé du Joséphine, un mouvement attira son regard. À côté d'elle, un des hommes lança :

— Capitaine !

Yasmeen les rejoignit et regarda à son tour. Entre le *Terreur* et l'épave de l'aéronef, une ombre noire se déplaçait sous l'eau. Une énorme ombre noire. Le visage du capitaine se figea dans une expression d'horreur.

— Capitaine ? fit Mina, le cœur battant.

— Il devrait avoir trop chaud, murmura Yasmeen. Il a dû suivre le courant froid qui remonte vers le nord le long des côtes... Une tempête l'a peut-être éloigné de sa zone...

Dieux du ciel. Les créatures monstrueuses introduites dans les océans par la Horde ne vivaient en principe que dans les eaux froides : les requins mégalodons dans celles du nord et du sud, et les krakens dans celles du sud uniquement. Mais jamais si près de l'équateur.

L'ombre devint une forme, une tête arrondie et d'épais tentacules, un céphalopode énorme, et blindé. Les deux bras qui traînaient derrière lui étaient plus longs que le *Terreur*.

— Oh, non... murmura Mina.

— Tout ce qu'il faut, c'est qu'ils ne fassent pas de bruit et quittent la zone rapidement, dit Yasmeen. Pessinger, allumez les moteurs et le générateur, ajouta-t-elle à l'intention de l'aviateur qui se trouvait à côté d'elles.

Pour le canon, sans doute.

— Peut-on descendre la plate-forme ? demanda Mina.

— C'est probablement ce qu'ils ont fait, répondit Yasmeen en montrant le *Joséphine*. Avec leurs moteurs en route.

Et le bruit avait dû attirer le kraken... qui avait détruit l'aéronef.

— Ils attrapent des proies aussi éloignées ?

— Leurs tentacules sont longs, il n'y a pas de doute là-dessus. Il suffit qu'ils s'enroulent autour d'une plate-forme de chargement et tirent : le reste du vaisseau vient avec.

Le *Lady Corsaire* vibra, et les moteurs démarrèrent. Le générateur gémit. En bas, la forme fit surface, et replongea aussitôt, sous le *Terreur*. Trop rapide.

— Pessinger, vous pouvez tirer ?

— Non, capitaine. Pas sans toucher le *Terreur*.

— Merde. Pegg, Washbourne, installez la mitraillette, et arrosez la surface. On va essayer de l'éloigner du bateau. Tous les autres, sortez les harpons !

Mais tout en lançant ses ordres, elle secouait la tête. Devant le regard de Mina, elle expliqua :

— Les krakens ne sont pas comme les zombies, qui se ruent sur tout ce qui bouge. Ils se fixent sur un seul objectif.

Des bruits montèrent du *Terreur*. Elles se penchèrent à nouveau. Sur le pont, des hommes couraient, et parmi eux Rhys, qui se rua vers le bastingage. Puis il se retourna, et hurla quelque chose. Mina ne comprit pas ce qu'il disait, mais devina que c'étaient des ordres.

— Ils vont sortir les armes, expliqua Yasmeen. Et lâcher la toile, ajouta-t-elle en montrant les hommes qui, déjà, grimpaient aux mâts.

Pour partir. La corde qui les reliait au *Joséphine* avait déjà été coupée. Tout le monde était en mouvement, sauf… Le cœur de Mina fit un bond. Un jeune garçon aux cheveux clairs se tenait à côté du poste de pilotage, une hache à la main. Andrew.

Le *Terreur* oscilla brusquement sur le côté. D'énormes tentacules s'enroulaient autour de sa proue, juste en dessous de la figure de bois, et tiraient sur le beaupré. Armés de haches, les hommes se ruèrent à l'avant, mais ils ne pouvaient atteindre le monstre.

Morte de peur, Mina fixait la scène.

— Est-ce qu'ils peuvent le tuer ?

— Pas blindé comme il est. Ou alors avec beaucoup de chance, en le frappant à l'œil. Là, ce qu'ils espèrent, c'est lui faire juste assez mal pour qu'il lâche prise.

— Est-ce que le tir au canon est envisageable ?

— Avec cet angle, non. De toute façon, la pénétration du boulet dans l'eau n'est pas très importante. Le mieux, ce sont les harpons.

Elle indiqua les hommes postés le long du *Lady Corsaire*, chacun avec un harpon. Mina regarda son fusil.

— Vous en trouverez un dans mon coffre à harpons.

Mina courut. Mais lorsqu'elle revint, harpon en main, il n'y avait rien à harponner. Les tentacules du kraken rampaient sur les flancs du *Terreur*, comme si une main énorme saisissait le bateau par en dessous.

Yasmeen avait raison : il n'y avait aucun angle de tir possible. Pas de l'endroit où ils se trouvaient, et pas de cette hauteur. On ne pouvait qu'attendre. Le pire, ou le meilleur. Et si le pire survenait, ils lâcheraient des cordes pour sauver ceux qui pourraient l'être.

À moins de lâcher une corde maintenant ? Mina se tourna vers Yasmeen.

— Pourquoi ne pas faire descendre un homme le long du bateau ? Il pourrait essayer de tirer.

— Je ne paie pas assez mes hommes pour qu'ils se suicident sur commande.

— Moi, je peux le faire. Si le kraken attrape la corde, vous la couperez. Il ne vous tirera pas vers le bas.

— Trahaearn me tuerait. Essayez avec votre harpon, s'il faut vraiment que vous fassiez quelque chose. Mais vous ne descendrez pas.

Et Yasmeen l'en empêcherait physiquement si cela était nécessaire. Mina se souvint de Newberry, et des six aviateurs qui l'avaient maîtrisé. Trois suffiraient pour Mina… à moins qu'elle ne leur en laisse pas l'occasion.

La détermination supplantant la peur, Mina alla se placer le long du bastingage, à l'endroit où se trouvaient les cordes qui avaient servi à Rhys et Scarsdale. Elles avaient été remontées et enroulées sur le pont, mais pas détachées des anneaux. Juste en dessous, le kraken faisait pencher le bateau, les mâts n'étaient plus à la verticale. Mais s'il continuait ainsi jusqu'à exposer la quille, le monstre exposerait aussi son corps… Il fallait saisir cette occasion.

Son harpon bien en main, Mina attrapa une corde et la jeta par-dessus bord, avant de se laisser glisser. Le frottement brûla sa paume. Son estomac descendit plus vite qu'elle, et le vent lui arracha des larmes. Il y eut des cris au-dessus d'elle, et en dessous. La voix de Rhys, reconnaissable entre toutes, qui lui hurlait d'arrêter.

Désolée, monsieur le duc. Trop tard.

Elle s'immobilisa à trois mètres de la surface. Le flanc du *Terreur* s'élevait au-dessus d'elle, et elle était trop bas pour voir ce qui se passait sur le pont. Les tentacules ondulaient sur le bois, gris, gluants, d'au moins deux mètres de diamètre à leur base. Des ventouses de la taille d'assiettes en recouvraient la partie inférieure, chair rose qui palpitait et se contractait contre la coque d'une façon aussi obscène qu'horrifiante.

À la base du corps énorme, l'œil sans paupière faisait l'effet d'un tunnel. Et la regardait à travers l'eau claire. La voyait-il ? Mina l'ignorait. Et n'avait pas le temps de se poser la question.

Elle essuya ses larmes d'un mouvement d'épaule, inspira profondément. Tenant la corde de sa main en sang, elle enroula un pied à son extrémité pour pouvoir prendre appui et bloqua le tout avec son autre pied. Elle aurait un seul essai, il fallait qu'elle bouge le moins possible, et pense à tenir compte de l'angle de tir déformé par la surface.

Elle visa, et tira.

La flèche s'enfonça dans l'œil de la créature. Un liquide noir jaillit. Les tentacules se contractèrent, la coque du bateau produisit un craquement sinistre. Et soudain, le *Terreur* bascula vers Mina. Il y eut un formidable claquement à la surface de l'eau, le bateau retrouva son équilibre. Les tentacules avaient lâché et se contorsionnaient dans les airs, frappant la surface.

Mina tendit la main vers le haut, prête à remonter, mais quelque chose heurta la corde, qui claqua comme un fouet. Mina lâcha prise, et tomba.

Sa chute fut stoppée nette. Une douleur lui déchira le genou. Elle hurla, lâcha le harpon. Se balançant tête en bas à cinquante centimètres au-dessus de l'eau, elle regarda la corde autour de son pied, incrédule.

Béni soit le ciel. Lentement, elle se redressa, contractant chaque muscle de ses abdominaux, et saisit la corde.

— Mina !

Le cri de Rhys lui parvint malgré tous les autres bruits ; elle regarda derrière elle. Le *Terreur* approchait – Yasmeen avait dû amener l'aéronef plus près. Des hommes se penchaient par-dessus le bord, équipés de gaffes pour essayer d'attraper la corde et la tirer vers eux.

Mais son soulagement fut de courte durée. Son pied glissait dans sa botte.

Oh, non.

Elle tomba dans l'eau. Une chaleur surprenante l'enveloppa, et le silence, aussi. La forme inerte et sombre du Kraken flottait sous elle, balancée par les flots. Le soleil brillait, au-dessus. Elle essaya de se retourner, battit des bras. Elle ne savait pas nager, mais cela ne devait pas être bien difficile. Bouger, battre des pieds.

Ses yeux la brûlaient. Ses poumons hurlaient. Elle battit des bras et des jambes, dans tous les sens. Mais le soleil s'éloignait, et l'ombre du bateau aussi. Il fallait qu'elle batte plus vite. Plus fort.

Elle n'y arrivait pas. Elle n'y arriverait pas…

Une forme sombre sembla soudain foncer sur elle, fendant les eaux. Rhys. Qui coulait comme une pierre. Il l'attrapa, la plaqua contre lui. Maintenant, ils allaient sombrer tous les deux. Il n'aurait pas dû venir la chercher.

Mais quelque chose les tira jusqu'à la surface. Mina émergea, toussa, cracha de l'eau, en avala encore plus. La plate-forme de chargement flottait à côté d'eux. Rhys la hissa dessus, puis la rejoignit. Une épaisse corde était nouée autour de sa taille, et à l'autre bout, au moins la moitié de l'équipage du *Terreur* avait tenu bon. La plateforme s'éleva lentement et les ramena à hauteur du pont du bateau.

Mina toussa à nouveau. Elle enjamba le plat-bord... et son genou lâcha. Rhys la rattrapa. Autour d'eux, les hommes lançaient des hourras. Mais Rhys ne semblait pas avoir envie de se réjouir. Son visage était fermé. Audessus d'eux, les moteurs de l'aéronef se turent. Le calme revint brusquement quand il aboya l'ordre d'amarrer le *Lady Corsaire* au *Terreur*.

Il porta Mina jusqu'au poste de pilotage et la posa doucement. Elle s'agrippa à la barre, faisant peser le poids de son corps sur sa jambe valide.

— Ne laisse pas monter Yasmeen à bord, il est possible qu'elle me tue.

— Il est possible que moi aussi, je te tue, rétorqua Rhys sans sourire.

Mais il regardait derrière elle, et lui fit signe de se retourner.

Andrew était là. Maigre, mais en bonne santé. Il se jeta dans ses bras.

— Avec un peu de chance, ils te tueront vraiment, dit-il. Parce que ce ne sera rien à côté de ce que mère te fera quand elle apprendra que tu as perdu une aussi belle botte.

15

Mina eut la vie sauve, ne serait-ce que parce que les deux capitaines avaient trop à faire pour s'occuper d'elle. Elle s'installa un peu à l'écart tandis qu'on jetait les corps des zombies par-dessus bord, puis les affaires de Hunt, et son lit. Elle se sentit rougir quand le matelas de la cabine d'apparat ainsi que sa valise apparurent sur la plateforme de chargement. Comme elle préférait annoncer elle-même à Andrew qu'elle partageait le lit du duc de Fer, plutôt qu'il ne l'apprenne de la bouche d'un matelot, elle boitilla jusqu'à Rhys pour lui demander si son frère pouvait venir l'aider à déballer ses affaires et ranger un peu la cabine du capitaine.

Sans quitter des yeux les hommes qui montaient le long des mâts, il répondit :

— Si ton frère t'aide, ça va provoquer des problèmes entre lui et le garçon de cabine.

Ah. Bien sûr. Elle grimaça.

— Peux-tu lui demander de m'aider à descendre, alors, et d'écrire à ma mère pour que notre famille sache que je baise avec le capitaine ?

Il la regarda, interloqué. Puis il sourit, comprenant la situation.

— Je vois. Emmène-le, alors. Et raconte-lui.

— Merci.

— As-tu besoin d'une des filles de cabine de Yasmeen ? s'enquit-il après un coup d'œil sur la tenue de Mina.

Elle était trempée et, sans aide, elle n'était pas sûre d'arriver à retirer la botte qui lui restait.

— Oui. Au moins pour cette fois. Ai-je la permission de feuilleter les livres de bord de Haynes ? J'y trouverai peut-être des informations à propos de son voyage.

— Oui. Et ton frère t'aidera. Triez les livres, et trouvez les cylindres les plus importants. Tant que ton genou n'est pas remis, reste assise.

Cela convenait parfaitement à Mina.

Après le passage de la fille de cabine, elle s'assit au bureau du capitaine. Un grand phonographe avait été fixé sur le plateau d'acajou. Andrew la rejoignit, avec toute une série de cylindres en cire retrouvés éparpillés. Il tira une chaise et s'installa à côté de sa sœur, l'air à la fois inquiet et solennel.

— Est-ce le prix que tu as dû payer pour me retrouver ? demanda-t-il doucement.

— Non. Venir te chercher m'a ouvert cette possibilité. Je n'aurais pu l'avoir nulle part ailleurs… et elle ne se prolongera pas de retour à Londres, précisa-t-elle pour qu'il ne forme aucun projet concernant sa sœur et le duc de Fer. Je voulais juste te préparer. Les conversations de l'équipage risquent de te heurter. Ta sœur est la pute bridée du cap…

— Tais-toi. Tu nous as sauvés, Mina. L'équipage est prêt à te baiser les pieds si tu le laisses faire. La vérité, c'est que les hommes ne comprendront pas pourquoi le capitaine ne reste pas avec toi de retour à Londres.

Andrew, lui, comprenait. Il n'avait que quatorze ans, mais il comprenait pourquoi sa sœur ne pouvait pas être la compagne du duc. Le prix à payer serait trop lourd.

— Tu aimerais que ce soit possible ? demanda-t-il.

— Ne me pose pas cette question, répliqua-t-elle, la gorge serrée. Ça n'est jamais entré en ligne de compte.

Il soupira.

Elle contempla son frère. Son uniforme d'enseigne de vaisseau lui allait bien, quoiqu'un peu grand. Il avait le teint hâlé, et des taches de rousseur avaient fait leur apparition sur son nez.

Prenant un des cylindres, elle en regarda l'extrémité pour voir la date. Trop tôt.

— Alors, ça te plaît, la vie sur un bateau ?

— Oui. Même si c'est difficile de prouver que je ne suis pas là juste parce que mon père est comte.

— Mais c'est parce que tu es le fils d'un comte que tu es à bord.

Vexé, il se renfrogna.

— C'est grâce à cela que j'ai été engagé, mais je dois trimer deux fois plus que les autres pour qu'on me croie digne de mon poste.

— Quand tu deviendras lieutenant ou capitaine, ils auront une haute opinion de toi. Ils sauront que tu es là parce que tu l'as mérité. Et ils te feront confiance. Évidemment, tu repartiras de zéro sur chaque bateau et avec chaque équipage, conclut-elle d'un air faussement sérieux.

Le grognement qui lui répondit la fit rire. Elle prit un autre cylindre, et montra le phonographe.

— Il est en position enregistrement. Il va falloir trouver comment le mettre sur restitution sonore.

Andrew se pencha sur la machine et s'en occupa.

— Et toi, tu as travaillé deux fois plus dur, pour Hale ?

— Deux fois ? Je suis une femme, et le sang de la Horde coule dans mes veines. Tu peux quadrupler la mise. Maintenant, dis-moi : que s'est-il passé quand Dame Dents de Scie a pris le *Terreur* ?

Andrew lui fit le récit de ses aventures, qui était à peu de choses près le même que celui des jeunes gens retenus en otage. L'essentiel de l'équipage avait été enfermé dans la soute pendant la démonstration de l'arme. Ceux qui étaient restés sur le pont avaient contracté la fièvre virale – tous en étaient morts –, tandis que les autres n'avaient souffert que de symptômes mineurs.

Ils avaient été protégés, en conclut Mina. Soit parce qu'ils étaient sous la ligne de flottaison, soit parce que la soute était blindée.

Andrew hésita, avant d'ajouter :

— Il y avait des gens qui regardaient depuis le *Bontemps*. On les a vus avant qu'ils nous emmènent dans la soute.

Les acheteurs potentiels venus observer la démonstration.

— Oui.

— J'en connaissais un : c'était l'aviateur de Hale, celui qui construit les gros cuirassés pour la Marine. Sheffield.

Sheffield ? Non. Le cœur de Mina se mit à battre la chamade. Elle était persuadée que l'industriel aimait la divisionnaire Hale. Il ne pouvait pas la trahir.

— Tu en es sûr ?

— Oui.

Elle ne voulait pas y croire. Elle l'avait vu le soir où Haynes avait été lâché sur la maison de Rhys, il arrivait de Manhattan City… mais pouvait tout aussi bien revenir de la Côte-d'Or. Et même si sa présence à Londres signifiait qu'il n'avait pas pu assister à la vente, un membre de la Garde noire avait très bien pu agir en son nom.

Était-il avec Hale quand celle-ci avait reçu les rapports câblés de Mina, identifiant le capitaine ? Était-ce lui qui avait contacté le tueur à Chatham et dit à Dorchester que les nanoagents de Haynes avaient été détruits ? Grâce à ses contrats avec la Marine royale, il avait beaucoup de contacts au sein de l'Amirauté, et s'il appartenait à la Garde noire, il avait une bonne raison de taire la tenue de la vente.

Elle enrageait. Il n'était pas trop tard pour rattraper l'*Endeavour* et s'emparer de l'arme. Mais il restait encore quatre semaines de voyage avant Londres, quatre semaines avant de pouvoir prévenir Hale. Quatre semaines qui permettraient à Sheffield de s'enfuir à Manhattan City.

Le *Lady Corsaire*, en revanche, devait passer chercher Fox à Venise, et serait à Chatham en une petite quinzaine de jours. Mina pouvait partir sur l'aéronef… et donc, quitter Rhys plus tôt que prévu. Un message à Hale pouvait-il suffire ?

Elle savait que non. Sa rage devint douloureuse.

Andrew essayait de faire fonctionner le phonographe, mais dans sa folie, Hunt avait dû bousculer l'appareil, et le mécanisme rotatif ne marchait plus correctement.

— Tu peux le réparer ?

Comme leur mère, Andrew avait de vrais talents pour la mécanique. Il hocha la tête affirmativement.

— Mais je vais avoir besoin d'accéder à la salle des machines.

Ah.

— Je dirai au capitaine de te demander de le réparer.

— D'accord.

Trop de missions spéciales pourraient être interprétées comme du favoritisme de la part du capitaine.

— Je suppose que nous n'aurons pas souvent l'occasion de nous voir comme aujourd'hui…

Il grimaça.

— Non. Si j'étais déjà lieutenant… Mais bon, je ne le suis pas.

En dix jours, Dame Dents de Scie et Hunt avaient rendu le retour de Rhys à bord du *Terreur* aussi difficile que possible sans avoir à détruire le bateau ni à décimer l'équipage. Les provisions avaient été revendues, et remplacées par des denrées pourries et infestées de rats. Matelots et maîtres étaient suffisamment nombreux, mais le maître principal et deux de ses lieutenants avaient succombé à la fièvre virale. Ce qui signifiait que personne ne pouvait tenir la barre pendant les quarts de nuit.

Le problème de la nourriture serait résolu rapidement. Toutes les provisions du *Lady Corsaire* allaient être transbordées sur le *Terreur*, Yasmeen ne gardant qu'une journée de vivres pour gagner le comptoir de l'Ivoire, au nord, y faire le plein, puis ramener au *Terreur* de quoi tenir jusqu'à l'Angleterre.

Et Scarsdale devrait accepter de prendre quelques quarts. Il avait suffisamment traîné ses guêtres sur les ponts pour avoir une idée de ce qu'on attendait de lui. Mais le *Terreur* avait besoin d'un peu plus. Il lui fallait quelqu'un qui connaisse chaque voile, chaque gréement, comprenait le rôle de chaque membre d'équipage, anticipait ses réactions à chaque vague, à chaque risée. Pour rattraper l'*Endeavour*, il fallait que le bateau soit régulier et puissant... En résumé, cela signifiait que Rhys passerait moins de temps avec Mina qu'il ne l'aurait souhaité.

Mina, qui avait failli perdre la vie pour ce bateau.

Voir un zombie lui arracher un morceau de bras n'avait pas été aussi terrible que la voir glisser le long de cette corde, harpon en main. Pire encore, il avait cru mourir quand elle était tombée à l'eau. Il aurait donné sa vie pour la sauver...

Il arrivait à sa cabine lorsque Andrew en sortit. Ce dernier ouvrit de grands yeux en le découvrant, puis leva son béret pour le saluer.

— Capitaine.

— Monsieur Wentworth.

Andrew crut qu'il s'apprêtait à lui donner un ordre, et s'arrêta. Rhys examina ce gamin pour qui Mina avait risqué sa vie. Quelle emprise avait-il sur elle ? Ce ne pouvait pas être qu'une histoire de liens familiaux : Scarsdale, par exemple, détestait sa famille. Pourtant, Mina aimait suffisamment ce garçon pour sauter d'un aéronef.

Mais il l'étranglerait si jamais elle remettait ainsi sa vie en danger !

Nom d'un pirate. À cause d'elle il s'était senti impuissant, il ne réagissait plus de façon rationnelle... et il était jaloux d'un gamin.

Un gamin qui ne savait plus où se mettre, de plus en plus rouge. Les uniformes, sous les tropiques, devenaient ridicules, tenaient trop chaud et gênaient les mouvements.

— Nous ne sommes plus sur un vaisseau de la Marine, monsieur Wentworth. Il est inutile de me saluer, et de porter cet uniforme.

— Bien, capitaine. J'ai bien compris que nous étions un vaisseau pirate, désormais.

Rhys ravala un éclat de rire devant une telle candeur. Quelles histoires ces gamins se racontaient-ils entre eux ? Un bateau pirate aurait dû inspirer de la crainte, pas de l'enthousiasme.

— Non, monsieur. Ce vaisseau appartient à ma flotte, c'est donc un navire marchand.

Déçu, le garçon eut une moue en tout point identique à celle de Mina.

— Bien sûr, capitaine.

— Mais ne piétinez pas votre béret trop vite, monsieur Wentworth. Nous serons en Angleterre dans quatre semaines. Si votre travail ne vaut pas tripette, je vous débarquerai et il vous faudra trouver un autre bateau à Chatham.

— Oui, capitaine. Je ferai de mon mieux, capitaine !

— Alors, allez-y.

Dans la cabine, Mina rangeait les cylindres de cire, assise à son bureau. Elle avait lâché ses cheveux, qui avaient séché, et portait une robe bleue qui laissait entrevoir ses chevilles et ses pieds nus, ramenés bien droit sous la chaise.

Il la revit tomber dans l'eau, revit la panique sur son visage quand sa botte avait lâché. Il aurait voulu la prendre, la serrer contre lui. Agacé, il se dirigea vers les hublots.

Dehors, la mer était calme. Le *Terreur* ne tarderait plus à fendre les flots à belle allure.

— Nous allons lever l'ancre. As-tu envie de monter sur le pont pour le voir naviguer ?

— Oui, je veux bien, merci, répondit-elle, aussi sereine que la mer.

— Et plus jamais tu ne feras une chose aussi stupide.

— Comme tirer dans l'œil d'un kraken ? Non, je ne pense pas que cela se représentera.

Il se retourna brusquement.

— Ne risque plus jamais ta vie.

Elle le regarda droit dans les yeux.

— Tu me prends pour quelqu'un d'autre, je ne vois pas d'autre explication. Je ne pouvais pas rester là à ne rien faire, alors que tous les hommes qui se trouvaient sur ce bateau allaient mourir.

Il serra les dents. Elle n'était pas un membre d'équipage, il ne pouvait pas lui donner d'ordres. À moins de l'enchaîner, il allait devoir l'accepter telle qu'elle était.

Mais comment faire ? Quand elle risquait sa vie, elle lui volait la sienne.

— Tu es descendu sur le *Terreur* malgré les zombies, souligna-t-elle.

— Ce n'est pas la même chose.

— Ah ?

— C'est mon bateau, j'en suis responsable.

Elle ne pouvait guère argumenter sur ce terrain. Mais elle ne renonça pas.

— Tu coules dans l'eau à cause du fer, et pourtant tu as plongé pour venir me chercher.

— J'avais une corde.

— Moi aussi, au départ.

Elle haussa les sourcils, un sourire se dessina sur ses lèvres, et Rhys dut s'avouer vaincu.

— Je t'ai menti, dit-il. Cela ne va pas me suffire, de t'avoir avec moi seulement jusqu'à notre retour. Jamais je ne me fatiguerai de t'avoir dans mon lit.

Elle ne dit rien, mais son sourire disparut, elle ferma les yeux et secoua la tête. Jamais il n'avait vu une femme opposer avec autant de calme un refus qui semblait lui coûter.

Cela l'agaça. Il aurait voulu la prendre, là, tout de suite. Mais il se retint. Ils avaient retrouvé son frère, et Rhys n'avait plus d'argument qui puisse avoir un effet sur elle. Elle aurait pu retourner à bord du *Lady Corsaire*.

Mais elle était là, quand bien même tout l'équipage – six fois plus nombreux que celui de Yasmeen – allait savoir qu'elle couchait avec lui. Et il lui restait quatre semaines pour la convaincre de ne pas le quitter.

Donc, il avait du temps. Le savoir l'apaisa un peu. Restait à faire tomber la tension que sa déclaration avait laissée chez elle.

— Très bien, dit-il. N'en parlons plus, pour l'instant. On monte sur le pont ?

Mina se leva. Et regarda ses pieds nus.

— Ça n'a pas d'importance, dit Rhys. La plupart des hommes d'équipage vont pieds nus. C'est plus facile pour grimper aux cordes. J'ai demandé à Yasmeen de te trouver de nouvelles bottes au comptoir de l'Ivoire.

— Merci, murmura-t-elle en passant devant lui.

Deux pas plus loin, n'y tenant plus, il la prit dans ses bras. Elle ne sembla pas surprise. Mais quand il obliqua en direction du lit, elle se mit à rire.

— Je croyais qu'on levait l'ancre.

— Il nous reste encore quelques minutes, dit-il en remontant ses jupons jusqu'à sa taille. Ça devrait suffire.

Mais quatre semaines, ce serait assurément trop court.

Après une journée et une nuit sur le *Terreur*, Mina comprit pourquoi il pensait qu'un mois ne leur suffirait pas. Sur le *Lady Corsaire*, ils avaient pu passer toute une journée au lit. Là, voler plus de quelques minutes était presque impossible. L'équipage se relayait régulièrement, mais Rhys était quasiment toujours sur le pont, bien avant l'aube et bien après minuit. Il dînait avec Mina et Scarsdale, mais continuait malgré tout à travailler, leur décrivant les zones qui restaient à parcourir, énumérant les tâches effectuées par l'équipage, s'absorbant dans l'étude des cartes.

Son dévouement était admirable. Et peut-être l'avait-elle jugé un peu durement. En admettant qu'il consacre la moitié des efforts qu'il fournissait ici à faire fructifier ses intérêts divers et à se consacrer à ses gens en tant que duc, il était évident qu'il travaillait beaucoup. Occuper son siège à la Chambre blanche ajouterait un fardeau bien lourd.

Pourtant, il avait accepté de prendre son siège, afin de la posséder.

Mina ne se laissait pas aller à rêver d'une vie avec lui. Quoi qu'il advienne, ils n'auraient que ce répit sur le *Terreur*.

Alors elle passait le plus clair de son temps sur le pont, debout dans les embruns salés et la chaleur, juste pour être avec lui. Chaque soir, dès qu'il regagnait la cabine, elle se tournait vers lui avec impatience. Et chaque nuit, il la prenait, ses baisers se faisaient brûlants et affamés, ses caresses s'attardaient longuement, comme s'il refusait qu'un jour passe sans qu'il l'ait possédée entièrement. Peu à peu, Mina réalisa avec douleur que quatre semaines ne seraient tout simplement pas suffisantes.

Et bientôt, il ne leur en resta plus que trois.

C'était une chaude journée, mais une averse poussa Mina à regagner la cabine. Le ciel bas, les nuages oppressants et la pluie qui fouettait les fenêtres donnaient le sentiment que la cabine était plus petite, et isolée du reste du bateau. Sans enthousiasme, elle s'assit devant le phonographe. Ils avaient navigué plusieurs jours avant qu'Andrew ne trouve le temps de le réparer, et ensuite, Mina avait passé tout son temps avec Rhys.

Scarsdale et lui connaissaient tous deux Sheffield de réputation. Mais l'homme leur était quasi inconnu. De plus, à leurs yeux, l'urgent était de rattraper l'*Endeavour*.

Mina révisait sans arrêt le rapport qu'elle prévoyait d'envoyer à Hale, changeant des tournures, reformulant des phrases entières dans l'espoir d'atténuer le choc de la trahison.

Si elle avait écouté les cylindres de Haynes avant, ces efforts auraient été inutiles. Dans des rapports concis, précis, le capitaine décrivait ses derniers jours à bord du *Terreur*.

Et puis, dans un enregistrement beaucoup plus long, le récit de son dernier matin.

L'averse était passée quand Mina remonta sur le pont. Le ciel était bleu, les nuages n'étaient plus qu'une légère tache grise à l'est.

— Dame Dents de Scie a enfermé Haynes dans sa cabine avant qu'il ne soit emmené dans le canot pour la démonstration, expliqua-t-elle. Il a passé presque tout son temps à enregistrer ce qu'il savait sur le phonographe. Sheffield n'appartient pas à la Garde noire. C'est lui qu'a rencontré Baxter à Port Fallow et qui lui a parlé de la vente.

Rhys fronça les sourcils, le regard vague, comme s'il essayait de mettre de l'ordre dans ses pensées.

— Pourquoi à Port Fallow ? Ce n'est pas le genre de port que Sheffield fréquente.

— Je pense que c'est justement pour cela qu'ils ont décidé de s'y rencontrer. Sheffield avait l'invitation de Colbert, mais n'avait pas prévu d'y répondre... jusqu'à ce qu'il soit contacté par la Garde noire qui, elle, n'en avait pas reçu.

— Ils avaient dû entendre parler de l'arme par leurs contacts dans la résistance de la Horde. Donc, ils ont fait du chantage à Sheffield ? Comment ?

— Haynes n'en parle pas. Mais, connaissant un peu Sheffield, je dirais qu'ils s'en sont pris soit à Hale, soit à son portefeuille.

— Son portefeuille. Les contrats avec la Marine royale ?

— Oui.

— N'importe qui pourrait menacer Hale. Mais pour que Sheffield prenne l'autre menace au sérieux, il fallait qu'on puisse réellement mettre ses contrats en danger.

— Et s'il s'agissait de quelqu'un qui a du pouvoir au sein de la Marine, cela donnait à Sheffield et Baxter une raison de se rencontrer en secret.

— Effectivement.

Il la regarda un long moment, puis reprit :

— Tu as autre chose à me dire.

— Sheffield était à la démonstration.

Il ignorait peut-être en venant que Haynes allait mourir, mais il avait été le témoin de sa mort, et n'en avait pas dit un mot à son retour à Londres. Donc, la Garde noire le menaçait encore.

— Mais il n'était pas le seul, enchaîna Mina. Haynes a reconnu l'homme qui l'accompagnait. C'était l'amiral Burnett, de la flotte de la Côte-d'Or.

Les lèvres de Rhys tressautèrent. De surprise, de colère ou de consternation, elle n'en était pas certaine. Mais elle avait ressenti les trois en écoutant le récit de Haynes.

— Bon sang ! C'est la flotte anglaise qui regagne l'Angleterre et que Yasmeen est partie prévenir. Burnett est-il aux commandes ?

— Oui, dit-elle avant d'inspirer profondément pour ajouter : La flotte a quitté le comptoir de l'Ivoire presque en même temps que l'*Endeavour*.

— Et Burnett, qui appartient à la Garde noire, protège l'arme jusqu'en Angleterre. Nom de Dieu.

Il eut un petit rire amer.

— L'arme est donc entre les mains d'un amiral de Dorchester. Plutôt que de nous bombarder au fort de

Dame Dents de Scie, il aurait mieux fait de protéger l'Angleterre de ses propres hommes.

— Pas tous. Ils ne peuvent pas tous être des traîtres.

— Non. Mais la plupart obéiront à un amiral s'il leur ordonne de tirer. Et je peux me battre contre deux vaisseaux, Mina. Trois, à la rigueur. Mais contre toute une flotte…

Il haussa les épaules. Malgré tout, ils devraient essayer.

Le *Lady Corsaire* ne ralentit pas en arrivant au-dessus du *Terreur*, un peu plus tard dans l'après-midi. Comme l'aéronef survolait le vaisseau, Yasmeen sauta dans le gréement et se laissa glisser le long des cordes. Dans son dos était attaché un tube en cuir contenant des cartes. Mina, Rhys et Scarsdale la suivirent dans la cabine, où elle déroula le tout sur la table.

— L'*Endeavour* n'est pas derrière la flotte, dit-elle en se penchant sur la première carte, celle de la côte marocaine. Il est…

— Avec la flotte, l'interrompit Rhys. On sait.

Yasmeen se redressa, visiblement mécontente d'avoir été interrompue.

— Ah, bon. Très bien. Puisque vous n'avez pas besoin de moi, je vais…

Scarsdale sourit et la ramena devant la table, alors qu'elle faisait mine de partir.

— Allez… Montre-nous.

Mina fut stupéfaite par la somme d'informations que Yasmeen avait réussi à réunir. Il n'y avait pas seulement les cartes, mais aussi les noms de tous les bateaux de la flotte, le nombre de canons que chacun transportait, leur vitesse…

— La flotte est composée de douze vaisseaux en plus de l'*Endeavour*, expliqua Yasmeen. Plus deux cuirassés et un aéronef très rapide. Sur les douze, six sont des navires de guerre, dont deux de cinquième rang. Les autres sont des canonnières et des cotres. L'escadre chargée des bombes incendiaires est au centre.

— Où est le vaisseau amiral ? demanda Rhys.

— Dans l'escadre centrale – cent vingt-huit canons sur trois ponts. L'*Endeavour* est tout près de lui. Ils avancent assez lentement, tu peux les rattraper en une semaine.

— Mais quand on y sera… Mes aïeux ! fit Scarsdale en secouant la tête.

Rhys était concentré sur les documents.

— Vous envisagez d'attaquer la flotte ? intervint Mina. Mais le *Terreur* est un bateau anglais…

— Non.

Elle aurait dû s'attendre à cette réponse de la part du duc de Fer.

— Pour eux, il est anglais, insista-t-elle. C'est même un des plus célèbres bateaux de la Marine royale d'Angleterre. Et tu as reçu l'ordre du conseil de la Régence d'enquêter sur cette arme.

Scarsdale se mit à rire.

— Le capitaine n'a jamais agi sous les ordres de la Couronne, ni sous les ordres de quiconque, d'ailleurs. La partie enquête confiée par le conseil de la Régence, c'était uniquement pour vous permettre de venir avec nous, inspectrice.

Rhys se redressa pour étudier une nouvelle fois la formation de la flotte.

— Quand il verra le *Terreur*, Burnett va peut-être penser qu'il est fichu. S'il fonctionne à la manière de la Garde noire, il tuera le plus grand nombre d'entre nous avant de se suicider. Et cette fois, il a un vaisseau de premier rang comme arme… et une flotte derrière lui.

— Ce n'est pas fair-play pour un navire de guerre de tirer sur une frégate comme le *Terreur*, dit Scarsdale. Il ne le fera pas. Il perdrait la face.

Yasmeen semblait en douter.

— Tu penses vraiment qu'il attache de l'importance à ces codes ?

— S'il donne l'impression de vouloir attaquer, on hissera le pavillon blanc, dit Rhys. Mais avec un peu de chance, nous l'éviterons en nous signalant d'abord à son escadre arrière. Elle est commandée par quel navire ?

Yasmeen pointa une carte du doigt.

— Un deuxième rang, le *Bellérophon*.

— Très bien. Réunissez l'équipage. Voyez si certains hommes ont servi sous Burnett ou sur le *Bellérophon*. Je veux savoir de quel genre de navire ils disposent.

— Mais si l'*Endeavour* nous voit arriver et tire avant qu'on ait contacté la flotte ? demanda Mina.

— On riposte, et on se lance face aux canons de la flotte. Cette arme élimine tous les nanoagents dans un rayon de deux cent cinquante kilomètres. Si elle explose, de toute façon, ce sera la fin pour tout le monde.

Jamais Rhys n'avait imaginé qu'il détesterait son bateau un jour. Mais tandis qu'une nouvelle semaine passait, et que les exigences du *Terreur* le maintenaient éloigné de Mina, il sentait sa frustration monter. Elle restait avec lui dans la journée, mais cette proximité ne faisait qu'augmenter son désir. Il finit par demander à Scarsdale de prendre ses repas avec les officiers pour pouvoir être seul avec elle, attendre qu'elle ait terminé de manger puis la jeter sur le lit. Ensuite, elle le rejoignait pour passer avec lui une partie du premier quart, enveloppée dans son manteau, la lumière des lanternes projetant un doux halo sur son visage.

Le contact avec la flotte était prévu pour le lendemain. Mille fois, Rhys faillit lui demander d'aller se mettre à l'abri dans l'aéronef de Yasmeen, mais en cas d'attaque, le *Lady Corsaire* ne serait pas beaucoup plus sûr que le *Terreur*. Et il voulait Mina à ses côtés. Pendant presque dix ans, il avait commandé ce bateau seul. Aujourd'hui, il n'imaginait pas rester sur le pont sans Mina.

L'équipage s'affairait autour d'eux, préparant le vaisseau, vérifiant les canons. Elle observait les marins, discrète.

— C'est bien plus de travail que je ne l'imaginais, dit-elle. Et tu es fatigué.

Il ne tenait plus debout. Mais il y avait du travail, et il fallait le faire.

— Ça n'a pas d'importance.

— Sans doute.

Avec un soupir, elle ajouta :

— Ce soir, quand tu me rejoindras… il faudra dormir, c'est tout.

— Je ne peux pas. J'ai besoin de te prendre.

Même à la lumière de la lanterne, il distingua le rose qui gagna ses joues.

— Alors c'est moi qui te prendrai, déclara-t-elle d'un ton résolu. Toi, tu te reposeras.

Et bien après minuit, c'est ce qu'elle fit, le faisant rouler sur le dos pour s'installer sur lui à califourchon. Avec ses lèvres, elle l'explora, le fit vibrer avec la chaleur de sa bouche et les caresses de sa langue. Elle l'embrassa jusqu'à ce qu'il n'en puisse plus. Entre eux, la corde du plaisir était tendue. Quand Mina fit doucement glisser le préservatif sur son sexe, quand elle ouvrit les cuisses et s'empala sur lui, il crut devenir fou. Elle le chevaucha, ondulant du bassin, lascive. De puissants coups de boutoir aidèrent Rhys à aller plus loin en elle, à tenter de se perdre dans cette profondeur délicieuse. Mais il avait une conscience exquise de ses soupirs, de ses gémissements. De Mina qui le prenait tout entier, l'embrassait, le mordait, et s'abandonnait au moment où enfin il se répandait en elle. Elle se raidit, lâcha son nom dans un souffle, puis le répéta dans un cri rauque.

Rhys. Il n'appartenait à personne d'autre qu'à elle.

Comme elle posait la tête sur son torse, il la serra dans ses bras.

— Deux autres semaines ne suffiront pas, dit-il dans l'obscurité.

Seul le silence lui répondit. Et, au bout d'un long moment, le mouvement de sa tête.

— Il le faudra bien.

16

Le lendemain matin, Mina monta plus tôt sur le pont. Elle avait brossé son manteau d'uniforme, et ciré ses nouvelles bottes. La tension était palpable parmi l'équipage. Pour la première fois depuis le départ, le capitaine portait un gilet bleu et une veste par-dessus sa chemise, ainsi qu'un foulard. Le pavillon anglais avait été hissé sur le grand mât, annonçant que le *Terreur de Marco* était un navire de la Marine royale. Mina ne connaissait pas le sens des autres pavillons qui flottaient en dessous de celui de Sa Majesté, mais elle espérait qu'ils seraient utiles.

La flotte était en vue, on voyait même l'escadre arrière à l'œil nu. Avec la longue-vue, on distinguait parfaitement les vaisseaux, et Mina s'affola un peu en découvrant l'arrière du *Bellérophon*, qui semblait énorme, deux fois plus large que le *Terreur*, avec trois ponts de plus. Des ris avaient été pris sur certaines voiles – l'escadre ralentissait pour mieux voir le *Terreur*, avait expliqué Rhys.

— Le *Vitruvian* de Burnett est plus grand que ça ? demanda-t-elle, inquiète.

— Oui.

L'escadre arrière l'empêchait de voir les autres bateaux de la flotte. Au-dessus, haut dans le ciel, les cuirassés flottaient comme d'énormes insectes. À l'avant de la flotte, l'aéronef était parti en éclaireur.

— Quand serons-nous assez près pour nous signaler ?

— C'est déjà fait, dit Rhys en lui montrant une série de fanions colorés attachés à une drisse. Ces drapeaux leur disent que nous sommes ici sur ordre du roi et que nous demandons à entrer en communication avec la flotte. Leur réponse ne devrait pas tarder.

L'attente lui sembla interminable. Le cœur battant, elle observa l'autre bateau. Pourquoi ne répondait-il pas ?

— Que se passe-t-il ?

— Ils ont sans doute relayé notre requête au navire amiral et à Burnett.

Et celui-ci avait dû répondre. Les cuirassés changèrent de cap et entamèrent un long demi-tour. Mina aperçut un éclat de couleur venant du *Bellérophon*.

— On nous demande de maintenir notre position pendant qu'ils vérifient nos documents. L'aéronef arrive.

Il n'était pas aussi rapide que le *Lady Corsaire*. Rhys ordonna à ses hommes de se préparer à l'arrimer. Ils carguèrent les voiles, jetèrent l'ancre. Un jeune aviateur descendit, accompagné d'une petite escorte. Ils étaient tous en uniforme, veste bleue et pantalon blanc. Certains restèrent sur le pont, visibles des autres bateaux, tandis que Mina et Rhys accompagnaient l'aviateur et ses lieutenants jusqu'à la cabine.

Un peu rondouillard, le visage rougeaud garni d'une courte barbe blonde, le capitaine Seymour semblait être le genre d'homme cherchant à afficher une mine sévère, mais dont la nature profonde – la gentillesse – refaisait toujours surface. Il lut le décret du conseil de la Régence, en inspecta soigneusement le sceau.

— Ceci me semble en ordre, dit-il avec un accent d'expat. Mais si je puis me permettre, monsieur le duc, il s'agit là d'une procédure pour le moins inhabituelle. Qu'est-il arrivé au capitaine Haynes ?

— Il a été tué et jeté depuis un aéronef sur le perron de ma maison.

La consternation de Seymour ne fut pas feinte. Dans son regard, Mina lut aussi de la surprise, et surtout une vraie peine.

— Haynes était votre ami ?

— Oui, répondit-il, abasourdi. Que s'est-il passé ?

— Haynes se rendait en Côte-d'Or pour y retrouver la flotte. Dame Dents de Scie a capturé ce bateau, et s'est servi de lui pour faire la démonstration d'une arme. Après qu'il a été retrouvé à Londres, le *Lady Corsaire* nous a amenés jusqu'à la Côte-d'Or, à la recherche du *Terreur de Marco*.

— Je viens de faire le même trajet, dans les deux sens, murmura Seymour, avant de relire les documents du conseil. Il a été tué par l'arme mentionnée ici ?

— Par le même genre, en tout cas. L'amiral Baxter a été assassiné peu après. Et à l'heure actuelle, nous sommes à la poursuite de la Garde noire. Mais Haynes va vous le dire lui-même.

Seymour retint son émotion quand, du pavillon du phonographe, sortit la voix de son ami. Mais en entendant les noms de Sheffield et de l'amiral Burnett, horreur et incrédulité s'emparèrent de lui. Ses lieutenants, quant à eux, avaient tous le visage défait.

Comprenant qu'il était à court de mots, Mina intervint.

— L'arme qui a été vendue est cachée dans l'*Endeavour*. Et il se dirige vers l'Angleterre, où il détruira tous ceux qui sont porteurs de nanoagents.

Seymour secoua la tête.

— Mais Burnett a toujours été un fervent protecteur de l'Angleterre. Jamais il ne ferait une chose pareille. Le capitaine Haynes a dû se tromper.

— Et nous aussi, peut-être, concéda Rhys. C'est pour cela que nous devons lui parler.

Seymour hocha la tête.

— Oui, bien. Tout est en ordre ici. Je vais donc prévenir la flotte.

— Capitaine Seymour, demanda Mina avant qu'il ne sorte. Le voyage que vous avez récemment fait entre Londres et le comptoir de l'Ivoire... Aviez-vous un passager civil ? M. Sheffield, peut-être ?

Seymour ne répondit pas. Livide, il la salua avec raideur et prit congé. Mina échangea un regard avec Rhys. Pour lui aussi, cette attitude confirmait leurs doutes. Et il n'était pas difficile de deviner que c'était l'amiral Burnett qui avait ordonné à l'aéronef de reconduire l'homme en Angleterre.

Ils suivirent l'aviateur sur le pont. Seymour s'était arrêté à côté de Scarsdale au poste de pilotage, et les deux hommes fixaient la flotte.

— Le vaisseau amiral fait demi-tour, dit Seymour, le visage fermé. Peut-être s'est-on inquiété de ma trop longue absence. Écouter ces cylindres a pris un temps fou. Je file.

Mina regarda approcher le vaisseau. Plutôt que d'arriver droit sur le *Terreur*, les vents forçaient le bateau à le contourner sur le côté. Au passage, il exposa son flanc rebondi et ses rangées de sabords. Fumées d'enfer, le *Terreur* ne tiendrait jamais le coup face à un mastodonte pareil !

— Il se met en position de tir, dit Scarsdale.

Rhys regarda l'aéronef de Seymour.

— Il est en train de contacter Burnett, pour lui dire que tout est en ordre.

Cela ne soulagea guère Mina.

— Alors pourquoi les sabords du *Vitruvian* sont-ils en train de s'ouvrir ?

Depuis le pont de l'aéronef, Seymour lança :

— Pas de panique ! Je renvoie un signal !

Rhys hocha la tête, dubitatif.

— Smiegel, demanda-t-il au vieil homme qui se tenait au milieu du pont. Est-ce que la chaudière est allumée ?

— Oui, capitaine. À petit feu, comme vous l'avez exigé.

— Alors bourre-la jusqu'à la gueule, et sois prêt à lancer les moteurs quand je te le dirai.

— Bien, capitaine.

Il disparut le long de l'échelle. Rhys croisa le regard de Mina.

— Il fait trop chaud pour les krakens ou les mégalodons, dit-il pour la rassurer.

— Le long de la Côte-d'Or aussi, il faisait trop chaud.

Le *Vitruvian* approchait. L'écume était épaisse sous l'assaut de sa lourde proue.

— Charles ! lança Rhys.

Le canonnier qui accourut ne devait pas avoir plus de dix-huit ans, mais des années sous le soleil lui avaient déjà parcheminé le visage.

— Capitaine ?

— Combien de temps, pour charger et tirer l'ensemble des canons électriques ?

Charles bomba le torse et annonça fièrement :

— Quarante-cinq secondes, capitaine.

Un petit exploit, visiblement. Rhys sourit.

— Très bien. Que vos hommes soient prêts et attendent mes ordres. Quarante-cinq secondes plus tard, la ligne de flottaison du *Vitruvian* devra ressembler à une passoire.

— Bien, capitaine.

Charles retourna à son poste. Mina tenta de calmer les battements de son cœur. Les canons électriques avaient une portée plus longue que les canons traditionnels, mais on ne s'en servait en général qu'en dernier recours. Si Rhys envisageait de les utiliser contre le *Vitruvian*, c'est que ces canons étaient leur seule alternative.

Scarsdale semblait mal à l'aise, lui aussi.

— Si tu tires en premier, capitaine, le reste de la flotte n'aura d'autre solution que de…

— Je sais. Il se positionne en latéral.

Rhys hurla des ordres aux hommes postés dans les gréements. Deux voiles descendirent, et se gonflèrent aussitôt. Le bateau se mit à dériver autour de son ancre. Quelques instants plus tard, le *Terreur* ne prêtait plus le flanc aux canons du *Vitruvian*. Mais Mina doutait que cela ait une importance, vu le nombre de sabords qui en jalonnaient la coque. De face ou de côté, ils allaient être massacrés.

Pour couronner le tout, en virant, le *Terreur* prenait davantage les vagues.

— Le vaisseau de l'amiral a-t-il fait des signaux ?

— Non.

Mais qu'attendait-il, à la fin ?

Enfin, des fanions de couleur apparurent sur le *Vitruvian*. Le visage de Rhys se ferma.

— Qu'y a-t-il ? s'inquiéta Mina.

Au-dessus d'eux, un vrombissement assourdissant indiqua que l'aéronef venait d'allumer ses générateurs.

— Il a ordonné à Seymour de nous tirer dessus ! s'exclama Scarsdale.

Rhys courut jusqu'à la proue. L'aéronef planait à trente mètres du bateau.

— Ne faites pas ça, Seymour ! hurla Rhys.

Le capitaine aviateur s'était lui-même installé au canon électrique. Le long fût descendit, visant le *Terreur*.

Scarsdale se rua sur Mina et la plaqua sur le pont pour la protéger de son corps. Seymour tira. Du bois explosa sur leur gauche. Quelques instants passèrent, puis Scarsdale se détendit, se redressa. Mina leva la tête.

— Il a juste touché le plat-bord, lâcha Scarsdale, incrédule. Il a raté son coup. À cette distance, c'est impossible.

— Il nous a sauvé la vie, dit Rhys en aidant Mina à se relever. Et maintenant qu'il nous a tiré dessus, notre riposte est justifiée. Smiegel ! Charles ! Feu !

Son ordre résonnait encore quand le vrombissement des moteurs fit vibrer le bateau sous leurs pieds. Les générateurs hurlèrent leur puissance. Les hommes coururent vers leurs canons.

Ces canons étaient sans recul, et ne faisaient pas de bruit. Mina ne comprit qu'ils avaient tiré qu'en voyant les trous béants dans la coque du *Vitruvian,* juste au niveau de la ligne de flottaison. De la fumée sortit des sabords du premier pont. Un peu partout, entre le *Terreur* et le *Vitruvian*, jaillirent des geysers. Les boulets tombaient à l'eau, tirés de trop loin. Le *Vitruvian* se mit à gîter, prenant l'eau de toutes parts sur bâbord.

— Encore une salve sur le pont des machines ! ordonna Rhys.

Mina le regarda, étonnée. Était-ce bien nécessaire ? Le vaisseau coulait.

Scarsdale avait dû lire dans ses pensées.

— Il va couler, mais lentement. Rhys ne peut pas leur laisser le temps de charger leurs canons électriques. Alors il va faire sauter les générateurs. La seule solution qui leur restera, ce sera d'abandonner le navire.

— Requins à l'arrière !

Le cri venait de la hune. Mina fit volte-face. Trois ailerons, coupants comme des rasoirs, fendaient l'eau. Sous la surface, on distinguait les ombres souples, allongées. Ils fonçaient droit sur le *Terreur*, à une vitesse impressionnante.

— Gros comment ? demanda Rhys sans regarder.

— Dix mètres !

Il secoua la tête.

— Le bateau tiendra. Charles, feu sur les moteurs !

La coque du *Vitruvian* encaissa une nouvelle salve, dans une explosion de bois, et gîta un peu plus. C'était suffisant. L'équipage s'embarquait dans les canots de sauvetage. L'aéronef de Seymour descendit sa plateforme et des échelles de corde pour ceux qui étaient encore sur le pont.

— Hissez les couleurs ! lança Rhys. Le reste de la flotte saura que nous en avons terminé.

Mina chercha les requins. À deux cents mètres du bateau, les eaux étaient rouges, et semblaient en ébullition.

— Yasmeen en a tué un d'un coup de canon, dit Scarsdale, à côté d'elle.

Et le sang les avait rendus fous. Elle les regarda, à la fois fascinée et horrifiée, jusqu'à ce qu'un cri, depuis la hune, la fasse frissonner.

— L'*Endeavour* allume ses moteurs, capitaine !

Effectivement, du centre de la flotte montait une colonne de fumée.

— Il est hors de notre portée, dit Scarsdale.

— Mais pas des autres navires de la flotte. Signalez-le à Seymour ! lança Rhys à l'équipage. Et dites à la flotte de faire sauter ce maudit rafiot !

Mina aurait aimé voir les cuirassés détruire l'*Endeavour*, mais le duc de Fer avait ordonné à tous les bogués à bord de descendre dans la soute tapissée d'acier, Scarsdale et elle compris. Ils attendirent que Rhys descende leur annoncer que le vaisseau n'était plus rien qu'un tas de planches flottant à la surface.

Assise à côté d'Andrew, Mina le serra dans ses bras, avant de courir vers Rhys et de se laisser emporter par un baiser délicieux. Bientôt, le capitaine du *Bellérophon* et le vice-amiral de la flotte montèrent à bord. Le *Vitruvian* avait coulé, et si l'essentiel de son équipage avait été secouru, Burnett avait péri.

Mais la mort d'un amiral ne pouvait pas être excusée sans un examen rigoureux des circonstances, et Rhys fut soumis à un interrogatoire approfondi, d'abord sur le *Terreur* puis, à la demande du capitaine et du vice-amiral, à bord du *Bellérophon*. Mina passa le reste de l'après-midi à écrire son rapport à Hale. Au coucher du soleil, Yasmeen et Scarsdale se joignirent à elle pour le dîner.

Ils avaient déjà copieusement arrosé l'événement, et la soirée fut des plus agréables.

Minuit approchait lorsque Rhys réapparut. Il était accompagné de Seymour, de plusieurs lieutenants et maîtres qui prendraient les postes de ceux que Dame Dents de Scie avaient exécutés. Yasmeen se leva pour saluer l'aviateur, et en profita pour s'étirer langoureusement. Seymour la salua en retour, les joues en feu.

Elle sourit et regarda Mina.

— Je pars pour Venise demain matin. Je pourrais vous ramener en Angleterre : j'y serai dans cinq jours au plus.

Consciente du regard de Rhys, Mina secoua la tête.

— Je vais rester sur le *Terreur*. Mais si vous voulez bien porter mon rapport à Hale, ainsi qu'un message à mes parents ? Cela les soulagerait beaucoup d'apprendre que mon frère a été retrouvé.

Yasmeen acquiesça, mais Seymour intervint :

— J'y serai dans deux jours, si vous voulez. Je suis chargé de transmettre le rapport du vice-amiral au conseil de l'Amirauté, et de les informer que le *Vitruvian* a coulé.

Deux jours, c'était encore mieux, et Yasmeen ne sembla pas se vexer de n'être pas choisie comme messagère. Radieuse, Mina confia les enveloppes à Seymour.

Quand tout le monde fut parti, Rhys la regarda avec un sourire en coin.

— Alors comme ça, tu restes ?

— Oui, dit-elle avec ferveur.

Il la prit dans ses bras, la hissa contre lui pour que leurs visages soient face à face.

— Deux semaines ne te suffiront pas, à toi non plus.

Un voile de tristesse masqua son sourire. Il avait raison.

— Il faudra pourtant bien qu'elles me suffisent, dit-elle.

— Pourquoi ? Comment veux-tu que je ruine ta réputation ? Celle de ta famille ? Je vous protégerai tous. Être liés à moi ne peut qu'améliorer leur statut, tant sur le plan social que politique ou financier.

— Non, cela n'améliorerait rien du tout.

Il la reposa presque brusquement et alla regarder par la fenêtre.

— Pourquoi refuses-tu d'essayer ?

— Tu attires sans arrêt l'attention des journaux et de l'opinion publique. Si je suis avec toi, je l'attirerai aussi. Et ça, ça ruinera notre réputation.

— Pourquoi partir de ce principe ?

— Parce que j'en ai déjà fait l'expérience.

Elle n'avait pas envie de le lui montrer, mais elle alla tout de même chercher le tract au fond de sa valise.

— Qu'est-ce que c'est que cette horreur ? demanda-t-il.

— C'est moi.

— Je le vois bien !

Il la fixa d'un regard brûlant de fureur. Elle sentit les larmes lui monter aux yeux et se détourna.

Elle avait imaginé toutes les réactions face à ce dessin, du rire à l'horreur en passant par le mépris. Mais pas la colère. Rhys était en colère parce qu'on lui avait fait du tort.

Et pour cela, elle l'aima.

Mais cette colère disait aussi que quelqu'un selon lui devrait payer… Or ce que Rhys ne comprenait pas, c'était qu'il ne pouvait pas la protéger contre ce genre de choses. Tout comme il ne comprenait pas pourquoi elle ne pourrait pas rester avec lui une fois à Londres, même si c'était ce qu'elle désirait par-dessus tout.

— Qui a fait ça ? demanda-t-il.

— Le plus probable, c'est que c'est venu d'une des dames qui étaient à la réunion de la Ligue. Elle a sans doute raconté à son mari ou à son frère que tu m'avais raccompagnée chez moi, et ce dernier l'aura à son tour mentionné à un membre de son club, et le lendemain matin ces tracts étaient distribués dans les rues.

— Qui les a distribués ?

— Des gamins des rues. Tu veux savoir qui a fait le dessin ? Ça, je l'ignore. Tu veux savoir qui lui a demandé de le faire ? Je l'ignore aussi. Tu veux connaître le nom de l'imprimeur ? Je ne l'ai pas. Et si je l'avais ? Tu irais mettre le feu à l'imprimerie ? Tu ruinerais tous ceux qui ont eu ce tract en main ?

— Je ferais bien plus que cela.

Il ne comprenait toujours pas.

— Et les gazettes, les journaux ?

— Ce truc a paru dans les journaux ?

— Pas celui-ci. Mais un autre dessin, oui. Une caricature. Si je restais avec toi, il y en aurait tous les jours, ou presque.

— Non. Il n'y en aurait pas.

— Comment veux-tu les forcer à arrêter ? Tu vas contrôler toutes les foutaises qu'ils écrivent ? Si tu fais cela, l'influence que tu as sur eux finira par disparaître. Parce que, en les contraignant, en les censurant, tu ne feras pas mieux que la Horde.

Il ne pouvait réfuter cet argument. Alors il chercha un autre angle d'approche.

— Si ce sont des foutaises, comme tu dis, pourquoi y attaches-tu de l'importance ? On en écrit tous les jours sur moi.

— Et c'est facile, pour toi, de t'en moquer ! Les gens qui nous connaissent vont d'abord s'en émouvoir, et puis progressivement, il n'y aura plus que de la gêne. Et pour finir, ils ne voudront plus être vus avec nous. Pas avec quelqu'un qui est comme ça, dit-elle en cherchant à lui prendre le tract.

Il le froissa dans son poing.

— Tu n'es pas comme ça. Ne dis jamais une chose pareille.

— Personne ne le dira. En revanche, c'est cela qu'ils verront quand ils me croiseront. Ils penseront qu'ils me connaissent déjà. Et tout ce qu'ils connaîtront, c'est ce... cette chose immonde.

Il leva un poing, le laissa retomber.

— C'est seulement pour cette raison que tu refuses de rester avec moi ?

— Oui.

— Donc, tu as peur de ces gens qui ne sont rien pour toi. Tu fuis la stupidité de gens qui ne valent même pas la seconde d'attention que tu leur prêtes. Tu sais ce que tu es ? Tu es lâche.

Le mot lui fit l'effet d'une gifle. Elle le regarda, le cœur transpercé.

— Tu ne dis pas à tout le monde que tu es né porteur de nanoagents.

— Parce que cela ne les regarde pas ! Pas parce que je redoute leur réaction.

— Et cela regarde qui, que la Horde ait violé ma mère ? Pourtant, c'est une évidence pour tout le monde. Tout le monde a une opinion là-dessus et nous juge en fonction de cela. Contrairement à toi, je n'ai pas le privilège de pouvoir cacher que je suis quelque chose que les gens détestent et redoutent. Alors toute ma vie, on dira les mêmes foutaises sur moi. Et si je suis avec toi, on les dira tous les jours !

— Je ne laisserai pas…

— Tu ne peux rien y faire ! Tu ne peux pas contrôler leurs pensées !

Elle criait presque. Le souffle court, elle se battait contre la fureur, la douleur et la frustration. Inspirant un grand coup, elle chercha à lui expliquer avec des mots qu'il comprenait.

— Si je reste avec vous, monsieur le duc, vous aurez votre bien. Mais c'est moi qui le paierai.

Tournant les talons, elle quitta la cabine. Elle atteignait l'échelle quand les larmes sortirent enfin.

Rhys entra en trombe dans la cabine de Scarsdale et lui fourra le tract sous le nez.

— Qu'est-ce que c'est que ça ?

Dans sa couchette, Scarsdale s'assit péniblement. Lorsqu'il réussit à se concentrer sur le dessin, un soupir de consternation et de résignation lui échappa.

— D'où sort ce truc ?

— C'est Mina qui l'avait. Il a été distribué le matin où nous avons quitté Londres.

— Bon sang, ils sont aussi rapides que les journaux.

— Tu as vu les journaux ?

— Comme tout le monde.

Tout le monde, sauf Rhys. Seigneur.

— Comment je fais pour que cela cesse ?

Sourcils froncés, Scarsdale secoua la tête.

— Quoi ?

— Qui dois-je payer ? Qui dois-je tuer ?

— Euh… tous les bogués d'Angleterre ? Dommage, tu t'es précipité pour détruire l'*Endeavour*…

Bon sang… Rhys tapa du plat de ses mains sur la cloison.

— Capitaine, tu pourrais épouser la femme à barbe. Tu pourrais tirer d'un bordel une fille avec des verrues sur le nez. Tu pourrais coucher avec une Lusitanienne. Un Liberé. Moi. Les journaux s'arrangeraient pour rester indulgents. Mais l'inspectrice, non.

— C'est une fille de comte, ce n'est pas n'importe qui !

— La société londonienne s'en moque. Si elle passe inaperçue, elle peut arriver à s'en sortir décemment. Et affronter ce qu'elle affronte déjà tous les jours.

Et pourtant, Rhys l'avait traitée de lâche.

Il ne savait plus que dire. Il n'arrivait plus à penser.

Mais s'il ne trouvait pas très vite une solution, il allait la perdre.

Le tract sous les yeux, Scarsdale soupira.

— Ça… ça vient de gens qu'elle ne connaît pas, à coup sûr. Et ces gens-là, elle ne peut pas changer leur jugement. Ces gens-là la verront comme cela, maintenant. Et bientôt, les siens seront aussi la risée de l'opinion.

Elle ne le supporterait pas.
— Il n'y a rien à faire, alors ?
— Peut-être finira-t-elle par penser que tu en vaux la peine. Est-ce qu'elle t'aime ?
Non. Mais il lutta contre la triste vérité.
— Elle a besoin de moi.
Scarsdale rendit le tract à Rhys en secouant la tête.
— Même si elle a besoin de toi, as-tu envie de lui faire payer ce prix ?
Il regarda le papier, mais n'y vit pas la caricature. Il vit l'encre qui avait bavé, éclaboussée de larmes séchées. Ce tract lui avait fait du mal. Peu importait que le dessin soit stupide. Il l'avait crucifiée.
Rhys ne laisserait plus cela se reproduire.
— Elle a dit que je ne pouvais pas contrôler leurs pensées. Alors je vais les changer.
Scarsdale pencha la tête sur le côté, comme s'il réfléchissait à ce que son ami venait de dire, et finit par acquiescer.
— Le souvenir de la Horde ira en s'amenuisant. Et tu es quelqu'un d'important. Tu peux arriver à les convaincre que ce dessin est une pure idiotie.
— Combien de temps cela prendra-t-il ?
Au soupir de Scarsdale, Rhys comprit que ce serait très long. Donc, il ne pourrait pas la reconquérir tout de suite. Il y travaillerait sans relâche, mais en attendant, il allait devoir la laisser partir.
— Je vais dire aux hommes de quart de faire des signaux à Yasmeen, dit-il en ouvrant la porte. Elle prendra Mina à bord avec elle.
— Tu n'es pas obligé de l'éloigner maintenant, s'étonna Scarsdale.
— Si. Il le faut.
S'il attendait davantage, il n'y parviendrait pas.

La brume salée qui remontait le long de l'étrave rafraîchit le visage de Mina et chassa les traces de larmes. Avec un sentiment de vide, elle regardait sans les voir les reflets argentés de la lune sur l'eau.

Elle ne pouvait pas le quitter.

La réaction de l'opinion publique serait un coup terrible pour ses parents, qui en avaient déjà tellement subi... Pourtant, si Mina choisissait de rester avec Rhys, ils lutteraient contre chaque murmure, chaque caricature, contre tout ce qui pourrait la faire souffrir. Ils se tiendraient les coudes et ne céderaient pas, parce qu'ils l'aimaient... et parce qu'elle l'aimait.

Chaque jour serait difficile. Mais si Rhys l'aimait, eux aussi se tiendraient les coudes. Tout ce qu'elle tirerait de cet amour en vaudrait la peine.

Mais si elle n'était qu'un bien de plus à ses yeux... une chose qui lui appartenait...

Comment savoir ? Elle avait besoin de savoir.

Elle frissonna, s'essuya les yeux et se leva. À l'autre bout du bateau, des hommes qui travaillaient à la lumière des lanternes arrimaient le *Lady Corsaire* à l'arrière du *Terreur*. Mina descendit du pont et se dirigea vers la cabine du capitaine, tout en réfléchissant à ce qu'elle voulait lui dire. Elle se sentait presque prête quand elle poussa la porte... et découvrit sa valise sur le lit, déjà faite. Rhys sortait un cigarillo de son étui en argent. Avec cette expression d'indifférence qu'elle détestait tant.

Mina savait repousser la douleur. Elle avait beaucoup d'expérience dans ce domaine. Mais jamais la douleur n'avait été à ce point énorme. Il n'y avait plus de place pour le chagrin. Plus de place pour le refus. Plus de place pour rien dans son esprit. La douleur était si grande qu'elle lui ôtait toute énergie.

— Donc... je dois retourner sur le *Lady Corsaire* ? dit-elle en levant les yeux de sa valise.

— Oui. J'en ai terminé avec toi. Mieux vaut arrêter maintenant.

— Je vois, dit-elle, la gorge serrée.

Terminé avec elle.

Les paupières mi-closes, il souffla la fumée de son cigarillo.

— À moins que tu n'aies changé d'avis ?

Elle avait été si près de le faire – une des plus difficiles décisions de son existence. Mais pour lui, il n'y avait rien eu de difficile. Il se débarrassait d'elle.

Elle avait donc sa réponse, maintenant.

Incapable de parler, elle secoua la tête, et prit sa valise. Il la suivit. Mieux valait qu'il soit derrière. Elle ne voulait pas qu'il voie le torrent d'émotions qui la submergeait. Tête baissée, elle passa devant Scarsdale. Dans son dos, les pas de Rhys s'arrêtèrent. Il ne l'escorterait même pas jusqu'à la plate-forme.

D'autres pas retentirent, plus légers.

— Mina ! Bevins m'a dit que…

En la voyant, Andrew s'arrêta net.

— Mina, mais tu…

— Ce n'est rien, souffla-t-elle, reconnaissant à peine sa propre voix et se forçant à sourire.

Dès qu'elle eut posé le pied dessus, la plate-forme s'ébranla. Lady Corsaire l'attendait au bord de l'aéronef, sourcils froncés.

Elle étudia Mina pendant quelques instants, et soupira.

— Voilà ce qui arrive quand on se laisse aller aux sentiments. Opium ou vin ?

Sentiments ? pensa Mina. Pourtant, elle n'avait plus qu'une pierre à la place du cœur. Elle ne voulait plus jamais rien ressentir.

— Du vin, répondit-elle.

Rhys l'avait vue sourire à son frère. Partir ne l'avait pas trop affectée, semblait-il. La plate-forme s'éleva dans les airs. Andrew se retourna vers lui, le visage dévasté. Rhys reconnut dans ses yeux la colère et la haine. Il aurait voulu le tuer pour avoir fait partir sa sœur plus tôt que prévu.

De toute façon, Rhys avait l'impression d'être déjà mort.

Scarsdale suivit la plate-forme des yeux.

— Je suis vraiment désolé, capitaine.

Lui aussi. Et la regarder partir était trop difficile. Il secoua la tête, jeta son cigarillo. La seule chose qui lui importait désormais était de la reconquérir, et il y parviendrait en faisant disparaître la peur dans laquelle elle vivait chaque jour.

— À notre retour, je veux le nom de chaque parlementaire. Je veux savoir ce qu'il pense, et pourquoi. Pareil pour les journalistes.

— C'est comme si c'était fait, dit Scarsdale.

Au-dessus d'eux, la plate-forme s'arrima à l'aéronef avec un claquement métallique qui résonna dans la nuit.

— Tu risques de devoir y consacrer tout ton temps, ajouta son ami.

Peu lui importait. Sans elle, il n'avait pas vraiment de vie.

17

Mina était encore dans un brouillard douillet lorsqu'ils arrivèrent à Venise, trois jours plus tard, planant au-dessus des imposantes ruines.

Fox n'était pas là.

Yasmeen attendait à l'avant du vaisseau, tapotant nerveusement les doigts sur le plat-bord... Des doigts qui ressemblaient beaucoup à des serres, quand elle les recourbait ainsi. Mina était assise, tout près, et buvait à la bouteille.

Les minutes passèrent. Au bout de ce qui sembla être une éternité, Pegg lança :

— Quels sont les ordres, capitaine ?

— On attend ! répliqua sèchement Yasmeen. Il est en retard, c'est tout. Et il me doit trop pour qu'on parte sans lui.

Quelle fichue menteuse, pensa Mina, avant de poser la bouteille sur le pont. Boire ne l'aidait pas beaucoup. Elle n'était pas comme Yasmeen. Elle ne voulait pas feindre d'éprouver une chose alors qu'elle en éprouvait une autre.

Yasmeen passa l'après-midi à faire les cent pas sur le pont en fumant. La nuit tomba bientôt, et l'on n'entendit plus que les grognements des zombies, en dessous, attirés par la lumière des lanternes. Mina ne but pas de vin au dîner.

Quand elle eut terminé son repas, Yasmeen s'installa sur les coussins et se plongea dans la lecture d'un magazine déjà bien écorné. Croisant le regard de Mina, elle lâcha :

— S'il a survécu dans les tombeaux égyptiens avec ces foutus zombies, il peut survivre cette fois-ci.

— Sûrement.

Mais vu le nombre de zombies qu'elle avait aperçus en bas, Mina n'en était pas si certaine.

— Vous avez visité les tombeaux ? demanda-t-elle.

— Pas ceux qui sont souterrains, mais j'ai survolé plusieurs fois les pyramides. Les touristes du Nouveau Monde sont prêts à payer n'importe quoi pour les voir. Le seul itinéraire qui soit plus rentable que celui-ci, c'est la route de La Mecque, pour les pèlerins qui veulent passer clandestinement... Vous iriez où, vous, si vous pouviez choisir n'importe quelle destination ? demanda Yasmeen en posant son magazine.

Je retournerais sur le *Terreur*.

Mais il fallait qu'elle arrête d'y penser, sinon, la douleur ne cesserait jamais.

— Au comptoir de l'Ivoire. Dans le quartier de la Horde. Pour savoir ce que cela fait de marcher dans la rue sans que personne me regarde.

— Ils vous regarderaient quand même. Jolie et fine comme vous êtes... Moi, je ne veux plus aller au comptoir de l'Ivoire, mais je connais une autre ville où les gens ne feraient pas attention à vous. Après avoir récupéré Fox, que diriez-vous d'une petite semaine à Port Fallow ?

Une semaine sans que personne la dévisage... avant de regagner Londres, où elle ne pourrait jamais avoir ce qu'elle désirait, parce que les gens étaient incapables de l'accepter telle qu'elle était.

— Je n'ai pas les moyens...

Yasmeen écarta l'argument d'un revers de main.

— Trahaearn a largement payé tout ce qu'il faut.

Vingt-cinq livres pour une journée, et juste pour aller à Calais. Mina n'osait même pas imaginer ce que Yasmeen avait gagné pendant ce voyage.

— Et Fox, il vous paie combien ?

— Cinq livres.

Son regard appuyé dissuada Mina de faire une remarque.

Burnett ne pouvait pas avoir envoyé le câble à Chatham…

Mina ouvrit les yeux, et fixa le plafond de sa cabine. Pour la première fois depuis plusieurs jours, elle avait les idées claires.

Et se trouva complètement idiote.

Par le hublot, elle entendit les grognements et les sifflements des zombies, en dessous du *Lady Corsaire*. Fox n'avait toujours pas réapparu, ni fait de signaux à l'aéronef. Elle passa son manteau, le ferma sur sa chemise de nuit et sortit.

Sheffield n'appartenait pas à la Garde noire. Il n'aurait pas envoyé l'ordre au tueur. Burnett ne le pouvait pas : il était en mer, au large du comptoir de l'Ivoire. Il y avait quelqu'un d'autre.

Devant la cabine du capitaine, elle toqua doucement à la porte. Yasmeen ouvrit. Elle portait un châle en soie rouge noué sur sa poitrine, et avait retiré son foulard. Ses oreilles apparaissaient entre les petites tresses, révélant leur pointe noire et poilue.

L'odeur doucereuse, écœurante, était reconnaissable entre toutes.

Complètement camée à l'opium, Yasmeen avait les pupilles dilatées. Elle dévisagea Mina avant de sourire et de demander d'un ton enjôleur :

— Oui, inspectrice ?

— Ce n'est pas Burnett qui a commandité le meurtre de Baxter. Nous devons rentrer à Londres, pour que je puisse découvrir le coupable.

— Oui, je suppose que c'est envisageable. Vous avez cinq livres sur vous ?

— Non...

Yasmeen lui referma la porte au nez.

Quand les cris des aviateurs retentirent sur le pont, plus d'une semaine plus tard, Mina allait et venait dans sa cabine comme un lion en cage.

Elle monta sur le pont éclairé par les lanternes. Yasmeen venait de donner l'ordre de lâcher l'échelle de corde. Les coups de fusil claquèrent dans la nuit tandis que l'équipage tirait sur les zombies.

Fox grimpa et se hissa sur le pont. Il était couvert de crasse, amaigri, le visage mangé par une barbe d'un mois. Il posa son planeur – replié pour former un autre objet, constata Mina – et regarda Yasmeen. Ses traits étaient durs, inquiétants.

— Emmenez-moi au comptoir de l'Ivoire, dit-il.

Mina ne distinguait pas le visage de Yasmeen, mais sentit qu'autour d'eux, l'équipage s'était soudain figé.

— Selon notre contrat, je devais vous ramener à Chatham, monsieur Fox, répondit le capitaine d'une voix amène.

— Je change notre contrat. Direction le comptoir. Et vite.

De sa ceinture, il tira une bourse rebondie, qu'il jeta à ses pieds.

— Via Chatham, précisa Yasmeen. J'ai une autre passagère, monsieur Fox. Je ne peux pas la kidnapper.

Fox brandit un revolver et le pointa sur elle. Les mains de Mina se posèrent aussitôt sur ses armes, mais elle se demanda si le tuer serait nécessaire. Derrière sa détermination, il y avait un épuisement évident. Il allait peut-être tout simplement s'écrouler d'un moment à l'autre.

Yasmeen leva les mains.

— Rangez cette arme, monsieur Fox, dit-elle d'une voix de velours. Et nous ferons comme si ces quatre semaines à fuir les zombies vous avaient un peu perturbé. Vous allez dormir, et demain vous serez encore en vie. Mais seulement si vous rangez cette arme immédiatement.

Sans baisser son revolver, Fox s'adressa à un membre d'équipage.

— Mettez le cap sur…

Il se tut soudain. À la place de Yasmeen, il n'y avait plus personne. Il ne l'avait pourtant quittée des yeux que quelques instants. Il tourna la tête dans tous les sens. Rien.

Elle arriva par-derrière, comme si elle remontait le long de la coque. Son bras se replia autour du cou de Fox et le tira par-dessus le plat-bord. Ils disparurent tous les deux.

Le cœur battant, Mina courut vers la rambarde. Elle n'y était pas encore lorsque Yasmeen reparut en bondissant, et s'accroupit sur le plat-bord. Puis elle sauta doucement sur le pont.

— Remontez-moi cette échelle, Pegg. Mademoiselle Khouri, allumez les moteurs et emmenez-nous loin de cet endroit minable.

Juste ciel.

— Et Fox ?

Du bout de sa botte, Yasmeen fit sauter la bourse en l'air et l'attrapa.

— Je l'ai jeté par-dessus bord. Vous allez m'arrêter, inspectrice ?

Non. Il avait essayé de détourner son vaisseau à l'aide d'une arme à feu. Même sur le sol anglais, Mina ne l'aurait pas arrêtée. Mais la rapidité avec laquelle tout ceci était arrivé la choquait. Et la bêtise de cette histoire l'attristait. Elle ne connaissait pas vraiment Fox, mais il lui avait plutôt plu.

Yasmeen regagna le pont inférieur, et Mina retourna se poster près du bord. En dessous, il n'y avait plus que l'obscurité et les cris des zombies, dont Fox devait désormais faire partie.

Pourquoi avait-il commis un acte aussi stupide ? Pour quel motif avait-il voulu se rendre immédiatement au comptoir de l'Ivoire ? L'épuisement et la folie ne pouvaient pas être la seule explication à son geste.

Le regard de Mina glissa jusqu'à son planeur.

Mina trouva Yasmeen dans sa cabine, occupée à vider un flacon d'absinthe. Il y avait des plumes partout, elle avait mis les coussins en pièces. Mais elle regarda Mina comme si tout était normal.

— Qu'est-ce que c'est ?

Mina montra le planeur.

— Il se transforme en boîte de transport.

— Ah ? Pour quoi faire ?

Mina s'agenouilla devant la table basse, au milieu des plumes et des lambeaux de soie, et ouvrit la boîte. Yasmeen resta bouche bée.

Entre des plaques de verre se trouvait un petit dessin à l'encre marron, sur du papier jaune fragile. C'était une étude de squelette d'aile avec, en regard, son équivalent mécanique créé à partir d'un cadre en bois et articulé par des poulies et des ficelles. Un engin pour voler, peut-être.

Yasmeen se pencha.

— Il est authentique ?

Le regard de Mina glissa sur la petite écriture bien nette, penchée. Elle n'arrivait pas à la lire, mais reconnaissait celle de Léonard de Vinci. Si ce dessin était authentique, il valait des milliers de livres. Des dizaines de milliers.

Elle referma délicatement la boîte.

— Je retrouverai sa sœur, dit Yasmeen.

— Pour le lui donner ?

— Non. Pour lui dire que c'est moi qui l'ai tué. Si je lui donnais ça, elle n'aurait plus aucune raison d'écrire.

— Elle n'aura plus grand-chose à raconter dans ses histoires maintenant, de toute façon.

— C'est vrai. Quel imbécile, ce Fox. Pourquoi cherchent-ils toujours à tout contrôler ? Pourquoi est-ce qu'ils n'arrivent pas à nous laisser vivre notre vie, tout simplement ?

Les hommes ? Mina secoua la tête. Son expérience dans ce domaine était de toute évidence bien différente de celle de Yasmeen.

— Je ne sais pas.

Yasmeen soupira, puis retrouva le sourire, avant de lâcher avec une pointe de regret :

— Bon, cap sur l'Angleterre, alors ?

Cap sur l'Angleterre, donc, et sur la grisaille. D'épais nuages recouvraient Londres, suffisamment bas pour que Yasmeen puisse arriver dans l'après-midi sans attirer l'attention. Mais quand le *Lady Corsaire* émergea de la couche nuageuse, ce fut pour découvrir que Londres était en flammes.

Il y avait différents incendies, un peu partout dans la ville. En face de l'île aux Chiens, de l'autre côté du fleuve, les docks brûlaient. Pour éviter l'épaisse colonne de fumée, Yasmeen passa au-dessus de l'île. Les docks du duc de Fer n'avaient pas été touchés. Le cœur de Mina fit un bond lorsqu'elle reconnut le *Terreur* amarré là, voiles repliées et pont désert. Elle essaya de ne pas regarder mais, malgré elle, ses yeux se posèrent sur la maison de Rhys. Était-il chez lui, en ce moment ? Depuis combien de temps avaient-ils regagné Londres ? Avait-il essayé de la joindre ? Et qu'avait-il pensé en apprenant que le *Lady Corsaire* n'était pas encore rentré en Angleterre ?

L'aéronef poursuivit son chemin et, bientôt, la propriété du duc ne fut plus qu'un point minuscule au loin. Mina se tourna à nouveau vers l'avant. Ils survolèrent la Tour et son mur en ruine, et les terrains sur lesquels personne n'avait rien bâti depuis neuf ans.

— Inspectrice ! dit soudain Yasmeen. Regardez là-bas. Mes hommes ont repéré des caparaciers. Près de la prison.

Dans la ville ? Non, c'était impossible. Peut-être étaient-ils nécessaires sur les bateaux de la Marine, pour protéger les équipages, mais rien, à Londres, ne nécessitait l'emploi d'une telle force. S'il n'y avait pas eu les dératiseurs, la police n'aurait même pas porté d'armes à feu, seulement des fléchettes d'opium.

Pourtant, avec la longue-vue, elle repéra effectivement les caparaciers. Il y en avait des dizaines et des dizaines. Dans leurs costumes de fer, les marins formaient un rempart devant la prison de Newgate, en interdisant l'entrée à...

— Mais... il y a une émeute ! s'exclama-t-elle. Et la foule va de Ludgate jusqu'à la halle des Bouchers !

Que s'était-il donc passé ? La police avait-elle appelé les caparaciers en renfort ? Mina ne parvenait pas à imaginer le contrôleur général Broyles se résoudre à une chose pareille.

Ils remontèrent le long de la Tamise en direction du quartier général de la police, et Mina se figea. D'où venait cette fumée ?

— Scotland Yard est en feu ?

— Nous n'allons pas tarder à le savoir, répondit Yasmeen.

Quelques minutes plus tard, l'incendie apparut. Ce n'était pas Scotland Yard qui brûlait, mais le bâtiment de l'Amirauté.

Yasmeen ordonna à son équipage de rabattre les voiles, et lança l'échelle de corde par-dessus bord. Elle descendit, suivie de Mina. Malgré l'incendie, les rues étaient désertes. Deux sergents sortirent en courant du QG de la police. Ils ne prêtèrent pas la moindre attention aux cuissardes de Yasmeen, ni aux pistolets et poignards dont elle ne se défaisait jamais.

— Sergents !

Entendant la voix de Mina, ils s'immobilisèrent.

— Que se passe-t-il ?

— Le duc de Fer a été arrêté, madame ! Il doit être pendu au coucher du soleil !

— Arrêté ?! Par qui ?

— Par le lord amiral, madame. Au moment où le *Terreur de Marco* rentrait au port, ce matin. Le duc a été enfermé à Newgate, et nous avons reçu l'ordre de nous y rendre.

— Votre adjoint est là-haut avec Hale, inspectrice, ajouta un autre. Ils ne devraient pas tarder.

Et sans attendre d'en avoir l'autorisation, ils reprirent leur course.

Le hall d'entrée du QG était aussi désert que les rues. Mina courut dans l'escalier, suivie de Yasmeen. Elle manqua heurter Newberry de plein fouet sur le palier.

— Inspectrice ? Dieu merci ! Nous pensions que vous étiez à bord du *Terreur*, et que vous aviez été transportée à Newgate avec les autres.

— Ils ont arrêté tout l'équipage ? Mais pourquoi ?

— Parce que le duc de Fer a détruit l'arme de la Garde noire, intervint Hale en les rejoignant.

Elle eut un regard en direction de Yasmeen.

— Capitaine Corsaire. Je vous remercie de nous avoir ramené l'inspectrice.

Yasmeen sourit, découvrant ses dents pointues.

— C'est une manière de me dire que je peux prendre congé ?

— Pas si le duc de Fer est un ami à vous.

Hale se tourna à nouveau vers Mina.

— Votre rapport est arrivé.

Et avec, les détails du rôle joué par Sheffield.

— Madame, je suis dé…

Hale leva une main.

— M. Sheffield m'a tout avoué le jour de votre départ. C'est le duc de Dorchester qui avait pris contact avec lui, exigeant une invitation à la vente en échange de ma sécurité.

Fumées d'enfer. C'était aussi Dorchester qui avait arrêté Rhys.

— Le lord amiral !

— Oui. Comme vous l'imaginez, cela m'a mise dans une situation un peu délicate. Ma relation avec Sheffield a rendu mon enquête sur les activités de Dorchester… disons… problématique. Et tout le monde aurait trouvé suspects les aveux de Sheffield. Je manquais de preuves tangibles. Newberry m'a apporté le premier indice.

— Le câble, vous vous souvenez ? dit Newberry. Il venait du bureau de Dorchester.

Mais ils ne pouvaient pas arrêter le plus haut gradé de la Marine royale avec aussi peu de preuves. Le témoignage de Sheffield et la mémoire d'un préposé des télégraphes, ça ne pesait pas lourd.

— Dans votre rapport, vous disiez qu'il me suffisait d'attendre le retour du *Terreur*, que j'aurais alors les enregistrements de Haynes et le témoignage des hommes du *Terreur* et de la flotte.

— À aucun moment, Haynes ne fait mention de Dorchester.

— Oui, admit Hale, mais nous aurions découvert suffisamment de choses, qui en auraient amené d'autres, et de fil en aiguille le collet se serait resserré. Dorchester est allé plus vite que moi.

En arrêtant Rhys et son équipage.

— Mais pourquoi le duc de Fer est-il à Newgate ?

— Dorchester l'attendait sur le quai, ce matin. Avec tous ses caparaciers. Au nom des autorités navales, il l'a arrêté pour actes de piraterie, trahison et meurtre. Seulement, il a sous-estimé la réaction de la foule et a dû se retrancher à Newgate. Il a placé des caparaciers à l'entrée, autour du gibet, et insiste pour que la pendaison ait lieu.

Mina n'y croyait pas. Rhys ne pouvait pas être pendu ! Si Dorchester faisait monter le duc de Fer sur le gibet, la foule se soulèverait, caparaciers ou pas.

— Il est devenu fou ?

— Je pense au contraire qu'il sait très bien ce qu'il fait. Tout l'équipage est à Newgate, inspectrice. Tous sont accusés d'actes de piraterie. Vos parents se sont rendus ce matin à la prison pour tenter de faire libérer votre frère, mais j'ignore s'ils ont réussi à la quitter avant que la foule ne s'amasse.

Mina soupira.

— Vous voulez tenter de calmer la foule ?

— Je n'ai pas l'intention de la calmer. Je veux juste qu'elle reste à Newgate et ne mette pas le feu à toute la ville. Et si nous ne parvenons pas à empêcher cette pendaison, j'espère qu'elle y parviendra.

— Donc, nous partons pour Newgate, dit Mina avant de se tourner vers Yasmeen. Et vous ?

— Je préfère qu'on ne me voie pas en compagnie de la flicaille, répliqua-t-elle en souriant, même si son regard était sérieux. Je vais aller rendre visite au Forgeron. Si je le lui demande gentiment, il nous fournira quelque chose d'un peu plus efficace contre les caparaciers que vos fléchettes d'opium. Il s'en est peut-être déjà occupé, d'ailleurs.

Mina fronça les sourcils.

— Que voulez-vous dire ?

— Allons… Vous ne pensez tout de même pas qu'il ne fabrique que des joujoux mécaniques ?

Elle se tourna vers Hale d'un air interrogateur. Après l'occupation de la Horde, les citoyens londoniens avaient dans leur grande majorité estimé que la police ne devait plus être armée. Si la police métropolitaine se mettait à recourir aux caparaciers, les protestations seraient virulentes. La peur était trop grande de voir le pouvoir concentré dans les mains d'une seule entité, qui s'en servirait pour museler le peuple.

Mais le Forgeron n'avait pas cette image. Comme le duc de Fer, même ceux qui le craignaient n'avaient pas peur qu'il les écrase.

— Nous accepterons toute aide qui nous sera offerte, en particulier si elle peut permettre qu'il y ait le moins de victimes possible parmi la foule, dit Hale à Yasmeen. Voulez-vous bien me conduire jusqu'à lui ?

— Franchement, quand ils ont construit cette nouvelle prison, je ne pensais pas que ce serait si confortable. C'est beaucoup, beaucoup mieux que le dernier établissement que j'ai fréquenté.

Scarsdale avait dû hausser la voix pour couvrir le sifflement de la chaudière du caparacier. Assis sur une chaise à côté de Rhys, il portait des fers aux poignets, et devait se pencher en avant pour ne pas trop tirer sur la chaîne qui le reliait au sol.

Le directeur répondit en haussant la voix lui aussi, mais d'un ton moins allègre.

— Merci, monseigneur, dit-il comme s'il s'excusait. Nous essayons de faire en sorte que nos hôtes de marque jouissent d'un confort relatif. Et il ne fait aucun doute que vous êtes tous les deux les pensionnaires les plus prestigieux que nous ayons eus jusque-là.

Le directeur se tut un instant, avant de reprendre :

— Monsieur le duc, êtes-vous certain de ne pas vouloir un banc ? Mes hommes pourraient vous en trouver un.

Accroupi sur le sol en pierre, Rhys leva les yeux. Les pieds de sa chaise avaient volé en éclats dix minutes plus tôt, quand il s'était assis dans le bureau du directeur. Mais cela ne le gênait pas de rester ainsi.

— Non, dit-il.

Il regarda, derrière lui, le caparacier qui gardait la porte.

Un homme sans arme attaquant un caparacier ne faisait preuve que de bêtise. Sur le quai, quand il avait découvert Dorchester et ses sbires qui les attendaient, Rhys aurait pu ordonner à son équipage d'essayer de forcer le passage, mais le coût en vies humaines aurait été trop élevé.

Et Dorchester ne méritait pas qu'on meure pour lui. Rhys trouverait un autre moyen de quitter cette prison.

— Où sont mes hommes ?

— Dans la cour, monsieur. Il n'y avait pas assez de place dans les cellules.

Et sans doute le directeur n'envisageait-il pas de long séjour entre ces murs pour ces marins.

Il y eut un silence puis, un peu gêné, le directeur se racla la gorge :

— Est-ce que je peux vous faire apporter quelque chose, en attendant l'arrivée du lord amiral ?

— De l'absinthe ? demanda Scarsdale, plein d'espoir.

— J'ai peur que non, monseigneur. Nous n'avons rien de plus fort que le vin.

— Du vin, ce sera très bien, alors.

— Et pour monsieur le duc ?

— De l'eau, répondit Rhys.

— Oui, oui, confirma Scarsdale en souriant. Une grande tasse d'eau. Un homme de cette taille, ça boit beaucoup.

Visiblement ravi de servir à quelque chose, le directeur alla à la porte et demanda un plateau. Il s'arrêta à la fenêtre en retournant à son bureau. Rhys n'avait pas besoin de regarder dehors pour savoir qu'il se passait quelque chose.

Scarsdale non plus.

— La foule commence à s'énerver, on dirait, non ? souffla-t-il à mi-voix.

— Oui.

— Tu crois que ton inspectrice est là, avec eux ?

Il ne valait mieux pas. Si la colère de la foule montait encore, Mina serait une cible de choix.

Donc, il devait sortir de là au plus vite.

La porte s'ouvrit, et une secrétaire apporta à boire. Rhys posa son eau devant lui. La chaîne de Scarsdale était trop courte pour qu'il puisse porter son verre à ses lèvres.

Il soupira.

— Dites, chef, vous ne pourriez pas me donner un peu de mou ?

Le directeur hésita, regarda vers la porte.

— Oh, et puis non, laissez tomber, marmonna Scarsdale. Si c'est pour rester enchaîné, de toute façon… Mais vous n'avez rien à craindre de moi, vous savez. Je ne suis qu'un marin, et un ivrogne, en plus. C'est de lui que vous devez vous méfier, dit-il en indiquant Rhys. Et lui, il peut boire sans se contorsionner, pas besoin de lui donner du mou.

— Bon, bon, fit le directeur en se levant, clés à la main. De toute façon, vous ne pourrez pas faire grand-chose avec ce tas de métal qui vous surveille.

— C'est pas faux, confirma Scarsdale.

Bientôt, le pas lourd d'un autre tas de métal résonna dans le couloir, mais celui-ci n'entra pas : il attendit devant la porte. C'était donc une escorte. Et les pas plus légers qui l'accompagnaient devaient être ceux de Dorchester.

Eh bien, songea Rhys, ce n'est pas trop tôt.

Même en se servant de Newberry pour se frayer un chemin dans la foule compacte, il fallut presque une heure Mina pour voir la prison, depuis le coin d'Old Bailey et Newgate Road. Seules quelques fenêtres restaient allumées sur l'imposante façade. En se hissant sur la pointe des pieds elle distingua le gibet et les casques ronds des caparaciers qui montaient la garde. La herse fermant l'entrée de la prison s'élevait derrière eux, visible à travers la vapeur qui s'échappait de leurs chaudières.

Dans la foule, le ton était monté d'un cran, on criait beaucoup, et presque à l'unisson. Soudain, il y eut une poussée vers l'angle sud-ouest de la grande bâtisse. Les caparaciers tirèrent, des cris leur répondirent, et la rumeur devint assourdissante.

Son père était forcément là où il y avait le plus de blessés. Mina hurla à Newberry de longer les bâtiments contre lesquels se massait la foule. Contourner la prison et se glisser le long du mur serait plus facile que traverser cette foule immense.

Ils progressèrent ainsi pendant un quart d'heure, Mina s'agrippant à Newberry pour traverser les zones les plus difficiles. Tout autour d'eux, les gens grimpaient sur les rebords de fenêtres ou les voitures, espérant voir un peu mieux ce qui se passait devant la prison.

Mina s'arrêta soudain. Lunettes de soudeur sur les yeux, casquette sur la tête, une petite fille était accrochée à un réverbère et dominait la foule. Un tatouage de forgeron courait autour de son poignet.

— Anne !

Newberry s'immobilisa, mais la gamine, elle, n'entendit rien.

— Anne Forgeron !

Cette fois, elle tourna la tête, remonta ses lunettes, ouvrit de grands yeux étonnés.

— Newberry, amenez-moi cette gamine.

Ce fut inutile. Anne dégringola de son réverbère et se faufila comme une anguille jusqu'à Mina. Elles se glissèrent derrière un camion abandonné sur lequel se trouvaient au moins trente personnes.

— Que fais-tu ici ? Ce n'est pas un endroit pour toi ! hurla-t-elle pour couvrir le bruit de la foule.

Le sourire de la gamine disparut.

— Mais le Forgeron arrive, inspectrice ! Je voulais voir ses automates se battre contre les caparaciers.

Mina secoua la tête.

— Tu dois partir, Anne. Si cette manifestation se transforme en émeute, tu seras la première victime. Est-ce que tu comprends ? Pour certains, tu ne seras qu'une petite fille. Mais pour la majorité, tu seras une enfant de la Horde.

— Mais vous êtes là, vous.

— Parce que c'est mon métier. Rentre chez toi, Anne. Je veux te savoir à l'abri.

On toussota derrière elle.

— Dans ces rues, seule, inspectrice ?

Mina regarda Newberry. Nom d'une pipe. Il avait raison. Courir seule dans Londres ne serait pas moins dangereux que rester ici. Très bien.

— Newberry, retirez votre manteau, et couvrez-nous-en.

Il s'exécuta. Mina retira aussitôt son propre manteau, puis son gilet de protection. Il était trop grand pour la fillette, mais la protégerait quand même. En quelques instants, elle avait bouclé le gilet, et remis son manteau.

— Anne, tu restes avec nous, maintenant. Enfin, avec Newberry, surtout. Si nous sommes séparés, et si on s'attaque à toi, cours, cours tant que tu peux. Si tu ne peux plus courir, cache-toi, glisse-toi sous quelque chose, comme ce camion. Mets-toi en boule et protège ton ventre et ta tête. D'accord ?

Livide, Anne acquiesça.

— Bien.

Mina sourit pour la rassurer, puis se redressa brusquement en entendant un bruit, par-dessus la clameur.

Un pas lourd, comme celui des caparaciers. Tel un coup de tonnerre intermittent, faisant trembler le sol.

La foule se calma. On se mit à murmurer et à s'étonner plutôt qu'à crier. Mina regarda Newberry. Grand comme il était, il voyait mieux qu'elle au-dessus de la foule.

— Qu'est-ce que c'est ?

— Je ne sais pas. Je ne vois rien.

— Inspectrice... souffla Anne en tirant Mina par la manche, le regard brillant. C'est le Forgeron.

L'homme l'avait inculpé pour actes de piraterie, trahison et meurtre – même s'il avait agi sur les ordres du conseil de la Régence –, mais Rhys ne pensait pas que Dorchester fût fou. Il s'était brièvement posé la question, lors de son arrestation, mais ce qui enflammait le regard du lord amiral n'était pas de la folie. C'était de la colère.

Rhys pouvait lui accorder cela. Il avait tué un amiral et coulé un navire de premier rang, sans vraiment avoir de preuves que Burnett appartenait à la Garde noire. Et l'*Endeavour* ayant coulé aussi, la preuve de son forfait n'existait plus.

Il avait infligé un coup sévère à la Marine royale et au lord amiral, coup que Dorchester entendait lui faire payer. Mais passer du temps en prison, Rhys s'en contrefichait.

Ce qui l'inquiétait, c'était que Mina se trouvait probablement dehors, et que des gens, dans les rues, allaient être blessés.

Dorchester entra. Il portait un des foudroyeurs de la Horde, mais n'était pas armé. Voir Rhys assis par terre, à genoux presque, sembla lui plaire.

Scarsdale sourit, ivre.

— Jolie veste, monsieur le duc. Vous devez être furieux qu'on ait coulé votre bateau – c'est cher, ces petites choses, hein ? – et que votre amiral de la Garde noire ait coulé aussi. Mais toute l'Angleterre s'en porte beaucoup mieux. Alors vous pouvez nous laisser partir, maintenant.

— Beaucoup mieux ? Non, je ne le crois pas.

— Bon, c'est vrai, la Marine royale ne se porte pas mieux d'avoir un vaisseau au fond de l'océan. Mais en Angleterre, tout le monde se trouve mieux de ne pas mourir tout de suite. Vous rendez-vous compte de ce que Burnett et l'*Endeavour* auraient fait ?

— Pas tout le monde, répliqua Dorchester. Juste les porteurs de nanoagents.

Bon sang, songea Rhys. Dorchester n'était pas simplement furieux. Il était de la Garde noire.

Mina était-elle au courant ? Oui, forcément. En regagnant Londres une semaine plus tôt après avoir récupéré Fox, elle avait dû se lancer à corps perdu dans son enquête, chercher à relier entre elles toutes les informations dont elle disposait, à suivre toutes les pistes. Et l'une d'elles l'avait forcément menée à Dorchester.

Donc, elle savait entre les mains de qui il se trouvait aujourd'hui.

— Vous ne vous demandez pas pourquoi ? se moqua Dorchester.

Il voulait les entendre le dire ? Voulait voir la peur dans leurs regards ?

— Je crois qu'on se demande juste quel est le bord politique de votre fils, monsieur le duc, répondit Scarsdale. Je pense que c'est lui qui prendra votre siège au Parlement, très bientôt.

Rhys retint un sourire. Scarsdale cherchait à faire sortir Dorchester de ses gonds. Mais la colère de l'amiral se fit juste plus noire, et plus froide.

— C'est précisément le Parlement, le problème. Ces messieurs se disputent, discutent sans fin, et disent que leurs décisions sont pour le bien de l'Angleterre. Les infectés devraient-ils hériter ? Devraient-ils avoir le droit d'être juges ? Mais ils refusent d'admettre que c'est l'infection, le danger, et qu'elle causera notre perte.

— Ah bon ? fit Scarsdale en vidant son verre.

Le directeur le servit à nouveau, d'une main tremblante.

— Quand on est infecté, on peut être mis sous contrôle, argumenta Dorchester. Il suffirait qu'un de nos ennemis crée le bon signal, et toute l'Angleterre serait à feu et à sang. On m'a raconté ce qui s'est passé pendant la révolution, et les dégâts causés alors que les infectés n'étaient plus sous le contrôle de personne. La Garde noire lutte pour la sécurité de l'Angleterre, et nous accomplirons ce que les politiciens n'ont ni le pouvoir ni le courage d'accomplir.

— Tuer tout le monde ! s'écria Scarsdale avant de lever son verre. C'est la solution.

— Protéger l'Angleterre en éradiquant l'infection.

— Oui, oui ! Protéger l'Angleterre en tuant les Anglais ! La logique est imparable, monsieur le duc.

— Les infectés ne sont pas des Anglais. Ils sont une création de la Horde, qui les contrôlait. C'est une maladie en sommeil. L'Angleterre ne peut pas se permettre de tolérer ces créatures sur son sol.

Le directeur était devenu tout rouge.

— Monsieur, je ne peux pas vous laisser dire…

Dorchester toucha la base de son foudroyeur, et l'empêcha d'aller plus loin. Scarsdale se figea, verre à la bouche, et son vin coula sur sa chemise. Rhys ne bougea pas.

Dorchester désactiva aussitôt son arme. Le directeur poussa un long soupir. Scarsdale cligna des yeux.

— Oh, quel maladroit je fais, se moqua-t-il. Désolé, monsieur le directeur, il y en a par terre, aussi…

L'homme ne le regarda même pas. Il fixait Dorchester, le haïssant de toutes les fibres de son être. Comme l'aurait fait Mina. Comme l'auraient fait tous ceux qui avaient vécu sous la férule de la Horde.

— Vous n'êtes pas des hommes, cracha Dorchester. Vous êtes des mécanismes que l'on remonte. Des automates. Les hommes se servent des machines. Vous êtes des machines. Et pour certains, c'est même pire. Ce ne sont pas des machines, ce sont des animaux. Et s'ils se reproduisent ? Ce sera horrible, l'Angleterre sera peuplée d'hommes semblables aux dératiseurs, qui naîtront avec une armure et des dents comme des rasoirs. Non, l'Angleterre ne mérite pas cela ! Et cela n'arrivera pas !

La passion avait mis le rouge aux joues de Dorchester. Dans son coin, Scarsdale tapotait doucement sa chemise avec un mouchoir.

— C'est quand même du gâchis, il me semble. D'ici quelques générations, ce pays pourrait être un pays d'hommes forts aux os de fer et aux virus incontrôlables. Du coup, la Horde, ou qui que ce soit, y réfléchirait à deux fois avant de nous attaquer, non ?

— Ces créatures seraient des monstres cherchant à détruire les vrais hommes. À les anéantir, partout, dans le monde entier.

— Moi, il me semble que de vrais hommes chercheraient plutôt à anéantir les amiraux qui outrepassent leurs droits.

Scarsdale se tut, leva les yeux. Il était toujours enjoué, mais ne semblait plus du tout ivre.

— Alors, que comptez-vous faire ? Nous pendre ?

Dorchester regarda Rhys.

— Lui, d'abord. Le symbole de la liberté face à la Horde. Mais il n'y a pas eu de liberté. Le pays est encore infecté, et donc toujours menacé par la Horde. Alors je vais détruire cette illusion. Je mettrai tous les infectés en quarantaine et je leur donnerai le choix entre partir en Europe ou disparaître. Tous ceux qui résisteront seront abattus. Et enfin, la Garde noire pourra diriger l'Angleterre.

— Et vous aurez sauvé votre peau.

C'était la première fois que Rhys ouvrait la bouche depuis son entrée dans le bureau du directeur. L'amiral sursauta.

— Quoi ?

— Vous avez payé cette arme plus de vingt-cinq mille livres. La Garde noire n'avait certainement pas cette somme dans ses coffres : vendre des esclaves est lucratif, mais pas à ce point. Alors, les autres membres de la Garde vous ont confié d'énormes sommes tirées de leur fortune personnelle. Vous aviez promis des résultats, vous leur aviez assuré que le succès serait au rendez-vous. Et puis, vous avez perdu l'arme.

Dorchester s'était raidi. Il se contrôlait bien, mais la peur rôdait maintenant dans son regard.

Rhys enfonça le clou :

— À l'heure qu'il est, ces membres de la Garde ont dû apprendre que l'arme avait été coulée. Des hommes à qui vous avez promis une Angleterre sans bogués. Alors vous essayez d'effacer votre échec, parce que sinon, il vous faudra payer. Qui sont-ils ?

Livide, Dorchester secoua la tête. Il fit signe au caparacier qui se tenait devant la porte.

— Il est temps d'accompagner monsieur le duc jusqu'au gibet. Détachez-le, ordonna-t-il au directeur.

Dans un souffle hydraulique et des grincements métalliques, le caparacier se mit en branle. Scarsdale émit un petit gémissement, et se pencha vers Rhys pour lui tendre son vin.

— Une dernière gorgée, capitaine ?

Comme Rhys secouait la tête, il lui tendit la tasse.

— De l'eau, alors ?

— Non.

Scarsdale soupira.

— Inutile de résister, capitaine, gronda Dorchester. Ces caparaciers sont lents, mais ils vous écraseraient d'un seul coup de poing.

— C'est ce qu'on m'a dit.

Dorchester perdait patience.

— Allez ! lança-t-il au directeur.

L'homme se leva et contourna son bureau.

— Une fois, reprit Scarsdale, j'ai fait boire Evans jusqu'à ce qu'il roule sous la table, à Port Fallow. Ce type-là n'avait aucune conversation. Il ne parlait que du contrat concernant les caparaciers que Morgan lui avait dérobé. Morgan a changé leur chaudière et a modifié un peu l'aspect extérieur pour qu'on ne puisse pas dire qu'il avait volé ceux d'Evans. Mais au final, ils étaient plus lents.

Clés en main, le directeur s'approcha de Rhys et se baissa. Rhys attrapa la chaîne et planta son regard dans celui de l'homme. Ce dernier écarquilla les yeux, hocha la tête, puis se redressa.

Rhys se leva brusquement, et tira de toute sa puissance sur sa chaîne, qui arracha l'anneau fiché dans le sol. Derrière lui, il y eut un sifflement de vapeur, quelques gargouillis : Scarsdale avait versé la tasse d'eau sur le caparacier.

Dorchester les regarda, sidéré.

Scarsdale continua son histoire :

— Il m'a aussi parlé du petit défaut de conception dans les caparaciers de Morgan. Il a laissé le conduit d'échappement grand ouvert, pour que les braises soient plus faciles à éteindre. Du coup, un simple verre d'eau suffit à arrêter la chaudière…

Dorchester brandit le foudroyeur, et Scarsdale se figea. Ses chaînes traînant par terre, Rhys s'avança vers lui.

Dorchester pâlit. Rhys faisait deux têtes de plus que lui.

— Vous pouvez me tuer, mais vous n'arrêterez jamais la Garde noi…

— Ça suffit, amiral !

D'un coup de poing, il fit tomber le foudroyeur par terre. La pointe se brisa. Reprenant conscience, Scarsdale éclata de rire.

Le directeur s'avança. Son soulagement était palpable.

— Laissez-moi vous retirer vos fers, monsieur le duc.

— Retirez plutôt ceux de Scarsdale, et passez-les à l'amiral. Attachez-lui aussi les mains dans le dos, pour qu'il ne puisse pas se suicider.

Dès que ce fut fait, Rhys saisit l'amiral par les cheveux et le tira jusqu'à la porte.

— Dis donc, tu as de la chance de rarement tomber sur des chauves, quand même, s'amusa Scarsdale.

Rhys sortit dans le couloir. Le deuxième caparacier leva son fusil, mais le lâcha dès qu'il vit l'amiral. Scarsdale récupéra l'arme.

— Il va y avoir d'autres caparaciers, dehors, dit-il.

— L'amiral va gentiment leur demander de nous laisser passer.

— Jamais ! cracha Dorchester.

La prison vibra soudain légèrement sous leurs pieds. Rhys regarda vers la fenêtre, puis il se tourna vers Scarsdale, qui sourit.

— Mais si ça se trouve, on n'aura même pas besoin de sa collaboration.

Accrochée au flanc d'un camion, les pieds sur une roue, Mina regardait par-dessus la foule. Anne, apparemment à moitié araignée, grimpa sur le toit et se glissa entre deux hommes.

Bientôt, les automates du Forgeron apparurent. Plus légers que ceux de la Marine, ils avançaient plus facilement, et la vapeur et la fumée qui s'échappaient de leur chaudière s'élevaient en volutes plutôt qu'en épais nuages.

Mais feraient-ils le poids face aux autres ?

— Ils n'ont même pas d'armes, remarqua Mina.

— Il les appelle ses « bonhométals ». Et ils n'ont pas besoin d'armes classiques, les leurs sont intégrées à leurs bras. Ils ont juste à faire ça…

La gamine plia son poignet et le fit pivoter.

— … et le mécanisme se met en place. Ou alors ils font ça…

Elle plia le coude avant de retendre brusquement le bras, paume à plat vers le haut.

— … pour les jets de flammes.

Stupéfaite, Mina les regarda avec plus d'attention. La foule avait reculé, et les bonhométals s'étaient mis en formation, face aux caparaciers.

Anne pointa un doigt vers le bout de la rue. Une autre machine apparut.

— Et ça, c'est le marcheur.

Perché sur d'immenses jambes d'acier aux articulations pneumatiques, le marcheur était presque aussi haut que les murs de la prison. De la vapeur s'échappait de sa chaudière, un énorme cylindre qui formait le buste du colosse. À la base, mais à cinq bons mètres du sol, le Forgeron occupait la place du pilote. Derrière lui se tenait Hale, tenant son chapeau d'une main.

Le Forgeron se pencha pour ramasser un porte-voix, qu'il tendit à Hale. La divisionnaire plaqua l'engin contre sa bouche.

— Soldats !

Sa voix explosa littéralement, la foule se tut, abasourdie. Hale retira le porte-voix et regarda le Forgeron. Il lui fit signe de continuer.

— Soldats de la Marine royale, au nom de la police métropolitaine, je vous ordonne de vous retirer. Votre présence devant cette prison est illégale et injustifiée.

Newberry secoua la tête.

— Ils n'obéiront pas. Pas à Hale.

La divisionnaire s'adressa à la foule.

— Faites place. Faites place. Et restez calmes. S'il vous plaît !

La réponse ne fut pas immédiate. Mais quand l'énorme machine lâcha un jet de vapeur et avança une de ses jambes, la voie ouverte par les bonhométals, qui menaçait de se refermer, s'élargit.

Mina sauta à terre.

— Il faut qu'on se rapproche, Newberry.

Le sergent considéra la foule autour d'eux, dubitatif.

— Je ne vois pas comment…

Soudain, quelqu'un cria :

— Il sort ! Le duc de Fer !

Le cœur de Mina fit un bond. Dorchester oserait-il amener Rhys jusqu'au gibet ?

— Que se passe-t-il, sergent ?

— Je ne vois pas l'entrée de la prison, inspectrice.

— Newberry, faites un effort !

Sur le toit du camion, les gens se mirent à sauter et à hurler, faisant basculer le véhicule. Anne descendit. Mina l'attrapa par la main et suivit Newberry, qui repartait à travers la foule. Mais avancer était si difficile… jamais ils n'arriveraient jusqu'à la porte.

Derrière eux, sur le camion, retentirent alors des hourras. Et devant, aussi, près de la porte. Mina ne voyait rien d'autre que le dos du sergent. Rouge pivoine, il se retourna.

— On va essayer autrement, inspectrice.

D'immenses mains se refermèrent autour de sa taille et la hissèrent. Quelques secondes plus tard, elle était assise sur ses larges épaules. Ravalant sa surprise, elle tenta de comprendre la scène qu'elle découvrit.

Rhys était en manches de chemise, chaînes aux poignets. Devant lui se tenait Dorchester, que l'on tenait par les cheveux et qui portait des fers. Par-dessus les acclamations, elle entendit l'ordre du duc.

— Lord amiral, ordonnez à vos hommes de déposer les armes. C'est fini, Dorchester. Vous allez bientôt être arrêté pour conspiration au sein de la Garde noire. Ne faites pas payer à ces marins vos crimes contre l'Angleterre.

Oui ! Mina serra les poings, tentée de hurler sa joie avec les autres. Mais elle devait se concentrer sur la façon dont elle allait procéder à l'arrestation de Dorchester. La foule voudrait le voir se balancer au bout de la corde qu'il réservait au duc de Fer.

Mais comment allait-elle…

Quelque chose lui tomba sur la tête. Instinctivement, elle se pencha, et faillit faire perdre l'équilibre à Newberry. Furieuse, elle attrapa la chose qui était restée sur sa tête et… trouva une corde. Elle leva les yeux.

Le *Lady Corsaire* planait doucement au-dessus de la foule, moteurs éteints. Yasmeen, penchée par-dessus le plat-bord, lui faisait signe. Le message était clair : « Mais qu'est-ce que vous attendez pour monter ? »

— Occupez-vous d'Anne ! cria Mina à Newberry, avant de coincer la corde entre ses pieds.

Yasmeen n'attendit pas qu'elle grimpe, et mit le cap sur l'entrée de la prison. Accrochée à la corde, Mina survola la foule, l'estomac un peu chamboulé.

Son regard trouva celui de Rhys, et ce fut comme s'il la guidait jusqu'à lui. Il n'y avait plus de douleur, plus de peine, juste l'immense bonheur de le voir en bonne santé. Elle se laissa tomber avec légèreté sur la plate-forme, il fut aussitôt là pour l'aider à retrouver son équilibre.

— Inspectrice Wentworth.

— Monsieur le duc.

Parce que cela lui semblait opportun, elle le salua d'une petite révérence. Il sourit.

— Le lord amiral a avoué être un membre de la Garde noire, et avoir comploté en vue d'éliminer tous les bogués d'Angleterre… et par conséquent le roi.

Mina opina du chef, et se tourna vers Dorchester.

— Je vous arrête pour trahison, conspiration contre la Couronne, et pour avoir commandité le meurtre de l'amiral Baxter.

Mina avisa un chapeau melon dans la foule, non loin.

— Sergent ! S'il vous plaît, occupez-vous de cet homme, et préparez-vous à l'emmener au quartier général pour interrogatoire.

Bien qu'un peu hésitant, le sergent traversa les lignes de bonhométals et de caparaciers sans difficulté. Presque tous les marins s'étaient tournés vers eux, et derrière la visière de leur casque, Mina voyait leur consternation, leur incrédulité.

Dorchester attendait, droit, digne. Il inspira un grand coup, gonfla le torse, et hurla :

— Marins ! Faites feu sur le duc de Fer !

Le sang de Mina ne fit qu'un tour. Mais, parmi les caparaciers, aucun ne leva son arme.

— Tirez ! Si vous aimez l'Angleterre, tirez !

Plusieurs secouèrent la tête et posèrent leur arme. Mina approuva d'un mouvement de tête. Mais, du coin de l'œil, elle vit soudain un fût se lever.

Un membre de la Garde noire, ou simplement quelqu'un qui obéissait aux ordres, même à ceux d'un fanatique.

Rhys le vit, lui aussi. Il se retourna.

Mais elle fut plus rapide.

Mina s'abattit sur lui. Il la serra contre son torse et pivota pour prendre le coup dans le dos. Quand la détonation cessa de résonner, il partit d'un rire étonné.

Ils n'avaient pas été touchés. Ils étaient à quelques mètres seulement du tireur, et l'imbécile avait raté sa cible.

De la foule monta une clameur tandis que caparaciers et bonhométals l'abattaient.

Rhys s'écarta, mais Mina ne bougeait pas. Il la secoua.

— Mina ?

Sa tête tomba en arrière, du sang coulait de sa poitrine.

— Mina ! Non. Mina !

Il arracha sa chemise et la pressa sur sa poitrine. Le sang formait déjà une large tache sur le bois de la plate-forme.

— Aidez-moi. Seigneur, aidez-moi !

Sans cesser de crier son nom, Rhys la prit dans ses bras, l'assit contre lui. Des convulsions lui soulevèrent la poitrine, elle vomit du sang.

— Non, Mina. Non, non, non. S'il te plaît, non !

Une main se posa alors sur son bras. Il leva la tête. Un homme au visage très pâle s'agenouilla.

Son père. Chirurgien.

— Aidez-la, souffla-t-il d'une voix rauque. Aidez-la.

L'homme fit oui de la tête, se pencha sur Mina. Une femme en robe bleue se laissa tomber à côté de lui. Rhys reconnut les cheveux blancs et les verres de lunettes teintés.

Sa mère.

— William ? William, peux-tu...

— Trahaearn, il faut appuyer ici et dans son dos car la balle est ressortie, dit le père en prenant ses mains pour lui montrer. Si sa vie a une importance pour vous, ne relâchez pas la pression.

Rhys appuya de toutes ses forces, se demandant si elle pouvait respirer tant il appuyait.

Mais respirait-elle seulement ?

— Les nanoagents font leur travail, Cecily, répondit le père à son épouse. Mais ils ne peuvent pas tout faire tout seuls. J'ai besoin d'un cœur. Une pompe comme celle que tu avais fabriquée pour Beatrice Addle, tu te souviens ?

Elle regarda ses mains vides.

— Mais je n'ai pas...

— Regarde, Cecily. Regarde.

La foule. Mais oui.

Retrouvant son énergie, elle se leva, et se mit à désigner des gens.

— Vous ! Venez ici. Et vous, vous, vous ! Tous, venez ici. Le docker ! Les deux caparaciers ! Laissez-les passer, les autres. Dépêchez-vous !

Elle se retourna brusquement, avisa Scarsdale et le prit par la main.

— Vous, aidez-moi. On va les tenir et leur arracher les pièces, s'il le faut.

Ils s'éloignèrent. Rhys ne regarda pas où ils allaient. Le père de Mina avait pris une de ses fléchettes à l'opium et la lui tira dans le cou.

— Dépêche-toi, Cecily !

Dans la foule, Scarsdale aidait la mère à convaincre les gens de leur donner des pièces de leurs prothèses, pour fabriquer une pompe.

Rhys avait enfoui son visage dans les cheveux de Mina et répétait son nom, inlassablement. Pour qu'elle reste à la surface. Pour qu'elle n'abandonne pas.

Cecily reparut enfin. Elle avait fabriqué une pompe avec des pistons à l'intérieur d'une boîte en fer-blanc. D'étroits tubes en caoutchouc équipés de valves en acier sortaient sur les côtés.

— C'est sale, je n'ai pas pu...

— Peu importe, dit sèchement le père. Les nanoagents le nettoieront. Bon, quel tube est l'arrivée...

Sa voix se brisa. Sa femme lui mit le bon tube dans le creux de la paume, et referma ses doigts dessus. Sa main cessa de trembler.

— Oui. Merci, mon amour. Sois mes yeux, maintenant. Trahaearn, tenez-la bien.

Il écarta la main de Rhys de la poitrine de Mina, sortit son poignard. Rhys détourna le regard. Même le Forgeron n'était pas capable de greffer aussi rapidement un cœur mécanique.

Il savait que ce genre de mécanisme en avait sauvé d'autres. Mais la pompe ne fonctionnait que sur une seule vitesse, alors ensuite, il était dangereux d'être excité, de s'agiter. Même grimper les escaliers pouvait s'avérer fatal. Mina serait condamnée à garder la chambre. Enfermée pour le restant de ses jours.

Si elle vivait. Avec une blessure comme celle-ci, la fièvre virale était probable.

— Ils se greffent dessus, souffla la mère.

Derrière elle, Scarsdale relaya l'information en direction de la foule.

— Les nanoagents se greffent sur son nouveau cœur !

Les hourras couvrirent les sifflements de vapeur et le battement – le cliquètement – du cœur artificiel. Rhys regarda le sang courir dans les tubes. Il posa les lèvres sur ses cheveux noirs, juste au-dessus de son oreille, et lui chuchota les mots qu'il voulait lui dire depuis des semaines. Les mots qu'il lui répéterait dès qu'elle ouvrirait les yeux.

Des pas lourds firent trembler la plate-forme. Le Forgeron s'accroupit à côté du père, examina le cœur mécanique.

— Vous avez fait du bon travail. Emmenez-la à la maison, Rockingham. Il lui faut du repos, du calme. Avez-vous suffisamment de glace et d'opium ?

Les larmes roulaient sur les joues du vieil homme.

— J'en ai un peu. Il m'en faudra plus.

— Je m'occupe de vous en faire parvenir.

Le Forgeron recula, cédant la place à deux gardiens de la prison avec un brancard. Il fit un signe à quelqu'un, au-dessus. Une plate-forme descendit. Rhys réalisa qu'il s'agissait de celle de Yasmeen.

Il aurait voulu ne jamais la lâcher, mais il fallut installer Mina sur le brancard. Les gardiens la déposèrent délicatement sur la plate-forme. Sa mère monta. Rhys allait faire de même lorsque le père de Mina l'arrêta.

— Monsieur, merci pour votre aide. Mais vous ne pouvez rien faire de plus pour l'instant, et j'insiste pour que vous la laissiez se remettre dans la solitude et la tranquillité, entourée de ceux qu'elle aime.

Mais il en faisait partie ! Rhys voulut protester.

— Elle s'est jetée devant moi. Elle m'a sauvé la vie.

Rockingham secoua la tête.

— Ma Mina aurait fait cela pour n'importe qui. Maintenant, si vous tenez à elle, laissez-la se remettre seule. Elle ne doit subir aucun stress, aucune excitation. Et il semblerait que votre présence soit source des deux.

Mina aurait fait cela pour n'importe qui…

C'était la vérité. Sous le choc, Rhys recula. Ses yeux se posèrent sur le visage immobile de Mina, et y restèrent jusqu'à ce que la plate-forme soit remontée. Il attendrait. Et si elle l'aimait, elle viendrait à lui.

En attendant, il devait faire en sorte que lorsqu'elle viendrait enfin, elle puisse rester. Il regarda la foule. Ils avaient tous crié hourra pour elle. Ils n'avaient pas vu la Horde, mais une jeune femme qui avait risqué sa vie pour sauver un homme qui était des leurs, le duc de Fer. Il ne les laisserait pas la voir autrement, désormais.

18

La neige arriva deux semaines avant la nouvelle année, gros flocons plats et gris. Pelotonnée dans son manteau au pied de la statue d'Anglesey Square, Mina les regardait tomber et s'accrocher aux pavés humides avant de fondre. Dans la soirée, peut-être ferait-il assez froid pour qu'ils tiennent.

Elle espérait que non. La neige était belle, mais le froid apportait toujours son lot de décès supplémentaires. Autour de la place, la circulation semblait déjà affectée par ces quelques flocons. Un chauffeur de fiacre à vapeur agitait le poing en direction d'un conducteur de rickshaw-araignée. Ceux qui avaient installé des cornes à leur véhicule s'en servaient allègrement. Deux chauffeurs de camions échangeaient des noms d'oiseau, attirant les regards des passants. Parmi eux, quelques-uns scrutaient le ciel d'un regard inquiet, comme s'ils redoutaient de voir le voile gris s'ouvrir et leur déverser des tombereaux de neige sur la tête.

D'autres au contraire étaient ravis. Trois gamins couraient d'un flocon à l'autre, bouche ouverte, pour tenter de les attraper avec la langue. L'un d'eux s'arrêta soudain pour regarder quelque chose, de l'autre côté de la statue.

Mina suivit son regard stupéfait, et sentit son cœur bondir dans sa poitrine. Rhys. Il traversait la place à grands pas. Il venait vers elle. Le bord de son chapeau haut de forme cachait ses yeux, mais pas la ligne ferme de sa mâchoire.

Dans la rue, derrière lui, sa voiture attendait, porte ouverte.

Trois mois s'étaient écoulés depuis sa blessure, et ils ne s'étaient pas revus.

Il s'arrêta devant elle, ôta son chapeau, et plongea son regard dans le sien.

— Comment vas-tu, Mina ? demanda-t-il d'une voix rauque.

— Je vais bien, monsieur le duc.

Elle fit mine de se lever, mais il l'en empêcha d'un geste brusque.

— Non. Je t'en prie.

Il laissa courir son regard sur elle, doux et curieux, comme la première fois qu'il l'avait embrassée. Elle ressentit la même émotion que ce jour-là.

— Je peux m'asseoir ?

À court d'oxygène, elle répondit d'un signe de tête affirmatif.

Elle le parcourut des yeux. Sa barbe naissante, l'éclat de l'or sur ses oreilles, les épais cils soulignant le regard intense et pénétrant.

Mais ce qu'il vit ne sembla pas le satisfaire. Il se rembrunit.

— Tu as maigri.

— C'est éprouvant, d'avoir un cœur mécanique greffé dans la poitrine, puis de le faire remplacer par un organe de chair mécanique.

Il blêmit, écrasa le bord de son chapeau entre ses mains.

— Mais tu es guérie ?

— Oui.

Plus forte, plus rapide, et jouissant d'une endurance extraordinaire.

— Et tu as repris ton travail, dit-il en s'attardant sur les épaulettes cousues sur son manteau. Les journaux en ont parlé.

Les journaux en avaient beaucoup parlé. Et les dessins qui accompagnaient ces articles n'avaient pas été insultants. On n'avait pas essayé de l'habiller de façon extravagante, ni de lui arrondir les yeux, de lui rétrécir la bouche ou le nez.

— Ils ont été très corrects, dit-elle. Et c'est à toi que je le dois.

— Non. Je n'ai fait que leur dire la vérité sur ce qui s'est passé. Le reste, ils l'ont vu à Newgate, de leurs propres yeux. Et ça, c'est à toi que je le dois.

Elle sourit.

— Donc, nous sommes quittes.

— Non. Les comptes sont loin d'être équilibrés, répondit Rhys avec un regard insistant, jusqu'à ce que Mina acquiesce de la tête.

Son expression s'éclaira alors, et il reprit d'un ton plus léger :

— J'ai entendu un gamin de la Crèche lire le récit sur le kraken aux ouvriers dans le Passage, hier.

Mina ne put s'empêcher de rire.

— Cette histoire-là, je crois qu'ils la réimpriment juste pour avoir le plaisir d'y ajouter des dessins de moi accrochée à une corde la tête en bas.

Il rit à son tour, et elle montra son haut-de-forme :

— Tu arrives du Parlement ? Qu'est-ce que tu en penses, alors ? Comment ça se passe ?

— C'est un peu comme la piraterie, finalement. Tu menaces tes ennemis en leur disant que s'ils ne se rallient pas à toi, ils seront anéantis. Mais tu sais très bien comment ça se passe.

— Oui, reconnut-elle en riant.

Elle était au courant. Pas seulement grâce aux récits de son père, mais aussi parce qu'elle lisait les gazettes et les tracts politiques. Autour d'elle, la nouvelle du duc de Fer venant siéger à la Chambre blanche avait provoqué un réel enthousiasme. Puis, les premiers jours passant, et le duc restant silencieux assis à sa place, une pointe de déception avait teinté les remarques de ses parents, le soir au dîner. Jusqu'au jour où le représentant du Parti libre avait pris la parole, et où Rhys s'était levé pour dire qu'il y avait dans la tête de cet homme plus de fumier que dans son écurie.

— Et ?

À nouveau, elle rit. Un petit nuage de buée monta dans l'air froid.

— Et je n'arrive pas à croire que déjà, tu parles de donner plus de pouvoir aux communes. D'abord, il faut...

— Nettoyer les quartiers pourris, oui. Je me souviens.

Sa voix était devenue plus grave. *Je me souviens.* Mina aussi se souvenait de toutes les conversations qu'ils avaient eues, et son cœur se serra. C'était tellement étrange, de pouvoir éprouver de la douleur dans un organe fait de nanoagents et de métal.

Elle ne réussit pas à rire, cette fois.

— Où est Newberry, Mina ?

— Il attend que je rentre de ma pause déjeuner. Je lui ai laissé un corps à examiner. D'ailleurs, il faut que j'aille voir comme il s'en sort.

— Mais pourquoi n'est-il pas avec toi ?

— Oh... Depuis Newgate, et les articles dans les journaux... les choses ont changé. Ce n'est plus si terrible.

Dans le regard de Rhys, un éclair mauvais s'alluma.

— Qu'est-ce que ça veut dire ?

Cela voulait dire qu'on ne la traitait de « pute bridée » qu'une ou deux fois par jour, et que des gens qu'elle ne connaissait pas prenaient sa défense quand cela arrivait. Que dans le mois qui venait de s'écouler, on ne lui avait craché dessus qu'une seule fois. Que personne n'avait essayé de la frapper.

— Que c'est mieux, dit-elle simplement.

— Mais tu n'es pas venue me voir...

— Venir te voir ? Mais pourquoi ?

Rhys eut un sourire amer.

— Pour que je puisse te renouveler ma proposition. Mon lit, contre tout ce que tu veux. Contre des voyages aux quatre coins du monde, par exemple.

Jusqu'à ce qu'il en ait fini avec elle.

— Non.

— Tu as un autre homme, alors ?

— Non.

Il la fixa d'un regard brûlant.

— Alors tu m'as menti, et tu n'es pas encore vraiment guérie ?

— Mais si. Je vais bien.

Il s'accroupit devant elle.

— Alors pourquoi ?

En un éclair, il la prit par la taille et la plaqua contre lui. Autour d'eux, quelques personnes poussèrent des cris de surprise.

— Rhys ! Lâche-moi ! protesta Mina.

Mais il la tenait fermement et personne, lorsqu'il traversa la place en direction de sa voiture, n'osa se mettre en travers de son chemin. Au dernier moment, il changea d'avis, et contourna sa voiture pour entrer dans le bâtiment le plus proche. D'un coup de pied, il ouvrit une porte. C'était un bureau. Trois clercs levèrent les yeux de leur table de travail, bouche bée.

— Dehors ! rugit Rhys.

Il claqua la porte derrière eux, puis plaqua Mina contre le battant. D'une main, il lui maintint les poignets au-dessus de la tête et, de l'autre, trouva et jeta ses armes avant d'arracher les boutons de son pantalon.

— Rhys…

— Dis-moi non.

Elle aurait dû. Elle n'y parvenait pas.

— Lâche-moi les mains, souffla-t-elle, le cœur battant.

— Non. Je ne peux plus te lâcher, maintenant que je t'ai retrouvée. Maintenant que j'ai à nouveau envie de vivre.

D'un geste, il tira son pantalon et sa culotte vers le bas, jusqu'à ses bottes. Sa main remonta sur sa braguette. Il plia les genoux, lui écarta les cuisses.

Il fut en elle en un instant, se logea loin dans les tréfonds de son être.

Épinglée contre la porte par le sexe de Rhys, immobilisée par sa main tenant ses poignets, Mina cria son nom. Sans faiblir, il défit sa veste, déchira sa chemise, ouvrit son gilet.

— Je peux ?

— Oui ! haleta Mina.

Du bout des doigts, il caressa la cicatrice blanche qui suivait l'arrondi de son sein pour remonter au milieu de sa poitrine.

Puis sa main descendit vers ses fesses.

— Maintenant, je vais te baiser vraiment.

Elle s'attendait à une poussée violente, profonde, la désirait de tout son être. Mais il la pénétra avec une lenteur insupportable, qui la fit monter au sommet d'une vague vertigineuse. Encore et encore, il entra en elle, pour mieux se retirer.

— Bon Dieu, Mina. Au moins, il y a ça, tu ne peux pas le nier, souffla-t-il, le visage enfoui contre son cou. Au moins, tu aimes ça.

Il lui lâcha les poignets, agrippa ses fesses, et donna un violent coup de reins qui marqua le début d'un rut frénétique, dévastateur. Elle serra les poings dans ses cheveux, s'agrippa à lui. Sa bouche trouva celle de Rhys, qui la prit avec la même intensité, s'enivrant de sa chaleur, de sa faim pour mieux avaler ses cris quand elle jouit, vibrant sur lui, raidie par l'orgasme.

Alors il se retira, avec un grognement de frustration.

Pas de préservatif, comprit Mina. Elle glissa une main entre eux, voulut l'aider à trouver le plaisir malgré tout, mais il s'écarta et s'appuya contre un des bureaux, essoufflé. Puis son regard devint froid. La douleur vrilla la poitrine de Mina, qui s'enveloppa prestement dans son manteau, tira sur son pantalon, et se tourna vers la porte.

Rhys se rajusta.

— On va continuer comme ça, donc, dit-il d'une voix détachée. Comme sur le *Terreur*.

Quoi ? C'était hors de question. Il fallait qu'il le comprenne. Relâchant le loquet de la porte, elle lui fit face.

— Non.

— Pourquoi ? Tu adores ça, quand on baise. Ta seule objection, c'était la haine que tu risquais de provoquer dans les journaux. Ce n'est plus un problème, aujourd'hui.

— Tu as dit que tu en avais fini avec moi, lui rappela-t-elle.

— Tu oublies que je suis un pirate, et un menteur. On ne peut pas prendre tous mes propos au pied de la lettre. Donc, on va reprendre les choses là où on les avait laissées, dans mon lit. Ou moi dans le tien.

Comment osait-il lui proposer à nouveau un tel arrangement ?

— Salaud, murmura-t-elle. C'est hors de question.

Il vint se planter face à elle.

— Mais pourquoi ? Plus rien ne nous sépare, maintenant...

— Jusqu'à la prochaine fois où tu en auras terminé avec moi !

— Je n'en aurai jamais terminé avec toi ! hurla-t-il en plaquant ses mains contre la porte, posant son front contre celui de Mina. Je... n'en... aurai... jamais...

Il s'interrompit, son visage s'éclaira.

— Pourquoi est-ce que ça te tracasse, Mina ? demanda-t-il doucement. Pourquoi est-ce que ça t'embêterait, que j'en aie fini avec toi ? Pourquoi est-ce que cela te fait peur ?

Elle ferma les yeux. Il prit son visage entre ses mains.

— Laisse-moi partir, murmura-t-elle, fébrile.

— Je ne peux pas, dit-il en posant ses lèvres sur sa tempe. Je ne peux pas.

— Tu l'as déjà fait.

— Non. Je n'attendais que le moment où je pourrais te retrouver. Mais maintenant, tu as peur que je te laisse partir. Que s'est-il passé, Mina ? Pendant ces trois mois, aurais-tu réalisé que… Est-ce que je compte un peu pour toi ?

Les larmes voilèrent le regard de Mina. Tendrement, il les essuya.

— Viens vivre avec moi, Mina. Aime-moi. Et laisse-moi te…

— Je ne peux pas, lâcha-t-elle dans un sanglot. Quand tu as dit que tu en avais terminé… Je ne pourrais pas supporter de nouveau une telle douleur.

La main de Rhys se figea. Livide, il la regarda.

— Non. Ce n'est pas vrai… Quand je t'ai renvoyée ? Non…

Elle ne parvint pas à répondre. Elle revivait l'agonie de ce moment, sur le *Terreur*. Le visage entre les mains, elle pleura, secouée par de longs sanglots.

Rhys la serra contre lui jusqu'à ce qu'elle s'apaise un peu.

— Je n'ai pas voulu te faire souffrir, dit-il, la bouche contre son oreille. Jamais je n'aurais fait une chose pareille, Mina. Mais je n'avais pas compris que je comptais pour toi. Je n'osais même pas en rêver. Et depuis, je ne fais plus que ça. Avant, je m'imaginais te faisant l'amour. Mais depuis que tu as quitté le *Terreur*, je n'imagine plus que nos retrouvailles. J'imagine que tu viens chez moi, ou que je te croise dans la rue. Que je lève les yeux tout à coup et tu es là, tu vas bien et je te dis… combien je t'aime.

Elle voulait tellement entendre ces mots-là… Mais comment lui faire confiance ? Comment être sûre de sa sincérité ?

— Mina ?

Il y avait dans la voix de Rhys une telle émotion… Il fallait qu'elle lui réponde.

— Je me suis interdit de rêver à tout ce dont tu parles, murmura-t-elle en posant sa joue contre son torse. Je ne me suis interdit d'espérer. Alors aujourd'hui, je n'y arrive plus…

— Mais si, tu peux y arriver.

Il prit son visage entre ses mains, la regarda.

— Je t'ai entendue dire un jour que lorsque deux êtres s'aiment, ils se battent ensemble contre toutes les difficultés. Contre chaque doute, chaque défi, chaque douleur. Bats-toi avec moi, Mina, je t'en supplie. Tu es la seule, l'unique, pour moi. Il n'y en aura pas d'autre. Si tu m'aimes, bats-toi avec moi.

Elle sentit soudain l'espoir insuffler un rythme nouveau à son cœur. Bouleversée, elle lutta contre les larmes.

— Oui.

— Dis-le.

— Je t'aime.

Leurs bouches se trouvèrent pour un baiser puissant, qui semblait sceller un accord.

— Veux-tu que l'on se marie ? demanda-t-il en s'écartant un instant.

Elle savait que les mots prononcés quelques instants plus tôt les unissaient pour toujours.

— Oui.

— C'est comme si c'était fait. Mais si cette loi sur le mariage est votée, n'imagine pas une seconde que tu auras besoin de cette clause de divorce.

— Ça tombe bien, je n'en veux pas, répliqua-t-elle avec un grand sourire. Et il faut que je te dise quelque chose : je viendrai à toi avec une petite fille.

Un émerveillement retenu se lut sur le visage de Rhys, comme s'il hésitait entre la joie et la crainte. Il tomba à genoux, embrassa le ventre de Mina.

— Une petite fille ! Mon bébé ?

Mina glissa les mains dans ses cheveux. Un jour, ils auraient ce bonheur.

— Non. Une petite fille. Anne. Qui travaille chez le Forgeron. Je lui avais donné mon gilet de protection, à Newgate…

— Quoi ?!

— Mais ça n'aurait rien changé, de toute façon. Ce gilet convient surtout pour les coups de couteau, pas pour les balles. Et puis, le coup a été tiré de tellement près, la balle serait entrée quand même. Mais Anne s'est sentie coupable, et le soir de l'accident, elle est venue chez moi et a dormi dehors, jusqu'à ce que ma mère la fasse entrer. Elle vit avec nous depuis. Avec moi. Mais elle travaille toujours chez le Forgeron, et continue sa formation.

— Alors, ce sera ma fille aussi.

— Merci.

Soulagée, elle l'incita à se relever, et l'embrassa.

— Je t'aime tellement.

— Et nos propres enfants ?

— Un jour, promit-elle.

— Oui. Quand nous aurons fait de ce monde un endroit meilleur. Et quand tu auras le poste de Hale, dans un bureau. Il n'est pas question que tu te promènes au bout d'une corde avec un ventre rond. Les caricatures seraient…

L'éclat de rire de Mina l'interrompit. Il l'embrassa.

— C'est ça que nous allons faire, enchaîna-t-il. Rendre le monde meilleur. Tu peux te remettre à espérer, Mina. La Horde nous a détruits, je l'ai anéantie, et maintenant nous allons rebâtir quelque chose de mieux encore. Je te le jure.

Les larmes aux yeux, elle acquiesça.

— C'est ce que nous allons faire.

— Et chaque fois que nous aurons besoin de nous éloigner un peu, je t'emmènerai où tu voudras.

Un nouveau baiser scella cette promesse, mais elle serait facile à tenir. Il lui suffirait de la prendre dans ses bras… et Mina serait exactement où elle voulait être.

Découvrez les prochaines nouveautés des différentes collections J'ai lu pour elle

AVENTURES & PASSIONS

Le 7 novembre

Inédit ***Les leçons d'une courtisane*** **Emma Wildes**

Le duc de Rolthven trouve sa jeune épouse des plus exquises. Soudain, quand Brianna se met à exhiber une sensualité exacerbée, il en reste coi. Qu'arrive-t-il à sa femme d'ordinaire si sage ? Il semblerait bien qu'elle attende de Colton plus qu'une simple vie de couple… et que le livre scandaleux d'une courtisane lui soit tombé entre les mains.

Inédit ***La duchesse Mackenzie*** **Jennifer Ashley**

Hart Mackenzie est fortuné, influent, beau comme un dieu. Rien ne lui résiste, surtout pas les femmes. Par le passé, il a fait de nombreux sacrifices pour protéger ses frères d'un père violent. Il a aussi perdu sa femme et son fils. Tout comme celle qu'il a aimée de tout son être, Eleanor. Et quand cette dernière réapparaît dans sa vie, Hart se demande si son ancien amour est venu pour le détruire... ou le sauver.

Les machinations du destin **Judith McNaught**

À la surprise générale, le duc de Hawthorne, la coqueluche des soirées londoniennes qui prétend ne pas croire à l'amour, vient de se marier. L'heureuse élue ? Une inconnue, Alexandra. Épousée par simple reconnaissance : elle lui a sauvé la vie. Une étrange et volcanique union les rapproche. Or l'ombre de la mort plane sur le duc.

Le 21 novembre

Inédit *Les amants de Londres - 3 - La dette*

Lorraine Heath

Depuis le terrible accident qu'il a provoqué trois ans plus tôt, le duc d'Ainsley est rongé par la culpabilité. Par sa faute, son cousin, le marquis de Walfort, est aujourd'hui paralysé. Jamais Walfort ne pourra donner de fils à son épouse, la sublime Jayne. Jusqu'à ce que ce dernier demande à Ainsley une faveur, en guise de dette : le remplacer dans le lit conjugal !

Inédit *Une nuit pour s'aimer* **Mary Balogh**

Lors d'une sanglante expédition au Portugal, Neville Wyatt, comte de Kilbourne, épouse Lily Doyle, la fille d'un sergent. Mais au lendemain de leurs noces, la jeune femme meurt tragiquement. Des années plus tard, alors que Neville s'apprête à célébrer ses nouvelles noces, une jeune fille en haillons se présente à lui… Lily. Elle vient récupérer le titre qui lui revient de droit.

Les trois princes - 2 - Liaison inconvenante

Elizabeth Hoyt

Un corps puissant, les yeux les plus verts du monde… Harry Pye n'a qu'un défaut : il est l'intendant de Georgina Maitland. Un jour, tous deux se retrouvent seuls en rase campagne, contraints à passer la nuit ensemble. Georgina a beau jouer l'effrontée, Harry s'obstine à ne voir en elle que la riche propriétaire terrienne. Il est si agaçant ! Et séduisant…

Le 7 novembre

PROMESSES

Inédit ***Les chroniques de Virgin River - 6 - Paradis***

Robyn Carr

Rick Sudder, méconnaissable depuis son retour d'Irak.
Dan Brady, tourmenté par son passé.
Deux hommes brisés par la vie, à la recherche de la paix et du bonheur auxquels ils aspirent avec force. À Virgin River, l'amour les réconciliera-t-il avec les rêves qu'ils croyaient perdus à jamais?

Les Kendrick et les Coulter - 4 - Dans le bleu de tes yeux

Catherine Anderson

Après vingt-huit ans de cécité, Carly vient de recouvrer la vue. Et voilà qu'une aventure d'un soir menace d'anéantir ses projets d'avenir. Elle est enceinte ! Hank Coulter, qui tient à assumer ses responsabilités, lui propose un mariage provisoire, le temps qu'elle finisse ses études. Avec éfiance, Carly accepte l'offre de celui qu'elle considère comme un vulgaire tombeur.

Le 7 novembre

CRÉPUSCULE

Inédit ***Les ombres de la nuit - The warlord wants forever & Untouchable*** **Kresley Cole**

Autrefois humains, aujourd'hui vampires, Nikolaï et Murdoch Wroth sont des êtres impitoyables, assoiffés d'amour... ce qui les conduit vers de sublimes créatures bien différentes de ce qu'ils sont : des Valkyries. Myst, la prisonnière d'un château, saura-t-elle redonner la vie à Nicolaï ? Daniela, l'inaccessible Reine des Glaces, se laissera-t-elle effleurer par Murdoch ?

Chasseuses d'aliens - 1 - Fatal rendez-vous **Gena Showalter**

Traqueuse d'aliens aux méthodes musclées, Mia Snow fait partie d'une brigade d'élite qui tente d'imposer la loi humaine aux hordes d'extraterrestres qui envahissent New Chicago. Un étrange meurtre vient d'être commis et les soupçons se portent sur une Arcadienne, la pire des créatures. Mia part en chasse et se retrouve face à un guerrier aux pouvoirs surprenants...

10127

Composition
FACOMPO

Achevé d'imprimer en Slovaquie
par NOVOPRINT SLK
le 3 septembre 2012

Dépôt légal : septembre 2012
EAN 9782290034897
L21EPSN000765N001

ÉDITIONS J'AI LU
87, quai Panhard-et-Levassor, 75013 Paris

Diffusion France et étranger : Flammarion